亡者のゲーム

ダニエル・シルヴァ
山本やよい 訳

THE HEIST
BY DANIEL SILVA
TRANSLATION BY YAYOI YAMAMOTO

ハーパー
BOOKS

THE HEIST

BY DANIEL SILVA

Published by K.K. HarperCollins Japan, 2015

いつもどおり、妻のジェイミー、
そしてわが子、ニコラスとリリーへ。

盗難にあった絵画は永遠に消えてしまう。
だが、一つだけ朗報がある。
名画であればあるほど、いつの日か発見される確率が高くなる。
——エドワード・ドルニック著 "The Rescue Artist"

落とし穴を掘る者は自らそこに落ち
石垣を破る者は蛇にかまれる。
——コヘレトの言葉十章八節

亡者のゲーム

おもな登場人物

ガブリエル・アロン――イスラエルの諜報機関〈オフィス〉の工作員。美術修復師
キアラ――ガブリエルの妻。〈オフィス〉の元工作員
エリ・ラヴォン――〈オフィス〉の工作員
ジュリアン・イシャーウッド――ロンドンの美術商
モーリス・デュラン――フランス人の絵画泥棒
ドン・オルサーティ――コルシカ島のマフィアのボス
クリストファー・ケラー――ドン・オルサーティの部下。元英国特殊部隊員
クリストフ・ビッテル――スイスの諜報機関NDBの職員
グレアム・シーモア――MI6の長官
ワリード・アル＝シディキ――リンツのウェーバー銀行経営者
ジハン・ナワズ――ウェーバー銀行の経理責任者
ヴィクトル・オルロフ――ロシア人大富豪
ウージ・ナヴォト――〈オフィス〉の長官
ベッラ――ウージの妻
アリ・シャムロン――〈オフィス〉の元長官
チェーザレ・フェラーリ――イタリア国家治安警察の将軍

序文

一九六九年十月十八日、カラヴァッジョの《聖フランシスと聖ラウレンティウスのキリストの降誕》がシチリア島パレルモにあるサン・ロレンツォ同心会から消えてしまった。一般に《キリストの降誕》と呼ばれているこの絵はカラヴァッジョの最後の傑作で、一六〇九年に描かれたものである。カラヴァッジョは当時、知人を剣で刺し殺した罪でローマを追われ、逃亡生活を続けている最中だった。さて、この傑作が消えてから四十年以上にわたって熱のこもった探索がおこなわれてきたが、その所在も、さらには運命すらも、ずっと謎のままであった。いま、このときまでは……。

第一部

明暗《キアロスクーロ》

1

セント・ジェームズ、ロンドン

それは不慮の災難から始まった。だが、ジュリアン・イシャーウッドが関係することには災難がつきものだ。愚行と不運が代名詞のようについてまわる男なので、ロンドンの美術界がこの件を知ったとしても（じっさいには知らずに終わったが）、おそらく、当然のこととして受け止めていただろう。〈サザビーズ〉の巨匠部門に勤務する冗談好きなスタッフに言わせると、イシャーウッドは売れない画家たちの守護聖人にして、冒険をしたがる男で、慎重な計画も失敗に終わる傾向があるそうだ。しかも、彼自身の責任ではない場合が多い。その結果、敬意と哀れみの両方を集めている。彼のような立場の者には珍しいことだ。ジュリアン・イシャーウッドがいれば、人々は退屈せずにすむ。それゆえ、ロンドンの上流階級から大いに愛されている。

彼の経営する画廊はメイソンズ・ヤードと呼ばれる石畳の中庭の端にあり、かつては〈フォートナム＆メイソン〉が所有していたヴィクトリア様式の古びた倉庫の三フロアを占めている。

第二次大戦の開戦前夜、有名な美術商サミュエル・イサコヴィッツの一人息子としてパリで生まれたイシャーウッドは、ドイツ軍の侵攻後、親に連れられてピレネー山脈を越え、ひそかに英国へ渡った。パリでの子供時代とユダヤ人の血筋は激動の過去へ置き去りにし、中傷渦巻くロンドンの美術界の者たちには秘密にしてきた。いまの彼はどこから見ても、英国人そのものだ。誠実で、人を疑うことを知らず、礼儀作法は完璧、本当の敵は一人もいない。生涯をかけて美術界という欺瞞《ぎまん》に満ちた海を渡ってきたことを考えると、これはまさに偉業と言っていいだろう。基本的に、イシャーウッドは礼節をわきまえた人間だ。ロンドンでも、よその土地でも、礼節というものは最近あまり見られなくなっている。

〈イシャーウッド・ファイン・アーツ〉は三つのフロアから成っている。一階が美術品でぎっしりの倉庫、二階が事務所、三階が格調高い展示室。ロンドンでもっとも壮麗という評判の高い展示室は、パリにあったポール・ローゼンベールの有名な画廊を寸分違《たが》わず再現したもので、子供のころのイシャーウッドはそこでよく楽しい時間を過ごしたものだった。ピカソ本人が遊んでくれたこともあった。事務所はディケンズの小説に出てくるようなみすぼらしさで、黄ばんだカタログや研究論文がうずたかく積まれている。訪問者がここにたどりつくためには、頑丈なガラス扉を二回通り抜けなくてはならない。最初はメイソンズ・ヤードに面した扉。次はしみだらけの茶色いカーペットを敷いた狭い階段のてっぺんにある扉。その奥にマギーがいる。眠そうな目をしたブロンドで、ティツィアーノとトイレットペーパーの区別もつけられない。イシャーウッドはかつて彼女を口説こうとしてみごとに失敗し、それでも未練があったので、受付として雇うことにした。彼女は目下、鳴りつづけるデスクの電話を無視して爪の手入れの真っ最中だった。

「電話に出てくれないかな、マギー」イシャーウッドが穏やかに頼んだ。

「どうして？」皮肉の片鱗《へんりん》も感じられない口調で、マギーが尋ねた。

「大事な電話かもしれん」

マギーは目で天井を仰いでから、すねた様子で受話器をとり、「〈イシャーウッド・ファイン・アーツ〉です」と気どった声で言った。数秒後、そのまま無言で電話を切り、爪の手入れに戻った。

「それで？」イシャーウッドは尋ねた。

「応答がありませんでした」

「いい子だから、発信者番号を確認してくれ」

「またかかってきますよ」

イシャーウッドは渋い顔になり、部屋の中央のイーゼルにのった絵をふたたび無言で鑑賞しはじめた。キリストがマグダラのマリアの前に姿を現す場面が描かれている。おそらく、フランチェスコ・アルバーニの弟子の作品だろう。バークシャーの荘園館から、イシヤーウッドがはした金で買いとったばかりのものだ。彼自身と同じく、修復の必要がある。彼もすでに〝人生の秋〟と呼ばれる時期にさしかかっている。黄金の秋ではない。憂鬱《ゆううつ》になった。風が身を切るように冷たく、オックスフォード・ストリートにクリスマスのイルミネーションがきらめく秋の終わりの季節。それでも、サヴィル・ロウの高級店で誂《あつら》えたスーツと豊かな銀髪のおかげで、それなりにエレガントな紳士に見える。

「どこかの野暮なロシア人が四時に絵を見に来る予定だったたな」イシャーウッドはすりきれたカンバスに視線を据えたまま、唐突に言った。

「野暮なロシア人はキャンセルしてきました」

「いつ？」

「午前中に」

「理由は？」

「聞いてません」

「なんで報告しなかった？」

「しました」

「嘘だ」

「あら、お忘れなんですね。最近、忘れっぽくなってますよ」

イシャーウッドはマギーをにらみつけ、なぜこんな生意気女に惹《ひ》かれるのかと不思議に思った。そのあと、予定表にほかのアポイントは入っておらず、ろくな用事もなかったので、コートを着て〈グリーンのレストラン&オイスターバー〉へ出かけることにした。こうして運命の歯車がまわりだし、彼にはなんの責任もないのに、またもや災難に巻きこまれることとなっていく。時刻は四時二十分。客で混みあう時間にはまだ少々早くて、バーのカウンターにすわっているのは、つねに日焼けしている〈クリスティーズ〉のチーフ・オークショニア、サイモン・メンデンホールだけだった。

「ジュリアン！」メンデンホールが大声で呼んだ。それから、オークションへの参加を渋る客用の猫なで声で続けた。「またいちだんと元気そうだな。体重が減ったのかな？　金のかかるスパへ行った？　新しい女ができた？　秘密はなんだい？」

「サンセールだよ」イシャーウッドはそう答えてから、デューク・ストリートを見渡せるいつもの窓際の席に落ち着いた。そして、よく冷えたサンセールのボトルを注文した。グラスでは足りるはずがない。ほどなく、メンデンホールはいつものように大仰な別れの挨拶とともに出ていき、残されたイシャーウッドはワインを飲みながら思いにふけった。年をとり、キャリアが過去のものになろうとしている男にとって、危険な組み合わせだ。

しかし、しばらくするとドアが開いて、雨に濡れた暗い通りからナショナル・ギャラリーの学芸員二人が入ってきた。そのあとから、テートのお偉方が一人。数分後、ずんぐりしたオリヴァー・ディンブルビーが真夜中の汽笛みたいに騒々しい足音をたてて、せかせかと入ってきた。イシャーウッドは携帯をつかんで急ぎの電話をかけるふりをしたが、ディンブルビーにその手は通用しない。彼のテーブルにまっすぐやってくると、空いている椅子にでっぷりした尻をのせた。「ドメーヌ・ダニエル・ショタールか」アイスバケットからボトルを持ちあげ、賞賛の声をあげた。「お相伴にあずかるとしよう」

ディンブルビーは恰幅《かっぷく》のいい体にぴったり合った紺の高級スーツを着て、シリング硬貨大の金のカフスボタンをつけていた。頬は丸々として血色がよく、淡いブルーの目は明るく輝いている。充分な睡眠をとっている証拠だ。まことに罪深き人生を送っているが、良心の咎《とが》めとは無縁の男だ。

「気を悪くしないでほしいんだが、ジュリアン」イシャーウッドのワインをたっぷりグラスに注ぎながら、ディンブルビーは言った。「きみのその姿、汚れた洗濯物みたいだぞ」

「サイモン・メンデンホールはそうは言わなかったが」

「サイモンは舌先三寸で人から金を巻きあげて生計を立てている。それにひきかえ、このわたしは率直に真実を語る男だ。たとえ相手の不興を買おうとも」ディンブルビーは心から心配そうな表情でイシャーウッドに視線を据えた。

「おいおい、そんな目で見ないでくれ、オリヴァー」

「そんな目とは？」

「医者が生命維持装置をはずす前に優しい言葉をかけようとして、必死に考えをめぐらしている目だ」

「最近、鏡を見たことはあるかね？」

「このところ、鏡はなるべく見ないようにしている」

「その気持ちはわかる」ディンブルビーはまたもや勝手にワインを注いだ。

「ほかにおごってほしいものは、オリヴァー？　キャビアなんかどうだい？」

「そいつはわたしにおごらせてくれ」

「いいや、オリヴァー、そんな気もないくせに。おれがメモをとっていれば、きみにおごった金額は数千ポンドにのぼるだろう」

ディンブルビーはこの言葉を無視した。「どうした、ジュリアン？　何を悩んでる？」

「目下、きみのことで」

「あの女だな、ジュリアン。それで落ちこんでるわけだ。ええと、なんて名前だっけ？」

「カッサンドラ」イシャーウッドは窓のほうを向いて答えた。

「きみのハートを破ったのか」

「女ってのはいつもそうさ」

ディンブルビーは微笑した。「きみの愛の才能には驚かされる。わたしだったら、一度でいいから恋に落ちることができれば何を差しだしても惜しくない」

「きみほどの女たらしは見たことがないぞ、オリヴァー」

「女たらしであることと、恋に落ちることは、ほとんど関係がない。わたしは女を愛してるんだ。すべての女を。そこに問題がある」

イシャーウッドは通りを見つめた。ふたたび雨になっていた。ちょうど夕方のラッシュの始まる時刻だ。

「最近、絵は売れたのかい？」ディンブルビーが訊《き》いた。

「何点か」

「わたしの耳には入ってないぞ」

「プライベートな売買だったから」

「嘘つけ」ディンブルビーは鼻を鳴らした。「この数カ月、きみは何も売っていない。なのに在庫を増やすのをやめようとしない。あの倉庫にどれだけの絵が眠っている？　美術館をいっぱいにしても、まだ二、三千点は残るはずだ」

イシャーウッドは何も答えず、背中の下のほうを掻《か》くだけだった。これまで彼をいちばん悩ませていたのはしつこい咳《せき》だったが、それが背中の痒《かゆ》みに変わった。彼から見れば進歩だ。単なる痒みなら、隣人に迷惑をかけずにすむ。

「わたしの申し出はいまも有効だぞ」ディンブルビーが言っていた。

「どんな申し出だった？」

「おいおい、ジュリアン。こんなところで言わせるなよ」

イシャーウッドは頭をわずかにまわして、子供のようにぽっちゃりしたディンブルビーの顔を真正面から見据えた。「おれの画廊を買いとろうって話を蒸しかえすつもりじゃあるまいな」

「大いに気前のいいところを見せようとしてるんだぞ。きみのコレクションのうち、売却可能な少数の絵に充分な金額を支払い、残りは建物の暖房に使うとしよう」

「慈悲深いお言葉だ」イシャーウッドは皮肉たっぷりに答えた。「だが、画廊についてはほかに計画がある」

「実現可能な計画かね？」

イシャーウッドは沈黙した。

「ま、いいだろう。きみが画廊と呼んでいるあのけばけばしい廃墟の所有権を譲る気がないのなら、現在の悲惨な状況からきみを救いだすために、多少なりとも力にならせてくれ」

「女を譲ってもらう必要はない」

「女の話なんかしてないよ。わたしが言ってるのは、悩みを忘れるのに役立つすてきな旅行のことだ」

「行き先は？」

「コモ湖。旅費は不要。飛行機はファーストクラス。ヴィラ・デステの豪華スイートに二泊」

「で、お返しに何をすればいい？」

「ささやかな頼みを聞いてほしい」

「どの程度のささやかさだ？」

ディンブルビーはワインを勝手に注ぎ足して、イシャーウッドに続きを話した。

オリヴァー・ディンブルビーの話によると、国を離れて暮らしているイギリス人と最近知りあいになったらしい。そのイギリス人は貪欲に絵を買い集めているが、専門知識を備えた美術アドバイザーの助言を得ていない。しかも財政状態が悪化してきたため、コレクションの一部を急いで売却する必要に迫られている。ディンブルビーは内々に絵画の鑑定をすることを承知したが、出かける日が近づくにつれ、ふたたび飛行機に乗ることに耐えられなくなってきた。当人はそう言っている。だが、イシャーウッドとしては、本当の理由がほかにあるような気がしてならない。なにしろ、ディンブルビーは二枚舌を使うのが得意な男だ。

それでも、思いがけない旅行に出かけることに心を惹かれたので、イシャーウッドは良識に逆らって、その場で申し出に応じた。その夜のうちに身軽な旅支度を整え、翌朝九時にはブリティッシュ・エアウェイズ五七六便のファーストクラスのシートに腰を下ろしていた。ミラノのマルペンサ空港への直行便だ。フライトのあいだに、心臓のためだと自分に言い聞かせてワインをグラス一杯だけ飲み、十二時半にメルセデスのレンタカーに乗りこむころには、心身ともにフル活動できる状態になっていた。地図やカーナビには頼らずに、北のコモ湖へ向かって車を走らせた。

資産減少に見舞われた外国暮らしのイギリス人とは、二時に会う約束になっていた。デインブルビーが急いでよこしたメールによると、コモ湖の南西端で豪勢な暮らしをしているそうだ。近くにはラーリオの町がある。イシャーウッドが数分早めに到着すると、堂々たる門扉が彼のためにすでに開かれていた。門扉の向こうに舗装しなおしたばかりの車道が延びていて、石畳の前庭まで優雅に彼を導いてくれた。イシャーウッドはヴィラ専用の船着き場のそばに車を止めると、彫像の前を通りすぎて正面玄関へ向かった。ベルを押したが、応答がなかった。腕時計で時刻を確かめてから、もう一度ベルを鳴らした。やはり応答はない。

この時点でレンタカーに戻って大急ぎでコモ湖をあとにしていれば、イシャーウッドも賢明な男と言えただろう。ところが、玄関ドアを押してみたところ、運の悪いことに、施錠されていなかった。ドアをわずかに開き、暗い邸内へ向かって挨拶の言葉をかけてから、立派な玄関ホールにおそるおそる足を踏み入れた。そのとたん、大理石の床に広がった血だまりと、宙ぶらりんになった二本の素足が目に入った。腫れあがった青黒い顔が上から彼を見おろしていた。イシャーウッドは膝の力が抜けるのを感じ、床がせりあがってくるのを目にした。しばらくその場に膝を突いて、嘔吐《おうと》の波が通りすぎるのを待った。次にふらつく足で立ちあがると、片手で口を押さえ、よろよろとヴィラを出て車に向かった。自分では気づいていなかったが、一歩ごとに、ずんぐりしたオリヴァー・ディンブルビーへの呪いの言葉を吐いていた。

2

ヴェネツィア

翌日の早朝、ヴェネツィアは古代から連綿と続く海との戦いにまたしても敗北を喫した。潮位の上昇によって、ホテル・チプリアーニのロビーや、水浸しの〈ハリーズ・バー〉にあらゆる種類の海洋生物が運ばれてきた。デンマークの観光客はサン・マルコ広場へ朝の水泳に出かけた。〈カフェ・フローリアン〉のテーブルと椅子が沈没した豪華客船の残骸のごとく浮かんで、サン・マルコ寺院の石段にぶつかっていた。いまだけは鳩《はと》の姿も見当たらない。乾いた土地を求めて、水没した街から賢明にも逃げだしたのだろう。

しかしながら、ヴェネツィアの市内には、高潮《アックア・アルタ》の被害にあわず、多少不便な思いをするだけですむ場所もある。美術修復師も、カンナレッジョ区のアパートから街の南端のドルソドゥーロ区まで行くのに、比較的乾いた地面が点々と続いている場所をどうにか見つけることができた。修復師はヴェネツィア生まれではないが、路地や広場のことなら、ほとんどの市民より詳しく知っている。ヴェネツィアで修復の技術を学び、ヴェネツィアで恋と悲しみに出会い、そして、偽名で暮らしていた時代に敵の手でヴェネツィアから追放された。長い不在ののちに、いまこうして、彼の愛する水と絵画の都に戻ってきた。満足に近いものを一度は味わうことができた唯一の街に。

尾行の有無を確認するためにキオスクで足を止め、ふたたび同じ方向へ歩きつづけた。身長は百七十七センチ程度。自転車競技の選手のようにひきしまった体。面長で、顎がほっそりしていて、頬骨が高く、木彫りのようにくっきりと鼻筋が通っている。ハンチング帽の下からのぞく目は神秘的な緑色だ。こめかみのあたりの髪は灰の色。レインコートを着てゴム長をはいているが、朝からずっと雨なのに傘は持っていない。これまでの習慣から、手の機敏な動きを妨げるような品は、人前ではけっして持たないことにしている。

街でもっとも海抜の高いドルソドゥーロ区に入り、サン・セバスティアーノ教会まで行った。正面入口は厳重に施錠されていて、〝来年の秋まで一般公開中止〟という掲示が出ていた。修復師は教会の右側にある小さなドアまで行き、ずっしりした合鍵でドアをあけた。

身廊は闇のなかに沈み、信者席がとりはずされていた。修復師は古びたなめらかな石の床を足音もたてずに進み、祭壇の奥へすっと入った。きらびやかな聖餐《せいさん》台はクリーニングのためにすでに運びだされている。そこに高さ十メートルほどのアルミ製の足場が組まれていた。修復師は猫のような敏捷《びんしょう》さで足場をのぼると、防水シートのあいだに体をすべりこませて、彼専用の作業台に立った。修復用の道具がゆうべのままの場所に並んでいる。化学薬品の小壜《こびん》、脱脂綿、木釘《きくぎ》の束、拡大鏡、高性能のハロゲンランプ二台、絵具で汚れたポータブル・ステレオ。祭壇画もゆうべのままだ。パオロ・ヴェロネーゼの《聖人に囲まれた栄光の聖母子》。これはヴェロネーゼが一九五六年から一九六五年にかけてこの教会のために描いた、数点のすばらしい作品の一つにすぎない。内陣の左側に彼の墓があり、大理石の胸像があたりを睥睨《へいげい》している。無人の教会が闇のなかに沈んでいるいまのような瞬間には、ヴェロネーゼの亡霊がこちらの作業を見守っているような気がしてならない。

修復師はハロゲンランプのスイッチを入れて、祭壇画の前に長いあいだ立ちつくした。聖母マリアと幼子イエスが栄光の雲の上にすわり、音楽を奏でる天使たちに囲まれている。下から陶酔のまなざしで見あげるのは聖人たち。この教会の守護聖人である聖セバスティアーノも含まれていて、ヴェロネーゼは彼を殉教の姿で描いている。修復師はこの三週間、アセトンとメチルプロキシトールとミネラルスピリットを慎重に配合した溶剤を使い、ひび割れて黄ばんだニスを丹念に落としてきた。

あと一週間すれば、修復の第二段階へ進む準備が整って、ヴェロネーゼのオリジナルの絵具が剝落《はくらく》した箇所に手を加えることができる。聖母マリアと幼子イエスの姿はほとんどダメージを受けていないが、カンバスの上部と底部に多数の損傷が見つかっている。すべてが予定どおりに進めば、妻が臨月に入るあたりで修復は完了する。あくまでも、予定どおりに進めばの話だが。

ポータブル・ステレオに《ラ・ボエーム》のCDを入れると、次の瞬間、《その気になれない《ノン・ソノ・イン・ヴェーナ》》の最初の旋律が教会を満たした。ロドルフォとミミがパリの狭い屋根裏部屋で恋に落ちるあいだに、修復師はヴェロネーゼの祭壇画の前に一人で立ち、表面の汚れと黄ばんだニスを慎重に落としていった。心地よいリズムを刻みながら、一定のペースで作業を進めるうちに、作業台には刺激臭を放つ汚れた脱脂綿が散乱した。ヴェロネーゼは歳月を経ても色褪《いろあ》せない絵具の製法を完璧の域にまで高めた画家だ。修復師が黄ばんだニスを少しずつ落とすにつれて、下から輝くような色彩が現れた。巨匠がカンバスに絵筆を走らせたのは四世紀半も前ではなく、まだ昨日のことではないかと思いたくなるほどだ。

それから二時間、修復師は教会を独占したまま作業を続けた。やがて十時になるころ、身廊の石の床にブーツの音が響いた。ブーツの主はアドリアーナ・ジネッティ、祭壇のクリーニング担当で、すぐに男を誘惑したがる。そのあとに続くのはロレンツォ・ヴァザーリ、フレスコ画の天才的な修復師で、レオナルド・ダ・ヴィンチの《最後の晩餐》をほぼ一人で死からよみがえらせたことがある。次に、アントーニオ・ポリーティののろのろした足音。この男は祭壇画のかわりに天井画の担当を命じられて、へそを曲げている。結果として、現代のミケランジェロよろしく仰向けに寝そべり、防水シートで囲ってある祭壇上方の修復師専用の作業台を腹立たしげににらみながら、作業の日々を送っている。自分が身廊のはるか上のほうで仰向けになって体をねじまげ、仲間と言葉を交わすこともできずに、滴りおちてくる溶剤や絵具を顔に受けて作業をさせられる日が続いているのは、ガブリエルの意地悪のせいだと、内心ひそかに思っている。

じっさいには、この決定にガブリエルはなんら関係していない。作業の担当を決めたのはヴェネト州でもっとも評判の高い美術品修復会社のオーナー、フランチェスコ・ティエポロだった。目下、この男がサン・セバスティアーノ教会修復プロジェクトを指揮している。熊のごとき体格に白髪交じりのもじゃもじゃの顎髭《あごひげ》、旺盛なる食欲と情熱の持ち主で、強烈な怒りとそれ以上に強烈な愛を抱くことのできる男だ。身廊の中央を大股で歩いてくる彼は、いつもどおり、流れるようなラインのチュニックをはおり、シルクのスカーフを首に巻いている。この格好だと、教会の修復というよりも建築工事を監督しているように見える。

ティエポロは一瞬足を止め、アドリアーナ・ジネッティに賛美の視線を向けた。かつて彼女と関係を持ったことがあり、ヴェネツィアではすでに公然の秘密となっている。ティエポロはガブリエルの作業台に続く足場をのぼると、防水シートの隙間からなかに入りこんだ。巨躯《きょく》の重みを受けて、木の板がたわんだように見えた。

「気をつけてくれ、フランチェスコ」眉をひそめて、ガブリエルが言った。「祭壇の床は大理石だし、ここからずいぶん落差がある」

「何が言いたい？」

「二、三キロ減らしたほうが賢明かもしれない。きみのまわりに独自の引力が生まれはじめている」

「体重を落としてどうなる？　二十キロ減らしても、わたしはやっぱりデブのままだ」ティエポロは一歩前に出て、ガブリエルの肩越しに祭壇画をじっと見つめた。「すばらしい」冗談めかして褒め称えた。「このペースで続ければ、あんたの子供たちが満一歳の誕生日を迎えるころには完成するだろう」

「手早く仕上げろと言われればできるさ」ガブリエルは答えた。「だが、こっちとしては丁寧に仕上げたい」

「両立しないわけではないぞ。ここイタリアにおいては、修復師たちは手早く仕事をする。だが、あんたは違う。われわれの仲間みたいな顔をしていても、あんたの仕事はいつもひどく時間がかかる」

ガブリエルは新しく綿棒を作ると、溶剤で湿らせて、矢が突き刺さった聖セバスティアヌスの胴体のあたりを軽く拭いた。ティエポロはしばらくじっと見守った。やがて、彼自身の綿棒を作って聖人の肩の上にすべらせた。黄ばんだニスがたちまち溶けて、ヴェロネーゼのオリジナルの絵具が姿を現した。

「あんたの溶剤の配合は完璧だ」ティエポロは言った。

「つねにそうさ」ガブリエルは答えた。

「配合の割合は？」

「秘密」

「自分に関することはすべて秘密にしておきたいのか」

ガブリエルが返事をしなかったので、ティエポロは化学薬品の小壜に視線を落とした。

「メチルプロキシトールの使用量は？」

「ぴったりの量」

ティエポロは顔をしかめた。「奥さんが妊娠期間をヴェネツィアで過ごそうと決めたとき、わたしがあんたに仕事を世話したんじゃなかったかね？」

「そうだよ、フランチェスコ」

「しかも、あんたには人より高い賃金を払ってるんじゃないかね？　あんたのほうは、ボス連中から呼びだされるたびにわたしを見捨てて出ていくというのに」

「きみにはいつも本当によくしてもらっている」

「だったら、溶剤の配合ぐらい教えてくれてもいいだろう？」

「ヴェロネーゼにはヴェロネーゼの秘密の配合があったし、わたしにもある」

ティエポロは〝くだらん〟と言いたげに大きな片手を振った。それから、汚れた綿棒を捨てて新しいのを作った。

「ゆうべ、『ニューヨーク・タイムズ』のローマ支局長から電話があった」ぶっきらぼうな口調で、ティエポロは言った。「日曜新聞の美術欄に修復作業の記事を載せたいらしい。金曜日にこの教会を見学させてほしいと言っている」

「悪いけど、金曜は休ませてくれないか」

「そう言うだろうと思った」ティエポロは横目でガブリエルを見た。「その気になれないかなあ？」

「なんのこと？」

「本物のガブリエル・アロンを世界に見せてやるんだ。偉大なる巨匠たちの作品の世話をするガブリエル・アロン。天使のように絵を描くことのできるガブリエル・アロンを」

「わたしがジャーナリストと話をするのは、それが最後の手段となったときだ。その場合も、自分自身のことを話すつもりはぜったいにない」

「興味深い人生を送ってきた男なのに」

「控えめな表現だな」

「そろそろ幕の陰から出てきてもいいんじゃないか」

「そのあとどうする？」

「このヴェネツィアで残りの生涯を過ごせばいい。心の奥底では、あんたはつねにヴェネツィア人だった」

「誘惑される申し出だ」

「だが？」

これ以上の議論はごめんだという気持ちを、ガブリエルは表情ではっきり伝えた。それから、カンバスのほうを向きながら尋ねた。「わたしが知っておくべき電話は、それ以外になかったかい？」

「一件だけ」ティエポロは答えた。「カラビニエリのフェラーリ将軍が昼前にこの街に来るそうだ。あんたに内密の話があるらしい」

ガブリエルははっと向きを変え、ティエポロを見た。「どんな話だ？」

「そこまでは聞いてない。あの将軍は質問に答えるよりも質問するほうがはるかにうまいからな」ティエポロはガブリエルをしばらくじっと見た。「あんたと将軍が友達だとは知らなかった」

「友達ではない」

「なんであの男を知っている？」

「前に頼みごとをされて、承知するしかなかったんだ」

ティエポロは考えこむふりをした。「二年前にヴァチカンで起きたあの事件だな、きっと。サン・ピエトロ大聖堂のドームから若い女が転落しただろう。それで思いだしたが、事件があったとき、あんたはカラバッジョを修復中だったそうだな」

「わたしが?」

「そういう噂《うわさ》だった」

「噂に耳を貸すのは禁物だ、フランチェスコ。たいてい事実ではない」

「あんたがからんでいるとき以外は」ティエポロは笑顔で答えた。

ガブリエルは何も答えず、相手の言葉が内陣の高みに反響するにまかせた。それから作業に戻った。さっきまで右手を使っていた。いまは同じぐらい器用に左手を使っている。

「まるでティツィアーノのようだ」ガブリエルを見守りながら、ティエポロが言った。

「小さな星々のあいだで燦然《さんぜん》と輝く太陽だ」

「そんなふうにうるさくつきまとうのをやめないと、太陽はいつまでたってもこの絵を完成させられないぞ」

3

ヴェネツィア

　イタリアの国家治安警察隊カラビニエリのヴェネツィア支部はカステッロ区にあり、サン・ザッカリア広場からさほど離れていない。チェーザレ・フェラーリ将軍は一時ぴったりにこの建物から出てきた。メダルと勲章がたくさんついた紺の制服を脱いでビジネススーツに着替えていた。片手にステンレス製のアタッシェケースを持ち、指二本が欠けた反対の手は上等な仕立てのコートのポケットに突っこんでいる。その手を出し、ガブリエルに向かって差しだした。笑みを浮かべたが、それは短くよそよそしいものだった。いつものとおり、その笑みも右の義眼にはなんら影響を及ぼさなかった。生命を持たぬ呵責《かしやく》なき凝視は、さすがのガブリエルにも耐えがたいものだった。すべてを見通す無情な神の目にじっと見られるのに似ていた。

「元気そうだな」フェラーリ将軍が言った。「ヴェネツィアに戻ってきたのが、やはりよかったようだ」

「わたしが戻ったことを、どうして知っているんだ?」

将軍の微笑はさっきと同じく、ごく短いものだった。「イタリアで起きていることで、わたしが知らないことはほとんどない。きみに関わりのあることならとくに」

「どうして知っている?」ガブリエルは重ねて訊いた。

「きみがヴェネツィアに戻る許可をわが国の情報機関に申請した時点で、関係各省庁と法執行機関のほうへもその情報が流されたのだ。パラッツォもそこに含まれていた」

将軍の言うパラッツォというのは、ローマ旧市街の中心部にある聖イグナツィオ広場を見おろす場所にある建物のこと。美術遺産保護部隊、通称〝美術班〟が置かれていて、フェラーリ将軍はそこのトップとして君臨している。たしかに本人の言うとおり、イタリアで起きていることで将軍の知らないことはほとんどない。

カンパニア地方の貧しい土地で教師の息子として生まれたフェラーリは、イタリアでもっとも有能で大きな実績を上げた法執行機関の人間として、長年にわたって高く評価されてきた。彼の任務はきわめて危険なものばかりなので、妻と三人の娘にも二十四時間体制の警護がついていた。フェラーリ自身も無数の暗殺計画のターゲットにされてきて、その一つだった手紙爆弾のせいで片目と指二本を失うことになった。

美術班への異動は、卓越した長いキャリアに対する褒美の意味合いを持っていた。フェラーリも覇気《はき》のなかった前任者の例に倣って、書類をめくり、ローマ流にゆっくり昼食をとり、ときたま、イタリアで毎年のように窃盗被害にあう美術館レベルの絵画を一点か二点見つけだすだけの日々を送るだろうと思われていた。ところが、フェラーリは着任早々、かつては高い実績を誇っていたが歳月と怠慢によって衰退してしまった美術班の立てなおしにとりかかった。数日のうちにスタッフの半数を解雇して、美術の知識を備えた仕事熱心な若い士官たちを補充した。彼らに与えた命令は単純だった。出来心で絵を盗む程度のちんぴらどもは見逃してやれ。われわれが狙うのは大物、盗品を市場で売りさばこうとするボス連中だ。フェラーリの新たな取り組みが効果を上げるのに長くはかからなかった。すでに十名以上の大物窃盗犯が刑務所に放りこまれ、美術品窃盗事件の件数はいまも驚くほど多いものの、改善の兆しが見えはじめている。

「で、ヴェネツィアにはどういう用件で？」将軍の先に立って、サン・ザッカリア広場にできた水たまりのあいだを歩きながら、ガブリエルは尋ねた。

「北のほうで仕事があった。具体的に言うと、コモ湖だ」

「何か盗まれたのか？」

「いや。殺しがあった」

「いつから美術班が死体を担当するように？」

「死んだ人間が美術界の関係者だったのでね」

ガブリエルは足を止め、将軍のほうを向いた。「さっきの質問の返事をまだ聞いていない。ヴェネツィアに来た理由は？」

「きみさ。決まっているだろう」

「コモ湖の死体とわたしになんの関係があると？」

「死体を見つけた人物が問題なんだ」

将軍はふたたび笑顔になっていたが、義眼は少し前方を無表情に見つめるだけだった。

ガブリエルは思った――すべてを知っている者の目。ノーという返事を受け入れるつもりのない男の目だ。


二人は広場を離れてサン・ザッカリア教会の正面扉からなかに入り、ベッリーニが描いた有名な祭壇画のところまで行った。絵の前に団体客が集まり、ツアーガイドが前回の修復について朗々たる口調で説明をおこなっていた。修復を担当した当人も耳を傾けていることには気づきもせずに。さすがのフェラーリ将軍もこれを愉快に思ったようだが、しばらくすると、片目だけの視線があちこちへさまよいはじめた。ベッリーニはサン・ザッカリア教会の至宝だが、ほかにもすぐれた絵画が何点かある。ティントレット、ヤコポ・パルマ、ヴァン・ダイク。この教会を見ただけでも、カラビニエリが美術窃盗専門の部署を備えている理由がわかるだろう。イタリアには二つのものが豊富にある。美術品とプロの窃盗犯。美術品の多くは防犯対策がお粗末だ。そして、多くの犯罪者がそれを残らず盗みだそうとしている。

身廊の反対側に小さなチャペルがあった。なかには守護聖人の納骨堂があり、ヴェネツィア派の無名画家の絵がかかっているだけだ。フェラーリ将軍はチャペルの信者席に腰を下ろすと、アタッシェケースを開いてファイルフォルダーをとりだした。次にフォルダーから六つ切りサイズの写真を一枚とりだし、ガブリエルに手渡した。手首を縛られてシャンデリアから吊るされた中年男性が写っていた。死因はわからないが、残忍な拷問を受けているのは明らかだった。顔が血だらけで、腫れあがっていて、胴体の皮膚と肉が何カ所かえぐりとられている。

「誰なんだ？」ガブリエルは訊いた。

「名前はジェイムズ・ブラッドショー。ジャックと呼ばれていた。国籍は英国だが、ほとんどコモ湖のほうで暮らしていた。何千人もの同国人と同じように」将軍は言葉を切って考えこんだ。「最近の英国人は祖国で暮らすのが好きではないようだね」

「たしかに」

「なぜだ？」

「連中に訊いてくれ」ガブリエルは写真に視線を落とし、すくみあがった。「結婚は？」

「していなかった」

「離婚？」

「同棲《どうせい》相手は？」

「違う」

「いなかったようだ」

ガブリエルは写真を将軍に返し、ブラッドショーは何で生計を立てていたのかと尋ねた。

「自称コンサルタント」

「どういう分野の？」

「中東で数年間、外交官をやっていた。それから早めにリタイアして、自分で事業を始めた。アラブ世界との取引を望む英国企業にアドバイスをしていたようだ。商売繁盛だったに違いない。やつのヴィラは湖のあのあたりで最高に金のかかった豪邸だ。おまけに、イタリア絵画とアンティークのみごとなコレクションがそろっていた」

「だから美術班がその死に関心を寄せているわけか」

「それもある。だが、みごとなコレクションを持つのは犯罪ではない」

「イタリアの法律の網をかいくぐって収集されたとなれば、話は違ってくる」

「いつもながら、ほかの連中の一歩先を行くやつだな、アロン」将軍はチャペルの壁の黒ずんだ絵を見あげた。「前回の修復のときに、なぜ汚れを落とさなかった？」

「予算が足りなかったものでね」

「ニスがほとんど不透明になっている」将軍は黙りこみ、それからつけくわえた。「ジャック・ブラッドショーと同じように」

「安らかに眠らんことを」

「そりゃ無理だ。あんな死に方だしな」フェラーリはガブリエルを見て、それから尋ねた。

「自分自身の死について考えたことはあるかね？」

「不幸なことに何回かは。だがそれよりもまず、ジャック・ブラッドショーのコレクション方法を話題にしたいな」

「故ブラッドショー氏には、売りものではない絵画を取得するという評判が立っていた」

「盗品の絵画？」

「きみがそう言ったんだぞ、わが友。わたしではない」

「ブラッドショーを監視していたのか」

「美術班が能力の及ぶかぎり彼の行動をモニターしていた、と言っておこう」

「となると、あなたの部下たちがブラッドショーのコレクションを徹底的に調べたんだろうな」

「紛失した作品や盗まれた作品については美術班のほうでデータベースを作っているが、これまでのところ、そこに含まれている絵画は一点も見つかっていない」

「ならば、ジャック・ブラッドショーに対するあなたの中傷の言葉は、すべて撤回する必要がありそうだ」

「証拠がないというだけでは、撤回すべきとは言えないぞ」

「正真正銘のイタリアの警官みたいな言い方だな」

フェラーリ将軍の表情からすると、ガブリエルの言葉を称賛ととったのは明らかだった。しばらくしてから、将軍は言った。「亡くなったジャック・ブラッドショーに関しては、また別の噂もある」

「どんな？」

「単なる個人的なコレクターではなく、絵画やそのほかの美術品の不法な輸出に関わっていたというのだ」将軍は声を低くしてさらに続けた。「そのせいで、きみの友達のジュリアン・イシャーウッドが厄介な立場に立たされている」

「ジュリアン・イシャーウッドは美術品の密輸に関わるような男じゃない」

将軍は返事もしなかった。彼に言わせれば、美術商などというのはあこぎな連中ばかりだ。

「ジュリアンはいまどこに？」ガブリエルは尋ねた。

「わたしが勾留している」

「何かの罪で起訴されたのか」

「いや、まだだ」

「イタリアの法律のもとでは、判事の前にひきださないかぎり、勾留は四十八時間までしか認められていないはずだが」

「死体のそばに立っているところを発見されたんだ。罪状はわたしのほうで何か考えるとしよう」

「ジュリアンがブラッドショー殺しと無関係なことはわかってるはずだ」

「心配ご無用。この時点では、起訴するつもりはまったくない。だが、きみの友人が有名な密輸業者と会う予定だったことが表沙汰になれば、友人のキャリアはおしまいだ。いいかね、アロン、美術界においてはイメージが大切なのだ」

「ジュリアンの名前が新聞に出るのを防ぐために、わたしに何をしろと？」

将軍はすぐには答えなかった。ブラッドショーの死体の写真をじっと見ていた。

「殺す前に拷問にかけたのはなぜだと思う？」将軍はようやく尋ねた。

「たぶん、ブラッドショーが犯人に金を借りてたんだろう」

「かもしれんな」将軍は同意した。「もしくは、犯人の求める品をブラッドショーが持っていたのかもしれん。莫大な価値のある品を」

「友人を救うために何をすればいいのか言ってくれ」

「ブラッドショーを殺した犯人を見つけてほしい。それから、犯人が何を捜していたかを突き止めてほしい」

「いやだと言ったら？」

「ロンドンの美術界が底意地の悪い噂で持ちきりになるだろう」

「卑劣な脅迫をする人だ、フェラーリ将軍」

「脅迫とはまた、きつい言葉だな」

「ああ。しかし、美術界においてはイメージが大切だ」

4

ヴェネツィア

ガブリエルは教会からさほど遠くないところにいいレストランがあるのを知っていた。カステッロ区の静かな一画にある店で、このあたりに観光客が足を踏み入れることはめったにない。フェラーリ将軍は食べきれないほどの料理を注文した。ガブリエルは皿の上で料理をもてあそび、レモンを絞ったミネラルウォーターを少し飲んだだけだった。

「腹は減ってないのか」将軍が訊いた。

「午後からヴェロネーゼの修復に何時間かあてる予定なもので」

「だったら、何か食べておかなくては。スタミナが必要だぞ」

「いや、それは違う」

「修復作業のときは食事抜きかね」

「コーヒーとパンを少々」

「なんという食生活だ」

「その食生活のおかげで、作業に集中できる」

「そんなに痩せているのも無理はない」

フェラーリ将軍は前菜が並んだワゴンまで行き、皿にたっぷりとった。店内にほかの客の姿はなく、レストランのオーナーとその娘がいるだけだった。十二か十三歳ぐらいの黒髪のかわいい子だった。一九八八年の暖かな春の夜にガブリエルがチュニスの別荘で暗殺した、パレスチナ解放機構《PLO》の副司令官アブ・ジハドの娘に、薄気味悪いほどよく似ている。アブ・ジハドの死顔はもう思いだせないが、怒りに震える無垢《むく》な少女の姿はガブリエルの記憶に生々しく刻みつけられている。将軍がふたたび腰を下ろしたところで、ガブリエルはテーブルに身を乗りだして尋ねた。「なぜわたしなんだ？」

「きみではいけないのか？」

「理由を聞かせてほしい」

「それできみの気が楽になるのなら」

「わたしはイタリアの警官じゃない。まったく別の立場の人間だ」

「このイタリアで長く暮らしてきたではないか」

「楽しいことばかりではなかった」

「そうだな」将軍はうなずいた。「だが、その過程で重要なコネをいくつも築きあげた。ヴァチカンの高官のなかに友人が何人もいる。そして、たぶんそれ以上に重要なことだと思うが、社会の下層部にも友人がいる。この国を隅から隅まで知りつくし、イタリア語を母国語のように話し、イタリア人を妻にしている。この国の人間と言ってもいいほどだ」

「妻はもうイタリア人ではない」

「家では何語で話をする？」

「イタリア語だ」ガブリエルは正直に認めた。

「イスラエルにいるときも？」

ガブリエルはうなずいた。

「ほら見ろ」将軍は黙って考えこんだ。ようやく口を開いた。「きみは意外に思うかもしれんが、絵画が紛失したり、誰かが殺されたりすると、誰が陰で糸をひいているのか、わたしにはたいていはっきりわかる。百人を超す情報提供者を雇い、アメリカの国家安全保障局より多くの電話とメールアカウントを監視しているからな。美術界の闇の部分で何かが起きれば、つねに情報が飛びかうものだ」

「で、現在は？」

「静まりかえっている」

「つまり？」

「おそらく、ジャック・ブラッドショーを殺したのはイタリアの連中ではないのだろう」

「どこの国の人間か、何か心当たりは？」

「ない」ゆっくりと首を振りながら、将軍は言った。「だが、暴力のレベルがどうも気になる。仕事の上で死体はずいぶん見てきたが、今回はレベルが違う。ブラッドショーに加えられた暴力ときたら……」いったん声が細くなり、それから言った。「まるで中世だ」

「そして、今度はわたしに、その連中に相対しろと？」

「きみは自分の身を守る方法を心得ている男のはずだ」

ガブリエルは聞こえないふりをした。「妻が妊娠中なんだ。一人にしてはおけない」

「奥さんには厳重な警護をつけよう」将軍は声をひそめてつけくわえた。「じつは、すでにつけてある」

「イタリア政府がわれわれ夫婦をスパイしてくれているとわかってうれしいよ」

「アロン、きみ自身のためでもあるのだぞ。きみは敵の多い男だ」

「その敵をまた一人増やせと言うのか」

将軍はフォークを置くと、ベッリーニが描いた《元首レオナルド・ロレダン》のごとき姿で窓の外をながめてじっと考えこんだ。「皮肉なものだな」しばらくしてから言った。

「何が」

「きみのような男がゲットー暮らしを選ぶとは」

「ゲットーのなかに住んでるわけではない」

「すぐそばだ」

「住みやすいところだ。わたしに言わせれば、ヴェネツィアでいちばん住みやすい」

「亡霊に満ちている」

ガブリエルは少女のほうをちらっと見た。「亡霊など信じる気はない」

将軍は疑わしそうな顔をして、ナプキンで口の端を拭いた。

「仕事はどう進めればいい？」ガブリエルは訊いた。

「われわれの情報提供者の一人になったつもりでやってくれ」

「というと？」

「美術界の地獄の部分に入りこんで、誰がジャック・ブラッドショーを殺したかを突き止めてもらいたい。あとはわたしがやる」

「わたしが手ぶらで戻ってきたら？」

「きみがそんなことをするはずはない」

「脅しのように聞こえるが」

「そうかね？」

将軍はそれ以上何も言わなかった。ガブリエルは重いため息をついた。

「必要なものがいくつかある」

「言ってみろ」

「特別なものじゃない。通話記録、クレジットカードの明細、メール、ネットの閲覧履歴、ブラッドショーが使っていたパソコンのハードディスクのコピー」

将軍はアタッシェケースのほうを顎で示した。「すべてそろえてある。ついでに、ブラッドショーに関する芳しくない噂も残らず添えてある」

「ブラッドショーのヴィラと絵画コレクションも見せてくれ」

「コレクションの目録が完成したら、きみにコピーを渡そう」

「目録は必要ない。絵をじかに見たい」

「わかった。ほかには？」

「わたしが二、三日ヴェネツィアを離れることを、誰かからフランチェスコ・ティエポロに伝えてもらわなくては」

「それから、きみの奥さんにも」

「ああ」ガブリエルはうわの空で言った。

「二人で労力を分けあおう。わたしがフランチェスコに話し、きみが奥さんに話す」

「逆にしてくれないか」

「そいつは無理だ」将軍は右手を上げた。指が二本欠けているほうの手だ。「わたしは多くの苦難を乗り越えてきたんだぞ」

残るはジュリアン・イシャーウッドのことだけとなった。じつを言うと、イシャーウッドはカラビニエリのヴェネツィア支部で窓のない小部屋に放りこまれていたのだった。身柄の引き渡しはパーリア橋の上でおこなわれた。観光名所のため息橋がよく見える場所だ。将軍には、イシャーウッドの釈放を不快に思っている様子はまったくなかった。橋の上に残り、指の欠けた手をコートのポケットに突っこんだまま、スキアヴォーニ河岸を〈ハリーズ・バー〉のほうへ遠ざかるガブリエルとイシャーウッドを、まばたきもしない義眼で見送っていた。

　イシャーウッドがベリーニをたてつづけに二杯飲むあいだに、ガブリエルは彼のために無言で空の便をチェックした。夕方六時にヴェネツィアを出発し、七時少し過ぎにヒースローに到着するブリティッシュ・エアウェイズの便があった。

「それなら時間がたっぷりあるから」イシャーウッドが険悪な声で言った。「オリヴァー・ディンブルビーを殺して、十時のニュースに間に合うようベッドに入ることができる」

「今回の件に関する非公式な代理人として言わせてもらうと、それはやめたほうがいい」

「オリヴァーを殺すのは明日の朝まで待てと言うのかね？」

　ガブリエルは思わず苦笑した。「将軍が寛大にも、きみの名前を表沙汰にしないことを承知してくれた。わたしがきみなら、イタリアの法執行機関と短時間だけ揉《も》めたことは、ロンドンではひとことも口にしないだろうな」

「短時間じゃなかったぞ。おれはあんたとは違うんだ。監獄に寝泊まりするのに慣れていない。もちろん、死体にでくわすことにも慣れていない。くそっ。あんたにも見てほしかったね。ずたずたに切り刻まれてたんだぞ」

「だったらよけい、帰国後は口をつぐんでいるべきだ。新聞にきみの名前が出て、ジャック・ブラッドショーを殺した連中にそれを見られたりしたらまずいだろ」

イシャーウッドは唇を嚙《か》み、同意のしるしにゆっくりうなずいた。「将軍はブラッドショーが盗難絵画の密輸をやっていたと思ってるようだった」しばらくしてから言った。

「しかも、おれがその商売に加担してるとも思ったようだ。しつこく尋問された」

「加担してたのか、ジュリアン？」

「ジャック・ブラッドショーの商売に？」

ガブリエルはうなずいた。

「おれもこの商売でさんざんあくどいことをやってきた。だが、盗品であることを知りながら絵を売ったことは一度もない。ただの一度も」

「密輸された絵はどうだ？」

「〝密輸〟の定義を言ってくれ」イシャーウッドはいたずらっぽく微笑した。ウェイターを呼んで、三杯目のベリーニを注文した。ようやく緊張がほぐれてきたようだ。「正直なところ、まさか今日あんたに会うことになろうとは夢にも思わなかった」

「おたがいさまだ、ジュリアン」

「将軍と知りあいのようだな」

「前に名刺交換をしたことがある」

「あんな不愉快なやつに会ったのは生まれて初めてだ」

「親しくなれば、そういやな男でもない」

「おれたちの関係について、あいつはどこまで知ってるんだ？」

「友人どうしだってことと、わたしがきみの依頼で多数の絵をクリーニングしてきたことは知っている。それから、おそらく」ガブリエルはつけくわえた。「きみとキング・サウル通りのつながりについても知っているだろう」

キング・サウル通りというのは、イスラエル諜報《ちょうほう》機関のある場所だ。そこで働く者たちは、単に〈オフィス〉という呼び方しかしない。ジュリアン・イシャーウッドもそうだ。ただし、彼は〈オフィス〉直属のメンバーではなく、支援者《サイアン》の一人である。世界中に支援者のネットワークが張りめぐらされている。緊急のさいに〈オフィス〉の工作員に現金を手渡す銀行家。負傷した工作員を極秘で治療する医者。偽名で客室を用意するホテル経営者。足がつく心配のない車を提供するレンタカー業者。イシャーウッドが勧誘を受けたのは一九七〇年代の半ば、イスラエルに対するパレスチナのテロ攻撃が頻発していた時期だった。与えられた任務はただ一つ――ガブリエル・アロンという名の若き美術修復師で、暗殺者でもある男のために、任務遂行のための隠れ蓑《みの》を作り、それを維持することであった。

「おれの釈放を勝ちとるのに、無料ってわけにはいかなかっただろうな」イシャーウッドが言った。

「まあね」ガブリエルは答えた。「じつを言うと、ずいぶん高くついた」

「どれぐらい？」

ガブリエルは質問に答えた。

「ヴェネツィアでの休暇の日々は終わりってことか」イシャーウッドは言った。「おれがぶちこわしてしまったわけだ」

「せめてもの恩返しだよ、ジュリアン。ずいぶん世話になってきた」

イシャーウッドは昔をなつかしむように微笑した。「出会って何年になる？」

「百年」

「そして、あんたはふたたび父親になろうとしている。しかも双子だ。こんな日がくるとは夢にも思わなかったぞ」

「わたしもだ」

イシャーウッドはガブリエルを見た。「子供の誕生を待ちわびている男の口調ではないな」

「わたしも年をとった、ジュリアン」ガブリエルは言葉を切り、そしてつけくわえた。「新しい家族を持つには年をとりすぎたかもしれない」

「あんたはさんざん苦労してきた。少しぐらい幸せをつかんだところで、罰は当たるまい。正直なところ、あんたが羨ましいよ。若い美人と結婚して、その美人がかわいい双子を産んでくれる。代わってもらいたいぐらいだ」

「願いごとをするときは気をつけたほうがいい」

　イシャーウッドはベリーニをゆっくり飲んだが、返事はしなかった。

「まだ手遅れではないぞ」

「子供を持つのが？」イシャーウッドは信じられないという口調だった。

「残りの人生をともに過ごす相手を見つけるのが」

「残念ながら、賞味期限を過ぎてしまったようだ」イシャーウッドは答えた。「いまのところ、おれは画廊と結婚している」

「画廊は売ればいい。南仏の別荘でリタイア生活を送るんだ」

「一週間でおかしくなりそうだ」

　二人はバーを出て、大運河までしばらく歩いた。混雑した波止場の端でつややかな木製の水上タクシーが待っていた。イシャーウッドは乗りたくない様子だった。

「わたしがきみなら、将軍の気が変わらないうちにこの街を出ていくだろう」

「健全なアドバイスだ。おれからもアドバイスをしていいか」

ガブリエルは無言だった。

「将軍に言うんだ。誰かほかの者を見つけてくれと」

「残念ながらもう遅すぎる」

「だったら、足もとに気をつけろ。それから、ヒーローのまねは二度とするな。失うものが多すぎる」

「飛行機に乗り遅れるぞ、ジュリアン」

イシャーウッドはおぼつかない足どりで水上タクシーに乗りこんだ。水上タクシーがゆっくり波止場を離れはじめると、ガブリエルのほうを向いて叫んだ。「オリヴァーにはなんて言えばいい？」

「いまに何か思いつくさ」

「そうだな。いつものことだ」

そう言うと船室に入り、ガブリエルの前から姿を消した。

5

ヴェネツィア

黄昏《たそがれ》が訪れて身廊の窓が暗くなるまで、ガブリエルはヴェロネーゼの修復に打ちこんだ。次に、自分の携帯からフランチェスコ・ティエポロに電話をかけ、カラビニエリのチェーザレ・フェラーリ将軍に個人的な用を頼まれたことを告げた。詳しい話は省略した。

「どれぐらい留守にするんだ？」ティエポロが訊いた。

「一日か二日」ガブリエルは答えた。「場合によっては一カ月ほど」

「ほかの連中にはどう言えばいい？」

「ガブリエルは死んだと言っといてくれ。アントーニオが大喜びするだろう」

ガブリエルはいつも以上に念入りに足場の道具を片づけてから、冷たい夜の街に出ていった。いつものコースをたどって北へ向かい、サン・ポーロ区とカンナレッジョ区を過ぎると、やがてヴェネツィア市内で唯一の鉄の橋に出た。

暗い通路に入った。通路の先に大きな広場が現れた。ゲットー・ヌオーヴォ広場。昔のゲットーの中心部だ。広場を渡り、二八九九番地のドアの前で足を止めた。真鍮《しんちゅう》の小さなプレートに〝ヴェネツィアのユダヤ人コミュニティ〟と書かれている。ベルを押し、無意識のうちに防犯カメラから顔を背けた。

「どちらさまでしょう?」聞き慣れた女性の声がイタリア語で尋ねた。

「わたしだ」

「わたしって?」

「ドアをあけてくれ、キアラ」

ブザーが鳴り、デッドボルトがはずれた。ガブリエルが狭苦しい廊下に入って次のドアまで行くと、ドアは自動的にあいた。その奥に小さなオフィスがあり、整頓の行き届いたデスクの前にキアラが気どってすわっていた。冬のように白いセーター、子鹿色のレギンス、革のブーツ。豊かな鳶《とび》色の髪が肩に流れ、ガブリエルがコルシカ島で彼女のために買ったシルクのスカーフにかかっていた。ガブリエルはその豊かな唇にキスしたい衝動を抑えた。ヴェネツィアの首席ラビのもとで受付をやっている女性に肉体的愛情を表現するのは不謹慎だと思ったからだ。たとえ、その女性が主席ラビの愛娘であろうとも。

キアラが〝お帰りなさい〟と言おうとしたが、電話の鳴る音に邪魔をされた。ガブリエルは彼女のデスクの端に腰かけて、縮小しつつあるユダヤ教信者たちのコミュニティで起きた小さなトラブルをキアラが解決するのに耳を傾けた。キアラの若さも美貌も彼が十年前に初めて出会ったときのままだった。ガブリエルはあのとき、第二次大戦中にイタリアに住んでいたユダヤ人の運命についての情報を得るために、ラビ・ヤコブ・ゾッリを訪ねたのだった。キアラがイスラエルの諜報員であることも、サン・ザッカリア教会の祭壇画修復作業のあいだガブリエルを監視するためにキング・サウル通りから派遣されていたことも、その時点ではまだ知らなかった。キアラが自分の正体を明かしたのは、それからしばらくたって、銃撃戦とイタリアの警察がからんだ騒ぎがローマで起きたあとのことだった。隠れ家のフラットにキアラと二人で閉じこもることになったガブリエルは、彼女の肌に触れたくてたまらなかったが、事件が片づいてヴェネツィアに戻るまで待った。カンナレッジョ区の運河に面した家で初めて愛しあった。新しいシーツを敷いたベッドの上で。ヴェロネーゼの絵に描かれた女性と愛を交わすような気分だった。

キアラは電話を切ると、いたずらっぽい視線をガブリエルに向けた。その目はカラメル色で金色の斑点が散っている。ガブリエルがいくらカンバスに忠実に描きだそうとしても、どうしてもできない組みあわせだ。いま、その目が明るく輝いていた。こんな幸せそうな彼女を見るのは初めてだと、ガブリエルは思った。不意に、フェラーリ将軍が洪水のように現れてすべてを破壊してしまったことをキアラに告げる勇気がなくなった。

「気分はどうだい？」

キアラは目で天井を仰ぎ、ペットボトルの水を少し飲んだ。

「何か気にさわることを言ったかな？」

「顔を合わせるたびに気分はどうだって訊くのはやめてほしいんだけど」

「わかってくれよ。きみの身が心配でたまらないんだから」

「心配してくれてることはわかるわ。でも、瀕死《ひんし》の病人じゃないのよ。妊娠してるだけ」

「じゃ、何を訊けばいいんだい？」

「夕食に何を食べたいか訊いてよ」

「たしかに腹ペコだ」

「わたしなんかいつも腹ペコ」

「外へ食べに出ようか」

「それより何か作りたいわ」

「大丈夫かい？」

「ガブリエル！」

キアラはデスクの上の書類を必要もないのに整頓しはじめた。これはまずい。キアラには腹を立てると整頓を始める癖がある。

「仕事はどうだった？」キアラは訊いた。

「ものすごく刺激的だった」

「ヴェロネーゼに飽きたなんて言わないでね」

「汚れたニスを落とすのは、修復でいちばんやりがいのある工程とは言えない」

「いつもと違うことは起きなかった？」

「修復中に？」

「修復中とはかぎらないけど」

妙な質問だ。「アドリアーナ・ジネッティがグルーチョ・マルクスみたいな格好で仕事に出てきたが、それ以外は、サン・セバスティアーノ教会のいつもの日常だった」

キアラが彼に向かって眉をひそめた。

「何か気になることでも？」ガブリエルは尋ねた。

「あなたを驚かせようと思って、お昼休みに教会に寄ってみたの」しばらくしてから、キアラは言った。「ところが、あなたはいなかった。来客があったって、フランチェスコが教えてくれた。でも、誰なのか知らないって言うの」

「フランチェスコが嘘をついてることは、きみにはもちろんお見通しだった」

「訓練を受けた諜報員でなくたって、それぐらいわかるわよ」

「話を続けてくれ」

「わたしは作戦本部へ電話をして、キング・サウル通りの誰かがヴェネツィアに来ているかどうか確認した。でも、あなたに会いに行った者は誰もいないって返事だった」

「珍しいことだ」

「今日、誰に会ったの？」

「尋問みたいになってきたな」

「誰だったの？」キアラはふたたび尋ねた。

ガブリエルは右手を上げ、それから指を二本下げた。

「フェラーリ将軍？」

ガブリエルはうなずいた。キアラはデスクを凝視した。よけいなものが置かれていないか、確認するかのように。

「気分はどう？」ガブリエルは静かな声で尋ねた。

「上々よ」顔も上げずに、キアラは答えた。「でも、今度またその質問をしたら……」

二人が借りているアパートは、カンナレッジョ区の静かな一角に建つ古びた邸宅《パラッツォ》の二階にあった。邸宅の横には静かな広場。反対側には運河。ガブリエルがヴェネツィアから逃走する必要に迫られた場合に備えて、〈オフィス〉が用意した小型のモーターボートが置いてある。〈オフィス〉には彼の身の安全を図らなくてはならない充分な理由がある。ガブリエルがさんざん抵抗した末に、〈オフィス〉の次期長官になることをようやく承知したのだ。就任は一年後に予定されている。いったん就任すれば、朝起きてから寝るまでの時間はすべて、イスラエルの破壊を望む者たちから祖国を守る任務に捧げられることとなる。修復作業に没頭することも、美しい若妻とヴェネツィアに長期滞在することもできなくなる。

アパートには高性能のセキュリティ・システムがついていて、ガブリエルが玄関をあけると優しい音で迎えてくれた。家に入った彼はバルドリーノを抜栓し、キッチンのカウンターにすわって、キアラがブルスケッタを用意するあいだ、BBCのニュースに耳を傾けた。国連調査団が地球規模での深刻な気候温暖化を予言、バグダッドのシーア派の住む地区で自動車爆弾により四十名が死亡、〝ダマスカスの虐殺者〟と呼ばれるシリア大統領が自国民に対してふたたび化学兵器を使用。キアラは眉をひそめてラジオを消した。それから、抜栓されたワインボトルに憧れの目を向けた。ガブリエルは胸が痛んだ。キアラは春にバルドリーノを飲むのが昔から大好きだった。

「ひと口だけなら害はないさ」ガブリエルは言った。

「うちの母はわたしがおなかにいたとき、ワインにはけっして口をつけなかったわ」

「だから、こういう子が生まれたのか」

「あらゆる点で完璧な子が」

キアラは微笑して、ブルスケッタをガブリエルの前に置いた。ガブリエルは刻んだオリーブがのったのをひと切れと、白いんげんとローズマリーがのったのをひと切れとり、バルドリーノをグラスに注いだ。キアラは玉ねぎの皮をむくと、包丁を手早く使ってみごとな角切りの山に変えていった。

「気をつけろ」キアラを見守りながら、ガブリエルは言った。「注意してないと、将軍みたいな手になってしまうぞ」

「やめてよ」

「将軍にどう言えばよかったんだ、キアラ？」

「真実を告げればよかったのよ」

「どの真実だ？」

「長官就任の宣誓をするまであと一年。それがすむと、あなたは首相の意のままに動かなくてはならなくなり、国家の安全があなたの双肩にかかってくる」

「だから何回も固辞したんだ」

「でも、結局は承諾した。そして、これがイスラエルに戻る前に二人でゆっくり過ごせる最後のチャンスなのよ」

「それなら説明しようとした。哀れな詳細は省いたがね。そしたら、ジュリアンがイタリアの刑務所で朽ち果てることになると脅された」

「ジュリアンの有罪の証拠なんて何もないんでしょ。将軍のはったりだわ」

「まあな。しかし、野望に燃える英国の記者がジュリアンの背景に探りを入れようと決心したらどうなる？　そして、その同じ記者が、ジュリアンが〈オフィス〉の支援者であることを突き止めたら？　ジュリアンの名前が汚されることになったら、いくら後悔してもしきれない。わたしがジュリアンを必要とするとき、いつもそばにいてくれたんだ」

「ロシアの亡命者の猫を預かってくれるよう、あの人に頼んだときのことを覚えてる？」

「忘れられるわけがない。ジュリアンが猫アレルギーだとは知らなかった。あのあと一カ月、皮膚がかぶれてたみたいだ」

　キアラは微笑した。ずっしりしたフライパンにオリーブオイルとバターを入れて、玉ねぎを加え、手早く人参《にんじん》を刻んでそれも加えた。

「何を作ってくれるんだい？」

「お肉を使った郷土料理で、カランドラーカっていうの」

「何か手伝えることはないかな？」ガブリエルは訊いた。

「わたしにつきまとうのをやめてくれるだけでいいわ」

　ガブリエルはブルスケッタの皿とワインを狭いリビングへ持っていった。カウチに腰を下ろす前に、ウエストの背後から銃をとりだし、コーヒーテーブルに慎重に置いた。ベレッタの九ミリで、ウォルナット材のグリップ部分に絵具汚れがついていた。ティツィアーノ、ベリーニ、ラファエロ、ティントレットが少しずつ。近いうちに、銃を持ち歩くことはなくなる。彼のためにほかの者が銃を持つことになる。

「ジャック・ブラッドショー殺しの犯人を見つけるのに、将軍がどうしてあなたを必要とするのか、やっぱり理解できない」キアラがキッチンから大声で言った。

「将軍は犯人が何かを捜していたと思ってるようだ」ガブリエルはテーブルにのっていた雑誌のページをめくりながら答えた。「それを犯人より先に見つけてほしいと言うんだ」

小麦粉を軽くはたいた子牛肉をキアラがフライパンに入れると、ほどなく、肉の焼けるおいしそうな匂いがアパートを満たした。キアラは次に、トマトソースと白ワインを少々加え、目分量でハーブも入れた。ガブリエルは運河の黒い水面をゆっくり進む船の航海灯を見つめていた。それから、明日の朝いちばんでコモ湖へ出かける予定であることを、おそるおそるキアラに告げた。

「いつ帰ってくるの？」

「状況しだいだ」

「どんな？」

「ジャック・ブラッドショーのヴィラで何が見つかるかによる」

キアラはまな板の上でじゃがいもを刻んでいた。「わたしも一緒に行く」と宣言したが、包丁の音がうるさくて、かろうじて聞こえるにとどまった。ガブリエルは窓辺で振り向き、キアラに非難の視線を向けた。

「どうかしたの？」しばらくして、キアラが訊いた。

「きみはここに残るんだ」ガブリエルは冷静に答えた。

「コモ湖よ。危険なんかあるわけないでしょ」

「いくつか例を挙げようか」

キアラは黙りこんだ。ガブリエルは向きを変えて、運河を進む船をふたたび見つめたが、頭に浮かんでくるのは、長年にわたる波乱のキャリアのなかで出会った数々の光景だった。不思議なことに、そのキャリアはヨーロッパでも最高に魅惑的な土地が舞台になっていた。カンヌやサントロペで暗殺を遂行し、ローマの街角やスイスの山中で命をかけて戦ってきた。そして何年も前に、ウィーンの優美な一区にある古風な通りで車を爆破され、妻と息子を失った。だめだ、キアラをコモ湖へ連れていくわけにはいかない。ヴェネツィアに残して実家の人々に世話を頼み、イタリア警察に守ってもらおう。キアラの身に万一のことがあったら、将軍よ、ただではおかないぞ。

キアラは小さく鼻歌を歌っていた。大好きな低俗イタリアン・ポップス。刻んだじゃがいもをフライパンに加えて、火を細くし、リビングのガブリエルのところへ行った。フェラーリ将軍から渡されたジャック・ブラッドショー関係のファイルが、コーヒーテーブルにのっていた。その横にベレッタ。キアラがファイルに伸ばした手をガブリエルが止めた。犯人がブラッドショーに加えた残虐な仕打ちを彼女には見せたくなかった。キアラは彼の肩に頭をもたせかけた。髪からバニラの香りが漂った。

「カランドラーカはいつできるんだい？」

「一時間ほどしたら」

「そんなに待てないよ」

「ブルスケッタをもう一つどうぞ」

ガブリエルはひと切れとった。キアラもそうした。それから、バルドリーノのグラスを鼻先に持っていった。だが、飲みはしなかった。

「少しだけなら飲んでも大丈夫だよ」

キアラはワイングラスをテーブルに戻し、おなかに片手を当てた。ガブリエルもその横に自分の手を置き、一瞬、胎児二人の心臓の鼓動が蜂鳥の羽ばたきのごとく伝わってきたように思った。わたしの子供だ。しっかり手を当てて、ガブリエルは思った。この子たちを傷つけようとする者がいれば、ぜったいに容赦しない。

6

コモ湖

　翌朝、目をさました英国の人々は、外国暮らしをしていたジェイムズ・ブラッドショーという実業家がコモ湖畔のヴィラで無惨な他殺体となって発見された、という新聞記事を読むこととなった。イタリアの捜査当局は強盗のしわざだろうと見ている。何一つ盗まれていないというのに。その記事にフェラーリ将軍の名前は出ていなかった。また、ロンドンの有名な美術商であるジュリアン・イシャーウッドが第一発見者であることも伏せられていた。ブラッドショーに対して好意的なコメントをしてくれる人間を見つけようとして、どの新聞も必死になった。『タイムズ』が外務省時代の古い同僚をようやく捜しだすと、その同僚はブラッドショーのことを〝優秀な外交官〟と評したが、それを除けば、ブラッドショーの人生は弔辞に値するものではなかったようだ。BBCのニュースに出た写真は二十歳ぐらいのころのものだった。

　ブラッドショー殺しの記事には、もう一つ、重大な事実が欠けていた。イスラエル諜報機関の伝説的スパイであるガブリエル・アロンが、美術班からひそかに頼まれて事件を調べることになったという事実である。ガブリエルの捜査は朝の七時半、高性能のUSBメモリを彼のノートパソコンに差しこんだときに始まった。フェラーリ将軍から渡されたそのメモリには、ジャック・ブラッドショーのパソコンの内容がコピーされていた。ドキュメントの大半は〈メリディアン・グローバル・コンサルティング・グループ〉という彼の会社関係のものだった。妙な名前をつけたものだとガブリエルは思った。社員は一人もいないようなのに。メモリには二千を超えるドキュメントが入っていた。それに加えて、電話番号とメールアドレスが数千。誰のものかをすべて確認する必要がある。すごい数なので、ガブリエル一人ではとうてい調べきれない。アシスタントが必要だ。犯罪方面の知識があって、できればイタリア美術にも詳しい熟練の調査員が。

「わたし?」信じられないという口調で、キアラが言った。

「もっといい案があるかい?」

「答えなきゃいけない?」

ガブリエルは返事をしなかった。キアラの飛びつきそうな案だとにらんでいた。クイズや問題を解くのが大好きな女だ。

「キング・サウル通りのパソコンを使って電話番号とメールアドレスをチェックできれば、はるかに楽なんだけど」しばらく考えこんでから、キアラは言った。

「そりゃそうだな。しかし、イタリア人のために事件の捜査をしてるなんて、口が裂けても〈オフィス〉には報告できない」

「いずればれるわよ。いつもそうだもの」

ガブリエルはブラッドショーのファイルをノートパソコンのハードディスクにコピーして、USBメモリは自分で保管することにした。それから、キアラがシャワーを浴びて通勤着に着替えているあいだに、着替えを二組と二種類の身分証を小型の旅行かばんに詰めた。ゲットーまでキアラを送っていき、コミュニティ・センターの入口で、最後にもう一度だけ彼女のおなかに手を当てた。立ち去ろうとしたとき、センターのカフェでコーヒーを飲んでいるハンサムな若いイタリア人男性が目に入った。ローマのフェラーリ将軍に電話をかけた。将軍はその若いイタリア人が要人の身辺警護を専門とするカラビニエリの警官であることを認めた。

「妻の警護係に、映画スターのような容貌ではない男を選ぶことはできなかったのか」

「偉大なるガブリエル・アロンが嫉妬に駆られているなどと言わないでくれよ」

「妻の身に何も起きないことを確認したいだけだ。聞こえているか？」

「わたしの目は片方しかないが、耳は両方そろっていて、順調に機能している」

多くのヴェネツィア人と同じく、ガブリエルも車を所有している。フォルクスワーゲンのセダンで、ローマ広場近くの貸しガレージに置いてある。その車で幹線道路を走って本土に渡り、高速道路《アウストラーダ》へ向かった。

西へ車を飛ばして、パデュア、ヴェローナ、ベルガモを過ぎ、予定より三十分早くミラノ郊外に到着した。そこから北のコモ湖へ向かい、曲がりくねった湖畔の道路を走って、ブラッドショーのヴィラの門に着いた。門扉の隙間から、前庭に止まったカラビニエリの車が見えた。ローマの将軍に電話をかけてヴィラに到着したことを告げ、すぐさま電話を切った。三十秒後、門が開いた。

ガブリエルは車のギアを入れると、急傾斜の車道をゆっくり下り、空虚な言葉で人生を要約された男の住まいへ向かった。〝優秀な外交官〟……一つだけ確信できることがあった。リタイアした外交官であり、中東とビジネス取引をしている企業のコンサルタントであり、イタリア絵画の収集家でもあったジャック・ブラッドショーは、嘘をつくのが職業だった。なぜわかるかというと、ガブリエル自身も嘘つきだからだ。そのため、車を降りながら、いまからその人生を探ろうとしている相手に対してある種の親近感を覚えた。


私服姿のカラビニエリの警官が玄関で待っていた。ルッカと名乗った。名字も階級も省略。ただのルッカ。ガブリエルに差しだしたのは、ゴム手袋とポリの靴カバーだけだった。ガブリエルは大喜びでそれらをつけた。イタリアの犯罪現場に自分のＤＮＡを残すのは二度とごめんだった。

「一時間さしあげましょう」カラビニエリの警官が言った。「わたしも一緒に行きます」

「時間は必要なだけもらう。それから、きみはここでじっとしててくれ」

警官から返事がなかったので、ガブリエルは手袋をはめ、靴カバーをつけてヴィラに入った。彼が最初に気づいたのは血だった。気づかずにいるほうがむずかしい。玄関ホールの大理石の床全体が血でどす黒く染まっている。なぜ邸内のもっと奥まった場所ではなく、こんなところで殺人がおこなわれたのかと、ガブリエルは首をひねった。侵入した犯人一味とブラッドショーが鉢合わせした可能性もなくはないが、玄関にも門にも強引に押し入った形跡はなかった。ブラッドショーが招き入れたと考えるほうが理にかなっている。顔見知りだったのだ。そして、愚かにも連中を信用して自宅に入れたのだ。

ガブリエルは玄関ホールをあとにして、広いリビングに入った。絹張りのソファに椅子という優美なしつらえの部屋で、高価なテーブル、電気スタンド、さまざまな装飾品が置いてある。一つの壁面全体が湖を見渡せる大きな窓になっていた。あとの壁にはイタリアの巨匠の絵画が並んでいた。大部分は、ヴェネツィアやフィレンツェの有名画家の弟子や模倣者が粗製濫造した三流の宗教画と肖像画だった。しかし、なかに一点、古代ローマの建造物を描いた風変わりな絵があって、これは明らかに、ジョヴァンニ・パオロ・パンニーニ自身が描いたものだった。ガブリエルは手袋の指先を唾で湿らせ、表面をなでてみた。室内に展示されているほかの絵と同じく、これも丹念なクリーニングが必要だ。

指先の汚れをジーンズでこすり落としてから、アンティークの書き物机へ近づいた。幸せだったころのブラッドショーの写真が二枚、銀のフレームに入れて飾ってあった。一枚目はギザの大ピラミッドの前でポーズをとるブラッドショーで、希望と夢にあふれた顔に少年っぽい感じの前髪が垂れている。二枚目はヨルダンの古代都市ペトラで写したものだ。アンマンの英国大使館に勤務していた時代のものだろう。年をとり、きびしい表情になっている。たぶん、聡明にもなっているだろう。中東とはそういう場所だ。希望を絶望に変え、理想主義者をマキアベリのような策略家に変える。

書き物机の引出しをあけてみたが、興味のあるものは見つからなかったので、次に電話の着信履歴を見てみた。六二一五八四五という番号から何回か電話が入っていた。ブラッドショーの生前に五回、死後に二回。受話器を上げてリダイヤルすると、数秒してからかすかな呼出音が聞こえた。数回鳴ったあとで、かちっ、がちゃっという音が続いた。電話の向こうの人物が受話器をとり、すぐに切ってしまったようだ。その番号にもう一度かけてみたが、結果は同じだった。だが、さらにもう一度かけたところ、男性の声で応答があり、「マルコ神父です。ご用件は？」とイタリア語で尋ねてきた。

ガブリエルは何も言わずにそっと受話器を戻した。電話の横にメモ用紙が置いてあった。いちばん上の紙をはぎとり、次の紙に電話番号を走り書きして、二枚ともコートのポケットに入れた。それから二階に上がった。

さまざまな絵画が中央の広い廊下にかけられ、がらんとした寝室二つの壁を覆っていた。三つ目の寝室は倉庫がわりに使われていた。額縁に入ったものや、イーゼルにのったものなど、数十点の絵が折りたたみ椅子みたいに壁に立てかけてあった。大半がイタリア絵画だが、ドイツやフランドルやオランダの画家のものも何点か含まれている。そのなかに、中庭で仕事中のオランダの洗濯女たちを描いた風俗画があった。最近修復されたばかりのように見える。ガブリエルは不思議に思った――ブラッドショーはなぜこの絵を修復させたのだろう？　これ以上に価値のある何点もの絵が、黄ばんだニスに覆われて放置されているというのに。そして、修復を終えたこの絵がなぜ、倉庫がわりの部屋の壁に立てかけたままになっているのだろう？

廊下の向かいには、ブラッドショーの寝室と仕事部屋があった。何かを隠す方法なら熟知している。そこで、ガブリエルは二つの部屋を徹底的に調べてまわった。寝室を調べると、色とりどりのシャツが重ねられた引出しの底から、数千ユーロが詰めこまれたしわだらけの茶封筒が出てきた。フェラーリ将軍の部下たちはこれを見落としたらしい。仕事部屋からは、ビジネス関係の書類で膨らんだファイルフォルダーが見つかった。ほかに、大量の学術論文やカタログ類。さらに〈メリディアン・グローバル・コンサルティング〉がジュネーブ・フリーポートに倉庫を借りていることを示す書類も見つかった。この書類も将軍の部下たちが見落としたのだろうかと、ガブリエルは首をひねった。

フリーポート関係の書類をコートのポケットに入れてから、廊下を横切り、倉庫がわりに使われている部屋に戻った。三人のオランダの洗濯女は彼の存在に気づきもせずに、石畳の中庭であいかわらずせっせと働いている。ガブリエルはカンバスの前にしゃがんで、絵筆のタッチを丹念にチェックした。模写であることは明らかで、自信ものびやかさも皆無だった。絵画に造詣の深いガブリエルに言わせれば、子供の塗り絵レベルで、画家がオリジナルを見ながら描いたかのようだ。たぶん、じっさいにそうだったのだろう。

一階に下り、カラビニエリの警官が目を光らせている前で、旅行かばんから小型の紫外線ランプをとりだした。暗くした部屋で古い名画にこのランプを当てると、修正箇所が黒い斑点となって浮きあがり、修復の程度を知ることができる。あの時代に描かれたオランダの名画はたいてい、大なり小なり損傷を受けているので、修正箇所（美術業界の呼び方だと〝インペイント〟）が黒く点々と現れるはずだ。

ガブリエルは二階の部屋に戻ると、ドアを閉め、ブラインドもきっちり閉めた。それから、紫外線ランプのスイッチを入れて絵を照らした。三人の洗濯女の姿が消えた。カンバス全体がタールのように真っ黒だった。

7

コモ湖

ガブリエルはコモ市の工業地区にある化学薬品会社で、アセトン、アルコール、蒸留水、ゴーグル、ガラスのビーカー、防護マスクを購入した。それから、市の中心部の美術工芸用品店に寄って木釘と脱脂綿を買った。湖畔のヴィラに戻ると、カラビニエリの警官が新しい手袋と靴カバーを用意して入口で待っていた。今回は、一時間以内などというるさいことは言わなかった。ガブリエルの作業に長時間かかりそうだと観念していた。

「何も汚染しないようにしてください。いいですね」

「汚染されるのはこっちの肺だけさ」ガブリエルは答えた。

二階に上がり、カンバスを額縁からはずして肘掛けのない椅子に立てかけ、見つかったかぎりのライトを絵の表面に当てた。それから、同量のアセトンとアルコールと蒸留水をビーカーに入れて混ぜあわせ、木釘と脱脂綿で綿棒を作った。手早く作業を進めて、カンバスの左下から五センチ×三センチぐらいの小さな長方形の部分を選び、真新しいニスと絵具を除去した。このテクニックを、絵画修復師たちは〝窓を開く〟と称している。ふつうは溶剤溶液の強度と効力を試すためにおこなわれる。だが、いまの場合、ガブリエルが窓を開いているのは、絵の表層部分を拭きとって下に何があるかを調べるためだった。彼が目にしたのは、真紅の衣装の豊かな襞《ひだ》だった。中庭で働く三人のオランダの洗濯女の下には、どうやら保存状態のいい絵が隠れているようだ。ガブリエルの見たところ、すばらしい才能を持つ本物の巨匠が描いたものと思われる。

ほかに三つの窓を手早く開いた。一つはカンバスの右下に。あと二つは上のほうに。右下から現れたのも布地で、さっきのより色合いが暗くて線がぼやけている。右上のほうは、カンバスがほぼ真っ黒だ。左上の窓からは、背景の建造物の一部らしき黄褐色の半円アーチがのぞいている。四つの窓を調べてみて、人物がカンバス上にどんな形で配置されているか、おおよその見当がついた。それ以上に重要なのは、この絵がオランダやフランドル派ではなく、イタリアの画家の作品にほぼ間違いないということだった。

半円アーチの何センチか下に五つ目の窓を開くと、髪が薄くなった男性の頭部が現れた。窓をさらに広げたところ、鼻梁《びりょう》と、絵を鑑賞する者をまっすぐに見つめる目があった。次に、数センチ右へ移動して窓を開くと、若い女性の白い艶《あで》やかな額が現れた。その窓も広げてみた。すると、伏し目がちの視線に出会った。次にすっと通った鼻が現れ、小さな薔薇《ばら》色の唇と繊細な輪郭の顎が続いた。それからさらに十分ほど作業を続けると、子供の手が伸びているのが見えた。男性、女性、子供……子供の手をじっくり調べた。とくに、親指と人差し指が女性の顎に触れている様子を。ガブリエルにとっては見慣れたポーズだ。絵筆のタッチも。

廊下を横切ってブラッドショーの仕事部屋へ行き、パソコンのスイッチを入れて〈アート・ロス・レジスター〉というサイトを呼びだした。盗難、紛失、密輸の被害にあった美術品を集めた世界最大のデータベースである。キーをいくつか叩くと、パソコン画面に一枚の絵が現れた。向かいの部屋の椅子に立てかけてある絵と同じものだ。その下に短い説明がついていた。

《聖家族》
油彩・画布、パルミジャニーノ（一五〇三～一五四〇）
二〇〇四年七月三十一日、ローマのサント・スピリト病院にある修復ラボで盗難にあう。

行方不明となったこの絵を、カラビニエリの美術班は十年以上にわたって捜しつづけてきた。いま、それが見つかったのだ。殺された英国人のヴィラで。オランダ人画家ウィレム・カルフの絵の模写の下に隠れていたのを。フェラーリ将軍に電話をかけようとしたが、途中でやめた。一点見つかったのなら、ほかにもあるに決まっている。

紫外線ランプの光を受けてカンバス全体が真っ黒になった絵が、倉庫がわりの部屋でさらに二点見つかった。一つは、オランダ派のシモン・デ・フリーヘルの画風を思わせる海岸の風景画。もう一つは、花が活《い》けてある花瓶の絵。ウィーンの画家、ヨハン・バプティスト・ドレシュラーの模写のようだ。ガブリエルは窓を開きはじめた。

雲が浮かぶ空のもとで風にそよぐ木々、草むらに広がったスカート、でっぷり太った女の裸体……。

青緑の背景、花柄のブラウス、薔薇色の頬の上に眠たげな大きい目……。

どちらも見覚えのある絵だった。パソコンの前にすわって、ふたたび〈アート・ロス・レジスター〉のサイトを呼びだした。キーをいくつか叩くと、画像が現れた。

《田園の若い女たち》
油彩・画布、ピエール・オーギュスト・ルノワール（一八四一～一九一九）
十六・四×二十インチ
一九八一年三月十三日、バニョール＝シュル＝セズ美術館（ガール県、フランス）から消え、以後行方不明。現在の推定価格・不明。

さらにキーを叩くと、もう一つの絵が現れた。これも行方不明だった絵だ。

《女の肖像》
油彩画、グスタフ・クリムト（一八六二～一九一八）
三十二・六×二十一・六インチ
一九九七年二月十八日、リッチ・オッディ美術館（ピアチェンツァ、イタリア）から姿を消した。現在の推定価格・四百万ドル。

ルノワールとクリムトをパルミジャニーノの横に並べて携帯で撮影し、すぐにローマへ送信した。三十秒後、フェラーリ将軍から電話があった。援軍を送るとのことだった。
ガブリエルは絵画三点を一階に運んで、広いリビングのカウチの一つに並べた。パルミジャニーノ、ルノワール、クリムト……。三人の有名画家が描いた行方不明の作品が三点。どれも一段劣る模写の下に隠されている。しかし、なぜ盗難作品を隠すために、わざわざ模写という手間をかけたのだろう？　ジャック・ブラッドショーはどうやら、盗難美術品と密輸美術品を扱うプロのネットワークと関わりを持っていたようだ。絵を見ながら、ガブリエルは考えた――この三点が見つかったなら、ほかにもたくさんあるはずだ。

若き日のブラッドショーの写真を手にした。彼の履歴書は前世期の遺物のような内容だった。イートン校とオックスフォード大学を卒業し、アラビア語とペルシャ語に堪能で、かつては強大だったがいまでは衰退の末期に入った帝国のために働くべく、外の世界へ送りだされた。もしかしたら、ごく平凡な外交官で、ビザを発給し、パスポートにスタンプを押し、誰にも読んでもらえない通信文を書いていただけかもしれない。もしくは、まったく違うタイプだったのかもしれない。薄すぎて信用できないこの履歴書に肉付けできる人間を、ガブリエルはロンドンで一人知っている。真実は無料では手に入らない。スパイの世界では、そんなことはめったにない。

写真を脇へどけると、携帯で明朝のヒースロー行きの飛行機の席を予約した。次に、紙片を手にした。ブラッドショーの電話の着信履歴に出ていた番号をそこに走り書きしておいたのだ。

六二一五八四五……。

〝マルコ神父です。ご用件は？〟

その番号にもう一度かけてみたが、今度は誰も出なかった。仕方がないので、キング・サウル通りの作戦本部へ連絡して、ルーティンチェックを依頼した。十分後に返事が来た。六二一五八四五は電話帳に出ていない番号で、ブリエンノにあるサン・ジョヴァンニ福音教会の司祭館のものだという。湖畔を北へ二、三キロ行ったところにあるとのこと。

ブラッドショーのメモ用紙のいちばん上にあった紙を手にとった。スタンドの光をかざして、ブラッドショーの万年筆が残したくぼみを調べた。次に、デスクのいちばん上の引出しから鉛筆をとりだし、紙の表面をそっとこすると、やがていくつもの線が現れた。意味をなさないものがほとんどだった。数字の四、数字の八、C、V、Oという文字。しかし、いちばん下に、一つの単語がくっきり浮かびあがっていた。

サミール……。

8

ストックウェル、ロンドン

その道路は〝楽園〟と呼ばれているが、じっさいには〝失われた楽園〟だった。赤煉瓦《れんが》の公営アパートが並ぶ荒廃した通り、みすぼらしい芝生、子供のいない遊園地。メリーゴーランドが風のなかでゆっくり回転している。ガブリエルはそこでしばし足を止めて、尾行されていないか確認した。コートの襟を立て、身震いした。ロンドンはまだ春になっていない。

遊園地の向こうの薄汚い路地がクラパム・ロードに通じている。左へ曲がってストックウェルの地下鉄駅まで歩いた。もう一度曲がると、戦後に建てられた煤《すす》汚れのひどいテラスハウスが並ぶ静かな通りに出た。八番地には錬鉄《れんてつ》製のゆがんだ黒いフェンスがめぐらされ、ロイヤルブルーのリサイクル容器が唯一の装飾とも言うべきコンクリート敷きの小さな庭がついていた。ガブリエルは容器の蓋を上げ、何も入っていないことを確認してから、玄関ドアまでの三段のステップをのぼった。〝勧誘お断り〟の貼り紙が出ていた。それを無視して、呼鈴のボタンを親指で押した。指示されたとおり、二回短く、三回目はやや長めに。「ミスター・ベイカー」玄関に出てきた男性が言った。「ようこそ。デイヴィーズです。お待ちしておりました」

ガブリエルは家のなかに入ると、ドアを閉めてから、迎えてくれた男性のほうを向いた。柔らかそうな淡い金色の髪、田舎牧師のような罪のない顔。デイヴィーズというのは本名ではない。本名はナイジェル・ウィットカム。

「なんなんだ、このスパイごっこは？　こっちは亡命希望者じゃないんだぞ。ボスと話がしたいだけだ」

「わが情報部はセーフハウスにおける本名の使用を認めていないもので」

ガブリエルは狭いリビングに入った。空港の出発ロビーみたいに殺風景な部屋だった。

「メイフェアかチェルシーあたりに隠れ家を見つけるわけにいかなかったのか」

「ウェスト・エンドには空き物件がなかったんです。それに、こっちのほうがヴォクソール・クロスに近いし」

ヴォクソール・クロスというのは、ＭＩ６とも呼ばれる英国秘密情報部の本部ビルの通称。かつては、本部がブロードウェイのみすぼらしいビルに置かれ、長官が〝Ｃ〟という名でしか知られていない時代があった。現在では、スパイたちがロンドンでいちばん派手なランドマークの一つで働き、長官の名前が新聞にしょっちゅう登場する。ガブリエルは昔のやり方のほうを好んでいる。諜報活動に関しても、美術に関しても、もともとが伝統を重んじるタイプだ。

「セーフハウスにおけるコーヒーについては、情報部から許可が出てるのかい？」

「本格的なコーヒーではないけど」ウィットカムが笑顔で答えた。「戸棚にネスカフェの壜が入っているかもしれない」

ガブリエルはネスカフェならまだ我慢できると言いたげに肩をすくめると、ウィットカムのあとから狭いキッチンに入った。たしかにネスカフェの壜があった。そのとなりには、エドワード・ヒースが首相だった時代からあったかに見えるトワイニング紅茶の缶。ウィットカムが電気ケトルに水を入れるあいだに、ガブリエルはマグを探した。二個あった。一個はロンドンオリンピックのロゴがついたもの。もう一個はエリザベス女王の顔がついたもの。ガブリエルが女王の顔のマグを選ぶと、ウィットカムが微笑した。

「あなたが女王陛下の崇拝者だとは知らなかった」

「陛下は美術の趣味がいいからね」

「財力のおかげだ」

ウィットカムはこの意見を批判としてではなく、単なる事実として述べた。そういう男なのだ。慎重、狡猾《こうかつ》、コンクリートの塀のごとく不透明。ＭＩ５でキャリアをスタートさせ、やがて、ＭＩ５の副長官グレアム・シーモアの片腕となり、彼のために非公式の任務を遂行するようになった。シーモアはつい最近、MI6の新長官に任命され、諜報活動に従事するすべての者を仰天させた。ウィットカムはひきつづき、これまでと同じ立場で長官に仕えている。ストックウェルの隠れ家でガブリエルを迎えたのもそういう事情からだった。ウィットカムはネスカフェをスプーンですくってマグに入れ、ケトルの口から蒸気が立ちのぼるのを見つめた。

スーツの胸ポケットから携帯をとりだして画面をのぞいた。「到着したらしい。コーヒー、頼んでいいですか？」

「湯を注いでかきまぜる。それでいいんだろ？」

ウィットカムは部屋を出ていった。ガブリエルはコーヒーを用意すると、リビングへ行った。体にぴったり合ったチャコールグレイのスーツにストライプの紺のネクタイを締めた長身の人物がいた。顔の輪郭がくっきりして、目鼻立ちが整っている。艶やかな銀色の髪は贅沢《ぜいたく》な装身具の広告に登場する男性モデルのようだ。左手に持った携帯を耳に当てていた。右手を機械的にガブリエルのほうへ差しだす。彼の握手には力と自信がこもっていて、時間の長さも理想的だった。上流の学校に入り、上流のクラブの会員となり、テニスやゴルフといった紳士のスポーツが得意であることを示す握手だ。グレアム・シーモアは英国の輝かしき過去の遺物、指導者となるために生まれ、教育され、訓練を受けた支配階級の人間だった。数カ月前には、イスラム過激派から英国を守ろうとする長年の戦いに疲れはて、情報部をやめてポルトガルにある別荘でリタイア生活を送る予定だと、ガブリエルにこっそり打ち明けたことがあった。それなのに、思いもよらず、MI6の伝説的人物とされている父親と同じ道を歩むことになってしまった。ガブリエルは不意に、ロンドンに来たことを申しわけなく思った。MI6の長官となったシーモアに最初の危機を押しつけることになるのだ。

シーモアは携帯に向かって二言三言つぶやくと、電話を切り、ナイジェル・ウィットカムに渡した。それからガブリエルのほうを向いて、しばらくしげしげと見つめた。「きみとは長いつきあいだから」ようやく言った。「どういう用件でこの街にやってきたのか、尋ねるのがいささかためらわれる。だが、ほかに選択肢はなさそうだな」

ガブリエルは真実のごく一部をシーモアに語った。自分がロンドンに来たのは、イタリアで暮らしていた英国人が殺された事件を調べているからだと。

「その英国人に名前はあるのか」シーモアが訊いた。

「ジェイムズ・ブラッドショー」ガブリエルは答えた。しばし黙りこみ、それからつけくわえた。「ただし、友人からはジャックと呼ばれていた」

シーモアの顔は無表情な仮面のままだった。「新聞で読んだような気がする。以前、外務省にいたのではなかったかね？　中東でコンサルタントをやっていたとか。コモ湖のヴィラで殺された。残虐な殺しだった」

「そのとおり」ガブリエルはうなずいた。

「それがわたしにどう関係するんだ？」

「ジャック・ブラッドショーは外交官ではなかった。そうだろう、グレアム。ＭＩ６の人間だ。スパイだった」

シーモアは冷静沈着な態度をしばらくのあいだ崩さなかった。やがて、目を細めて尋ねた。「ほかに何を探りだした？」

「盗難にあった三点の絵画、ジュネーブ・フリーポートの貸し倉庫、サミールという名の人物」

「それだけ？」シーモアはゆっくり首を振り、ウィットカムのほうを向いた。「夕方までのアポイントをすべてキャンセルしてくれ、ナイジェル。それから、何か飲みものを頼む。時間がかかりそうだ」

9

ストックウェル、ロンドン

ウィットカムがジントニックを作るために出ていくと、ガブリエルとグレアム・シーモアは殺風景な狭いリビングの椅子にすわった。シーモアは自分の両手をじっと見つめ、どこから説明を始めるべきか考えているように見えた。ガブリエルとシーモアは対立関係にある機関のスパイどうしにしては親しいといえる間柄で、おたがいに不信感はほとんど抱いていない。

「きみがここにいることを、イタリア側は知ってるのか」ようやくシーモアが訊いた。

ガブリエルは首を横に振った。

「〈オフィス〉は？」

「ここに来ることは伏せてあるが、それでも、行動を監視されていないとは言いきれない」

「正直なやつだ」

「きみの前ではつねに正直さ、グレアム」

「少なくとも、そっちにとって都合のいいときだけは」

ガブリエルは反論しようとしなかった。かわりに、ジャック・ブラッドショーの短かった人生とキャリアについて詳しく語った。シーモアのような男にとっては慣れ親しんだ領域だった。彼自身もブラッドショーと同じ人生を歩んできたのだから。どちらも恵まれた中流家庭に生まれ、学費は高いが扱いの冷淡なパブリック・スクールに入れられ、難関大学の入試に合格した。ただし、シーモアがケンブリッジに入ったのに対して、ブラッドショーのほうはオックスフォードだった。在学中、古代オリエント学科の教授に目をかけられた。その教授はじつを言うと、ＭＩ６のために新人をスカウトするのが仕事だった。グレアム・シーモアも教授を知っていた。

「そのスカウトはきみの父親だったんだろう？」ガブリエルは言った。

シーモアはうなずいた。「キャリアの点では盛りを過ぎていた。もう現場で活躍できる状態ではないのに、本部で書類仕事をすることは望んでいなかった。そこでオックスフォードに送りこまれ、スカウトできそうな新人を発掘するよう命じられた。父が最初に目をつけた学生の一人がジャック・ブラッドショーだった。いやでも目につくタイプだ。きらめく流星のようだった。だが、それ以上に重要なのは、魅力的で、生まれついての嘘つきで、良心や倫理観が欠如していることだった」

「言い換えれば、完璧なスパイの資質を残らず備えていたわけだ」

というわけで、ブラッドショーは多くの者がたどったのと同じ道へ進むことになった。ケンブリッジとオックスフォードの静かな中庭を出て、暗号に守られた秘密情報部のドアに続く道へ。ブラッドショーがそのドアに到達したのは、冷戦が終わりに近づいていた一九八五年だった。ＭＩ６の訓練プログラムを二年かけて終了し、新人工作員としてカイロへ赴いた。やがて、イスラム過激派に関するエキスパートになり、アフガン戦争の経験者に率いられた国際テロ組織の誕生を正確に予測した。ブラッドショーの次の任地はアンマンで、ヨルダン総合情報部《ＧＩＤ》の長官とのあいだに緊密な絆《きずな》を作った。ほどなく、中東に潜入したＭＩ６の局員のトップとみなされるようになった。次期支部長になれるものと本人は思いこんでいたが、ライバルにその座を奪われ、ベイルートへの異動を命じられた。きわめて危険で割に合わない任地だった。

「そして、そこからトラブルが始まった」シーモアは言った。

「どんなトラブルだ？」

「お決まりのやつさ。酒の飲みすぎ、仕事のさぼりすぎ。また、自分のことを過大評価するようになった。どこにいても自分がいちばん有能で、ロンドンにいる上司はばかだと信じこんでいた。やがて、ニコル・デヴローという女に出会い、状況はさらに悪化した」

「何者だ、その女は？」

「AFP、つまり、フランス通信社の専属カメラマンだった。ベイルートのことなら、ほとんどのライバルより詳しかった。アリ・ラシードというレバノンの実業家と結婚していたから」

「ブラッドショーが女と知りあったきっかけは？」ガブリエルは訊いた。

「英国大使館で毎週金曜の夜に開かれるパーティ。記者、外交官、スパイが生ぬるいビールとまずいつまみを片手に、ゴシップやベイルートの恐怖物語を交換する場だ」

「で、不倫関係に？」

「それも燃えるようなやつ。ブラッドショーは女にべた惚《ぼ》れだった。もちろん、噂が広がりはじめ、ほどなく、ソ連大使館に常駐するKGB職員の耳にも届いた。その職員はブラッドショーの寝室にいるニコルのスナップ撮影に成功した。そして行動に移った」

「勧誘かい？」

「そういう言い方もできる」シーモアは言った。「じっさいには、昔ながらの脅迫だった」

「KGBの得意分野だな」

「きみもだろう」

ガブリエルはその意見を無視して、アプローチ法について尋ねた。

「職員はブラッドショーに二者択一を迫った。KGBの雇われスパイになるか、行為中のニコルの写真がロシア側からひそかに夫の手に渡るのを覚悟するか」

ろうな」

「妻が英国のスパイと不倫していると知れば、アリ・ラシードとしてはおもしろくないだ

「ラシードは危険な男だった」シーモアはいったん黙りこみ、それからつけくわえた。

「コネを持つ男でもあった」

「どんなコネだ?」

「シリアの情報局」

「そこで、ブラッドショーはニコルが夫に殺されるかもしれないと危惧《きぐ》したわけだな?」

「当然だ。言うまでもなく、ロシアへの協力を承知した」

「どんな情報を流したんだ?」

「MI6の職員の氏名、遂行中の作戦、あの地域に対する英国の方針。要するに、中東における英国の戦略のすべてを」

「どうやってそれを探りだした?」

「われわれが探りだしたのではない。ブラッドショーがスイスの銀行に五十万ドルも預金していることを、アメリカの連中が発見したんだ。ラングレーで気の重いミーティングがあったとき、やつらがさも得意そうにその情報を披露した」

「ブラッドショーはなぜ逮捕されなかったんだ?」

「きみはこの世界の表も裏も知りつくした男だ。きみの口から聞かせてくれ」

「MI6の致命傷になりかねないスキャンダルが表沙汰になってしまうから」

「スイスの口座の金はそのまま残された。下手に動かせば騒ぎになりかねない。MI6の歴史のなかで、おそらく、あれがもっとも高額な退職手当だっただろう」

「MI6を離れたあと、ブラッドショーはどうなった？」

「二、三カ月ほどベイルートに残って傷口をなめていたが、そのあとヨーロッパに戻り、コンサルティング会社を始めた」

「ブラッドショーが盗品絵画を扱っていたことは知ってたのか？」

「合法とは言えないベンチャービジネスに関わっていることを疑ってはいたが、基本的には見て見ぬふりをして、波風が立たないよう願っていた」

「では、ブラッドショーがイタリアで殺害されたとわかったときは？」

「外交官だったという筋書きで押し通すことにした」シーモアは言葉を切り、それから尋ねた。「何か言い残したことがあったかな？」

「ニコル・デヴローはどうなった？」

「誰かが不倫のことを夫に告げ口したらしい。ある晩、AFPの編集局を出たあとで行方不明になった。数日後、ベカー渓谷で死体となって発見された」

「ラシードが自分で妻を殺したのか」

「違う。シリアの連中にやらせた。連中は彼女の体を弄んだあとで街灯の柱に吊るし、喉を切り裂いた。残虐な殺しだった」

「偶然だろうか」ガブリエルは言った。

「何が？」

「ジャック・ブラッドショーもまったく同じ方法で殺害されている」

シーモアは何も答えず、できればすっぽかしたい約束に遅れている男のような態度で、腕時計をじっと見つめるだけだった。「ヘレンが夕食を用意して待っている」気乗りのしない口調で言った。「ヘレンのやつ、目下、アフリカ料理に凝ってるんだ。さだかじゃないが、先週は山羊《やぎ》を食べさせられたような気がする」

シーモアはグラスを置くと立ちあがった。ガブリエルは動かなかった。

「まだ質問があるようだな」シーモアが言った。

「質問は二つある」

「言ってくれ」

「ブラッドショーのファイルを見せてもらえるだろうか」

「次の質問は？」

「サミールとは何者だ？」

「名字は？」

「調べているところだ」

シーモアは視線を天井に向けた。「サミールという男なら一人知っている。わたしのフラットがある通りの角で小さな食料品店をやっている男だ。ムスリム同胞団の熱心なメンバーで、英国はイスラム法のもとで統治されるべきだと信じている」ガブリエルを見て微笑した。「それを別にすれば、なかなかいいやつだ」

イスラエル大使館が置かれているのはテムズ川の向こう側で、ケンジントン・ハイストリートから少し奥まった静かな一角にある。ガブリエルは裏口からこっそり入ると、階段を下りて、〈オフィス〉の支局が使っている鉛板を張りめぐらした続き部屋まで行った。支局長は不在で、ノアという若い局員が一人いるだけだった。未来の長官が予告もなく大股で入ってくるのを見て、あわてて立ちあがった。ガブリエルは〈オフィス〉内で〝至聖所〟と呼ばれている安全な通信室に入り、アリ・ラシードというレバノン人実業家に関するファイルへのアクセス権を要求するメッセージをキング・サウル通りへ送った。理由の説明は省いた。次期長官ともなれば、それぐらいの特権はある。

二十分後、安全なリンクを経由してファイルが届いた。次のような内容だった。アリ・ラシードはシリア情報局の工作員で、レバノン国内でシリアのための大規模なネットワークを作りあげ、二〇一一年にレバノンの首都で自動車爆弾により死亡、犯人は不明。

世界中の〈オフィス〉の支局と同じく、ロンドン支局にも緊急に備えて小さな寝室が用意されている。ガブリエルにはなじみの部屋だった。何度も泊まったことがある。寝心地の悪いシングルベッドに体を伸ばして眠ろうとしたが、だめだった。事件のことが頭から離れなかった。将来有望だったのに国を裏切った英国のスパイ、自動車爆弾で吹き飛ばされたシリア情報局の工作員、模写の下に隠されていた盗品の絵画三点、ジュネーブ・フリーポートの貸し倉庫……可能性は無限だとガブリエルは思った。ここで無理にジグソーのピースをはめこもうとしても無駄だ。さらに別の窓を開かなくては。盗品絵画の世界的取引をのぞくための窓を。それには名人級の絵画泥棒の助けが必要だ。

眠れぬまま、硬くて狭いベッドに横になり、過去の記憶や未来への思いと格闘しているうちに、翌朝の六時になった。シャワーと着替えをすませてから、暗いうちに大使館を出て、地下鉄でセント・パンクラス駅まで行った。七時半に出るパリ行きのユーロスターがあった。新聞をどっさり買いこんでから乗車し、列車がパリ北駅で停車するころには、すべて読みおえていた。駅の外に出ると、陰気な灰色の空の下には、雨に濡れた客待ちのタクシーが並んでいた。ガブリエルはその横を通りすぎ、尾行されていないことが確信できるまで、駅の周囲の混雑した通りを一時間ほど歩きまわった。それからパリ八区へ、そして、ミロメニルという名の通りへ向かった。

10

ミロメニル通り、パリ

人生と同じく諜報活動の世界でも、ときには清廉潔白から程遠い人物を相手にする必要がある。テロリストをつかまえるのに最適の方法は、ほかのテロリストを情報源として雇うことだ。泥棒をつかまえるときも同じだ。そういうわけで、ガブリエルは九時五十五分にミロメニル通りのブラッスリーに入り、窓際の席について、湯気の立つカフェ・クレームを脇に置き、テーブルに『ル・モンド』を広げることとなった。九時五十八分、コートと帽子姿の人物がエリゼ宮のほうからきびきびと歩いてくるのが見えた。その人物は十時きっかりに〈アンティーク理化学機器専門店〉という小さな店に入り、店内の照明をつけ、窓のサインを〝閉店〟から〝営業中〟に変えた。モーリス・デュランはまったく食えない男だよな。ガブリエルは苦笑しながら思った。カフェ・クレームを飲みほして、がらんとした通りを渡り、店の入口まで行った。ベルを押すと、泣きやまない子供みたいな騒々しい音が響いた。応答がないまま二十秒が過ぎた。やがて、無愛想な音をたててデッドボルトがはずれたので、ガブリエルはすっと店に入った。

狭い店内はデュラン自身と同じく、秩序と几帳面《きちょうめん》さの鑑《かがみ》だった。古めかしい顕微鏡と気圧計が棚にきちんと並べられ、真鍮の金具部分が兵士の礼装用上着のボタンみたいに光り輝いている。カメラと望遠鏡が過去を見つめていた。デュランはダークな色合いのスーツにキャンディの包み紙みたいな金色のネクタイを締めていて、誠意のかけらもない笑みを浮かべた。天井の照明を受けて、禿《は》げ頭が光っていた。小さな目にテリアのごとき警戒心をにじませて、まっすぐにガブリエルを見た。

「商売はどうだい？」ガブリエルは愛想よく尋ねた。

デュランは撮影機材のコーナーまで行き、ブラスレンズのついた二十世紀初頭のカメラを手にとった。「これをオーストラリアのコレクターに送るところだ。六百ユーロ。もう少し高く売りたかったのに、ずいぶん値切られた」

「そっちの商売じゃなくて」

デュランは返事をしなかった。

「先月ミュンヘンできみが仲間と一緒にやったあの仕事、みごとだったな。国立美術館からエル・グレコの肖像画が消えて、それ以来、絵を見た者も、その噂を聞いた者もいない。沈金の要求もない。ドイツ警察のほうには、事件解決に近づいているという気配もない。沈黙が続き、あの名画がかかっていた美術館の壁に空白ができただけだ」

「その件に関する質問はやめてくれ。こっちもあんたの商売については質問しない。それがわれわれの関係のルールだろ」

「エル・グレコはどこにある、モーリス」

「ブエノスアイレス。うちの上得意のところだ。飽くなき食欲の主で、それを満たせるのはおれだけだ」

「どういうことだ？」

「所有できないものを所有するのが好きなやつでね」デュランはカメラを棚に戻した。

「あんた、ご機嫌伺いに寄ってくれたわけじゃないんだろ？」

　ガブリエルは首を横に振った。

「何が望みだ？」

「情報」

「どんな？」

「ジャック・ブラッドショーという殺された英国人に関して」

　デュランの顔は無表情なままだった。

「やつを知ってただろう？」

「名前だけ」

「誰がやつを切り刻んだのか、何か心当たりは？」

「ない」デュランはゆっくりと首を振った。「だが、正しい方向へ導いてやれるかもしれん」

ガブリエルは窓のところへ行き、〝営業中〟のサインを〝閉店〟に変えた。デュランは重い息を吐くと、コートを着た。


この肌寒い春の朝、パリの街のどこを探しても、これほどちぐはぐな二人連れはいなかっただろう。絵画泥棒と諜報機関のスパイが肩を並べてパリ八区の通りを歩いていく。モーリス・デュランはすべてのことに几帳面な男なので、盗品絵画の取引について初歩的な短い説明を始めた。毎年、何千点もの絵画やそのほかの美術品が、美術館、画廊、公共機関、個人の家から姿を消す。金にして推定六十億ドル。ゆえに、美術品がらみの犯罪は、麻薬の密輸、マネーロンダリング、武器取引に次いで、世界で四番目に儲《もう》かる違法行為と言われている。そして、モーリス・デュランはそのほとんどに関わっている。マルセイユに拠点を置くプロの絵画泥棒の一団と組んで、史上最大の絵画の略奪をいくつもやってのけている。もはや自分のことを単なる泥棒とは思っていない。グローバルなビジネスマン、売買されることのない絵画をひそかに取得するのが専門のブローカーというわけだ。

「わが卑見を披露するとだな、絵画泥棒は四つのタイプに分けられる。第一のタイプはスリルを求める連中。高くて手が出せない絵を自分のものにしたくて、美術愛好家が盗みを働くというパターンだ。真っ先に挙げられるのはシュテファン・ブライトヴィーザーだな」デュランは横目でガブリエルを見た。「この名前、知ってるかい？」

「総額十億ドル以上の絵画を盗み、自分のコレクションにしたウェイターだ」

「そのなかには、父親のほうのルーカス・クラナッハが描いた《シビレ・フォン・クレーベ姫の肖像》も含まれていた。彼が逮捕されたあと、母親がコレクションを切り刻んで生ゴミと一緒に捨ててしまった」デュランは非難の表情で首を振った。「おれも完璧には程遠い人間だが、絵を破壊したことは一度もない」

「では、第二のタイプは？」

「無能な落ちこぼれ。絵を盗んだあとで、どう処分すればいいのかわからず、パニックに陥ってしまう。たまに、身代金や報奨金をせしめる場合もある。たいてい逮捕される。はっきり言って、腹立たしいタイプだ。こういうのがいるから、われわれの評判が悪くなる」

「われわれというのは、顧客の依頼を受けて盗みを働くプロの連中のことかい？」

デュランはうなずいた。二人はマティニョン通りを歩いていた。〈クリスティーズ〉のパリ支社を通りすぎ、シャンゼリゼ通りに入った。灰色の空を背景に、葉を落としたままのマロニエの枝がくっきりと浮かびあがっていた。

「司法当局には、おれみたいな人間は実在しないと主張する連中もいる」デュランはふたたび話しはじめた。「連中には理解できないんだ。偉大な美術作品に情熱を燃やし、盗品であっても気にかけない大富豪たちがいるってことが。それどころか、盗品だからこそ、その名画をほしがる連中もいるぐらいだ」

「第四のタイプは?」

「組織犯罪。絵画を盗むのは大の得意だが、市場に出すのは得意ではない。そこで、ジャック・ブラッドショーの出番となる。泥棒と買い手の仲介役だ。高級故買屋とでも言うのかな。まあ、商売上手な男だった」

「買い手はどういう連中だ?」

「ブラッドショーがコレクターにじかに売却することもあった」デュランは答えた。「だがほとんどの場合、ヨーロッパにあるディーラーのネットワークへ盗品を流していた」

「場所は?」

「盗品をさばくなら、パリ、ブリュッセル、アムステルダムが便利だ。しかし、財産法やプライバシー法が整備されているスイスのほうが、貴重な品を市場に出すためのメッカと言えるだろう」

二人はコンコルド広場を渡ってチュイルリー公園に入った。左のほうにジュ・ド・ポームが見える。小規模な美術館で、ナチス・ドイツがフランスの美術品を略奪したさい、ここを保管所として使っていた。デュランは意識して視線をそらしているようだ。

「ジャック・ブラッドショーは危険な橋を渡っていた」デュランが言っていた。「思いどおりにならないとすぐ暴力に訴えるような連中が相手だったからな。西ヨーロッパでは、セルビアのギャング連中が派手に動いている。ロシアの連中も。取引上のトラブルでブラッドショーが殺された可能性もある。もしくは……」デュランの声が途中で消えた。

「もしくは？」

デュランは躊躇《ちゅうちょ》した。「噂が流れていた」ようやく答えた。「はっきりした証拠はない。あくまでも推測にすぎん」

「どんな推測だ？」

「ブラッドショーはある特定の個人のために、ブラックマーケットで大量の絵画を取得していた。そう噂されている」

「その個人の名前はわかってるのか」

「いいや」

「嘘じゃないだろうな？」

「ブラッドショーに関しては、別の噂もあった。ある名画の取引の仲介をしていたという噂だ」デュランは話を続ける前に、ごくかすかな動きで周囲の様子をチェックした。プロのスパイにふさわしい動きだと、ガブリエルは思った。「数十年前から行方不明の名画」

「どの絵のことか知ってるのか」

「もちろん。あんたも知ってるはずだ」デュランは足を止めると、ガブリエルのほうを向いた。「バロック絵画の巨匠が最後に描いたキリスト降誕の絵だ。その巨匠の名はミケランジェロ・メリージ。しかし、一般には、家族と暮らしていたミラノ近郊の村の名前で呼ばれている」

ガブリエルはブラッドショーのメモ用紙に残っていた三つの文字を思いだした。C……V……O……。

なんの脈絡もない文字ではなかったのだ。

Caravaggio。カラヴァッジョだ。

11

チュイルリー公園、パリ

その画家は死後二世紀もたつと、すっかり忘れられてしまった。彼の絵は画廊と美術館の倉庫で埃《ほこり》をかぶり、多くが別の画家の作品に間違えられ、ドラマティックに描かれた人物たちはこの画家独特の黒い空虚な背景のなかへゆっくりと退いていった。やがて一九五一年に、ロベルト・ロンギというイタリアの有名な美術史家が、現存していた彼の作品を集めてミラノのパラッツォ・レアーレで展示した。注目すべきこの美術展を訪れた者の多くは、カラヴァッジョという名前など聞いたこともなかった。

彼の幼少期はほとんど知られていない。一五七一年九月二十九日生まれ。生まれた場所はたぶんミラノ。一五七六年の夏、ミラノでペストがふたたび猛威をふるいはじめた。流行がようやく下火になるころには、ミラノ市民の五分の一が命を落としていて、幼かったカラヴァッジョの父親、祖父、叔父もそこに含まれていた。一五八四年、十三歳のときに、ティツィアーノの弟子と自称していたマニエリスムの画家、シモーネ・ペテルツァーノの工房の徒弟となった。現存する契約書によると、カラヴァッジョは四年間〝昼夜を分かたず〟奉公することを義務づけられていた。彼がこれを守ったかどうかは不明、年季明けまで奉公したかどうかもわからない。ペテルツァーノの生命なき凡庸な絵にほとんど影響を受けなかったことだけは確かだ。

カラヴァッジョがミラノを去ったときの詳しい状況は歴史のなかに埋もれ、謎に包まれている。記録によると、母親が一五九〇年に死亡して、ささやかな遺産のなかから六百スクードの金貨を受けとったという。一年もたたぬうちに、金は消えてしまった。画家になる修行をした怒りっぽい若者がミラノでの最後の数年間に絵筆を握ったことを示す記述は、どこにも残っていない。彼の初期の伝記を書いたジョヴァンニ・ピエトロ・ベッローリによると、カラヴァッジョがミラノを飛びだしたのは、娼婦をめぐって刃傷沙汰《にんじょうざた》になり、友人を殺してしまったからのようだ。そのまま東へ進んでヴェネツィアにたどりついた。そして、一五九二年の秋、ローマをめざして出発した。

ここから、カラヴァッジョの人生がくっきりと浮き彫りになる。北からやってきた連中の例に漏れず、彼もポポロ門からローマの街に入って、芸術家たちが暮らす一角へ向かった。マルツィオ広場を中心に、薄汚い通りが迷路を成している地区だ。最初の数年間は十回ほど転々と住まいを変え、その一つにジュゼッペ・チェーザリの工房があった。

チェーザリから描く許可が出たのは、花と果物だけだった。徒弟に与えられる最低ランクの仕事だ。この仕事にうんざりし、自分のすぐれた才能を確信していたカラヴァッジョは独自に絵を描きはじめた。何点かをナヴォナ広場のまわりの路地で売った。だが、裕福なローマの若者がトランプ詐欺師二人にだまされる場面を描いた、光の使い方の巧みな作品だけは、ある画商に売却した。彼の画廊と通りを隔てた向かい側にフランチェスコ・デル・モンテ枢機卿《すうききょう》のパラッツォがあり、画廊への売却がカラヴァッジョの人生を激変させることとなる。すぐれた美術鑑定家で、芸術のパトロンでもあった枢機卿がこの絵に惚れこみ、数スクードで買いあげたのだ。それからほどなく、枢機卿はカラヴァッジョの絵をもう一点購入する。女占い師が笑みを浮かべてローマの若者の手相を見ながら、指輪を盗もうとしている場面を描いたものだ。枢機卿は若き画家に衣食住を提供し、パラッツォにアトリエを用意した。カラヴァッジョが命じられたのは絵を描くことだけだった。当時二十四歳になっていたカラヴァッジョは枢機卿の申し出を受けることにした。カラヴァッジョが下した賢明な判断は数えるほどしかないが、これがその一つだった。

パラッツォの部屋に移り住んだあと、カラヴァッジョは枢機卿やその裕福な友人たちのために作品を何点も制作した。《リュートを弾く若者》、《音楽家たち》、《バッカス》、《聖マルタとマグダラのマリア》、《法悦の聖フランチェスコ》。やがて一五九九年に初の公的依頼が舞いこんだ。サン・ルイージ・デイ・フランチェージ教会からの依頼で、聖マタイの生涯から場面を選び、コンタレッリ礼拝堂のために二点の絵を描くことになった。作品は論争の的になったものの、カラヴァッジョはたちまち、ローマで最高の人気を誇る画家となっていた。ほどなくほかからも依頼が来るようになった。例えば、サンタ・マリア・デル・ポポロ教会チェラージ礼拝堂の《聖ペテロの磔刑《たっけい》》と《聖パウロの回心》、《エマオの晩餐《ばんさん》》、《洗礼者ヨハネ》、《キリストの捕縛》、《聖トマスの懐疑》、《イサクの犠牲》など。すべての作品が賞賛を浴びたわけではない。《聖アンナと聖母子》は聖ピエトロ大聖堂からすぐさま撤去されてしまった。聖母マリアの豊かな胸の谷間に教会の上層部が眉をひそめたからだ。《聖母の死》ではむきだしの足が不謹慎とみなされて、この絵を依頼したトラステヴェレ区のサンタ・マリア・デッラ・スカラ修道院は受けとりを拒否した。

画家として成功を収めても、カラヴァッジョの私生活が静かになることはなかった。これまでと同じく、混沌《こんとん》と暴力沙汰に満ちていた。マルツィオ広場で許可なく剣を帯びていたために逮捕された。〈オステリア・デル・モロ〉ではウェイターの顔にアーティチョークの皿を投げつけた。ローマ教皇の衛兵に石をぶつけて監獄に放りこまれたこともある。当時のカラヴァッジョは一軒家を借り、たまにモデルも務める弟子のチェッコと二人で暮らしていた。みすぼらしく、路上で絵を売っていたころのように、ぼろぼろの黒い服を着ただらしない男に逆戻りだった。注文が山のように入っているのに、仕事はたまにしかしない。それでも、《キリストの降架》という堂々たる祭壇画を描きあげた。これはカラヴァッジョの最高傑作として広く知られている。

司法当局とは何度も衝突した。一六〇五年だけでも、ローマの警察の記録に彼の名前が五回も出てくる。だが、いちばん厄介なのは、一六〇六年五月二十八日に起きた事件だろう。この日は日曜日で、カラヴァッジョはテニスをするため、いつものようにヴィア・デッラ・パッラコルダのコートへ出かけた。そこでラヌッチオ・トマッゾーニと顔を合わせた。喧嘩《けんか》っぱやい男で、カラヴァッジョの絵のモデルになった若く美しい高級娼婦の愛情を競いあうライバルでもあった。言葉が交わされ、剣が抜かれた。乱闘の詳細は不明だが、最後はトマッゾーニが腿《もも》に深い傷を受けて地面に倒れることとなった。ほどなく死亡し、その夜までに、カラヴァッジョは市をあげての捜索の的になっていた。

南へ逃れてナポリまで行くと、殺人犯だというのに、偉大なる画家という評判のほうが本人よりも先にこの街に届いていた。カラヴァッジョは《慈悲の七つのおこない》をあとに残して、船でマルタへ向かった。マルタ騎士団の騎士として迎え入れられ、この高価な名誉への謝礼として何点もの絵を描き、しばらくのあいだ貴族の暮らしを送った。やがて、騎士団の仲間を相手に喧嘩沙汰を起こして、またもや監獄に放りこまれることとなった。脱獄してシチリアへ逃亡し、寝るときも短剣をそばから離さないという病的な人間になっていった。それでも、絵だけは描きつづけた。シラクサには《聖ルチアの埋葬》を残した。メッシーナでは、傑作と言われる作品を二点描いている。《ラザロの蘇生《そせい》》と、胸を打つ《羊飼いの礼拝》。そして、パレルモのサン・ロレンツォ同心会祈祷《きとう》堂の依頼により、《聖フランシスと聖ラウレンティウスのキリストの降誕》を描いた。その三百五十九年後、一九六九年十月十八日の夜に、二人の男が窓から祈祷堂に忍びこみ、フレームからカンバスを切りとった。ローマにいるチェーザレ・フェラーリ将軍のデスクの背後には、この絵のコピーがかかっている。美術班はこの絵を最優先のターゲットにしている。

「カラヴァッジョとブラッドショーの関連を、将軍はすでに知ってるんじゃないかね」モーリス・デュランが言った。「あんたに事件の捜査を押しつけたのも、そう考えれば納得がいく」

「将軍のことをちゃんと見抜いてるんだな」ガブリエルは言った。

「いや、それほどでも。だが、一度だけ会ったことがある」

「どこで?」

「このパリで。美術犯罪に関するシンポジウムのとき。将軍がパネリストの一人だった」

「きみも?」

「おれはただの参加者」

「どういう資格で?」

「貴重なアンティーク品のディーラーとして」デュランは微笑した。「あの将軍、生真面目ですごい切れ者のようだな。おれがイタリアで絵を盗んだのは遠い昔のことだ」

二人はチュイルリー公園の中央に延びる砂利敷きの散策路を歩いていた。鉛色の雲が公園の色彩を奪っていた。モネよりむしろ、シスレーの絵という雰囲気だ。

「可能性はあるのか」ガブリエルは訊《き》いた。

「カラヴァッジョが売りに出ている可能性？」

ガブリエルはうなずいた。デュランはじっと考えこむ様子だったが、やがて答えた。

「さまざまな噂《うわさ》を聞いている。絵がフレームから切りとられたときにかなり傷ついたため、窃盗を依頼したコレクターが受けとりを拒否したとか。シチリアに住むマフィアのボスが会合のたびに自慢そうに見せびらかしていたとか。洪水で流されてしまったとか。ネズミにかじられたとか。だが、売りに出ているという噂も、前に聞いたことがある」

「ブラックマーケットならどれぐらいの値がつくだろう？」

「カラヴァッジョが逃亡中に描いた絵は、ローマで描いた数々の名画と違い、深みに欠けている。それでも、カラヴァッジョはやはりカラヴァッジョだ」

「値段は、モーリス？」

「一般的に、盗品絵画というのはブラックマーケットではもとの値段の一割で取引される。カラヴァッジョに正規の市場で五千万の値がつくなら、闇では五百万になる」

「カラヴァッジョが正規の市場に出ることはない」

「だからこそ、特別なんだ。カラヴァッジョを手に入れるためならいくらでも出そうといずいた。

う者が、世界中に何人かいる」

ボートの浮かぶ池までやってくると、風に波立つ水面で何艘《なんそう》かの小型ボートが揺れていた。ガブリエルは池のほとりで足を止めて、模写の下に隠されていたパルミジャニーノ、ルノワール、クリムトという三点の盗難絵画が、コモ湖にあるブラッドショーのヴィラで見つかった経緯を語った。デュランはボートを見つめたまま、じっと考えこむ様子でうなずいた。

「輸送と売買の準備を進めていたような感じだな」

「なぜ模写で覆い隠すんだ？」

「その模写を作品として売るためさ」デュランはいったん黙りこみ、さらに続けた。「もちろん、それほど高い値はつかない」

「で、売買が完了すると？」

「あんたのような人が雇われて模写をとり除き、壁にかけられるようにする」

池の向こう側で、観光客の女の子二人がカメラに向かってポーズをとっていた。ガブリエルはデュランの肘をつかむと、ルーヴル美術館のピラミッドのほうへひっぱっていった。

「あの模写を描いた人物はなかなかの腕前だ」ガブリエルは言った。「わたしでさえ、最初に見たときはだまされた」

「業界の汚れた片隅であくせく働くおれたちみたいな人間のために、自分の腕前を喜んで売ろうという才能ある画家だったら、いくらでもいるぞ」デュランはガブリエルを見て尋ねた。「あんた、絵の偽造をしたことは？」

「カサットを一度だけ偽造したかもしれない」

「それなりの理由があったんだろうな、きっと」

　二人は砂利をざくざく踏みながら歩きつづけた。

「そっちは？　偽造者を使ったことはあるのか」

「微妙な領域に入りこんだようだが」デュランが警告した。

「その境界線は、おたがい、とっくに踏み越えたじゃないか」

　カルーゼル広場に出たところで右に曲がり、川のほうへ向かった。

「絵画を盗んでも、盗まれていないと相手に錯覚させるのがおれの好みでね」デュランが言った。

「偽物を置いていくわけか」

「取り替え作業と呼んでいる」

「ヨーロッパの美術館と個人宅の壁にどれぐらいかかってるんだ？」

「言わぬが花だ」

「言えよ、モーリス」

「おれの仕事をすべてやってくれる男がいる。仕事が早くて、口が堅くて、みごとな腕前だ」

「その男に名前はあるのか」

デュランは躊躇し、それから答えた。偽造者の名前はイヴ・モレル。

「絵の修業はどこで？」

「リヨンの国立美術学校」

「名門校だ。なぜ本物の画家にならなかったのかな」

「なろうとした。だが、人生、思いどおりにはいかないものだ」

「そこで偽造者になって、美術界に復讐しているわけか」

「ま、そんなところかな」

「きみと専属契約を？」

「だといいんだが、こっちも充分な仕事は供給できない。ときたま、ほかのパトロンの依頼も受けている。そのパトロンの一人が、いまは亡きブラッドショーだった」

ガブリエルは足を止め、デュランのほうを向いた。「だから、ブラッドショーの仕事内容にあんなに詳しかったんだな。同じ偽造者を使ってたわけだから」

「カラヴァッジョっぽい雰囲気だろ」デュランはうなずいた。

「モレルはブラッドショーの仕事をどこでやってたんだ？」

「ジュネーブ・フリーポートの一室で。ブラッドショーはあそこにユニークな画廊を持っていた。モレルはそこを〝失われしものの画廊〟と呼んでいたものだ」

「モレルはいまどこに？」

「このパリにいる」

デュランはコートのポケットから片手を出し、偽造者がサクレクール寺院の近くにいることを示した。絵画泥棒とスパイは地下鉄の駅に入り、モンマルトルへ向かった。

12

モンマルトル、パリ

イヴ・モレルが住んでいるのはラヴィニョン通りのアパルトマンだった。デュランがチャイムのボタンを押したが、応答はなかった。

「たぶん、テルトル広場へ行ったんだろう」

「何をしに？」

「印象派の有名な絵の模造品を観光客に売りつけるため。まっとうに金を稼いでいると、フランスの税務署が思ってくれるように」

二人はテルトル広場まで歩いた。サクレクール寺院の近くにある広場で、戸外のカフェとストリート・アーティストでにぎわっているが、モレルはいつもの場所にいなかった。次に、ノルヴァン通りにある贔屓《ひいき》のバーへ行ってみたが、そこにも彼の姿はなかった。携帯に電話をしても応答なし。

「くそっ」デュランは低くつぶやき、携帯をコートのポケットに戻した。

「さて、どうする?」

「やつのアパルトマンの鍵がある」

「なぜ?」

「ときたま、アトリエにおれ宛ての荷物が置いてあるから」

「人を信じやすいタイプのようだな」

「一般の通説と違って、泥棒の世界では名誉が重んじられるものだ」

二人はアパルトマンに戻り、もう一度チャイムを鳴らした。今回も応答がなかったので、デュランがポケットから鍵束をとりだし、そのなかの一本で玄関をあけた。モレルの住まいのドアも同じ鍵であけた。闇が二人を迎えた。デュランが壁の照明スイッチを押して、アトリエとリビングを兼ねた広い部屋を照らしだした。ガブリエルがイーゼルのところへ行くと、ピエール・ボナールの風景画の模写が描きかけになっていた。

「テルトル広場で観光客に売りつけるつもりだろうか」

「それはおれが依頼したものだ」

「なんのために?」

「想像力を働かせろ」

ガブリエルは絵をじっくり見てみた。「推理しろと言うなら、そうだな、ニースのボザール美術館に展示するつもりだろう」

「鋭いね」

ガブリエルはイーゼルの前で向きを変え、アトリエの中央に置かれた大きな長方形のテーブルまで行った。絵具が点々と散った防水布がかかっていた。その下に、長さ百八十センチ、幅六十センチほどの物体があるようだ。

「モレルは彫刻もやってたのか」

「いいや」

「すると、防水布の下にあるのはなんだろう?」

「知らん。自分で見てみろ」

ガブリエルは防水布の端を持ちあげてのぞきこんだ。

「それで?」デュランが訊いた。

「ボナールを仕上げてくれる人間を、ほかに見つけなきゃならんようだぞ、モーリス」

「見せてもらおう」

ガブリエルは防水布をめくった。

「くそっ」デュランが低くうめいた。

第二部

ひまわり

13

サンレモ、イタリア

翌日の午後二時半、サンレモにある古い要塞の壁の近くでフェラーリ将軍が待っていた。ビジネススーツにウールのコートをはおり、すべてを見通すかに思われる義眼をサングラスで隠していた。ガブリエルのほうはデニムとレザー姿で、問題ばかり起こす弟のように見える。人生の選択をことごとく誤って、またも金を無心しに来た弟。二人で海辺の薄汚い道を歩きながら、ガブリエルはこれまでにわかったことを将軍に報告した。ただし、情報源は明かさないよう気をつけた。将軍は何を聞かされても驚いた様子を見せなかった。

「きみが省略したことが一つある」

「なんだ?」

「ジャック・ブラッドショーは外交官ではなかった。スパイだった」

「どうしてそれを?」

「この世界の者ならみな、ブラッドショーの過去を知っている。だから、コンサルタントの仕事も大繁盛だったのだろう。だが、心配しなくていい。きみがロンドンの友人連中に顔向けできなくなるようなことは、わたしも望んでいない。わたしがほしいのはカラヴァッジョだけだ」

二人は海辺を離れて丘をのぼり、町の中心部へ向かった。

「わたしを欺《あざむ》いたのか」

「まさか」将軍は答えた。

「だったら、どういうことだと？」

「きみの捜査に影響が出るのを避けるため、いくつかの事実を伏せておいただけだ」

「ブラッドショー殺しを調べるよう頼んだとき、カラヴァッジョが関わっていることは知っていたのか」

「そのような噂は耳にしていた」

「盗難絵画を買いあさっているコレクターの噂も？」

将軍はうなずいた。

「何者なんだ？」

「さっぱりわからん」

「今度は正直な答えなのか」

将軍はまともなほうの手を心臓に当てた。「手に入るかぎりの盗難絵画を買い集めている人物の身元についてはまったくわかっていない。ブラッドショー殺しの背後に誰がいるのかも。ただ、おそらく同一人物だろうと思う」

「ブラッドショーはなぜ殺されたんだと思う？」

「用ずみになったからだろう」

「カラヴァッジョを渡したから？」

将軍はどっちつかずのうなずきを示した。

「だったら、どうして殺す前に拷問など？」

「犯人が名前を聞きだそうとしたのだろう」

「イヴ・モレルの？」

「ブラッドショーは絵を売却できる形にするため、モレルを使っていたに違いない」将軍は真剣な表情をガブリエルに向けた。「モレルはどんな手口で殺されたんだ？」

「首の骨を折られていた。脊髄《せきずい》が完全に切断されていたようだ」

将軍は眉をひそめた。「音をたてず、血も出ない殺しか」

「まさにプロの仕事だ」

「気の毒なその男をきみはどうしたんだ？」

「あとの世話は頼んできた」ガブリエルは静かに答えた。

「誰に？」

「詳しいことは知らないほうがいいだろう」

二人はローマ通りに曲がった。何十台ものスクーターの轟音《ごうおん》が響きわたっていた。ガブリエルは将軍に聞こえるよう、声を張りあげなくてはならなかった。

「最後に所有していたのは誰なんだ？」

「カラヴァッジョを？」

ガブリエルはうなずいた。

「わたしにもよくわからない」将軍は正直に答えた。「マフィアの連中を逮捕するたびに、あいつら、刑期を軽くしてほしくて《キリストの降誕》に関する情報を差しだしてくる。いかに些細《ささい》なものであろうとも。われわれはそれを〝カラヴァッジョのカード〟と呼んでいる。言うまでもないが、偽の手がかりを追って、これまで数えきれないほどの時間を無駄にしてきた」

「たしか二年ほど前、あと一歩で見つかるところだったのでは？」

「まあな。だが、指のあいだからこぼれおちてしまった」

「絵がすでに売却されたのなら、おそらくイタリア国内にはないだろう」

「たぶんな。だが、わたしの経験からすると、盗まれた絵画を見つけだすのに最適の時期は持ち主が変わった直後なんだ。ただし、こっちも迅速に行動しなくては。でないと、われわれはさらに四十五年ほど待つしかなくなる」

「われわれ？」

将軍は足を止めたが、何も答えなかった。

「この事件とのわたしとの関わりは」車の響きに負けないように、ガブリエルは言った。「正式に終了したはずだ」

「きみは友人の名前が新聞に出るのを防ぐために、ブラッドショー殺しの犯人を見つけると約束した。わたしから見れば、きみはまだ約束を果たしていない」

「重大な手がかりを提供した。盗まれた三点の絵画は言うに及ばず」

「だが、わたしのほしい絵は含まれていない」将軍はサングラスをはずして、片目だけの視線をガブリエルに据えた。「きみとこの事件の関わりはまだ終わっていない。それどころか、いま始まったばかりだ」

ガブリエルと将軍はマリーナを見渡せる小さなバーまで歩いた。店内はがらんとしていて、若い男が二人、不景気をぼやいているだけだった。最近のイタリアでよく見かける光景だ。将軍はコーヒーとサンドイッチを注文すると、ガブリエルの先に立って、冷たい陽光を受けた外のテーブルまで行った。

ふたたび二人になったところで、将軍は言った。「率直に言わせてもらうと、この段階できみが事件から手をひこうと考えたこと自体、わたしには理解できん。描きかけた絵を途中で放りだすようなものではないか」

「描きかけの絵ならヴェネツィアに置いてきた。妊娠中の妻と一緒に」

「きみのヴェロネーゼは無事だよ。奥さんも」

ガブリエルはマリーナの端に置かれた中身があふれそうなゴミ容器に目を向けた。古代ローマの人々はセントラル・ヒーティングを発明したのに、その子孫はいつしか、ゴミを片づける方法を忘れてしまった。

「絵を見つけるには何カ月もかかるだろう」

「何カ月も待つ余裕はない。長くて二、三週間だ」

「だったら、あなたと部下たちで早くとりかかったほうがいい」

将軍はゆっくりと首を振った。「われわれは電話の盗聴やマフィアの屑《くず》連中との取引は得意なんだが、潜入捜査はどうも苦手でね。イタリア国外となればとくに。盗品絵画マーケットという海に餌を投げこみ、ミスター・ビッグを釣りあげて次なる絵画購入に誘いこむための人間が必要なんだ。ミスター・ビッグの興味を惹《ひ》きそうな絵画を、きみのほうで何か見つけてほしい」

「何百万ドルもの価値を持つ名画を入手するなど無理な話だ。盗みだすしかない」

「それも派手な形でな」将軍がつけくわえた。「つまり、個人宅や画廊のものはだめだ」

「自分が何を言っているか、わかっているのか」

「わかっているとも」将軍は共謀者めいた笑みを浮かべた。「潜入捜査をする場合は、たいてい、偽のバイヤーを市場へ送りこむ。だが、今回は違う。盗んだ絵を売ろうとする窃盗犯に化けてもらいたい。その絵は本物でなくてはならない」

「ボルゲーゼ美術館から何かすてきな絵を借りてはどうだ」

「美術館が承知しないに決まっている。それに、イタリアの絵画ではだめだ。カラヴァッジョを持っている人物にわたしの関与を疑われてしまう」

「こんなやり方をしたら、相手を起訴できなくなるぞ」

「起訴など二の次だ。なんとしてもカラヴァッジョをとりもどしたい」

将軍は黙りこんだ。ガブリエルは自分がこの案に惹かれていることを認めるしかなかった。「わたし自身が作戦の先頭に立つのは無理だ」しばらくしてから言った。「顔を知られすぎている」

「ならば、その役を演じられるいい役者を見つけてくれ。それから、わたしがきみなら、用心棒も雇うだろう。闇社会は危険なところだ」

「用心棒を雇うなら、はした金では無理だ。腕のいい泥棒も同様」

「いくら必要だ？」

ガブリエルは考えこむふりをした。「最低で二百万ユーロ」

「わたしのデスクの下に置いてあるコーヒーの缶に百万入っているかもしれない」

「それをいただこう」

「いや、じつを言うと、金はアタッシェケースに入れて車のトランクにしまってある。それから、カラヴァッジョ盗難事件のファイルもある。ミスター・ビッグが海に漕《こ》ぎだすのを待つあいだ、退屈しのぎにそれを読むといい」

「餌に食いついてこなかったら？」

「またほかの絵を盗むしかあるまい」将軍は肩をすくめた。「名画を盗む場合は、すばらしい点が一つある。わりと簡単に盗みだせる」


資金は将軍の言ったとおり、彼の公用セダンのトランクに入っていた。使い古しの紙幣で百万ユーロ。ガブリエルはアタッシェケースを自分の車の助手席に置き、それ以上何も言わずに走り去った。サンレモのはずれに着くころには、失われたカラヴァッジョをとりもどすための作戦をおおざっぱに完成させていた。資金も、世界最高の腕を持つ絵画泥棒とのコネも手に入れた。ほかに必要なのは、盗んだ絵画を市場に出すための人間だけだ。素人には無理。欺瞞という黒魔術の世界で訓練を積んだ経験豊かな工作員。犯罪者の前でも平然としていられる人物。危なくなったときには自分の身を守れる人物。海の向こうのコルシカ島にそんな人物がいることを、ガブリエルは知っている。昔の敵でいまは仲間となった男。モーリス・デュランにちょっと似たタイプだが、似ているのはそこまでだ。

14

コルシカ島

フェリーがカルヴィの港に入ったのは、もうじき真夜中になるころだった。コルシカ島で社交的訪問をする時間帯ではないので、ガブリエルは港の近くのホテルに部屋をとって一泊した。翌朝、小さなカフェで朝食をすませてから車に乗りこみ、島の西側の海岸線に沿って続くがたがたの道路を走った。しばらくは雨だったが、徐々に雲が薄くなり、海の色も花崗《かこう》岩の灰色からトルコ石の青へと変わっていった。ポルトの町で車を止めて、よく冷えたコルシカ産のロゼを二本買い、それから、オリーブの茂みとラリチオ松の並木に縁どられた狭い道路を走って島の奥へ向かった。大気はマッキア――島の広い範囲に自生するローズマリー、ロックローズ、ラベンダーの豊かな茂み――の香りに満ちていた。通りすぎる村々で、未亡人のしるしである黒衣に身を包んだ女性を数多く見かけた。血の復讐《ヴェンデッタ》によって身内の男性を失ったことを示すものだ。以前だったら、女たちは邪眼《オッキュ》に呪われるのを防ごうとして、コルシカ流のやり方でガブリエルを指さしただろうが、いまではまじまじと見るのを避けるようになっている。ガブリエルがドン・アントン・オルサーティの友人であることを知っているからだ。ドンの友人なら、コルシカのどこへ行こうと、金品を強奪される心配はない。

オルサーティ一族はコルシカ島で二世紀以上にわたって、二つのことに関わってきた。オリーブオイルと死。オイルは一族の広大な地所に茂る木々から生まれる。死は一族の殺し屋の手から生まれる。自分では人を殺せない者にかわって、オルサーティ一族が殺しを請け負う。自分の手を汚すことを恐れる名士たち。自分のかわりに殺しを実行してくれる身内の男性を持たない女たち。オルサーティ一族の殺し屋の手にかかって死んだコルシカ島民が何人いるかは誰も知らないが、島の言い伝えによると、数千人にのぼるらしい。一族のきびしい審査システムがなかったら、この数字はさらに跳ねあがっているだろう。オルサーティ一族は厳格な掟《おきて》に従って仕事をしてきた。依頼者が本当に理不尽な目にあっていて血の復讐が必要だと納得しないかぎり、殺しを請け負うことは拒絶する。

だが、ドン・アントン・オルサーティの代になって状況が変化した。彼が一族の長《おさ》となったときには、フランスの司法当局によって、島のもっとも辺鄙《へんぴ》な地域を除いて家どうしの確執と血の復讐が根絶されていたため、一族の家業を必要とするコルシカ島民はほとんどいなくなった。島内での需要が激減したことで、オルサーティはよそへ活路を開くしかなくなった。つまり、海を渡ったヨーロッパ本土へ。いままでは、いかに理不尽な依頼であろうと、ほぼすべて受けることにしていて、一族の殺し屋たちは大陸でもっとも信頼のおけるプロフェッショナルとみなされている。じっさい、オルサーティ一族の殺し屋の手から無事に逃れたのはたったの二人で、その一人がガブリエルである。

ドン・アントン・オルサーティの家は島の中央部の山中にあり、鬱蒼《うっそう》たる茂みと用心棒の一団に囲まれて暮らしている。門のところで用心棒二人が見張りに立っていた。ガブリエルを見るなり脇へどいて、彼を招き入れた。ゴッホの絵にあるようなオリーブの木立を抜けて未舗装道路を進むと、ドンの広大な邸宅が見えてきた。さらに多くの用心棒が外で待っていた。彼らがガブリエルの所持品をざっと調べ、次に、浅黒い痩せこけた顔の二十歳ぐらいの殺し屋が二階のドンの部屋まで案内してくれた。島で作られた田舎風の家具が置かれ、峡谷を見渡せるテラスのついた、広々とした部屋だった。石の暖炉でマッキアの薪《まき》がはぜ、ローズマリーとセージの香りが室内に広がった。

部屋の中央には、ドンが仕事に使っているオーク材の大きなデスクがあった。デスクの上には、オルサーティのオリーブオイルが入った華美なボトル、めったに使わない電話、ほかに類を見ないビジネスの秘密が記された革表紙の元帳。ドンの配下の殺し屋はすべて、オルサーティ・オリーブオイル・カンパニーの従業員で、彼らが請け負う殺人は製品の注文として元帳に記入される。全員がコルシカ島の出身だが、一人だけ例外がいる。多方面の訓練を受けていることから、この男が命じられるのは最難関の仕事だけだ。彼はまた、利幅の大きな中欧市場を担当する営業部長でもある。

ドンはコルシカの標準からすると大柄で、背は百八十センチを超え、背中も肩もがっしりしている。身につけているのは、ゆったりしたズボンと、土埃で汚れた革のサンダルと、ぱりっとした白いシャツ。妻はこのシャツに毎朝アイロンをかけ、ドンが昼寝からさめた午後にもかけている。ドンの髪は黒く、目も同じく黒い。ガブリエルと握手をした手は、石を削って作ったような感触だった。

「やっとコルシカに帰ってきたな」ガブリエルからロゼのボトル二本を受けとりながら、ドンは言った。「この島から長く離れているのは無理だと、わしにはわかっていた。気を悪くせんでほしいが、あんたにはコルシカの血が流れているように思えてならなかった」

「いやいや、ドン・オルサーティ、それは違う」

「ま、いいさ。いまじゃ身内のようなもんだ」ドンは微笑した。「たしか、奥さんと一緒にヴェネツィアにいたんじゃなかったかね？」

「ええ」ガブリエルは答えた。

「だったら、なぜコルシカに？　仕事？　それとも、遊び？」

「仕事です。残念ながら」

「今回はどんな仕事だ？」

「人助けを」

「また？」

ガブリエルはうなずいた。

「このコルシカではな」ドンは眉をひそめ、非難の表情で言った。「人の運命は生まれたときに決まると信じられている。そして、わが友よ、あんたは他人のために問題を解決することを生涯にわたって運命づけられているようだ」

「もっと悲惨な運命だってある、ドン・オルサーティ」

「天は自ら助くる者を助く」

「慈悲深いお言葉だ」

「慈悲とは司祭と愚か者のためのもの」ドンはガブリエルが手にしたアタッシェケースを見た。「そのなかには何が？」

「使い古しの紙幣で百万ユーロ」

「どこで手に入れた？」

「ローマの友人から」

「イタリア人か」

ガブリエルはうなずいた。

「多くの悲劇の終わりには」ドンは暗い声で言った。「つねにイタリア人がいる」

「わたしはたまたまその一人と結婚している」

「だから、わしはあんたのために何本ものろうそくに火をつけている」

ガブリエルは笑みを抑えようとしたが、できなかった。

「奥さんは元気かね？」

「わたしを見るとひどくいらだつようだ。それを別にすれば、しごく元気にしています」

「妊娠のせいさ」思慮深いうなずきとともに、ドンは言った。「子供が生まれたあとは、すべてが変わってしまう」

「どのように？」

「亭主はかまってもらえなくなる」ドンはふたたびアタッシェケースに目を向けた。「なぜまた、使い古しの紙幣で百万ユーロも持ち歩いてるんだ？」

「ある貴重な品を見つけるよう頼まれまして。それをとりもどすには大金がいる」

ガブリエルは、サン・ロレンツォ同心会祈祷《きとう》堂の祭壇の上にかかっている空っぽの額縁の写真をドンに渡した。ドンの重々しい顔をなるほどと言いたげな表情がよぎった。

「《キリストの降誕》か」

「あなたが美術に造詣の深い人だとは思いませんでした、ドン・オルサーティ」

「そうではないが、長年にわたってこの事件のニュースを追ってきた」

「何か特別な理由でも？」

「カラヴァッジョが盗まれた夜、わしはたまたまパレルモにいたのだ」ドンは微笑した。

「絵の紛失に最初に気づいたのは、このわしだったと言ってもいいだろう」

峡谷を見おろすテラスで、ドン・アントン・オルサーティはそのときの話をしてくれた。一九六九年の夏の終わりに、レナート・フランコーナというシチリアの実業家がコルシカにやってきた。若く美しかった娘を数週間前に殺され、その復讐をしたいと言って。娘を殺したのはサンドロ・ディ・ルカといって、コーザ・ノストラの重要なメンバーだった。当時のオルサーティ一族の長だったドン・カルロは断ろうとした。しかし、その息子で腕のいい暗殺者だったアントンが父親を説き伏せ、契約を個人的に遂行する許可を得た。すべてが計画どおりに運んだが、天候だけはどうにもならず、その夜のうちにパレルモを離れることができなくなった。ほかにすることもなかったため、若きアントンは罪を告白するために教会を探しに出かけた。彼の入った教会がサン・ロレンツォ同心会だった。

空っぽの額縁の写真を手にして、ドンは言った。「あの晩わしが目にしたそのままの光景だ。予想がつくと思うが、警察へは通報しなかった」

「レナート・フランコーナはどうなりました？」

「その数週間後、コーザ・ノストラに殺された」

「ディ・ルカ殺しの背後に彼がいることを嗅ぎつけられて？」

ドンは重々しくうなずいた。「だが、少なくとも名誉の死だった」

「なぜそう言えるんです？」

「殺された娘の仇《かたき》を討ったのだから」

テーブルに用意されたランチはコルシカ島の伝統的な料理だった。ガブリエルは野菜とチーズをとったが、ソーセージはやめておいた。

「清浄《カシエル》だぞ」ドンはそう言うと、フォークを使って、ソーセージを何切れかガブリエルの皿に移した。

「コルシカにもラビがいるとは知らなかった」

「たくさんいるさ」ドンは断言した。

ガブリエルはソーセージを脇へどけ、いまも人の命を奪ったあとで教会へ行っているのかとドンに尋ねた。

「そんなことをすれば、ひざまずいて過ごす時間が洗濯女より多くなってしまう。それに、ここまで来たら、わしの罪はもう贖《あがな》いきれん。神が好きに決めればいいことさ」

「あなたと神のやりとりを聞きたい気がします」

「できれば、コルシカ流のランチをとりながらな」ドンは微笑し、ガブリエルのグラスにロゼを注ぎたした。「あんたに秘密を教えてやろう」ボトルをテーブルの中央に戻しながら言った。「われわれが殺す相手はほとんどが死んで当然の連中だ。オルサーティ一族はわれわれなりのささやかな方法で、この世界をはるかにいい場所にしてきたのだ」

「わたしを殺した場合も、あなたはやはりそう感じたでしょうか」

「ばかを言うな。あんたを生かしておくことにしたのは、わしが下した決定のなかで最上のものだった」

「たしか、生かしておこうと決めたのは、あなたではなかったはずだ」ガブリエルは辛辣《しんらつ》につけくわえた。「頑強に反対したのじゃなかったか」

「絶対的に正しいドン・アントン・オルサーティでも、ときにはミスをするものだ。もっとも、イタリア人のためにカラヴァッジョを見つける仕事をひきうけるなどという愚かなまねは、一度もしたことがないが」

「選択の余地がなかったもので」

「骨折り損のくたびれ儲《もう》けだろうな」

「わたしの得意とするところだ」

「カラビニエリが四十年以上もあの絵を捜しているが、どうしても見つからんのだぞ。わしが思うに、たぶん、とっくの昔に廃棄されたのだろう」

「巷《ちまた》の噂はそうではないようだが」

「どんな噂を聞いている？」

ガブリエルは質問への答えとして、サンレモでフェラーリ将軍に報告したのと同じことを話した。次に、絵をとりもどすための計画を説明した。ドンは興味をそそられた様子だった。

「オルサーティ家にどんな関係がある？」

「あなたの手下を一人貸してもらいたい」

「具体的な候補は？」

「中欧担当の営業部長」

「おやおや」

ガブリエルは何も言わなかった。

「で、わしの了解がとれたら？」

「片手で反対の手を洗い、両手で顔を洗います」

ドンは微笑した。「やっぱり、あんたはコルシカ人かもしれん」

ガブリエルは峡谷のほうを見つめ、笑顔になった。「そんな幸運には恵まれていない、ドン・オルサーティ」

15

コルシカ島

カラヴァッジョを見つけだすためにガブリエルが必要としている男は、たまたま仕事で島を離れていた。どこへ出かけたのかも、オリーブオイルの仕事なのか血の仕事なのかも、ドン・オルサーティは教えてくれず、二日後か遅くとも三日後には戻ってくると言っただけだった。イタリア製の拳銃と近くの峡谷に建つヴィラの鍵をガブリエルに渡し、男が帰ってくるまでそこで待つようにと言った。ガブリエルにはなじみのヴィラだった。前回の作戦終了後、キアラとそこに滞在し、木漏れ日を受けたテラスで、彼女が自分の子供を宿していることを知ったのだった。そのヴィラには一つだけ難点があった。ヴィラまで行くにはオリーブの古木が三本並んだ場所を通らなくてはならず、ドン・カサビアンカの飼っている貧弱な山羊がそこでつねに見張りに立っていて、縄張りに侵入する者すべてに闘いを挑んでくる。この老いぼれ山羊はもともと獰猛《どうもう》な性格だが、とりわけガブリエルが気に食わないらしく、何度も彼に襲いかかって、おたがいに脅しと侮辱を浴びせあっている。

ランチが終わりかけたとき、ガブリエルのためにドン・カサビアンカと話をつけておこうと、ドンが言ってくれた。

「山羊を行儀よくさせてくれるかもしれん」ドンは懐疑的な口調でつけくわえた。「もしくは、山羊をハンドバッグと靴に変えてくれるかもしれない」

「ばかなことを考えてはいかん」ドンが警告した。「あんたがあの貧弱な山羊の頭の毛一本にでも触れてみろ。争いの始まりだ」

「急に山羊が消えてしまったら？」

「マッキアには、目はないが」ドンが警告した。「すべてを見ておる」

そう言うと、ガブリエルと一緒に一階に下りて、車に乗りこむ彼を見送った。ガブリエルが島の奥へ向かって車を走らせると、道路はやがて未舗装になり、そのままさらに進んだ。左へ急カーブする地点まで来たとき、ドン・カサビアンカの山羊がオリーブの古木の一本につながれているのが見えた。悔しそうな顔をしている。ガブリエルは車の窓をあけると、山羊に向かってイタリア語で侮辱の言葉を次々と浴びせた。それから、笑いながら丘の斜面をのぼりヴィラへ向かった。

瀟洒《しょうしゃ》なヴィラで、赤い屋根瓦と、峡谷を見渡せる大きな窓がついていた。なかに入ったとたん、ここを最後に使ったのが彼とキアラだったことがはっきりわかった。リビングのコーヒーテーブルに彼のスケッチブックが置いてあり、冷蔵庫には未開封のシャブリのボトルが入っている。食料貯蔵室の棚は空っぽだった。フレンチドアをあけて午後の風を入れてから、テラスに出て腰を下ろし、将軍に渡されたカラヴァッジョ関係のファイルに目を通した。そのうち寒くなってきたので、なかに戻った。すでに午後四時を何分か過ぎていて、太陽が峡谷の縁でバランスをとっているかに見える。手早くシャワーを浴びると、清潔な服に着替えてから、商店が閉まる前に少し買物をしておこうと思い、村まで車を走らせた。

古くからの一本道が曲線を描きながらコテージや集合住宅を通りすぎ、村の小高い場所にある広場まで続いていた。広場は三方が商店とカフェに囲まれ、残りの一方に古い教会がある。駐車場所を見つけてから、市場のほうへ歩きはじめたが、まずコーヒーの刺激がほしかった。一軒のカフェに入り、テーブルについた。その席から、街灯に照らされた広場でペタンクのゲームに興じる男たちの姿をながめることができた。男の一人がガブリエルを見てドン・オルサーティの友人だと気づき、ゲームに誘ってくれた。ガブリエルは肩が痛いふりをして、見物しているほうがいいとフランス語で答えた。いまから買物の予定であることは黙っておいた。コルシカでは、買物はいまも女の役目だ。

ちょうどそのとき、五時を告げる教会の鐘が鳴り響いた。数分後、重い木の扉が開いて、黒いカソック姿の司祭が石段の上に姿を見せた。老女たちを中心とする信者が何人か広場に入ってくるのを見て、司祭はその場に立ったまま、慈愛に満ちた笑みを浮かべた。女たちの一人が司祭におざなりな夕方の挨拶をしたあとで、不意に足を止めた。彼女一人が危険の気配を感じとったかのように。女はやがてふたたび歩きはじめ、司祭館のとなりにあるゆがんだ小さな家の玄関の奥へ姿を消した。

ガブリエルはコーヒーのおかわりを頼もうとした。だが、気が変わって、赤ワインをグラスで注文した。すでに黄昏時を過ぎ、商店のなかや、司祭館のとなりのゆがんだ小さな家の窓の奥に、暖かな光が灯《とも》っていた。わずかに開いた玄関ドアの前に、カールした髪を長く伸ばした十歳ぐらいの少年が立っていた。青白い華奢《きゃしゃ》な手がドアの奥から現れた。その手に青い紙片が握られていた。少年は紙片を受けとると、広場を渡ってカフェまで来て、ガブリエルのテーブルにのっている赤ワインのグラスの横に置いた。

「今度はなんだい?」ガブリエルは訊いた。

「聞いてない」少年は答えた。「あの人、何も言わないもん」

ガブリエルは菓子を買うための小銭を少年に与え、広場に夜の帳《とばり》が下りてくるなかでワインを飲んだ。ようやく紙片を手にとり、そこに書かれた一行だけの文章を読んだ。

〝捜しものを見つける手伝いをしてあげよう〟

ガブリエルは微笑すると、紙片をポケットに入れ、すわったままワインを飲みほした。

それから立ちあがり、広場を渡った。

老女は華奢な肩にショールをかけ、ガブリエルを迎えるために玄関先に立っていた。その目は底なしの黒い水たまりのようだ。顔はパン屋の小麦粉のように白い。ガブリエルに警戒の視線を向けてから、ようやく片手を差しだした。温かな手で、重さがほとんどなかった。握手をしたときの感触は、小鳥をつかんだかのようだった。

「ようこそお帰り」老女は言った。

「わたしがこっちに来たことをどこで知ったんです?」

「なんだって知ってるさ」

「じゃ、わたしがどうやってこの島に到着したか言ってください」

「人を侮辱するんじゃないよ」

ガブリエルの疑念の態度は芝居だった。過去と未来の両方を見通す老女の能力に疑問を持つのは、とっくの昔にやめていた。老女はガブリエルの手をきつく握って目を閉じた。

「あんたは水の都で奥さんと一緒に暮らし、偉大な画家が埋葬されている教会で仕事をしていた。幸せだった。生まれて初めて、心から幸せだと感じていた。やがて、ローマから片目の生きものがやってきて——」

「わかった。たしかに、何もかもお見通しだ」

老女はガブリエルの手を放すと、居間に置かれた小さな木のテーブルを身振りで示した。水の入った浅い皿とオリーブオイルの容器がのっていた。これが老女の商売道具だ。老女は霊能者《シニヤドーラ》。邪眼《オッキュ》に呪われた者を救う力があると、島の人々は信じている。

「すわって」老女は言った。

「断る」

「なぜ？」

「われわれがそういうことを信じていないから」

「われわれとはイスラエルの民のことかい？」

「そう、イスラエルの民」

「だけど、前のときは信じたじゃないか」

「わたしの過去を言い当てたから。あなたが知るはずのないことを」

「それで好奇心に駆られたんだね？」

「そう、たぶん」

「じゃ、いまは好奇心がなくなった？」

老女はテーブルのいつもの席にすわり、ろうそくに火をつけた。ガブリエルはしばし躊躇したあとで、老女の向かいにすわった。オリーブオイルの容器をテーブルの中央へ押しやって両手を重ねた。老女は目を閉じた。

「片目の生きものが、自分のために何かを見つけるようにあんたに頼んだ。そうだね？」

「そう」ガブリエルは答えた。

「絵だろう？　頭のおかしな男、人を殺した男の作品だ。ずっと昔に小さな教会から盗まれた。海の向こうの島で」

「ドン・オルサーティから聞いたんですか」

老女は目をあけた。「ドンとこの件で話をしたことは一度もない」

「続けて」

「絵を盗んだのはドンのような男たちだ。ただし、もっと悪質な連中。ひどく乱暴に扱った。かなりの部分が損傷を受けた」

「しかし、無事に残っている？」

「ああ」老女はゆっくりうなずいた。「残っている」

「いまどこに？」

「近くにある」

「なんの近くに？」

「わたしにはそこまで教える力はない。だが、あんたが油と水のテストを受けるなら」テーブルの中央にちらっと目をやって、老女はつけくわえた。「力になれるかもしれない」

ガブリエルは身じろぎもしなかった。

「何を怖がってるんだい?」老女が訊いた。

「あなたを」ガブリエルは正直に答えた。

「あんたには神のごとき力がある。こんな老いぼればあさんをなんで怖がるんだ?」

「あなたにも力があるから」

「物事を見通す力はあるが、世俗的な力はない」

「未来を見る能力はすばらしい財産です」

「あんたのような仕事をしている者にとってはとくに」

「たしかに」ガブリエルは笑顔で同意した。

「だったら、油と水のテストを受ければいいじゃないか」

ガブリエルは無言だった。

「あんたは多くのものを失った」老女は優しく言った。「妻、子供、母親。だが、あんたの悲しみの日々はもう過去のものだ」

「わたしの敵が妻を殺そうとすることはあるでしょうか」

「奥さんにも、子供にも、危害が加えられることはない」

老女はオリーブオイルの容器のほうを見てうなずいた。ガブリエルはそこに人差し指を浸《つ》けてから、水に油を三滴落とした。物理の法則に従えば、油は寄り集まって一つになるはずだ。ところが、無数の小さな粒々に分かれて、ほどなく消えてしまった。

「あんたは邪眼の影響を受けている」老女は重々しく断言した。「悪いことは言わないから、わたしの力を借りてその影響を体内から追い払うんだ」

「かわりにアスピリンを二錠飲むことにします」

老女は油と水の皿をのぞきこんだ。「あんたが捜してる絵には幼子イエスが描かれている。そうだね？」

「ええ」

「あんたのような男がわれらの救世主を捜してまわるとは、なんと奇妙なことだろう」老女はふたたび油と水の皿に視線を落とした。「絵はその島から海を渡って運びだされた。前とは違う外見になっている」

「どうして？」

「修復された。その仕事をした男は死んでしまった。だが、そのことはあんたもすでに知ってるね？」

「絵はいまどこにあるんです？」

「わからない」

「誰が持ってるんでしょう？」

「わたしの力では、その人物の名前はわからない。女が絵を見つける手伝いをしてくれるだろう」

「どこの女が？」

「わからない。その女に危害が及ばないようにおし。でないと、あんたはすべてを失うことになる」

老女の頭が肩のほうへがっくり垂れた。予言で疲労困憊《ひろうこんぱい》してしまったのだ。ガブリエルは油と水の皿の下へ紙幣を何枚かすべりこませた。

「あんたが帰る前に、もう一つ言っておくことがある」席を立ったガブリエルに、老女が言った。

「なんです？」

「奥さんが水の都を離れた」

「いつ？」

「あんたが海の近くの町で片目の生きものと会っていたあいだに」

「妻はいまどこに？」

「あんたを待っている。光の都で」

「話はそれだけですか」

「いいや」まぶたを閉じながら、老女は言った。「老人の寿命はもう長くない。手遅れになる前に仲直りしておき」

老女の言ったことは少なくとも一つだけ当たっていた。キアラがヴェネツィアを離れたのは間違いない。携帯で短い会話をしたときは、体調は上々、ヴェネツィアは今日も雨だと言っていた。急いでヴェネツィアの天候をチェックしたところ、数日前から晴天続きだった。アパートのほうへ電話をしても応答はなく、キアラの父親のラビ・ゾッリは、娘が職場のデスクについていない理由を説明するための口実をどっさり用意していた。買物に出かけている、ゲットーの書店へ行っている、療養所へ老人の見舞いに行っている、などなど。ガブリエルは首をひねった――将軍配下のハンサムなボディガードもキアラの失踪に手を貸したのだろうか。それとも、あの男もだまされたのだろうか。たぶん後者だろう。

カラビニエリの屈強な男たちより、キアラのほうが訓練と経験を積んでいる。

ガブリエルは日に二回ずつ村まで出かけた。まずはパンとコーヒーの朝食をとるために。次は夕方、ペタンクのゲームを見物しながらカフェでグラスワインを飲むために。そのたびに、礼拝を終えて教会から出てくるシニャドーラの姿を目にした。最初の夜は老女に無視された。しかし、二日目の夜、カールした髪の少年がテーブルに紙片を届けに来た。ガブリエルの待っている男が明日のフェリーでカルヴィの港に着く、と書いてあった。ドン・オルサーティに電話して確かめてみると、やはりそうだった。

翌日の午前中を使って、行方知れずのカラヴァッジョを見つけだす計画に最後の仕上げを加えた。そのあと、正午にオリーブの古木三本のところまで行き、ドン・カサビアンカの山羊の紐《ひも》をはずしてやった。一時間後、土埃を巻きあげて峡谷をのぼってくるおんぼろルノーのハッチバックを目にした。ルノーが三本のオリーブの古木に近づいたとき、老いぼれ山羊が威嚇《いかく》するように飛びだしてきた。警笛が鳴り、ほどなく、下品な侮辱の言葉と、聞くに堪えない乱暴な脅し文句が峡谷に響きわたった。ガブリエルはキッチンへ行ってシャブリの栓を抜いた。英国人がコルシカに戻ってきた。

16

コルシカ島

　死んだ人間と握手をする機会などそうあるものではないが、二分後にクリストファー・ケラーがヴィラの玄関から入ってきたときに起きたのが、まさにそれだった。英国軍の記録では、ケラーは第一次湾岸戦争の最中、一九九一年一月に死亡したことになっている。彼が所属していた英空軍特殊部隊《SAS》の中隊が多国籍軍の戦闘機の編隊から攻撃を受け、友軍による爆撃という悲劇が起きたのだった。両親ともにロンドンのハーレー街の名医で、人前では、息子は名誉の戦死を遂げたと語ったが、二人だけになると、入隊などせずにケンブリッジに残っていれば死なずにすんだのにと嘆きあった。攻撃を受けた中隊のなかで息子だけが生き延びたことを、両親は今日に至るまで知らずにいる。また、息子がアラブ人に変装してイラクから脱出したあと、ヨーロッパ大陸を横断してコルシカ島にたどりつき、ドン・アントン・オルサーティの手下になったことも、両親は知らない。

　死亡したはずの男にしては、ケラーは元気そうだった。目は青く澄み、短く刈りこんだ髪は潮風と太陽にさらされて白に近くなっている。肌は張りがあって、こんがり焼けている。着ているのは第一ボタンをはずした白いドレスシャツと、旅でよれよれになったビジネススーツ。上着を脱ぐと、死を生業《なりわい》とする男の体格があらわになった。たくましい肩から筋骨隆々たる前腕に至るまで、ケラーのどこをとっても、人を殺すという目的のために特別に作られたという感じだ。ケラーは上着を椅子の背にかけ、カラヴァッジョ関係のファイルと並んでコーヒーテーブルにのっているイタリア製の拳銃にちらっと目を向けた。

「おれのだ」

「いまは違う」

ケラーは栓を抜いたシャブリのボトルのところへ行き、自分でグラスに注いだ。

「旅行はどうだった?」ガブリエルは訊いた。

「うまくいった」

「どんな仕事だったんだ?」

「未亡人と孤児たちに食料と薬を届けに行っていた」

「どこまで?」

「ワルシャワ」

「本当は何をしてたんだ、クリストファー」

「スイスのプライベート・バンカーのために問題を解決していた」

「どんな問題だ？」

「あるロシア人がらみの問題」

「そのロシア人に名前はあるのか」

「イーゴリとでも呼んでおこう」

「堅気の人間か」

「まさか」

「マフィア？」

「骨の髄まで」

「マフィアのイーゴリがスイスのプライベート・バンカーに金を預けたわけか」

「莫大な金を」ケラーは言った。「ところが、イーゴリは金利に不満だった。金利を上げるようスイスの銀行家に命じた。断れば、妻と子供たちと愛犬を殺すと言った」

「そこで、スイスの銀行家はドン・オルサーティに助けを求めた」

「そうするしかあるまい？」

「イーゴリはどうなった？」

「事業提携を申し入れてきた人物とのミーティングのあとで、不慮の事故にあった。詳しい話できみを退屈させるのはやめておこう」

「で、イーゴリの金は？」

「一部はオルサーティ・オリーブオイル・カンパニーの口座へ送金された。残りはいまもスイスにある。スイスの銀行家がどういう連中かは知ってるだろう？　金を手放すのを好まない」

英国人はカウチにすわって、将軍がよこしたカラヴァッジョ関係のファイルを開き、サン・ロレンツォ同心会の壁にかかった空っぽの額縁の写真をとりだした。「嘆かわしい」首を振りながら言った。「シチリアの野蛮人どもは敬意というものを知らない」

「絵の盗難を発見したのはドン・オルサーティだったという話を、ドンの口から聞いたことはないかい？」

「コルシカの諺《ことわざ》が品切れになった夜に話してくれたような気もする。ドンがあと二、三分早く教会に着いてればよかったのに。泥棒どもが絵を盗みだすのを阻止できただろう」

「もしくは、泥棒どもが教会を出る前にドンを殺していたかもしれない」

「ドンを見くびってるのか」

「とんでもない」

ケラーは写真をファイルに戻した。「これがおれとどう関係するんだ？」

「絵をとりもどすために、カラビニエリがわたしを雇い入れた。あんたの助けが必要だ」

「どんな助けだ？」

「たいしたことではない」ガブリエルは答えた。「値がつけられないほど貴重な絵を盗みだし、一週間足らずのうちに人を二人殺した男に売りつけてくれればいい」

「それだけ？」ケラーは微笑した。「もっと厄介なことを頼まれるかと思っていた」

ガブリエルはジュリアン・イシャーウッドの不運なコモ湖訪問に始まって、世界中が血眼で捜している行方不明の絵をとりもどすためにフェラーリ将軍が提案した型破りな方法に至るまで、すべてをケラーに話した。話を聞くあいだ、ケラーは肘から先を膝に置いて両手を重ねたまま、身じろぎもしなかった。長時間にわたって完全に動きを止めていられるその能力には、さすがのガブリエルも薄気味悪さを感じる。北アイルランドでＳＡＳの特殊任務についていたとき、ケラーは至近距離での偵察を担当していて、そのためには、屋根裏や干し草置場といった狭苦しい隠れ場所で何週間も過ごす必要があった。ケラーはまた、西ベルファスト出身のカトリック教徒に化けてアイルランド共和軍に潜入したこともある。だから、盗んだ絵を売りさばきたがっている絵画泥棒の役もこなせるだろうと、ガブリエルは確信したのだ。だが、英国人にはそこまでの自信はなかった。

「おれの専門ではない」ガブリエルが説明を終えると、ケラーは言った。「おれは人を監視する。人を殺す。建物を爆破する。だが、絵を盗んだ経験はない。そして、闇市場で売りさばいた経験もない」

「バリマーフィの公営団地から来たカトリック教徒になりおおせたのなら、イースト・ロンドン出身の悪党にもなりおおせるさ。あんたはアクセントをまねるのがうまい」

「まあな」ケラーは認めた。「だが、美術のことはほとんど知らん」

「泥棒はたいていそうさ。だから、学芸員や美術史家になるかわりに泥棒になるんだ。だが、心配しなくていい、ケラー。わたしが指導してやろう」

「イタリアの連中はどうすればいい？」ケラーが訊いた。

「なんのことだ？」

「おれはプロの殺し屋で、ときたまイタリアで商売していることが向こうの連中に知られている。きみと組むことを、カラビニエリにいるきみのお友達に知られることになるのなら、イタリアへ行くわけにはいかない」

「あんたの関与を将軍が知ることはけっしてない」

「なぜそう断言できる？」

「向こうが知りたがっていないから」

ケラーは納得した様子ではなかった。煙草《たばこ》に火をつけ、じっと考えこむ様子で天井のほうへ煙を吐いた。

「なんで煙草なんか吸うんだ？」ガブリエルは訊いた。

「考えごとをするときの助けになる」

「こっちは息ができなくなる」

「なあ、本当にイスラエル人か？」

「ドンはわたしのことを、隠れコルシカ人だと思ってるようだ」

「ありえない。四十年以上も行方知れずの絵を見つける仕事をひきうける者など、コルシカにはいない。依頼主がくそったれのイタリア人となればとくに」

　ガブリエルはキッチンへ行って戸棚から小皿をとり、ケラーの前に置いた。ケラーは最後にもう一度だけ煙草をふかし、それから揉《も》み消した。

「金はどうする？」

　ガブリエルは将軍に渡された百万ユーロがアタッシェケースに入っていることを、ケラーに告げた。

「百万じゃ足りないぞ」

「だったら、小銭を持ってないか？」

「ワルシャワの仕事でもらった残りが少しあるかもな」

「いくらぐらい？」

「五百か六百」

「気前のいいやつだな、クリストファー」

「おれの金だぞ」

「友達のあいだで五百か六百がなんだというんだ？」

「大金だ」ケラーは長々と息を吐いた。「うまくやれるかどうか、やっぱり自信がない」

「なんのことだ？」

「絵画泥棒に化けること」

「金をもらって人を殺してるじゃないか」ガブリエルは言った。「たいした違いはない」


世界を股にかけて飛びまわる絵画泥棒にふさわしい服選びをするのは、準備のなかでいちばん楽な部分だった。なぜなら、いかなる暗殺依頼にも対応できるよう、ヴィラのクロゼットに膨大な衣類が用意されているからだ。放浪のボヘミアンでも、セレブなエリートでも、登山の好きなアウトドア派でも、好みのままに変装できる。カトリックの司祭の衣装もあり、祈祷書《きとう》とミサ用の携帯セットまでそろっている。ガブリエルは結局、ケラーが無理なく着られそうな服を選んだ。白いドレスシャツ、上等な仕立てのダークスーツ、しゃれたローファー。装身具として使ったのは、ゴールドのチェーンとブレスレット、スイス製の派手な腕時計、青みを帯びたレンズの眼鏡、そして、豊かな前髪つきのブロンドのかつら。ケラーは彼が使っているピーター・ラトリッジ名義の英国の偽造パスポートとクレジットカードを出してきた。ガブリエルから見ると、ロンドンの貧民街出身の犯罪者にしては名前の響きが上流すぎるようだが、まあ、気にしなくていいだろう。美術界の人間が泥棒の名前を知ることはけっしてないのだから。

17

ミロメニル通り、パリ

翌日の午前十一時、彼らは〈アンティーク理化学機器専門店〉の奥の狭苦しいオフィスに集まった。絵画泥棒、プロの殺し屋、そして、イスラエル秘密諜報機関のスパイ。スパイは長らく行方不明のカラヴァッジョの祭壇画を見つけだす方法について、絵画泥棒に説明した。絵画泥棒は前日の殺し屋と同じく、納得しそうになかった。

「おれは絵を盗むのが仕事だ。警察のために絵を見つけるようなことはしない。それどころか、警察を避けるべく全力を尽くしている」

「きみの関与をイタリアの警察が知ることはけっしてない」

「あんたがそう言ってるだけだろ」

「カラヴァッジョを盗んだ男がきみの親しい仕事仲間を殺したってことを、わざわざ言わなきゃならないのかい？」

「いや、ムッシュー・アロン、その必要はない」

玄関のブザーが鳴った。モーリス・デュランはそれを無視した。

「おれに何をしてほしいんだ？」

「ある絵を盗みだしてもらいたい。闇のコレクターならほしがるに決まっている絵だ」

「それから？」

「その絵がパリにあるという噂が美術界の闇の領域に広まりはじめたら、禿鷹《はげたか》どもをきみの手でしかるべき方向へ導いてもらいたい」

デュランはケラーを見た。「この男のほうへ？」

ガブリエルはうなずいた。

「絵がパリにあるなどと、禿鷹どもがどうして思うんだ？」

「わたしが連中にそう告げるから」

「抜かりのないやつだな、ムッシュー・アロン」

「ゲームに勝つ最上の方法は、偶発的な要素をあらかじめとり除いておくことだ」

「覚えておこう」デュランはふたたびケラーに目を向けた。「絵画泥棒の世界のことを、そっちの男はどの程度知っている？」

「まったく知らない」ガブリエルは正直に答えた。「だが、のみこみは早い」

「そいつの本業はなんなんだ？」

「寡婦と孤児の面倒をみること」

「そうか」疑惑の口調でデュランは言った。「だったら、おれはフランス大統領だ」

その日の残りは作戦の細かい点を詰めるのに使われた。やがて、パリ八区が夜の闇に包まれるころ、モーリス・デュランが〝営業中〟となっていた窓のサインを〝閉店〟に変え、三人はミロメニル通りへ出ていった。絵画泥棒は毎夜の習慣で赤ワインを一杯飲むために通りの向かいのブラッスリーへ向かい、殺し屋はリヴォリ通りのホテルへ行くためにタクシーを拾い、スパイはマリー橋を見渡せる場所にあるイスラエルの諜報機関〈オフィス〉所有のフラットまで歩いた。建物の入口の外に止まった車のなかに、警備担当の工作員二名がすわっているのが見えた。フラットに入ると、料理のおいしそうな匂いがして、キアラの鼻歌が聞こえてきた。ガブリエルは彼女の唇にキスをして寝室へ連れていった。気分はどうかとは尋ねなかった。何一つ尋ねなかった。

「ねえ、気がついてる?」終わってから、キアラが言った。「わたしの妊娠がわかってから、愛しあったのはこれが初めてだってこと」

「ほんとかい?」

「あなたみたいに頭のいい人が間の抜けたことを言っても、説得力がないわよ」

ガブリエルはキアラの髪をゆっくりと指に巻きつけたが、何も答えなかった。キアラの顎が彼の胸骨にのっている。パリの街灯の光が彼女の肌を金色に染めていた。

「どうしてこれまで愛してくれなかったの？　忙しかったなんて言ってもだめよ」キアラは急いでつけくわえた。「前はそんなことで中断する人じゃなかったもの」

ガブリエルは彼女の髪を指から放したが、返事はしなかった。

「おなかの赤ちゃんにさわるんじゃないかと心配してたの？　だからなの？」

「うん。たぶん、そうだと思う」

「心変わりの理由は？」

「コルシカ島で老女を訪ねて、しばらく話をしたんだ」

「その人、なんて言ったの？」

「きみと子供たちに危害が及ぶことはないって」

「で、その言葉を信じたの？」

「老女はまず、知るはずのないことをいくつかわたしに告げた。そのあとで、きみがヴェネツィアを離れたことを教えてくれた」

「わたしがパリにいることも？」

「いや、具体的なことは言わなかった」

「あなたを驚かそうと思ったの」

「どこへ行けばわたしに会えるか、どうしてわかったんだい？」

「どうしてだと思う？」

「キング・サウル通りに電話したんだな」

「じつは、キング・サウル通りからわたしに電話があったの」

「なぜ？」

「あなたがどうしてモーリス・デュランのような男と会っているのか、ウージが知りたがったから。もちろん、わたしはそのチャンスに飛びついた」

「将軍のボディガードからどうやって逃げだしたんだい？」

「マッテオ？　楽なものだったわ」

「ファーストネームを呼びあう仲とは知らなかった」

「あなたの留守中、とっても親切にしてくれたの。しかも、気分はどうかという質問は一度もしなかったし」

「わたしもその過ちは二度と犯さないことにする」

キアラはガブリエルの唇にキスをして、世界最高の腕を誇る絵画泥棒と旧交を温めているのはなぜかと尋ねた。ガブリエルはすべてを話した。

「フェラーリ将軍があなたにブラッドショー殺しを調べさせようと躍起になった理由が、これでやっとわかったわ」

「将軍はブラッドショーが闇社会の人間であることを最初から承知してたんだ。また、カラヴァッジョの盗難にやつが関係しているという噂も、将軍は耳にしていたようだ」

「〈メリディアン・グローバル・コンサルティング・グループ〉の請求書の記録を調べたら、妙なものが見つかったんだけど、それも説明がつきそうね」

「なんだい、妙なものって？」

「過去一年のあいだに、〈メリディアン〉はルクセンブルクの〈LXR投資〉というところの仕事をずいぶんやってるの」

「どういう会社だ？」

「さっぱりわからない。正体不明って感じよ」

ガブリエルはキアラの髪をふたたび指に巻きつけ、ジャック・ブラッドショーの電子の残骸のなかからほかに見つかったものはないかと尋ねた。

「亡くなる二、三週間前から、あるGメールアカウントに何回かメールを送ってたわ」

「どんな内容だった？」

「結婚式、パーティ、お天気。要するに、じつは何かほかの話をするときに使う話題ね」

「メール相手がどこにいたかわかるかい？」

「ブリュッセル、アントワープ、アムステルダムのネットカフェ」

「なるほど」

キアラが仰向けになった。窓を優しく叩く雨音を聞きながら、ガブリエルは彼女の腹部に手を当てた。

「何を考えてるの？」しばらくしてから、キアラが訊いた。

「現実なのか、それとも、錯覚にすぎないのかと迷っていた」

「何が？」

「いや、いい」

キアラは彼の手を下ろした。「ウージに報告を入れないと」

「そうだな」

「なんて言えばいい？」

「真実を。わたしが二億ドルの価値のある絵を盗みだし、ミスター・ビッグに売りつける気でいると伝えてくれ」

「これからどうするの？」

「ロンドンへ飛んで黒い噂を広めなくては」

「そのあとは」

「マルセイユへ飛んで黒い噂を現実のものにする」

18

ハイドパーク、ロンドン

翌日の午前中、ガブリエルはレスター・スクエアを渡るあいだに〈イシャーウッド・ファイン・アーツ〉へ電話をした。画廊からも、セント・ジェームズにある美術界御用達《ごようたし》の酒場からも離れた場所で会いたいと、イシャーウッドに頼んだ。イシャーウッドはハイドパークの〈リド・カフェバー〉を提案した。そこなら美術界の人間に会う心配はないからと言って。

イシャーウッドはツイードの上着に防水の靴という田舎紳士のような服装で、一時少し過ぎにやってきた。ふだんの昼下がりに比べると、さほどひどい二日酔いではないようだ。

「文句を言うつもりはないが」イシャーウッドと握手をしながら、ガブリエルは言った。

「電話をとりついでもらうのに、おたくの秘書に十分近く待たされたぞ」

「運がいいほうだと思ってくれ」

二人はサーペインタイン池がながめられるテーブルについた。イシャーウッドは渋い顔でメニューを見た。

「〈ウィルトンズ〉に比べるといまいちだな」

「死にはしないさ、ジュリアン」

イシャーウッドは納得の表情ではなかった。血圧のことを考えて海老《えび》のサンドイッチとグラスワインの白にした。ガブリエルは紅茶とスコーン。ふたたび二人だけになったところで、ヴェネツィアを離れてから起きたことを残らずイシャーウッドに話した。次に、これからの計画も伝えた。

「困ったやつだ」イシャーウッドは柔らかな口調で言った。「まったく困ったやつだ」

「将軍の思いつきなんだ」

「あれも食えない男だな」

「だからこそいい仕事ができる」

「それもそうだ。だが、おれは美術品保護委員会の委員長として」イシャーウッドは堅苦しい口調でつけくわえた。「あんたのお利口な作戦に反対しないと、まずいことになる」

「ほかに方法がないんだ、ジュリアン」

「窃盗によって絵がダメージを受けたら？」

「修復する人間をこっちで見つける」

「安請け合いはやめろ。あんたらしくもない」

二人のあいだに重苦しい沈黙が流れた。

「もしこの手でカラヴァッジョがとりもどせるなら、それだけの価値はある」ようやく、ガブリエルは言った。

「〝もし〟だな」イシャーウッドは疑いの口調で言った。長々とため息をついた。「こんなことに巻きこんでしまって申しわけない。オリヴァー・ディンブルビーのやつさえいなきゃ、こんな騒ぎにはならなかったのに」

「じつは、オリヴァーに罪を償わせる方法を考えてみた」

「まさか、あいつを何かに使うつもりじゃあるまいな？」

「使ってみようと思う。ただし、オリヴァー本人には何も知らせずに」

「賢明なやり方だ。なにしろ、美術界でいちばん口の軽い男だから」

「たしかに」

「何を考えてる？」

ガブリエルは説明した。イシャーウッドはいたずらっぽい笑みを浮かべた。

「困ったやつだ。まったく困ったやつだ」

二人はランチのあと、ピカデリーの混雑した歩道で別れた。イシャーウッドはメイソンズ・ヤードの画廊のほうへ戻っていった。ガブリエルはセント・パンクラス駅まで行き、午後遅くのユーロスターでパリに戻った。その夜、マリー橋が見えるフラットで、キアラの妊娠がわかって以来二度目の愛を交わした。

翌朝、ルーヴルの近くのカフェで朝食をとった。食事がすむと、キアラをフラットへ送ったあとでタクシーを拾い、リヨン駅まで行った。九時発のマルセイユ行きの列車に乗り、十二時四十五分にはサン・シャルル駅の階段を下りていた。アテネ大通りの入口でタクシーを降り、ラ・カネビエールまで歩いた。そこは道幅の広いショッピング・ストリートで、街の中心部から港まで続いている。朝の漁を終えた漁船が戻ってきていた。港の東端に並んだ金属製の台にあらゆる種類の魚介類がのっていた。台の一つに、くたびれたセーターとゴムのエプロンをつけたごま塩頭の男がいた。ガブリエルはほんのしばらく足を止めて、台に並んだ品をながめた。それから、角を曲がって港の南端まで行き、おんぼろルノーの助手席に乗りこんだ。運転席にすわっていたのは、短くなった煙草で指を火傷《やけど》しそうになっているクリストファー・ケラーだった。

「吸わずにいられないのか」ガブリエルはうんざりした口調で言った。

ケラーは吸殻を揉《も》み消し、すぐまた新しいのに火をつけた。

「またここに戻ってきたなんて信じられん」

「どこのことだ？」

「マルセイユ」ケラーは答えた。「イギリスの女の子の捜索を始めたのがここだった」

「そして、あんたは必要もないのに人の命を奪った」ガブリエルは暗い声で言った。

「その論争を再燃させるのはやめておこう」

「絵画泥棒のくせに、ずいぶんむずかしい言葉を使うものだな、クリストファー」

「港の同じ場所で同じ車にこうしてすわってるなんて、妙な偶然だと思わないか」

「思わない」

「なぜ？」

「マルセイユは犯罪者の集まる街だ」

「あの男もそうだ」ケラーは港の端で魚の台のところに立っているくたびれたセーター姿の男のほうを示した。

「顔見知りか」

「パスカル・ラモーのことは誰だって知っている。やっと手下どもはコート・ダジュールでいちばんの窃盗団だ。なんだって盗みだす。エッフェル塔の盗みを企てたという噂もあるぐらいだ」

「どうなった？」

「買手が怖気《おじけ》づいた。少なくとも、パスカルはそう吹聴している」

「やつと取引したことは？」

「あの男には、おれみたいな人間は必要ない」

「どういう意味だ？」

「パスカルはこの街を完全に牛耳っている」ケラーは煙草の煙を盛大に吐きだした。「だから、モーリスが注文を出し、パスカルが品物を届ける」

「アマゾンみたいなものだな」

「なんだ、アマゾンって？」

「渓谷の住まいから出る回数をもう少し増やしたほうがいいぞ、クリストファー。あんたが死んでから、世界は変わったんだ」

ケラーは煙草を揉み消し、新しいのに火をつけようとした。

「やめろ」ガブリエルは静かに言った。

ケラーは煙草を箱のなかに戻した。「あとどれぐらい待たなきゃならない？」

ガブリエルは腕時計に目をやった。「二十八分」

「なぜ分刻みで言えるんだ？」

「列車がサン・シャルル駅に着くのが一時三十四分。駅から港まで歩くと、やつの足で十二分」

「途中でどこかに寄ったら？」

「それはない」ガブリエルは答えた。「ムッシュー・デュランは信用できる人物だ」

「そんなに信用できるなら、なぜおれたちがマルセイユに舞いもどってきたんだ?」

「カラビニエリの百万ユーロをデュランが持っていて、それが正しい場所に届くことをこの目で確認したいからだ」

「パスカル・ラモーのポケットだな」

ガブリエルは返事をしなかった。

「妙な話だ。そう思わないかい?」

「人生は複雑なんだ、クリストファー」

ケラーは煙草に火をつけた。「言われなくてもわかってるよ」


ラ・カネビエールの坂を下りてくるデュランの姿を二人が目にしたのは、一時四十五分だった。予定より一分早い。グレイのウーステッドのスーツを着て、しゃれた中折れ帽をかぶり、百万ユーロの現金が入ったアタッシェケースを右手に提げている。魚売り場まで行き、台の前をゆっくり歩いて、やがてパスカル・ラモーの前に立った。言葉を交わし、魚介類の鮮度を丹念に調べ、ようやく品選びを終えた。紙幣を一枚渡して烏賊《いか》の入ったポリ袋を受けとり、港の南端に向かって歩きはじめた。しばらくしてガブリエルとケラーの横を通ったが、目を向けもしなかった。

「どこへ行く気だろう?」

「〈ミストラル号〉という船だ」

「船の持ち主は？」

「ルネ・モンジャン」

　ケラーは片方の眉を上げた。「なんでモンジャンを知ってるんだ？」

「その話はいずれまたゆっくり」

　デュランはいま、白いレジャーボートが並ぶ浮き桟橋の一つを歩いていた。ガブリエルの予言どおり、〈ミストラル号〉というモーターヨットに乗りこみ、キャビンに姿を消した。船内にいた時間はきっかり十七分、ふたたび出てきたときには、アタッシェケースも烏賊も消えていた。ケラーのおんぼろルノーの横を通りすぎて、駅のほうへ戻っていった。

「おめでとう、クリストファー」

「何が？」

「あんたはいまや、二億ドルの価値があるゴッホの名画の栄えある所有者だ」

「まだだろ」

「モーリス・デュランは信用できる人物だ」ガブリエルは言った。「そして、ルネ・モンジャンも」

19

アムステルダム

それから九日間、美術界の連中は時限爆弾が時を刻みはじめたことを幸運にも知らぬまま、華やかな日々を送っていた。贅沢なランチを楽しみ、深夜まで飲み、アスペンやサンモリッツのスキー場で雪のシーズン最後のすべりを楽しんでいた。やがて、四月の第三金曜日に、アムステルダムのゴッホ美術館が災難に見舞われたというニュースが飛びこんできた。《ひまわり》(油彩・画布、九五×七三センチ)が盗まれたのだ。

窃盗犯が用いた方法は、標的にされた絵の崇高な美しさにそぐわないものだった。細身の剣《レイピア》のかわりに棍棒《こんぼう》を選び、隠密行動よりもスピードを重視したやり方だった。アムステルダム警察の署長はのちにこれを、〝かつて見たなかで最高に手際のいい強奪事件〟と呼ぶことになる。ただし、詳細を明らかにするのは慎重に避けた。かけがえのない貴重な美術品がまたしても窃盗団に狙われたときに、簡単に盗みだせるような事態を招くことになっては大変だからだ。一つだけ安堵《あんど》できる点があった。額縁からカンバスをはずすさいに剃刀《かみそり》が使われなかったことだ。署長のコメントによると、恭しいと言ってもいいほどの丁寧な扱い方だったという。ところが、美術品のセキュリティという分野における専門家の多くは、カンバスの扱いの丁寧さを厄介な兆候ととらえた。有能なプロの犯罪者集団が何者かの依頼を受けて絵を盗みだしたことを示しているからだ。ロンドン警視庁で美術関係の事件を担当してきた元刑事は、絵を首尾よくとりもどすのは困難と見ていた。こうコメントした——《ひまわり》はおそらく、盗難絵画ばかりを集めた美術館に展示されていて、一般の目に触れることは二度とないだろう。

ゴッホ美術館の館長がメディアに登場し、絵を無事に返してほしいと訴えた。だが、犯人の心を動かすことはできなかったため、多額の賞金を出すことにした。おかげで、オランダ警察はいたずら半分の情報や偽の情報を追って、膨大な時間を浪費することとなった。アムステルダム市長は頑固な急進派で、デモをやるのが効果的だと考えた。その三日後、さまざまなタイプの活動家数百人が美術館近くの広場に集まり、絵を無傷で返せと窃盗団に要求した。また、動物虐待反対、地球温暖化防止、マリワナやハシシの合法化、グアンタナモ収容所の閉鎖、ヨルダン川西岸地区とガザ地区の占領中止なども訴えた。

しかし、舞台裏では、ゴッホのもっとも有名な作品をとりもどすため、オランダ警察が昔ながらの方法で捜査を進めていた。泥棒連中から話を聞き、名を知られた窃盗犯の電話とメールを監視し、盗品を売りさばいている疑いのあるアムステルダムとロッテルダムの画廊の張りこみを続けた。だが一週間たっても進展がなかったため、ヨーロッパ各国の法執行機関に捜査協力を依頼することになった。ベルギー警察が助言をくれたのでリスボンへ飛んだが、結局は無駄足だった。フランス警察からは激励の言葉が来ただけだった。もっとも興味深い情報は、カラビニエリの美術班のフェラーリ将軍から入ったもので、実行犯はロシアのマフィアだという噂を耳にしたと言ってきた。オランダからクレムリンに対して情報を求める嘆願をおこなった。ロシア側の返事はなかった。

季節はすでに五月上旬になっていたが、絵の所在に関して、オランダ警察はなんの手がかりもつかんでいなかった。公の場での署長は捜査にいっそう熱を入れると誓っていた。個人的には、神の助けでもないかぎり、ゴッホはたぶん永遠に失われたままだろうと思っていた。美術館のなかでは、絵があった場所に黒い布がかけられた。英国のあるコラムニストが館長に対して、警備を強化するよう皮肉たっぷりに懇願した。でないと、泥棒が黒い布まで盗んでいくだろうと、からかいの言葉を浴びせた。

ロンドンでは、一部の者がコラムニストのこの発言を悪趣味だと受けとったが、美術界の人々は肩をすくめていつもどおりの日々を送るだけだった。巨匠の名画を集めた大事なオークションの数々が近づいていて、今シーズンは何年ぶりかの活況を呈しそうな気配だった。ジュリアン・イシャーウッドも大忙しだった。その週の水曜日には、〈ボナムズ〉のオークションルームに顔を出して、アゴスティーノ・ブオナミコ派のものとされる川の風景画を入手した。翌日は、無限の資産を持つと思われる国外暮らしのトルコ人を〈ドーチェスター〉に招き、贅沢なランチをとった。そして金曜日は、十八世紀に描かれたボローニャ派の《洗礼者ヨハネ》の資産価値などをチェックするため、〈クリスティーズ〉に遅くまで居残っていた。そのため、〈グリーンズ〉のバーに顔を出したときには、店内はすでに大変な混雑だった。イシャーウッドはいつものテーブルについて、いつものサンセールのボトルを頼んだ。〈サザビーズ〉の印象派&現代美術部門の新しい主任となったアマンダ・クリフトンという美女を、太っちょのオリヴァー・ディンブルビーが図々しく口説こうとしていた。金箔《きんぱく》仕上げの名刺を彼女の手に押しつけ、サイモン・メンデンホールに投げキスをしてから、イシャーウッドのテーブルにやってきた。「やあ、ジュリアン」そう言って、空いた椅子にすわった。「熱々のスキャンダルを聞かせてくれよ。今週いっぱい、食事の友にできそうなやつを」イシャーウッドは微笑し、オリヴァーのグラスにワインを五センチほど注いでやり、楽しい夜を過ごすことにした。

「パリ？　本当に？」

イシャーウッドは共謀者めいたうなずきを送った。

「誰に聞いた？」

「それは言えん」

「おいおい。話し相手はこのわたし。MI6より多くの暗い秘密を持つ人間だぞ」

「おれの情報源はパリの美術界にコネのある人間だ。言えるのはそこまで」

「ほう、それだけでも貴重なお言葉だ。きみのことだから、情報源は〈マキシム〉のスーシェフだとでも言うのかと思っていた」

　イシャーウッドは無言だった。

「そいつは商売する側？　それとも、買う側？」

「商売のほう」

「画商？」

「想像におまかせする」

「で、そいつは本当にゴッホの絵を見たのか」

「おれの情報源はな、盗まれた絵と同じ部屋にいる現場を押さえられるようなやつではない」イシャーウッドはほどほどの義憤をこめて答えた。「だが、そいつがたしかな筋から聞いた話によると、評判の悪い画商やコレクターのなかに、ポラロイド写真を見せられた者が何人かいるそうだ」

「まだあったとは知らなかった」

「何が？」

「ポラロイドカメラ。なんでポラロイドを使うんだ？」

「デジタルの足跡を残すと、警察に追跡されかねない」

「なるほど、勉強になった」アマンダ・クリフトンのヒップにちらっと目をやって、ディンブルビーは言った。「で、売りさばこうとしてるのは誰だね？」

「噂によると、名前のない英国人だそうだ」

「英国人？　なんとまあ。値段は？」

「一千万」

「ゴッホが？　そりゃ儲けものだ」

「まさしく」

「その値段だったら、すぐに話がまとまりそうだ。誰かがさっと買いとって、永遠にしまいこんでしまうだろう」

「おれの情報源によると、英国人には多数のオファーが舞いこんでいるらしい」

「だとしたら」ディンブルビーは急に真面目な声になった。「きみはぜひとも警察へ行くべきだ」

「そりゃ無理だ」

「なぜ？」

「情報源を守ってやらないと」

「画商として、きみには警察に通報する義務がある。人間としても」

「きみからモラルについて説教されるとうれしくなるよ、オリヴァー」

「個人攻撃はやめてくれ。きみの役に立とうとしただけなのに」

「例えば、費用はすべてスポンサー持ちで、おれをコモ湖へ送りだすとか？」

「またその話か」

「血まみれシャンデリアに吊るされたやつの姿を夢に見て、いまもうなされてるんだぞ。絵で見るような光景だった……」

イシャーウッドの声が小さくなって消えた。ディンブルビーは眉をひそめて考えこんだ。

「誰の絵だ？」

「誰でもいいだろ」

「やつを殺した犯人は見つかったのか」

「やつとは？」

「ジャック・ブラッドショーだよ、間抜け」

「犯人はきっと執事だ」

ディンブルビーは微笑した。

「さて、覚えておけ、オリヴァー。ゴッホがパリにあるというのは、ここだけの話だぞ」

「わたしの口から漏れることはけっしてない」

「誓ってくれ、オリヴァー」

「厳粛に誓おう」ディンブルビーは言った。ところが、ワインを飲みおえたあとで、店内の全員にしゃべってまわっていた。

翌日のランチタイムには、〈ウィルトンズ〉の食事客の誰もがその話で盛りあがっていた。そこから、ナショナル・ギャラリー、テート、最後にゴッホの《耳を切った自画像》の盗難からまだ立ち直っていないコートルード美術館へと、話は伝わっていった。サイモン・メンデンホールが〈クリスティーズ〉の全員にしゃべった。アマンダ・クリフトンも〈サザビーズ〉でしゃべってまわった。ふだんは寡黙なジェレミー・クラブでさえ、口をつぐんでいられなくなった。〈ボナムズ〉のニューヨーク・オフィスの誰かにメールですべてを話し、ほどなく、ミッドタウンとアッパー・イーストサイドの画廊はどこもその話でもちきりになった。富裕層の美術コンサルタントをしているニコラス・ラヴグローヴは『ニューヨーク・タイムズ』の女性記者の耳にその噂をささやいたが、記者はすでにほかの誰かから噂を聞いていた。彼女がオランダ警察の署長に電話したところ、噂はすでにこちらへも届いていた。

署長からパリ警察の署長へ電話を入れたが、パリのほうでは噂を真に受けていない様子だった。それでも、体格のいい中年の英国人の捜索にとりかかった。金髪、青みを帯びたレンズの眼鏡、かすかなコックニー訛《なま》り。そういう男が何人か見つかったが、そのなかに絵画泥棒は一人もいなかった。

ただ、噂のなかには揺るぎなき真実が一つだけ含まれていた。《ひまわり》は本当にパリにあった。盗まれた翌朝、メルセデスのトランクに入れられてパリに到着したのだ。まず〈アンティーク理化学機器専門店〉に運ばれ、そこで保護用のグラシン紙に包まれて、空調つきキャビネットに二晩寝かされた。それから、マリー橋が見える〈オフィス〉所有のフラットまで運ばれた。ガブリエルは予備の寝室を使った急ごしらえのアトリエで、絵を新しい木枠に手早く張ってイーゼルにのせた。その夜、キアラが食事の支度をしているあいだに、絵の表面が汚染されるのを防ぐため、テープでドアに目張りをした。二人が眠ったあと、絵もセーヌ川沿いの街灯の黄色い光を浴びて眠りについた。

翌朝、ガブリエルはリュクサンブール公園の近くの小さな画廊へ出かけ、ドイツ人のふりをしてパリの街の風景画を買った。印象派の三流画家が描いたもので、ゴッホと同じタイプのカンバスが使われていた。フラットに戻ったガブリエルは強力な溶剤を用いて絵を落とし、次に、カンバスを木枠からはずした。それをしかるべきサイズにカットしたあとで、《ひまわり》と同じタイプの木枠に張った。サイズは九五×七三センチ。それから、新たに下塗りをした。十二時間後、下塗りが乾いたところで、パレットにクロムイエローとイエローオークルを用意して絵の制作にとりかかった。

ガブリエルの様子はまるでゴッホが乗り移ったかのようで、かすかな狂気すら感じられる絵を手早く描きつづけた。ときたま、片手にパイプを持ったゴッホが背後に立ち、絵筆に手を添えてくれているような気がした。あるいは、アルルの〈黄色い家〉のアトリエにいるゴッホの姿が見えたように思うこともあった。ひまわりが萎《しお》れて枯れてしまう前に、その美をカンバスにとどめようと必死になっている姿が。

　ゴッホがアルルで最初の《ひまわり》を描いたのは一八八八年八月だった。二階の予備の寝室にそれをかけ、十月下旬からは、ポール・ゴーギャンがその部屋で暮らすようになった。二人は秋のあいだ一緒に絵を描き、よくアルルの野原で並んで制作に没頭したものだが、神と芸術をめぐって激しい口論になることが多かった。十二月二十三日の午後も口論が起きた。ゴッホは剃刀を手にしてゴーギャンと対決したあと、ブー・ダルル通りの娼館へ行き、左耳の一部を切り落とした。二週間後、退院した彼は包帯をしたまま一人で〈黄色い家〉に戻り、ひまわりの絵をたてつづけに三点描きあげた。その一つが、最近までアムステルダムのゴーギャン美術館に展示されていたものである。

　ゴッホはアムステルダムの《ひまわり》をたぶん、わずか数時間で描きあげたことだろう。しかしながら、ガブリエルがのちに〝パリ・バージョン〟と呼ぶことになる絵を描くには三日が必要だった。ゴッホの特徴ある署名を花瓶に描き添えて本物と寸分違《たが》わぬ贋作《がんさく》ができあがったが、一つだけ相違点があった。クラクリュール、つまり、年月を経て絵の表面に生じる細かいひび割れがないのだ。短時間でクラクリュールを作るために、ガブリエルはカンバスを木枠からはずして百八十度のオーブンで三十分焼いた。カンバスが冷えたところで、両手で持ってぴんと張り、ダイニングルームのテーブルの端にこすりつけた。最初は水平に、それから垂直に。その結果、即製のクラクリュールができあがった。カンバスを木枠に戻して、ニスを塗り、本物の横に置いた。どちらが本物なのか、キアラにはわからなかった。モーリス・デュランにもわからなかった。

「想像もしなかったな」デュランが言った。

「何を？」

「イヴ・モレルに劣らぬ腕を持つ者がいようとは」厚く塗られたガブリエルの絵筆の跡を、デュランは指先でそっとなでた。「ゴッホ本人が描いたかのようだ」

「それがゴールだからな、モーリス」

「だが、たやすく実現できるものではない。いくらプロの修復師といえども」デュランはカンバスにもう少し身を寄せた。「クラクリュールを作るのに、どんなテクニックを使ったんだ？」

ガブリエルは説明した。

「天才贋作者ファン・メーヘレンの手法か。じつに効果的だ」デュランはガブリエルの贋作からゴッホの真作に視線を移した。

「変なことを考えるんじゃないぞ、モーリス。仕事が終わりしだい、アムステルダムに返すんだからな」

「これを売ったら、おれのふところにいくら入ると思う？」

「一千万」

「少なくとも二千万だ」

「だが、盗んだのはきみじゃない、モーリス。青みを帯びたレンズの眼鏡をかけた金髪の英国人が盗んだんだ」

「おれの知りあいのなかには、そいつに会ったことがあると思いこんでる者もいる」

「その誤解を解いたりしなかっただろうな」

「するもんか」デュランが答えた。「業界のダークサイドにいる連中は、その英国人が絵を持っていて、買う可能性のありそうな何人かとすでに交渉中だと信じている。お目当ての相手が参戦してくるまでに、そう時間はかからんだろう」

「少々刺激を与えたほうがいいかもしれない」

「どんな？」

「木槌《きづち》が振りおろされる前にオークションに参加するよう、誘いをかけるんだ。きみにできるかな、モーリス」

デュランは微笑した。「電話一本ですむことだ」

20

ジュネーブ

ガブリエルには最初からひどく気にかかっていることが一つあった。ジャック・ブラッドショーがジュネーブ・フリーポートに借りていた秘密の倉庫の件だ。ビジネスマンがフリーポートの比類なきサービスを利用するのは、主として税金逃れのためか、何かを隠すためだ。ブラッドショーの動機はおそらくあとのほうだろう。しかし、裁判所命令も警察の助けもなしに、どうやって内部に入りこめばいい？ フリーポートはピッキングツールと自信に満ちた笑顔で侵入できる場所ではない。協力者が必要だ。スイス国内のどんなドアでもひそかにあける力を持った人物が。ガブリエルはそういう人物を知っている。交渉をおこない、密約を結ばなくてはならない。手こずるだろうが、スイスを相手にする場合はたいていそうだ。

最初のコンタクトは短時間で終わってしまい、見込み薄の感じだった。ベルンにいる相手のオフィスへ電話をして、こちらの要望とその理由をかいつまんで説明した。ベルンの男はもちろん、熱のこもらない応対だったが、口調には興味がにじんでいた。

「いまどこにいる？」男が訊いた。

「シベリア」

「ジュネーブに来るのにどれだけかかる？」

「次の列車に乗れる」

「シベリアからの列車があるとは知らなかった」

「じつは、その列車がパリを通るんだ」

「こっちに着いたら発煙信号を上げてくれ。なんとかしよう」

「なんの保証もないまま、はるばるジュネーブまで出かけるわけにはいかない」

「保証がほしかったら、スイスの銀行家に電話するんだな。だが、フリーポートの倉庫をのぞきたいのなら、わたしのやり方に従ってもらわないと。それから、わたし抜きでフリーポートに近づこうなどとは、ぜったい考えるな。そんなことをすれば、スイスに長期間足止めされることになるぞ」

ガブリエルとしては、ジュネーブへ発《た》つ前にもっといい条件を勝ちとりたかったが、いまが絶好のタイミングのように思われた。ゴッホの贋作が完成したので、パリにいても待つことしかできない。電話をにらんで一日を過ごすか、もしくは、もっと生産性のある行動に出るか。最後はキアラがかわりに決断してくれた。ガブリエルは二枚の絵を寝室のクロゼットにしまうと、リヨン駅へ急ぎ、九時のＴＧＶに乗った。正午過ぎにジュネーブに到着。切符売場の公衆電話からベルンの男に電話をした。

「どこにいる？」男が訊いた。

ガブリエルは正直に答えた。

「なんとかしよう」

ガブリエルは駅からレマン湖まで歩き、モンブラン橋を渡って南岸へ行った。イギリス公園でピザを食べて時間をつぶしてから、十六世紀の面影を残す旧市街の薄暗い通りを歩いた。四時になると、夕暮れの訪れとともに冷えこんできた。足が痛くなり、待つのにうんざりしたので、ベルンの男にふたたび電話をかけたが、応答はなかった。十分後、銀行や高級店が建ちならぶローヌ通りを歩きながら、もう一度電話してみた。今度は男が出た。

「古臭い人間と言われてもいい」ガブリエルは言った。「だが、待ちぼうけを食わされるのは嫌いなんだ」

「何も約束した覚えはない」

「パリでおとなしくしてればよかった」

「それはお勧めできないな。この季節のジュネーブはすばらしい。それに、フリーポートをのぞくチャンスを逃すことになるぞ」

「あとどれだけ待たせる気だ？」

「ご希望なら、いますぐ会えるが」

「どこにいるんだ？」

「うしろを見てみろ」

ガブリエルは言われたとおりにした。「この野郎」


男の名前はクリストフ・ビッテル。少なくとも、前に一度だけ会ったときには、そう名乗っていた。スイスの諜報・保安機関ＮＤＢのテロ対策部所属とのことだった。痩せ型で顔色が悪く、秀でた額のおかげで高い知性の持ち主に見える。事実そうなのだが。

「ふたたびジュネーブにようこそ」車の流れにゆっくりと入りながら、ビッテルは言った。「珍しくも事前に連絡をくれてよかったよ」

「わたしがスイスで許可なく活動する日々は終わりを告げた。われわれはいまやパートナーだ。覚えてるだろ、ビッテル」

ビッテルがシールドタイプのサングラスをかけると、カマキリみたいな人相になった。運転はうまいが慎重で、まるでトランクに密輸品を隠していて、司法当局との接触を避けようとしているかのようだった。

しばらくしてから、ビッテルは言った。「そちらの告白に、うちのメンバーと上司が何時間も興味深く聴き入っていた」

「あれは告白ではない」

「じゃ、どういうものだ？」

「スイスにおけるわたしの活動を一つ残らず報告したまでだ。そっちは交換条件として、わたしを生涯刑務所に放りこまないことを承知した」

「放りこまれて当然なんだが」ビッテルは車を走らせながら、ゆっくりと首を振った。

「暗殺、窃盗、誘拐、ウーリ州での対テロ作戦。あのとき、アルカイダのメンバーが何人か死んだんだったな。何か抜けてるものはあるか」

「イランへの核兵器の販路に近づくため、スイスでもっとも著名な実業家を脅迫したことがあった」

「そして今度は、裁判所命令なしでジュネーブ・フリーポートの倉庫に近づきたいというのか」

「きみのことだからフリーポートにも友達がいて、正規の手続きを踏まなくても、たまに倉庫の品をちらっと見せてもらえるはずだ」

「まあな。だが、わたしはふつう、ドアのロックをはずす前に、その奥に何があるかを知っておくのが好きでね」

「絵だ、ビッテル。絵がたくさん保管されている」

「盗まれた絵か」

ガブリエルはうなずいた。

「われわれが倉庫に入ったことを持ち主が知ったらどうなる？」

「持ち主はすでに故人だ。文句を言われる心配はない」

「フリーポートの倉庫はブラッドショーの会社名義で契約されている。そして、会社は存続している」

「幽霊会社さ」

「ここはスイスだ、アロン。数々の幽霊会社がこの国のビジネスを繁栄させている」

前方の信号が青から黄色に変わった。交差点を走り抜ける時間は充分にあった。ところが、ビッテルは踏んでいたアクセルペダルをゆるめ、車をゆっくりと停止させた。

「いったいどういうことなのか、まだ話してもらっていないが」そう言って、シフトレバーのグリップをいらいらといじった。

「事情があってね」

「で、わたしの力できみを倉庫に入れることができたら？　見返りに何をくれる？」

「こっちの読みが当たっていれば、きみとNDBのお仲間はある日、長期にわたって行方不明だった絵画の数々が見つかったことを発表できるだろう」

「ジュネーブ・フリーポートで盗難絵画発見か。スイス連邦にとっていい宣伝にはなりそうもないな」

「いいことずくめってわけにはいかないさ」

信号が変わった。ビッテルはブレーキペダルから足を放すと、ガソリンの節約を心がけているかのように、ゆっくりとアクセルを踏んだ。

「倉庫に入り、なかを見てまわり、それから出ていく。なかの品はいっさい持ちだすな。いいな?」

「仰せのままに」

ビッテルは無言で運転を続けながら笑みを浮かべた。

「何がそんなにおかしい?」

「新しいアロンはいいやつだと思ってね」

「光栄の至りだ、ビッテル。しかし、もう少し速く走れないかね? 朝までにフリーポートに着きたいんだ」

数分後、二人はそれを目にした。ずらっと並ぶ平凡な白い建物。上のほうに〝ポルト・フラン〟という赤い文字が出ている。十九世紀には、市場に出す農産物を置いておく穀物倉にすぎなかった。いまでは税金のかからない安全な倉庫となり、世界中の超富裕層がありとあらゆる貴重品をここに預けている。金の延べ棒、宝石、ビンテージ・ワイン、自動車、そして、もちろん美術品も。世界中の貴重な美術品のうち、いったいどれだけがジュネーブ・フリーポートの倉庫に保管されているのか、正確なことは誰も知らないが、大きな美術館がいくつも作れるほどだと言われている。

どの建物にも防犯カメラが設置されていて、二人が到着して数秒もしないうちに、片手にクリップボード、反対の手に無線を持った税関役人が現れた。ビッテルは車を降りると、流暢《りゅうちょう》なフランス語で役人と言葉を交わした。役人は執務室に戻り、ほどなく、体にぴったりしたスカートとブラウス姿のスタイル抜群のブルネットの女性が出てきた。ビッテルに鍵を渡して、建物群の奥のほうを指さした。

「きみのお友達のようだな」車に戻ったビッテルに、ガブリエルは言った。

「われわれの関係は厳密に職業上のものだ」

「そいつは残念」

フリーポートの住所は、建物、通路、倉庫のドアの番号を組みあわせたものになっている。ビッテルは四号ビルの外で車を止めると、ガブリエルをなかへ案内した。両側にドアの並ぶ通路がエントランスから果てしなく延びていた。ドアの一つがあいていた。ガブリエルがちらっとのぞくと、眼鏡をかけた小柄な男性が中国風の漆《うるし》塗りのテーブルの前にすわり、受話器を耳に当てている姿が見えた。部屋そのものが画廊になっている。

「ここ何年かのあいだに、ジュネーブの企業のいくつかがフリーポートに移ってきている」ビッテルが説明した。「賃貸料がローヌ通りより安いのに加えて、フリーポートの謎めいた評判にクライアントが惹《ひ》かれるらしい」

二人は階段を使って三階まで行った。ブラッドショーが借りていた倉庫は通路12にあり、グレイの金属扉に24という数字がついていた。ビッテルは鍵を差しこもうとして躊躇した。

「まさか爆発するんじゃあるまいな」

「いい質問だ」

「おもしろくもない答えだ」

ビッテルはドアをあけ、照明のスイッチを入れて、低い驚きの声をあげた。いたるところに絵があった。額に入った絵、木枠に張られた絵、ペルシャの市場の絨毯《じゅうたん》みたいに巻いてある絵。ガブリエルはその一つを広げて床に置き、ビッテルにも見えるようにした。野の花が咲き乱れる海沿いの崖のてっぺんにコテージが建っている絵だった。

「モネ？」ビッテルが訊いた。

ガブリエルはうなずいた。「二十年ほど前にポーランドの美術館から盗まれたものだ」

別のカンバスを広げた。扇を手にした女性。

「わたしの間違いでなければ」ビッテルが言った。「モディリアーニだな」

「正解。パリ市立近代美術館から二〇一〇年に盗まれた」

「世紀の盗難事件だ。覚えている」

ビッテルはガブリエルのあとを追ってドアをくぐり、倉庫の奥の部屋に入った。大きなイーゼル二台、ハロゲンランプ、溶剤の罎《びん》、顔料や絵筆や使いこまれたパレットの入った容器、〝二〇〇四年ロンドン巨匠絵画オークション〟のときに使われた〈クリスティーズ〉のカタログ。グイド・レーニの弟子の作とされる磔刑図のページが開いてある。巧みな筆遣いだが、どうにも平凡で、高い値はつきそうもない。

ガブリエルはカタログを閉じ、室内を見まわした。ここは盗難絵画を集めた画廊のなかにある、贋作の名手が使っていた秘密のアトリエだ。しかし、イヴ・モレルがここでやっていたのが絵の偽造だけでなかったのは明らかだ。修復作業も少しやっていたらしい。ガブリエルはパレットを手にとり、表面に点々と残っている絵具を指先でなでてみた。オークル、金色、真紅。《キリストの降誕》に使われている色だ。

「なんだ、それは？」ビッテルが訊いた。

「生存証明」

「なんの話だ？」

「ここにあったんだ」ガブリエルは言った。「いまも存在している」

倉庫の二つの部屋には全部で百四十七点の絵があった。印象派、現代絵画、巨匠の名画。しかし、カラヴァッジョはどこにもなかった。ガブリエルはカメラつき携帯で一点ずつ撮影した。絵のほかにはデスクと小型金庫があるだけだった。こんな小さな金庫では、二六八×一九七センチもある祭壇画を入れるのは無理だ。デスクの引出しも調べたが、空っぽだった。次に金庫の前にしゃがんで、親指と人差し指でダイヤルをまわしてみた。右へ二回、左へ二回。

「何を考えてるんだ?」ビッテルが訊いた。

「錠前屋を呼んでもらうのに、どれだけ時間がかかるだろうと思っていた」

ビッテルは悲しげな笑みを浮かべた。「また今度な」

そうだな。ガブリエルは思った。また今度。

二人はジュネーブの夕方のラッシュのなかを駅へ向かった。モンブラン橋を渡るあいだに、ビッテルがガブリエルに事件の詳細な説明を求めた。あれこれ質問しても返事が得られなかったので、ガブリエルの今後の予定表にスイス訪問が含まれている場合は事前に連絡をよこすよう念を押した。ガブリエルはこころよく承知した。もっとも、それが口先だけの約束であることは、おたがいによくわかっていた。

「いずれは」ビッテルは言った。「あの倉庫を片づけて、本来の所有者たちに絵を返却しないとな」

「そのうちに」ガブリエルはうなずいた。

「いつ?」

「わたしにはそれを決める権限はない」

「きみに一カ月の猶予をやろう。それが過ぎたら、この件はわが国の連邦警察にまかせるしかない」

「そんなことをすれば、新聞に派手に書き立てられて、またしてもスイスの汚点になる」

「慣れっこさ」

「われわれも」

二人は駅に着き、ガブリエルは四時半発のパリ行きに乗ることができた。パリに到着したときはすでに暗くなっていた。客待ちのタクシーに乗り、フラットから少し離れた住所を告げた。ところが、タクシーがその通りに入ったとき、携帯が震動するのを感じた。電話に出て、しばらく無言で耳を傾け、それから電話を切った。

「行き先変更だ」タクシーの運転手に言った。

「どちらへ」

「ミロメニル通り」

「了解」

ガブリエルは携帯をポケットにすべりこませて笑みを浮かべた。向こうが動きだした。餌に食いついてきた。

21

ミロメニル通り、パリ

最初のうち、モーリス・デュランは電話をよこした相手の身元を告げるのを頑として拒みつづけた。しかし、ついに圧力に屈して、ヨナス・フィッシャーという男だと白状した。ミュンヘン出身の裕福な実業家で、名高い絵画コレクターでもあり、デュランの特別サービスを頻繁に利用している。今回、フィッシャーがまず明言したところによると、彼自身はゴッホには興味がなく、あるコレクター仲間のために仲介役を務めているだけだが、当人の名前は明かせないとのこと。そのコレクター仲間はどうやら、美術界に渦巻く噂をもとにして、すでにパリに代理人を送りこんでいるらしい。その代理人を正しい場所へ案内してくれるよう、ヨナス・フィッシャーがデュランに頼んできたというわけだ。

「で、なんて答えたんだ?」ガブリエルは訊いた。

「ゴッホの絵がどこにあるかは知らないが、電話で問いあわせてみようと言っておいた」

「で、成果があったら?」

「こっちから代理人に直接電話することになっている」

「名前は聞かされてないだろうな」

「教えてもらったのは電話番号だけだ」デュランは答えた。

二人がいるのは、デュランの店の奥にある狭い事務室だった。ガブリエルはドアの枠にもたれていた。デュランはディケンズの小説に出てくるような小さいデスクの前にすわっていた。目の前の吸取り紙の上に真鍮製の顕微鏡が置いてある。十九世紀の終わりにパリのヴェリック社で作られたものだ。

「そいつがわれわれの捜している相手だろうか」ガブリエルは訊いた。

「ヘル・フィッシャーのような人物は、本格的なコレクター以外とは関わりを持たないものだ。また、ヘル・フィッシャーの話によると、そのコレクターは最近、貴重な絵を数多く入手したらしい」

「その一つがカラヴァッジョだったのだろうか」

二人のあいだに沈黙が広がった。

「さて、どうする？」デュランが訊いた。

「明日の午後二時にサンジェルマン・デ・プレ広場に来て、教会の赤い扉のそばに立つよう、相手に伝えてほしい。携帯を持ってくること、銃は禁止。よけいなことはしゃべらずに、指示だけして、すぐに電話を切ってくれ」

デュランは事務室の電話の受話器をとり、番号をダイヤルした。

その五分後、絵画泥棒とイスラエル諜報機関のスパイは店を出て、言葉や視線を交わすことなく別れた。絵画泥棒は通りの向かいのブラッスリーへ、スパイはラブレー通り三番地のイスラエル大使館へ向かった。そこは裏口から入って、安全な通信室へ行き、ハウスキーピング課のチーフに電話をかけた。そこは〈オフィス〉の一部門で、隠れ家の調達を担当している。ガブリエルはパリから少し離れた場所に、できれば北のほうに家を一軒用意してもらいたいと頼んだ。

「残念ながら」ハウスキーピング課のチーフは言った。「既存の住まいを使うのはかまいませんが、新しいところを用意するとなると、上層部の承認が必要です」

「わたしの話をちゃんと聞いてなかったようだな」

「ウージにどう言えば?」

「黙ってればいいさ、もちろん」

「いつまでに必要です?」

「一刻も早く」

翌朝の九時には、ハウスキーピング課がピカルディ地方のアンドゥヴィルという村のはずれにある古風な農家と賃貸契約を結んでいた。高くそびえる生け垣が玄関を隠し、愛らしい裏庭の向こうには、なだらかな農地がパッチワークのように広がっている。ガブリエルとキアラは正午に農家に到着し、ゴッホの二枚の絵をワインセラーに隠した。そのあと、ガブリエルはすぐまた車でパリに戻った。メトロのオデオン駅近くの駐車場に車を置いて、大通りを歩き、サンジェルマン・デ・プレ広場まで行った。にぎやかな広場の一角に〈ル・ボナパルト〉というカフェがある。通りを向いたテーブルに、クリストファー・ケラーがすわっていた。ガブリエルはフランス語でケラーに挨拶して、となりにすわった。腕時計に目をやった。一時五十五分。コーヒーを頼み、教会の赤い扉に視線を据えた。

男を見つけるのはむずかしくなかった。雲一つない空に太陽が輝き、混雑した通りに柔らかな風がそよぐうららかな春の午後、一人で教会にやってきたのはその男だけだった。背は百八十センチぐらい、均整のとれた体格。身のこなしはしなやかで安定している。まるでサッカーの選手か精鋭部隊の兵士のようだ。白いシャツに黄褐色の軽いブレザーをはおり、グレイのギャバジンのズボンをはいている。麦わらのかんかん帽のせいで顔が見えず、サングラスが目を隠している。男は赤い扉のところまで歩き、観光ガイドブックを見ているふりをした。

「どう思う？」ケラーが訊いた。

「われらが坊やのようだ」

ウェイターがガブリエルのコーヒーを運んできた。ガブリエルは砂糖を入れると、教会の赤い扉のそばに立つ男に視線を据えたまま、考えこみながらコーヒーをかきまぜた。

「電話しないのか」

「まだ二時になってない」

「あと何秒かだ」

「熱心すぎるところは見せないほうがいい」

ガブリエルは教会の鐘楼の時計が二時二分を示すまでテーブルでじっとしていた。それから立ちあがり、カフェの店内に入った。スタッフのほかには誰もいなかった。窓の近くへ行き、上着のポケットから携帯をとりだして番号を押した。数秒後、教会の前に立っている男が電話に出た。

「ボンジュール」

「ここがパリだからといって、フランス語を話す必要はない」

「フランス語のほうが好きでね」

フランス語が好きだとしても、母国語ではなさそうだ。男はガイドブックを見るふりをすでにやめていた。広場を見まわし、携帯を耳に当てた人物を捜していた。

「一人で来たのか」ガブリエルは訊いた。

「いまこの瞬間、おれを監視してるのなら、答えがイエスだってことはわかるはずだ」

「指定した場所に立っている男の姿は見えるが、一人で来たかどうかはわからない」

「一人だ」

「尾行は？」

「ない」

「どうして断言できる？」

「ないと言ったらない」

「きみをどう呼べばいい？」

「サムと呼んでくれ」

「サム？」

「そう、サムだ」

「銃は持ってるか、サム」

「いいや」

「ブレザーを脱いでくれ」

「なぜ？」

「その下に何かよけいなものがないか、見ておきたい」

「そこまでする必要があるのか」

「絵を見たいのか、見たくないのか、どっちだね？」

男はガイドブックと携帯を教会の石段に置くと、ブレザーを脱いで腕にかけた。それからふたたび携帯をとり、「納得したかい?」と言った。

「くるっとまわって、教会のほうを向け」

男は体を四十五度回転させた。

「もっと」

さらに四十五度。

「いいだろう」

男は体をもとに戻して尋ねた。「さて、次は?」

「散歩をしてくれ」

「どこへ行かせる気だ?」

「大通りをラテン・クォーターのほうへ向かってくれ。道順はわかるか、サム」

「もちろん」

「振り向いたり、立ち止まったりするな。それから、携帯も使うな。次の電話に出られなくなるからな」

ガブリエルは電話を切り、ケラーのところに戻った。

「どうだった?」

「サミールが見つかったようだ。あの男はプロだな」

広場の向こう側で、サムがブレザーを着ていた。携帯を胸ポケットに入れ、ガイドブックをごみ箱に捨てて、サンジェルマン大通りまで行った。右に曲がればアンヴァリッド、左に曲がればラテン・クォーター。サムは一瞬ためらい、それから左に曲がった。ガブリエルはゆっくり二十まで数えてから立ちあがり、サムのあとを追った。

　少なくとも、指示に従うことだけはできる男だった。大通りをまっすぐ進んで、さまざまな店や混雑したカフェを通りすぎたが、立ち止まったり振り向いたりすることは一度もなかった。おかげで、ガブリエルはサムの周辺を監視する任務に集中できた。協力者がいそうな気配はどこにもなかった。また、フランスの警察に尾行されている様子もなかった。この男はクリーンだ。ガブリエルはそう思った。盗品の絵画を買おうという人間にしてはクリーンという意味だが。

　一定のペースで十分ほど歩くと、サムは大通りとセーヌ川が出会う場所の近くまで来た。その半ブロックうしろを追っていたガブリエルは、ポケットから携帯をとりだして番号を押した。サムは今度もすぐ電話に出て、愛想よく「ボンジュール」と言った。

「左に曲がってカルディナル・ルモアーヌ通りに出てから、そのままセーヌ川まで行け。橋を渡ってサン＝ルイ島に入り、次に連絡するまでそのまままっすぐ歩きつづけるんだ」

「あとどれぐらい？」

「そんなに遠くない、サム。目的地のそばまで来ている」

サムは指示されたとおりに曲がり、トゥルネル橋を渡って、セーヌ川の真ん中に浮かぶ小さな島まで行った。島の周囲には絵のような桟橋がいくつもあるが、島の端から端まで延びる通りは一つしかない。サン＝ルイ・アン・リル通り。ガブリエルは電話を入れて、ふたたび左へ曲がるようサムに指示した。

「あとどれぐらい？」

「ほんの少しだ、サム。それから、振り向くんじゃないぞ」

そこは狭い通りで、観光客がショーウィンドーの前を目的もなくぶらついていた。西の端にアイスクリーム・パーラーがあり、そのとなりに、ノートルダム寺院のみごとながめが楽しめるブラッスリーがある。ガブリエルはサムに電話をして最後の指示を与えた。

「どれだけ待てばいい？」

「申しわけないが、ランチには同席できない。わたしはただの雇い人なので」

ガブリエルはそれ以上ひとことも言わずに電話を切り、サムがブラッスリーに入るのを見守った。ウェイターが出迎えて歩道のテーブルを指さした。青みを帯びたレンズの眼鏡をかけた金髪の英国人がすわっていた。英国人は立ちあがると、笑顔で片手を差しだした。

「レグだ」角を曲がったガブリエルの耳にその声が届いた。「レグ・バーソロミュー。きみがサムだね」

22

サン＝ルイ島、パリ

「この会話を始めるにあたって、ミスター・バーソロミュー、お祝いを述べさせてもらいたい。あなたとお仲間がアムステルダムでおこなった仕事はみごとだった」

「わたし一人の仕事ではないなどと誰が言っている？」

「常識的に考えて、一人でやれる仕事ではない。協力者がいたはずだ。例えば、電話をよこしたあなたの友達とか。あの男は流暢《りゅうちょう》なフランス語を話すが、フランス人ではない。そうだろう？」

「それが何か？」

「取引相手について知っておきたいのは当然のことだ」サムは短時間にあちこちの美術館を見てまわりすぎた観光客のようなくたびれた様子で、通りを見渡した。「あの男は外のどこかにいる。そうだろう？」

「知らないね」

「ほかにも仲間がいるんだろう？」

「何人か」

「なのに、こっちは一人で来るように言われた」

「売り手市場だ」

「なるほど」

サムは通りの観察に戻った。かんかん帽とサングラスをつけたままなので、見えるのは顔の下半分だけだ。きれいに髭《ひげ》を剃《そ》り、控えめな香りを漂わせている。頬骨がくっきりと高く、顎《あご》が割れ、歯並びのいい真っ白な歯をしている。手には傷もタトゥーもない。指輪やブレスレットはしていない。金色の大きなロレックスをはめているだけ。かなり裕福な男なのだろう。家柄のいいアラブ人らしく洗練された物腰だが、どこか凄《すご》みがある。

「ほかにも噂が流れている」しばらくしてから、サムは続けた。「商品を見た者から聞いたんだが、損傷を最小限にとどめてアムステルダムから運びだすことができたそうだな」

「損傷はゼロだ」

「ポラロイド写真があるという噂も流れている」

「どこで聞いた？」

サムは不快そうに微笑した。「こういうゲームを続けたいのなら、必要以上に時間がかかることになるぞ、ミスター・バーソロミュー」

「取引相手について知っておきたいのは当然のことだ」ケラーは辛辣に言った。

「おれが代理人を務める男性に関して情報をよこせと言うのかい？」

「そんなことは夢にも思っていない」

沈黙があった。

「おれのクライアントは実業家だ」ようやく、サムは言った。「事業に成功していて、とても裕福だ。美術品の愛好家でもある。膨大なコレクションを持っているが、多くの本格的コレクターと同じく、名画が売りに出ることはほとんどなくなったという事実に不満を持つようになった。ゴッホを手に入れるのが長年の夢だった。いま、すばらしい作品があなたの手もとにある。クライアントはそれをほしがっている」

「そういう連中はほかにもたくさんいる」

そう言われても、サムは平然としていた。「ところで、あなたは何者なんだ？」しばらくしてから言った。「あなたのことを少し話してもらえないかな」

「盗みで生計を立てている」

「英国人？」

「まあね」

ウェイターがやってきて、二人にメニューを渡した。サムはミネラルウォーターのボトルを注文した。ケラーはグラスワインを頼んだ。飲むつもりはないのだが。

「最初に一つはっきりさせておこう」ウェイターが去ったところで、ケラーは言った。「こっちはドラッグにも、銃にも、女にも、ボカラトンのコンドミニアムにも興味がない。取引は現金のみだ」

「どれぐらいの現金だ、ミスター・バーソロミュー？」

「こちらの希望は二千万」

「通貨は？」

「ユーロ」

「本気のオファーか」

「きみに会うために売却を延期してきた」

「それは光栄だ。なぜそんなことを？」

「おたくのクライアントが何者にせよ、金持ちだと聞いたのでね」

「大金持ちだ」ふたたび微笑。前ほど不快そうではない。「では、どう進めればいい？」

「さっき言った希望価格に上乗せする気が、そちらにあるかどうかを知りたい」

「ある」

「いくらぐらい？」

「小さなところから始めて、例えば五十万と答えてもいいんだが、おれのクライアントはオークションが好きじゃないんでね」サムはしばらく黙りこみ、それから尋ねた。「二千五百万なら、絵をもらっていくのに充分かな？」

「充分だとも、サム」

「すばらしい。ポラロイド写真を見せてくれるなら、いまがいいタイミングだと思うが」

　ポラロイド写真はレンタルしたベンツのグローブボックスに入っていて、車はノートルダム寺院の裏の静かな通りに止めてきた。二人でそこまで歩き、ケラーは運転席に、サムは助手席に乗りこんだ。ケラーは短時間で徹底的にサムの身体検査をして、それからグローブボックスをあけて写真をとりだした。全部で四枚——一枚は全体のショット、あと三枚は細部を写したもの。サムは疑いの表情で写真を見ていった。

「いま泊まっているホテルの部屋の壁にかかったゴッホに似ているようだ」

「そんなことはない」

　サムは納得できないことを示すために、渋い顔をした。「この写真の絵は模写かもしれない。そして、あなたは頭の切れる詐欺師で、アムステルダムの窃盗に便乗して儲《もう》けようと企んでいるのかもしれない」

「サングラスをはずして、もっとよく見てみろ、サム」

「そのつもりだ」サムは写真をケラーに返した。「本物を見せてほしい。写真ではなく」

「こっちは美術館を経営してるわけじゃないんでね」

「何が言いたい？」

「ゴッホを見たがる者がいても、相手かまわず見せてやるわけにはいかない。本当に買う気があるのかどうか、確認する必要がある」

「現金で二千五百万ユーロ出すと言ってるんだぞ」

「口で言うのは簡単だ。じっさいに支払ってもらえるかどうかは、また別の問題だ」

「おれのクライアントはうなるほど金を持っている」

「だったら、クライアントがきみを手ぶらでパリへ送りだすとは思えない」ケラーは写真をグローブボックスに戻して、きっちり蓋を閉めた。

「それがきみたちのやり方か。まず金を見せろと要求し、それを奪って逃げる気か」

「もしこれが詐欺ならば、きみとクライアントの耳にもとっくに届いてるはずだ」

サムには返事のしようがなかった。

「いますぐ用意できるのは、せいぜい一万だ」

「百万見せてもらいたい」

サムは百万など論外だと言いたげに鼻を鳴らした。

「百万も出さずにゴッホを見たいなら、ルーヴルかオルセー美術館へ行くがいい。だが、わたしのゴッホを見たいのなら、金を見せてもらいたい」

「そんな大金を持ってパリの街を歩くのは危険だ」

「きみを見ていると、自分の身は自分で守れる男のような気がするが」

サムは降参と言いたげに息を吐いた。「場所と時間は？」

「サンジェルマン・デ・プレ、明日の午後二時。友達はなし。銃もなし」

サムはそれ以上何も言わずに車を降り、歩き去った。


サムはセーヌ川を右岸へ渡ると、リヴォリ通りを歩いていき、ルーヴルの北翼を通りすぎてチュイルリー公園まで行った。ほとんどの時間を電話に費やし、途中で二回だけ、初歩的なスパイ技術に従って尾行の有無を確かめた。それでも、五十メートルうしろについているガブリエルに気づいた様子はなかった。

ジュ・ド・ポーム美術館まで行く前にサントノーレ通りへまわって、男性用の高価な革製品を売っている高級店に入った。十分後、真新しいアタッシェケースを持って出てくると、オスマン通りにあるHSBCプライベート・バンクのパリ支店へ行った。銀行から出てきたのはきっかり二十二分後、アタッシェケースは前より重そうだ。そのまま足早にコンコルド広場まで歩き、オテル・ドゥ・クリヨンの豪華な玄関に入っていった。遠くから監視していたガブリエルは笑みを浮かべた。ミスター・ビッグの代理人には最高のものばかり。その場を去りながらケラーに電話をかけ、最新情報を伝えた。ゲームが始まったぞ。

ガブリエルは言った。間違いなく餌に食いついてきた。

23

サンジェルマン大通り、パリ

翌日の午後二時、サムは帽子とサングラスで顔を隠し、右手に真新しいアタッシェケースを持って教会の赤い扉の外に立っていた。ガブリエルは五分待ってから電話をした。

「またきみか」サムはむっつりと言った。

「悪いね」

「今度はなんだ?」

「今日も散歩をしよう」

「どこへ?」

「ボナパルト通りを歩いてサン＝シュルピス広場まで行ってくれ。ルールは前回と同じ。立ち止まらない。振り向かない。電話も使わない」

「今日はどれだけ歩かせる気だ?」

ガブリエルはそれ以上何も言わずに電話を切った。にぎやかな広場の向こう側でサムが歩きはじめた。ガブリエルは二十までゆっくり数えて、それからあとを追った。

サムがリュクサンブール公園まで行ったところで、ガブリエルはふたたび電話を入れた。サムはそこからヴォージラール通りに曲がり、次にラスパイユ大通りを北へ向かってオテル・ルテシアの玄関まで行った。バーのテーブルにケラーがすわって『テレグラフ』を読んでいた。サムは指示されたとおり、そこへ行った。

「飲むものを何か頼もうか」

「酒はやらない」

「残念だな」ケラーは新聞をたたんだ。「サングラスをはずしたほうがいいぞ、サム。でないと、ホテルの人間に怪しまれる」

サムは言われたとおりにした。淡い茶色の大きな目をしていた。顔をあらわにすると、物騒な印象がずいぶん薄れた。

「今度は帽子だ」ケラーは言った。「ルテシアのバーでは、紳士は帽子をとるものだ」

サムはかんかん帽もとって、髪をあらわにした。黒ではなく茶色、耳のあたりが少し白髪になっている。アラブ人だとしても、アラビア半島やペルシャ湾の出身ではなさそうだ。

ケラーはアタッシェケースに目をやった。

「金は持ってきたか」

「要求どおり、百万」

「ちょっと見せてくれ。だが、慎重にな」ケラーはつけくわえた。「きみの右肩の上方に防犯カメラがある」

サムはアタッシェケースをテーブルに置いて留め金をはずし、蓋を五センチほど持ちあげ、びっしり詰まった百ユーロ札の束がケラーにちらっと見えるようにした。

「閉めろ」ケラーは低く言った。

サムは蓋を閉めてロックした。「これで満足かい？」

「いや、まだだ」ケラーは立ちあがった。

「今度はどこへ？」

「わたしの部屋」

「ほかに誰かいるのか」

「われわれ二人だけだ、サム。じつにロマンティックだろう？」

サムも立ちあがり、アタッシェケースを手にした。「上の階へ行く前に、はっきり言っておきたいことがある」

「なんだね？」

「おれに、もしくは、クライアントの金に何かあれば、おたくとお友達によくないことが起こる」サムはサングラスをかけて微笑した。

客室のドアを一歩入ったところで、ケラーはホテルの防犯カメラのレンズに入らないようにしてサムの身体検査をおこない、銃や録音機器の有無を調べた。好ましくない品は見つからなかったので、ベッドの端にアタッシェケースを置き、留め金をはずした。札束を三つとり、それぞれの束から紙幣を一枚ずつ抜いた。プロ仕様の拡大鏡で紙幣を調べ、次に、暗いバスルームでガブリエルの紫外線ライトを当てた。偽造防止用のストリップの部分がライムグリーンに光った。紙幣は本物だ。三枚をそれぞれの札束に戻し、札束をアタッシェケースに戻した。それから蓋を閉めてうなずき、次の段階へ進む準備ができたことを告げた。

「いつ？」サムが訊《き》いた。

「明日の夜」

「もっといい案がある。今夜にしよう。いやなら取引は中止だ」

こういう事態も起こりうることを、モーリス・デュランがケラーたちにあらかじめ警告してくれていた。ささやかな駆け引き。名ばかりの反抗。それによって、サムはケラーではなく自分が交渉の主導権を握っているような気になれるのだろう。ケラーはやんわりと断ったが、サムは譲らなかった。午前零時までにゴッホの絵の前に立たせろと要求した。

ケラーのほうは相手の希望に従うしかなかった。苦笑を浮かべて譲歩した。それから、深夜に絵を見せるさいのルールをその場で決めた。絵に触れようが、匂いを嗅ごうが、さらには愛を交わそうがかまわない。しかし、写真撮影だけは厳禁。

「場所と時間は?」サムが訊いた。

「九時に電話して、その後どうするかを指示する」

「いいだろう」

「どこに泊まっている?」

「知ってるだろう、ミスター・バーソロミュー。今夜九時、クリヨンのロビーで待っている。友達なし、銃もなし。それから、今度はあまり待たせるなと友達に伝えてくれ」


その十分後、サムは帽子とサングラスをつけてホテルを出ると、オスマン通りのHSBCプライベート・バンクまで行った。たぶん、クライアント名義の貸金庫に百万ユーロを戻したのだろう。そのあと、徒歩でオルセー美術館へ出かけ、二時間かけてゴッホの絵の数々を鑑賞した。美術館を出たときは六時近くになっていた。シャンゼリゼ通りのビストロで軽く食事をしてから、クリヨンの部屋に戻った。約束どおり、九時きっかりに、グレイのズボン、黒のセーター、革のジャケットという格好でロビーに立った。ガブリエルがそれを知っているのは、一メートルほど離れたロビーのバーにすわっていたからだ。九時二分まで待ってからサムに電話をした。

「パリのメトロに乗る方法は知ってるか」

「もちろん」

「コンコルド駅まで歩いて十二号線に乗り、マルクス・ドルモワ駅まで行け。そこでミスター・バーソロミューが待っている」

サムはロビーを出た。ガブリエルはさらに五分間バーに残った。それから、預けておいた車をまわしてもらい、ピカルディの農家へ向かった。

マルクス・ドルモワ駅はパリ十八区のラ・シャペル通りにある。ケラーが通りの向かいに車を止めて煙草を吸っていると、階段のてっぺんにサムが現れた。車まで歩いてきて、無言で助手席に乗りこんだ。

「携帯はどこだ？」ケラーが訊いた。

サムはジャケットのポケットから携帯をとりだし、ケラーに見えるようにかざした。

「電源を切ってSIMカードを抜け」

サムは言われたとおりにした。ケラーは車のギアを入れると、夜の車の流れに加わった。

ケラーはパリ北部の郊外を離れるまで、サムを助手席にすわらせておいた。そのあと、エザンヴィルの町に近い木立のなかで、車のトランクに入るよう命じた。北のピカルディをめざしてさらに一時間、延々と走りつづけた。ようやく農家へ続く車道に入ったときには、時刻は真夜中に近くなっていた。トランクから出たサムは、月光を浴びて敷地の端に立つ男のシルエットを目にした。

「あれがきみの仲間のようだな」

ケラーは何も答えなかった。かわりにサムを連れて裏口から農家に入り、階段を下りて地下室へ行った。壁際に置かれ、ワイヤからぶらさがった裸電球に照らされていたのは、ゴッホの《ひまわり》だった。サムは絵の前に長いあいだ無言で立っていた。ケラーがその横に立った。

「どうだね?」しばらくしてから言った。

「まあ、待て、ミスター・バーソロミュー」

サムは前に出ると、絵をイーゼルから持ちあげ、裏返して、カンバスの裏についている美術館のマークを調べた。次に、絵の四隅に目を向け、むずかしい顔になった。

「何か問題でも?」ケラーは尋ねた。

「ゴッホは絵の扱いがぞんざいなので有名だった。ここを見てくれ」サムはそう言って、木枠の縁をケラーのほうへ向けた。「ゴッホの指紋がべたべたついている」

微笑すると、絵を電球に近づけ、何分かかけて筆遣いを丹念に調べた。それから絵をもとの場所に戻してあとずさり、距離を置いてじっくり見た。

「すばらしい」しばらくしてから、サムは言った。

「そして、間違いなく本物だ」ケラーはつけくわえた。

「かもしれない。あるいは、高度な技術を持った贋作者の仕事かもしれない」

「違う」

「確認のために簡単な検査をさせてほしい。絵具の分析だ。絵具が本物なら取引成立。本物でない場合は、こちらからは二度と連絡しない。見る目のない買手に押しつけてくれ」

「検査にはどれぐらいかかる？」

「七十二時間」

「四十八時間だけ待ってやろう」

「おれは急がない主義でね、ミスター・バーソロミュー。おれのクライアントもだ」

ケラーは躊躇《ちゅうちょ》したのちに、一度だけうなずいた。サムは外科用のメスを使ってカンバスの二カ所から絵具を薄く器用に削りとった。一カ所は右下。もう一カ所は左下。そして薄片をガラスの小壜にしまった。小壜をポケットにすべりこませ、ケラーの先に立って階段をのぼった。外に出ると、シルエットだけの人物がいまも敷地の端に立っていた。

「お仲間には紹介してもらえないのかい？」

「やめたほうがいい」ケラーは答えた。

「なぜ?」

「きみがこの世で目にする最後の顔になるかもしれん」

サムは眉をひそめ、メルセデスのトランクにもぐりこんだ。ケラーはトランクを閉めてパリへの帰途についた。


彼らはみな、それぞれの流儀で鍛え抜かれた工作員だったが、あとで振りかえったときにはたぶん、次の三日間は氷河の流れのごとくのろのろと過ぎていったと言うことだろう。ガブリエルはふだんの忍耐心を失っていた。世界でもっとも有名な絵を見つけだす作戦の一環として、別の名画の窃盗を実行したものの、サムと名乗る男が取引を中止すれば、すべてが水の泡となる。悠然と構えていたのは、違法な美術取引にかけてはおそらく世界最高の達人と言えるであろうモーリス・デュランだけだった。これまでの経験から言うと、ミスター・ビッグのような闇のコレクターがゴッホをわがものにするチャンスを手放すことはめったにない。《ひまわり》の強烈な誘惑に抵抗できるわけがない。ガブリエルがうっかりして贋作のほうをサムに見せでもしないかぎり(現実には、そんなヘマはしていない)、絵具の分析結果は本物と出て、取引が先へ進むこととなる。

サムが取引を中止した場合に備えて、予備の方法も考えてあった。サムを尾行してクライアントの正体を突き止めるのだ。莫大な富を持ち、盗品絵画に二千五百万ユーロも出そうという人物。人を追うことにかけては世界最高の腕を誇るガブリエルとケラーが、三日にわたって待つあいだサムの行動をすべて監視していたのは、そういう理由からだった。午前中はチュイルリー公園の小道を散歩する彼を、午後は観光スポットをまわる彼を、そして、夜はいつもシャンゼリゼへ出かけて一人で食事をする彼を、二人は監視しつづけた。きびしい訓練を受けた男であることがうかがえた。人生のいずれかの時点で、自分たちと同じくスパイの世界に身を置いていたのだろうと、ケラーとガブリエルは意見が一致した。もしかしたら、いまもスパイを続けているのかもしれない。

三日目の朝、サムがいつもの散歩に出てこなかったため、二人は軽い不安に襲われた。その日の午後四時、大型スーツケースを二個持ってクリヨンから姿を現し、リムジンに乗りこむサムを見て、二人の警戒レベルはさらに高まった。しかし、リムジンの行き先はオスマン通りにあるＨＳＢＣプライベート・バンクだったので、二人の懸念はたちまち消えた。三十分後、サムはホテルの部屋に戻っていた。可能性は二つしかないとケラーは言った。史上もっとも静かな銀行強盗をやってのけたか、もしくは銀行の貸金庫から多額の現金を出してきたか。たぶん、あとのほうだろう。ガブリエルも同じ意見だった。そのため、ついにサムの返事を聞くために電話するときが来ても、不安はほとんどなかった。電話はケラーがかけた。通話が終わると、ガブリエルを見て微笑した。「カラヴァッジョは結局見つからないかもしれないが、ミスター・ビッグの二千五百万ユーロは頂戴できそうだ」

24

シェル、フランス

ただし、一つ条件があった。現金と絵を交換する日時と場所はサムのほうで決めるというのだ。日時は翌日の夜十一時半、場所はパリの東に位置する活気のないシェルという町の倉庫と決まった。ケラーは翌朝、フランス北部の人々がパリ中心部へ向かう時間帯に、シェルをめざして車を走らせた。倉庫はサムから聞いたとおりの場所にあった。フランソワ・ミッテラン通りに面していて、ルノーの販売代理店と向かいあっている。色褪《いろあ》せた看板に〝ユーロトランズ〟と書いてある。もっとも、業務内容を示す記述はまったくない。割れた窓から鳩《はと》の群れが出入りし、鉄柵の向こうには雑草が生い茂っている。ケラーは車を降りると、自動開閉式のゲートを調べた。誰かがここをあけてからずいぶん年月がたっているようだ。

一時間かけて倉庫のまわりの道路をざっと偵察し、それから北へ車を走らせてアンドゥヴイルの農家へ向かった。到着すると、日当たりのいい庭でガブリエルとキアラがくつろいでいた。ゴッホの絵が二枚、居間の壁に立てかけてあった。

「この二つをどうやって見分けるのか、おれにはいまだにわからん」ケラーは言った。

「簡単明瞭だ。そう思わないか」

「いや、思わない」

ガブリエルは右側の絵のほうを頭で示した。

「ほんとに?」

「木枠の横についているのはわたしの指紋だ。ゴッホのではない。それから、これもある」

ガブリエルは〈オフィス〉から支給されたブラックベリーのスイッチを入れ、カンバスの右上に近づけた。画面が赤く光って、発信機が埋めこまれていることを示した。

「受信距離は大丈夫なのか」

「けさ、念のために再度テストしてみた。十キロ離れても問題ない」

「われわれが贋作を追跡するあいだ、本物は誰が預かってくれるんだ?」

「パリのイスラエル大使館に置いていくつもりだったが、〈オフィス〉の支局長がどうしても承知してくれない。そこで、ほかの方法を考えることにした」

「どんな方法だ?」

ガブリエルがその問いに答えると、ケラーはゆっくりと首を振った。

「ちょっと変じゃないか？」

「人生は複雑なものだ、クリストファー」

ケラーは微笑した。「何をいまさら」


その夜八時、ガブリエルたちは古風な農家をひきはらった。《ひまわり》の贋作はケラーのメルセデスのトランクに納められた。本物はガブリエルの車のほうに。ミロメニル通りの画廊でモーリス・デュランにそれを預けた。次に、マリー橋を見渡せるフラットでキアラを降ろし、シェルをめざして出発した。

ガブリエルがシェルに着いたのは十一時数分前、フランソワ・ミッテラン通りの倉庫へ向かった。暗くなると人影がほとんど見られない地区だった。倉庫の周囲を二回まわって、監視されていないか、ケラーを待ち受けている罠《わな》らしきものはないかと目を光らせた。不審なものは何も見つからなかったので、男が一人で腰を下ろしていても憲兵隊の注意を惹く心配のなさそうな、見張りをするのにうってつけの場所を探しに出かけた。候補は一カ所しかなかった。地元のスケボー好きのちんぴら連中がビールを飲んでいる公園。オレンジ色の街灯に照らされたベンチが公園の片側に並んでいる。ガブリエルは通りに車を止めて、〈ユーロトランズ〉の入口にいちばん近いベンチに腰を下ろした。ちんぴら連中が一瞬、いぶかしげな視線をよこしたが、すぐまた今日一日の出来事に話を戻した。ガブリエルは腕時計に目をやった。十一時五分過ぎ。次にブラックベリーをチェックした。発信機はまだ受信範囲に入ってきていない。

ふたたび顔を上げると、通りに車のヘッドライトが見えた。小さな赤いシトロエンが〈ユーロトランズ〉の入口の前を通りすぎ、フレンチ・ヒップホップをがんがん鳴らしながら公園の横を猛スピードで走り去った。続いて車がもう一台。黒のBMWで、洗車したてのようにぴかぴかだ。ゲートの前で止まり、運転席から男が降りてきた。暗いため、顔を見分けることはできないが、体格と身のこなしからするとサムにそっくりだ。

男は人差し指でキーパッドを押した。その自信に満ちた手つきからすると、ずいぶん以前から暗証番号を知っているようだ。次に、ふたたび運転席に乗りこみ、ゲートが開くのを待って敷地に入った。背後のゲートが閉まるあいだ車を止めておき、それから倉庫の入口まで行く。ふたたび車を降りて、慣れていることを示すスピードでキーパッドを押した。ドアが開くと、車でゆっくりなかに入り、視界から消えた。

フランソワ・ミッテラン通りの無人の倉庫に高級車がやってきたことに、小さな公園にいる連中は誰も気づいていなかった。ベンチに一人ですわっている中年の男以外には。男が腕時計を見ると、時刻は十一時八分だった。男は次にブラックベリーを見た。赤いライトが点滅し、近づいてきていた。

ケラーは十一時半きっかりに到着した。サムの携帯に電話をすると、ゲートが開いた。ひび割れたアスファルトが目の前に延びていた。そこをゆっくり進み、サムの指示に従って車のまま倉庫に入った。サッカー場ぐらいのスペースの向こう端で、ＢＭＷのパーキング・ランプが光っていた。ボンネットにもたれた男の姿がかろうじて見てとれた。携帯を耳に当て、足もとに大型スーツケースが二個置いてある。ほかに人の姿はなかった。

「そこで止まれ」サムが言った。

ケラーはブレーキを踏んだ。

「エンジンを切ってヘッドライトを消せ」

言われたとおりにした。

「車を降りて、おれから見える場所に立つんだ」

ケラーはゆっくり車を降りると、ボンネットの前に立った。サムはＢＭＷのなかへ手を伸ばしてヘッドライトのスイッチをオンにした。

「上着を脱げ」

「そこまでやる必要があるのか」

「金がほしいのか、ほしくないのか、どっちだ？」

ケラーは上着を脱ぐと、車のボンネットの上へ放った。

「半回転して車のほうを向け」

ケラーは躊躇したのちに、サムに背中を向けた。

「よし」

ケラーはゆっくり体を戻して、ふたたびサムと向きあった。

「絵はどこだ？」

「トランクのなか」

「絵を出して、車の五メートル前に置け」

ケラーはトランクをあけて絵をとりだした。保護のためにグラシン紙で包み、業務用の丈夫なゴミ袋に入れてある。それを持ってメルセデスから二十歩離れ、コンクリートの床に置いて、サムの次の指示を待った。

「車に戻れ」倉庫の向こう端から声がした。

「断る」まばゆいヘッドライトに向かってケラーは答えた。

一瞬、交渉が止まった。やがて、サムが前に進みでた。ケラーから一メートルほどのところで足を止め、下を見て、しかめっ面になった。

「もう一度見せてもらいたい」

「だったら、自分で包装を解いてくれ。だが、慎重にやるんだぞ。絵に何かあったら、そっちの責任だ」

サムは床にしゃがむと、カンバスを袋から出した。次に車のヘッドライトのほうに向け、筆遣いとサインに目を凝らした。

「どうだ?」ケラーが訊いた。

サムは木枠の側面の指紋を見て、次に、裏に入っている美術館のマークをチェックした。

「ちょっと待て」静かに言った。「待ってくれ」

十一時四十分、ケラーの車が倉庫から出てきた。ゲートはすでにあいていた。車は右折するとスピードを上げ、ガブリエルがすわっているベンチのそばを通りすぎた。ガブリエルは目も向けなかった。フランソワ・ミッテラン通りを遠ざかっていくBMWのテールライトを見つめていた。ブラックベリーに視線を落とし、笑みを浮かべた。ゲーム開始だ。ようやく始まった。

赤いライトは心臓の鼓動のように規則正しく点滅していた。パリ郊外をすべるように進み、そのあと、オートルートA4号線で東のランスのほうへ向かった。ガブリエルはその一キロうしろを走り、ケラーがガブリエルの一キロあとに続いていた。二人が携帯で話したのは一度だけ。短時間のやりとりで、取引が滞りなく終わったことをケラーが伝えた。サムは絵を受けとった。ケラーはサムの金を受けとった。金は車のトランクにしまってある。ガブリエルが《ひまわり》の贋作を包むのに使ったゴミ袋に入れて。ただし、百ユーロ紙幣の束が一つだけケラーの上着のポケットに入っている。

「なんであんたのポケットに？」ガブリエルは訊いた。

「ガソリン代」ケラーが答えた。

パリの東の郊外からランスまでは百二十キロあり、その距離をサムは一時間ちょっとで走った。ランスの街を通り抜けたとき、赤いライトがＡ４号線で不意に停止した。ガブリエルがあわてて距離を詰めると、サムが道路沿いのスタンドでガソリンを補給しているのが見えた。すぐケラーに電話を入れて、路肩に車を寄せるように言った。それから、サムがふたたび走りだすまで待った。しばらくすると、三台の車はもとの隊形に戻った。サムが先頭、その一キロうしろにガブリエル、そして、ガブリエルの一キロうしろにケラー。

三人はランスからさらに東へ向かい、ヴェルダンとメスを通りすぎた。やがて、Ａ４号線は南へ向きを変え、三人はストラスブールまでやってきた。アルザス地方の中心都市であり、欧州議会の本会議場が置かれている。灰緑色のライン川がこの街を流れている。日の出から数分たったころ、二千五百万ユーロの現金と盗難にあったゴッホの名画の贋作は、誰にも気づかれることなく国境を越えてドイツに入った。

国境の向こうで初めて出会う街はケール。ケールの先にはアウトバーンＡ５号線がある。サムはこれでカールスルーエまで行き、それからＡ８号線に入ってシュトゥットガルトへ向かった。南東の郊外に着くころには、朝の渋滞が最高潮に達していた。ハオプトシュテッターシュトラーセをのろのろと進んで街に入り、シュトゥットガルト＝ミッテまで行った。無秩序に広がった街の中心を成す地区で、オフィスや店舗が並んでいる。ガブリエルはサムが最終目的地に近づいていることを察知して、数百メートルまで距離を詰めた。ところが、そこで思いもよらぬことが起きた。

点滅を続けていた赤い光がブラックベリーの画面から消えてしまったのだ。

ブラックベリーのデータによると、発信機が瀕死《ひんし》の信号を送ってきた場所はベーハイムシュトラーセ八番地だった。その住所にあったのは、冷戦時代のもっとも暗い日々に東ベルリンから移築されたような雰囲気の、灰色の化粧漆喰《しっくい》仕上げのホテルだった。ホテルの裏にまわると、路地の先に公共の立体駐車場があり、ＢＭＷが一階の隅のほうに止まっていた。天井のライトは叩き割られている。サムがハンドルにぐったりもたれていた。開いた目が凍りつき、血と脳組織がフロントウィンドーの内側に飛び散っていた。そして、ガブリエル・アロン作の《ひまわり》は消えていた。

25

ジュネーブ

二人は来たときと同じルートでシュトゥットガルトを離れ、国境を越えてフランス側のストラスブールに戻った。そこからケラーはコルシカ島へ、ガブリエルはジュネーブへ向かった。午後の半ばにジュネーブに着き、すぐさま湖畔の公衆電話からクリストフ・ビッテルに電話をした。ガブリエルからこんなに早く連絡が来たことを、ビッテルは迷惑がっている様子だった。こちらに戻ってきた理由をガブリエルが説明すると、さらに迷惑そうな声になった。

「どうにもできないね」ビッテルは言った。

「だったら、例の倉庫で見つけた大量の窃盗絵画のことを世間に公表するしかなさそうだ」

「ガブリエル・アロンという人間は、やはり変わってなかったのか」

「何時に会ってくれる？」

「なんとか都合をつけよう」

ビッテルがNDB本部のデスクの上を片づけるのに一時間、ベルンからジュネーブまで車を飛ばしてさらに二時間かかった。ガブリエルはにぎやかなローヌ通りの角でビッテルを待っていた。時刻は六時をまわったところ。スイスの金融業界のぱりっとした連中が立派なオフィスビルからあふれだし、愛らしい若い女や身なりのいい外国人がおしゃれなカフェに入っていく。

「なぜきみのためにあの金庫をあけなきゃいけないのか、理由を言ってもらおう」例によって過剰なほど周囲に目を配り、車の流れにゆっくり割りこみながら、ビッテルが言った。

「遂行中の作戦に邪魔が入ったからだ。あとはもう、あの金庫を調べるしかない」

「どんな邪魔だ?」

「死体」

「どこで?」

ガブリエルは返事をためらった。

「どこなんだ?」ビッテルが重ねて訊いた。

「シュトゥットガルト」ガブリエルは答えた。

「けさ、街の中心部で頭部を撃たれたアラブ人のことだな」

「アラブ人だと言ったのは誰だ？」

「ＢｆＶ」

ＢｆＶとはドイツの連邦憲法擁護庁のことで、ベルンの情報機関と密接な関係を保っている。

「殺された男に関して、連中はどれだけ情報をつかんでいる？」ガブリエルは訊いた。

「ほぼゼロ。だから、こっちに接触してきた。射殺後、犯人が財布を持ち去ったらしい」

「持ち去ったのはそれだけではない」

「きみはその男の死に責任があるのか」

「どちらとも言えない」

「では、こう尋ねよう、アロン。きみが男の頭に銃を突きつけて引金をひいたのか」

「冗談はやめてくれ」

「そう無茶な質問ではないぞ。なにしろ、ヨーロッパの地に倒れた遺体の数にかけては、きみは記録保持者のようなものだからな」

ガブリエルは返事をしなかった。

「車に乗っていた男の名前はわかっているのか」

「本人はサムと名乗っていたが、本名はたぶんサミールだと思う」

「名字は？」

「そこまでは」

「パスポートは？」

「流暢《りゅうちょう》なフランス語だった。そこから推測するに、レヴァントのほうの出身だろう」

「レバノンとか？」

「かもしれない。あるいは、シリアかも」

「なぜ殺された？」

「わからない」

「きみにわからないわけはないだろう、アロン」

「ゴッホの《ひまわり》に非常によく似た絵をその男が持っていた可能性がある」

「アムステルダムで盗まれたやつか」

「借りただけだ」ガブリエルは言った。

「その贋作《がんさく》は誰が描いたんだ？」

「わたしだ」

「なぜサムがそれを持っていた？」

「わたしが二千五百万ユーロで売りつけた」

ビッテルは小声で毒づいた。

「そっちが訊いたんだぞ、ビッテル」

「絵はどこにある?」

「どの絵だ?」

「本物のゴッホ」

「安全な場所に預けてある」

「なぜゴッホを盗んで、サムというアラブ人にコピーを売りつけた?」

「カラヴァッジョを捜しているから」

「誰に頼まれて?」

「イタリアの連中」

「イスラエルの諜報《ちょうほう》員がイタリアのために絵を捜しているとは、どういうわけだ?」

「拒絶できない立場なのでね」

「で、わたしがきみをあの金庫に入れてやったら? 何が見つかるんだ?」

「正直なところ、見当もつかない」

ビッテルは重いため息をつくと、携帯に手を伸ばした。

ビッテルは続けざまに二つ電話をかけた。最初はフリーポートの見目麗しき女友達に。次はジュネーブ界隈でNDBにしばしば協力してくれる錠前師に。ビッテルとガブリエルが到着すると、女友達がゲートで待っていた。錠前師はその一時間後にやってきた。名前はツィマー。丸いふっくらした顔で、目は剥製《はくせい》の動物みたいにまばたきもしない。

ツィマーは黒革の頑丈そうな長方形のケースを携えていて、それをしっかり持ったまま、ビッテルとガブリエルのあとからブラッドショーが借りていた倉庫に入った。大量の絵に気づいたとしても、顔にはいっさい出さなかった。デスクの横に置かれた小型金庫だけに目を向けていた。ドイツのケルンで製造されたものだ。ツィマーは渋い顔になった。もっと挑戦しがいのあるものを期待していたようだ。

錠前師も美術修復師と同じく、作業中の姿を人に見られるのをいやがるものだ。そのため、ガブリエルとビッテルはイヴ・モレルが秘密のアトリエにしていた奥の部屋に閉じこもるしかなかった。二人は壁にもたれて床にすわり、脚を前に投げだした。開いたドアから聞こえる音からすると、ツィマーが脆弱《ぜいじゃく》な部分に穴をあける手法を用いているのは明らかだ。

生温かい金属臭があたりに広がった。ガブリエルはつい最近使われた銃の臭いを思いだした。腕時計に目をやり、渋い顔になった。

「あとどれだけかかるんだ?」

「簡単な金庫もあれば、むずかしいのもあるさ」

「だから、わたしはプラスティック爆弾の量を調整して使うほうが好きなんだ。セムテックスの前では、どの金庫も平等だからな」

　ビッテルは携帯をとりだして、メールの受信箱をスクロールしはじめた。ガブリエルはイヴ・モレルのパレットの絵具をぼんやりいじった。オークル、金色、真紅……ツイマーが作業にとりかかってから一時間後、となりの部屋でようやくずしんと重い金属音が響いた。黒革のケースを抱えた錠前師がドアのところに姿を現し、ビッテルに向かってうなずいた。「出口は自分で見つけられる」そう言って出ていった。

　ガブリエルとビッテルは立ちあがり、となりの部屋へ移った。金庫の扉が細めにあいていた。わずか三センチほど。ガブリエルが手を伸ばしたが、ビッテルに止められた。

「わたしがやる」ビッテルが言った。

　下がっているようガブリエルに合図をした。それから、金庫の扉をあけてのぞきこんだ。入っていたのは白い封筒だけ。ビッテルはそれをとりだし、表に書かれた名前を読んだ。

「なんだ、それは？」ガブリエルは訊いた。

「手紙のようだ」

「宛名は？」

　ビッテルはガブリエルのほうへ封筒を差しだした。「きみだ」

　手紙というよりメモのようなものだった。ガブリエルはそれを二回読んだ。最初はブラッドショーの倉庫にいるあいだに。二回目はジュネーブ国際空港の出発ロビーで。九時数分すぎに彼が搭乗する便のアナウンスがあった。まずフランス語で。次に英語で。そして、最後にヘブライ語で。母国語の響きを耳にしてガブリエルの脈が速くなった。手紙をかばんに入れて立ちあがり、搭乗口へ向かった。

第三部
開かれた窓

26

キング・サウル通り、テルアビブ

キング・サウル通りの端に立つオフィスビルはくすんだ色で、特徴がなく、まったく目立たない。入口に看板はかかっていないし、どういう人々が働いているのかを教えてくれる真鍮の文字もない。ここが世界でもっとも恐れ敬われている情報機関の本部であることを示すものはいっさいない。しかし、よくよく観察すれば、ビルのなかにビルが存在することがわかるだろう。発電装置と、水道管と下水管と、安全な通信システムを独自に備えているビル。スタッフは鍵を二本ずつ持ち歩いている。一本はロビーにある無印のドアをあける鍵。もう一本はエレベーターを操作する鍵。片方を、もしくは両方を紛失するという許しがたい罪を犯した者はユダの荒野へ追放され、以後、その姿を見ることも声を聞くこともなくなる。

あまりにも地位が高いため、あるいは、あまりにも重大な任務についているため、ロビーに顔を出すことのできない者も何人かいる。そういう連中は地下の駐車場から〝ブラッ

ク で〃ビルに入る。ガブリエルも、ジュネーブからの飛行機がベン＝ガリオン空港に着陸した三十分後にそのようにした。

警備担当者二名と一緒にエレベーターに乗りこみ、最上階へ直行した。エレベーターを降りて暗証番号に守られたドアまで行き、控えの間に入ると、表面が黒くつややかに光るモダンなデスクの向こうに三十代後半の女性がすわっていた。デスクにのっているのは照明スタンドと電話機のみ。女性は日に焼けた長い脚をしている。キング・サウル通りの〈オフィス〉では〃アイアンドーム〃と呼ばれている。これはイスラエルのミサイル防衛システムの呼称で、ボスにとって好ましくない面会依頼をすぐさま却下するという、このシステムに匹敵する能力を彼女が備えているからだ。本名はオリット。

「長官は会議中です」重厚な両開きドアの上で光っている赤いライトにちらっと目をやって、オリットは言った。「おすわりください。もうじき終わると思います」

「わたしがこのビルにいることは知ってるのかな」

「ご存じです」

ガブリエルはイスラエル全土でもっともすわり心地が悪いと思われるカウチに腰を下ろして、ドアの上で輝いている赤いライトを見つめた。

「何かお持ちしましょうか」オリットが訊いた。

「城門を破るための大槌《おおつち》を」

ようやく、ライトが赤から緑に変わった。ガブリエルはすぐさま立ちあがり、終わったばかりの会議の出席者がもう一つのドアから出ていくあいだに、執務室にすべりこんだ。そのうち二人がガブリエルに気づいた。一人はリモーナ・スターン、イランの核開発問題を担当するチーフ。もう一人はミハイル・アブラモフ、工作員であり、暗殺者でもあり、多数の重大な作戦でガブリエルと連携を密にして活動してきた男だ。着ているスーツからすると、最近昇進したようだ。

ドアが閉まったところで、ガブリエルは執務室に残っているただ一人の人物にゆっくりと顔を向けた。その人物は開いたフォルダーを手にして、大きなデスクのそばに立っていた。グレイのスーツはワンサイズ小さく、白いシャツは襟の高い流行のデザイン。眼鏡は小さな縁なしタイプ、若く流行に敏感な男に見られたがるドイツの企業重役がかけているようなやつだ。

「いつからミハイルが長官執務室の会議に参加するようになったんだ？」

「わたしが昇進させてからだ」ウージ・ナヴォトは答えた。

「現在のポストは？」

「特別作戦室の副チーフ」ナヴォトはフォルダーを下ろして、偽りの笑みを浮かべた。「人事に関わっても別にかまわんだろう？　あと一年はこのわたしが長官なんだから」

「こちらもミハイルのために計画してたことがあるんだが」

「どんな計画だ？」

「特別作戦室のチーフにしようと思っていた」

「ミハイルを？　まだまだその器ではない」

「大丈夫だ。経験を積んだ作戦参謀が目を光らせていれば」

「例えばきみのような？」

ガブリエルは沈黙した。

「正直に言おう」ナヴォトが言った。「わたしはきみが羨ましくてならん。エジプトは内戦に突入し、ファルージャから地中海までの土地はアルカイダの支配下に置かれ、わが国の北の国境では現代史上もっとも血みどろの闘争がくりひろげられている。なのに、きみには盗難にあった名画をイタリア政府のために追いかける時間の余裕がある」

「別に望んだわけじゃないさ、ウージ」

「カラビニエリから話があったとき、せめてわたしの承認を求めるだけの礼儀を示してくれてもよかったはずだ」

「承認してくれたか」

「そりゃ無理だ」

ナヴォトは長い会議用テーブルの横をゆっくり通りすぎ、ソファセットが置かれた心地よい一角まで行った。壁にかかったテレビが世界中のニュースを音もなく流している。コーヒーテーブルには世界中の新聞がきれいに並べてあった。

「このところ、ヨーロッパの警察は大忙しだな」ナヴォトは言った。「国を捨てた英国人がコモ湖で殺害され、ゴッホの絵が盗難にあい、そして、今度はこれだ」『ディ・ヴェルト』というドイツの日刊紙を手にとり、ガブリエルに見えるようにかざした。「シュトゥットガルトの中心部でアラブ人が殺された。なんの関係もなさそうに見える三つの事件だが、一つだけ共通点がある」ナヴォトは新聞をテーブルに落とした。「ガブリエル・アロン。イスラエル諜報機関の未来の長官」

「共通点は、じつは二つある」

「二番目は？」

「ルクセンブルクの〈LXR投資〉」

「オーナーは？」

「世界最悪の男」

「〈オフィス〉に関わりのある人物か」

「いいや、ウージ」ガブリエルは微笑した。「いまはまだ」

　ガブリエルが行方知れずのカラヴァッジョを追っていることは、ナヴォトもおおまかに知っていた。遠くから監視を続けていたのだから。飛行機の予約、クレジットカードでの支払い、国境越え、安全なセーフハウスの要求、名画が消えたというニュース。いま、ガブリエルはほどなく彼のものとなる執務室に腰を下ろし、ヴェネツィアでフェラーリ将軍に呼びだされたことから始まって、サムと名乗る男がガブリエルの手になる《ひまわり》の贋作に二千五百万ユーロを支払い、そのすぐあとにシュトゥットガルトで殺されたことに至るまで、すべての経緯を話した。次に、ブラッドショーがジュネーブ・フリーポートに残していった三枚の便箋をかざした。

「サムの本名はサミール・バサラ。ブラッドショーが初めてサミールに会ったのは、ベイルートに駐在していたころだった。サミールは典型的な遊び人だった。八〇年代、ベイルートのような街には、麻薬、武器、女など、人生をおもしろくしてくれるものがそろっていた。だが、じつを言うと、サミールはレバノン人ではなかった。シリアの出身で、シリア情報局のために働いていた」

「殺害された時点でも情報局の人間だったのか」

「もちろん」ガブリエルは答えた。

「どんな任務についていた？」

「盗品の絵の購入」

「ジャック・ブラッドショーから？」

ガブリエルはうなずいた。「サミールとブラッドショーは一年二カ月前、ミラノでランチをとって旧交を温めた。サミールのほうから、ある取引を持ちかけた。それによると、彼にはクライアントがいて、そのクライアントは中東の裕福な実業家で絵画の購入に関心を寄せているとのことだった。ブラッドショーは二、三週間もしないうちに、美術界の闇のコネを使って、レンブラントとモネを入手した。どちらも、たまたま盗まれた品だった。サミールは気にしなかった。それどころか、喜んでいた。ブラッドショーに五百万ドルを渡し、もっと見つけてほしいと言った」

「どんな形で絵の代金を支払ったんだ？」

「〈LXR投資〉という会社経由でブラッドショーの会社に送金した」

「〈LXR投資〉のオーナーは誰だ？」

「いまから話す」ガブリエルは言った。

「サミールはなぜ盗品の絵画を購入しようとしたんだ？」

「それもいまから話す」ガブリエルは手紙に視線を落とした。「ブラッドショーはこの時点で、新たに獲得した大金持ちのクライアントのために絵を買いあさりはじめた。ルノワール二点、マチス一点、コロー一点。このコローは一九七二年にモントリオール美術館から盗まれたものだ。ブラッドショーはまた、国外への持出禁止となっているイタリアの名画を数点入手した。それでもサミールは満足しなかった。クライアントがビッグなものを求めていると言った。そこでブラッドショーは、行方知れずの絵画のなかの聖杯とされている作品を提案した」

「カラヴァッジョか」

ガブリエルはうなずいた。

「どこにあったんだ?」

「ずっとシチリア島に置いてあった。コーザ・ノストラが持っていたんだ。ブラッドショーはパレルモまで出かけて交渉をおこなった。長い歳月ののちに絵を手放せることになって、マフィアの連中も大喜びだった。ブラッドショーは絨毯のなかに絵を隠してスイスにひそかに運びこんだ。言うまでもないことだが、スイスに到着したとき、祭壇画の状態はよくなかった。サミールから頭金として五百万ユーロを受けとり、フランス人の贋作師を雇って《キリストの降誕》をきちんと修復させることにした。ところが、取引が完了する前にあることが起きた」

「なんだ、それは?」

「絵を買おうとしている者の正体を、贋作師が嗅ぎつけたんだ」

「誰だったんだ?」

ガブリエルは返事をする前に、数分前にナヴォトから受けた質問に戻った。サミール・バサラの大金持ちのクライアントはなぜ盗品の絵画に執着しているのか。それに答えるために、ガブリエルはまず、絵画泥棒を四つの基本的グループに分けて説明した。一文無しの美術愛好家。無能な落ちこぼれ。プロフェッショナル。組織犯罪。大きな窃盗事件はほとんどが組織犯罪によるものだ。買い手が決まっている場合もあるが、盗まれた絵画は闇の世界で現金がわりに使われることが多い。例えば、ロシアの武器を輸送するさいの担保としてモネを使い、トルコのヘロインのときはピカソを使うといった具合に。人から人へと絵が渡っていき、最後に誰かが現金化しようと決心する。たいてい、ブラッドショーのようなこの世界に通じた故買屋を通じて。正当な市場で二億ドルの価値を持つ絵画なら、闇市場では二千万ドルの値がつく。出所を突き止められる心配のない二千万ドル。アメリカやEUの政府によって凍結される心配のない二千万ドル。

「わたしの話がどこへ向かっているかわかるか、ウージ」

「誰なんだ?」ナヴォトが重ねて訊いた。

「悲惨な内戦を指揮してきた男、自国民に対して、残忍な拷問、無差別砲撃、化学兵器の使用をおこなってきた男。その男はエジプトのムバラク大統領が刑務所に収監されるのを目にし、リビアのカダフィ大佐が血に飢えた群集になぶり殺しにされるのを見た。その結果、政権が崩壊したときにわが身に何が起きるかを危惧《きぐ》するようになった。そこで、自分と家族のためにささやかな蓄えを用意するよう、サミール・バサラに命じた」

「ブラッドショーが盗品の絵画をシリア大統領に売りつけていたというのか」

ガブリエルは顔を上げ、壁にかかったテレビの画面に流れる映像を見た。ダマスカスの反体制派が支配する地区に政府軍が砲撃をおこなったところだった。数えきれないぐらい死者が出ている。

「シリアの支配者とその一族なら、何十億ドルもの資産があるはずだ」ナヴォトが言った。

「まあな」ガブリエルは答えた。「ところが、アメリカとEUがその資産と側近たちの資産を次々と凍結している。スイスまでが何億ドルものシリアの資産を凍結した」

「だが、大部分はいまだ凍結されないまま、どこかに隠されている」

「いまのところは」ガブリエルは言った。

「なぜ金の延べ棒や現金ではないんだ？　なぜ絵画なんだ？」

「おそらく、黄金と現金も持っているだろう。どの投資アドバイザーも言うように、多様性が長期にわたる成功の鍵だからね。もっとも、わたしがシリア大統領にアドバイスする立場だったら、簡単に隠して輸送できる資産に投資するように言うだろう」

「絵画か」ナヴォトが訊いた。

ガブリエルはうなずいた。「ブラックマーケットで五百万の絵を買えば、ほぼ同じ値段で売ることができる。もちろん、仲介者への手数料の分だけマイナスになるが。出所を突き止められることのない金を何千万も手にできるとなれば、それぐらいの手数料は安いものだ」

「天才的なやり方だな」

「あの一族が愚鈍と評されたことは一度もない。残忍冷酷と言われてきただけだ」

「誰がサミール・バサラを殺したんだ?」

「おそらく、顔見知りだろう」ガブリエルは言葉を切り、こうつけくわえた。「そいつが車のバックシートにすわっていて、引金をひいたんだ」

「シリア情報局の人間?」

「ふつうに考えれば、そうだな」

「なぜ殺したりする?」

「たぶん、サミールが知りすぎたんだろう。もしくは、シリア側がサミールを生かしておいてはまずいと判断したか」

「どういう理由で?」

「支配者一族の個人資産のことをブラッドショーにしゃべりすぎたから」

「ブラッドショーはどの程度知ってたんだ?」

ガブリエルは手紙をかざした。「多くのことを」

27

キング・サウル通り、テルアビブ

「ブラッドショーのやつ、カラヴァッジョをどうしたんだろう?」

「コモ湖のヴィラへ持ち帰ったに違いない」ガブリエルは答えた。「次に、オリヴァー・ディンブルビーに連絡をとり、コレクションを鑑定しにイタリアまで来てほしいと頼んだ。だが、それは策略、かつて英国のスパイだった男が考えだした利口な作戦だった。ブラッドショーが本当に望んでいたのは、オリヴァーからジュリアン・イシャーウッドにそれが伝わり、次にイシャーウッドがわたしに伝えることだった。ところが、計画どおりには進まなかった。オリヴァーに言われて、イシャーウッドはコモ湖へ向かった。到着したときには、ブラッドショーは死んでいた」

「そして、カラヴァッジョは消えていたわけか」

ガブリエルはうなずいた。

「ブラッドショーはなぜ、シリアとのつながりをきみに話そうとしたのだろう?」

「わたしに頼めば秘密裏に問題を処理してもらえると思ったんじゃないかな」

「その意味は？」

「密輸と故買の件がわたしの口から英国やイタリアの警察に伝わることはない。ブラッドショーはわたしとじかに会うつもりでいた。だが、念には念を入れて、自分が知っていることをすべて書き記し、フリーポートに隠しておいた」

「盗まれた絵画の山と一緒に？」

ガブリエルはうなずいた。

「なぜ急に心変わりを？　汚れた金を受けとって銀行へ直行すればよかったのに」

「ニコル・デヴロー」

ナヴォトは目を細めて考えこんだ。「どこかで聞いたような名前だな」

「フランス通信社の専属カメラマンで、八〇年代に拉致されて殺された」ガブリエルは残りもすべて話した。不倫、ＫＧＢの誘い、スイスの銀行口座に入っている五十万ドル。そして、もちろん、ニコルを殺したシリアの連中のことも許せなかった。

「ブラッドショーはニコルを死に追いやった自分をどうしても許せなかった」

ナヴォトはしばらく無言だった。「ブラッドショーは生前、愚行を重ねていた」ようやく言った。「だが、もっとも愚かだったのは、シリアの支配者一族から五百万ユーロを受けとっておきながら、絵を渡さなかったことだ。あの一族にとって反逆行為以上に腹立たしいものがあるとすれば、ただ一つ、彼らの金をくすねようとする人間だ」

ナヴォトは壁のテレビに流れる映像を見つめた。「わたしに言わせれば、こうした残虐行為の根本にあるのがそれだ。十五万人が殺され、何百万もの国民が家を失って放りだされる。なんのために？　支配者一族はなぜ権力にしがみつくのか。なぜ大規模な殺戮《さつりく》をおこなっているのか。信仰のため？　理想のため？　理想などどこにもない。率直に言って、シリアという国ももう存在しない。なのに、殺戮は続いている。ただ一つの理由のために」

「金か」ガブリエルは言った。

ナヴォトはゆっくりうなずいた。

「シリア問題にずいぶん詳しいようだな、ウージ」

「わたしの結婚した相手が、たまたま、シリアとバース党の動きに関する国内屈指の専門家なのでね。だが、それぐらいは、きみもとっくに知っている」

ナヴォトは立ちあがり、電動給湯ポットからコーヒーを注いだ。濃厚な生クリームもウィーン風のバタークッキーもないことに、ガブリエルは気がついた。どちらもナヴォトの大好物なのに。今日はブラックで飲んでいる。コーヒーに加えたのは人工甘味料だけ。

「いつからコーヒーに毒物を加えるようになったんだ、ウージ？」

「ベッラがわたしの糖分摂取量を減らそうとしてるんだ。その次にカフェイン」

「カフェイン抜きでこの仕事をするなんて想像できん」

「きみもいまにわかるさ」

ナヴォトは苦笑して、ふたたび腰を下ろした。ガブリエルはテレビ画面を見つめていた。子供の遺体が、男児なのか女児なのかわからないが、瓦礫《がれき》のなかからひっぱりだされている。女が涙にむせんでいる。顎髭の男が復讐してやるとわめいている。

「いくらぐらいだ？」ガブリエルは尋ねた。

「金かい？」

ガブリエルはうなずいた。

「マスコミに流れた噂では、百億ということだ。だが、じっさいの数字はもっと大きいと思う。金はすべてケメル・アル＝ファルークが預かっている」ナヴォトは横目でガブリエルを見て尋ねた。「この名前を知ってるか？」

「シリアは専門じゃないんだ、ウージ」

「じきに専門になるさ」ナヴォトはふたたび苦笑して、さらに続けた。「ケメルは支配者一族ではないが、生涯を一族に捧げてきた男だ。最初は現大統領の父親の護衛役だった。七〇年代後半に父親の身代わりとなって銃弾を受け、父親はその恩をけっして忘れることがなかった。秘密警察の重要なポストを与え、ケメルはそこで残忍な尋問者という評判を得るに至った」

「いまはどこに?」

「表向きの肩書きは外務副大臣だが、実質的には国を動かし、戦争を遂行している。大統領が何か決断を下すときは、まずケメルに相談する。そして、さらに重要なこととして、資産管理もケメルがやっている。資産の一部をモスクワとテヘランに置いているが、その管理をロシア人やイラン人に一任するようなことはぜったいしないやつだ。おそらく、西欧に誰かを送りこみ、その人物が資産隠しに奔走しているのだろう。われわれにわからないのは、その人物が誰なのか、どこに金を隠しているのかだ」

「ブラッドショーのおかげで、その一部が〈LXR投資〉に隠されていることがわかった。〈LXR〉から調べていけば、資産の残りを見つけることができる」

「そのあとは?」

ガブリエルは黙りこんだ。ナヴォトはダマスカスの瓦礫のなかから次の遺体がひきずりだされるのを見守った。

「こういう場面を見るのはイスラエル人にとって辛いことだ」しばらくしてから、ナヴォトは言った。「胸をえぐられる。悲惨な記憶がよみがえる。怪物がこれ以上の被害をもたらす前に殺してしまおうというのが、われわれの自然な本能だ。ところが、〈オフィス〉と国防軍は怪物を放置しておくほうがいいとの結論を出した。でないと、さらに悪い結果を招きかねないからだ。アメリカとヨーロッパ諸国も同じ結論に達した。シリアがアルカイダの手に落ちることは誰も望んでいないが、支配者一族が失脚すれば、おそらくそうなるだろう」

「シリアの多くの部分がすでにアルカイダの支配下にあるじゃないか」

「たしかに」ナヴォトも同意した。「そして、感染はさらに広がっている。二、三週間前、ヨーロッパの情報機関のトップ連中が、聖戦《ジハード》に参加するためシリア入りしたイスラム教信者のリストを携えて、ダマスカスに集まった。わたしも信者の名前をさらにいくつか提供できただろうが、残念ながら招待されなかった」

ナヴォトはコーヒーカップをテーブルに置いた。

「道義にかなった正しい作戦を遂行するさいに些細な罪を犯すことを、〈オフィス〉はけっして非としてこなかった。だが、国際的な銀行制度を踏みにじれば、悲惨なしっぺ返しを食うことになりかねないぞ」

「シリアの支配者一族は正直に働いてその金を得たわけではない、ウージ。二世代にわたって搾取を続けてきたんだ」

「だからと言って、盗んでいいことにはならん」

「たしかにな」ガブリエルは深く悔いているふりをした。「いけないことだ」

「では、どうするつもりだ？」

「凍結する」

「どうやって?」

ガブリエルはにっこり笑った。「〈オフィス〉流のやり方で」

「ラングレーにいる友人たちはどうする?」ガブリエルの説明が終わったところで、ナヴォトが尋ねた。

「どうするって?」

「CIAの掩護もなしに、こういう作戦にとりかかるのは無理だ」

「CIAに話をすれば、そこからホワイトハウスへ連絡が行く。そして、『ニューヨーク・タイムズ』の第一面にでかでかと載ることになる」

ナヴォトは微笑した。「ならば、いま必要なのは首相の承認と作戦遂行のための資金だな」

「資金はすでに手に入った、ウージ。たっぷりと」

「ゴッホの贋作を売りつけたときの二千五百万か」

ガブリエルはうなずいた。「それがこの作戦の美点さ。勝手に資金を調達してくれる」

「金はいまどこにある?」

「たぶん、クリストファー・ケラーの車のトランクに」

「コルシカだな」

「作戦を開始したら、すぐその金をとりに行くつもりだ。ただし、ドンにささやかな礼金を置いていかなきゃならんが」

「どの程度のささやかさだ?」

「二百万も渡せば、満足してくれるだろう」

「ずいぶんかかるんだな」


　あとはガブリエルの作戦チームのメンバーを選ぶだけとなった。リモーナ・スターンとミハイル・アブラモフはぜったいに必要だと、ガブリエルは言った。ダイナ・サリド、ヨッシ・ガヴィシュ、ヤコブ・ロスマンも。

「こんなときにヤコブを貸すわけにはいかん」ナヴォトは反対した。

「なぜ?」

「シリアの連中がヒズボラのお友達に流しているミサイルとそのほかの破壊兵器を、ヤコブがすべて監視しているからだ」

「ヤコブは歩くのとガムを噛《か》むのを同時にできるやつだぞ」

「ほかには?」

「エリ・ラヴォンが必要だ」

「あいつはいまも、嘆きの壁の下をせっせと掘っている」

「明日の午後には、ほかのものを掘ることになるだろう」

「それで全部か」

「いや」ガブリエルは言った。「この作戦遂行にあたって必要な人材がもう一人」

「誰だ?」

「シリアとバース党の動きに関する国内屈指の専門家」

ナヴォトは微笑した。「ボディガードを二人ばかり連れていったほうがいい。身の安全のために」

28

ペタティクヴァ、イスラエル

ナヴォト夫妻の家はペタティクヴァ市の東端の静かな通りにあった。どの家もコンクリートの塀とブーゲンビリアの奥にひっそりと建っている。金属製のゲートのそばに呼鈴があったが、ガブリエルが押しても応答はなかった。防犯カメラのレンズを正面から見つめて、もう一度押した。今度はインターホンから女性の声が流れた。

「どちらさま？」

「わたしだ、ベッラ。ゲートをあけてくれ」

またしても沈黙。十五秒、いや、たぶんもっとたったころ、ロックがかちっとはずれた。ゲートが開くにつれて家が見えてきた。キュビズム建築をとりいれた住宅で、防弾ガラスの大きな窓があり、盗聴の危険のない通信用アンテナが屋根から突きでている。日陰になった柱廊玄関のところに、身を守るように腕組みをしたベッラが立っていた。白いシルクのパンツと黄色いブラウス、細いウエストにはベルト。濃い色の髪は美容院で染めてセットしたばかりのように見える。〈オフィス〉に流れる噂《うわさ》によると、テルアビブで最高級の美容院に毎朝予約が入れてあるそうだ。

「よくも図々しくこの家に顔を出せたものね、ガブリエル」

「まあまあ、ベッラ。礼儀正しくいこうよ」

ベッラはその場にじっとしていたが、やがて脇へどき、気乗りのしない様子で手を振ってガブリエルを家に通した。ガブリエルは彼女について、艶《あで》やかに光るクロームと磨き抜かれた黒い御影石《みかげ》のキッチンを通り抜け、裏のテラスに出た。イスラエル風の軽いランチが用意されていた。テーブルは日陰だが、庭は太陽に明るく照らされている。

「きみのインテリアはみごとだね、ベッラ」

「すわって」ベッラの返事はそれだけだった。

ガブリエルはクッションがのっているガーデンチェアに腰を下ろした。ベッラがトールグラスにオレンジジュースを注ぎ、優雅な手つきでガブリエルの前に置いた。

「長官になったらキアラとどこに住むのか、考えたことはある?」

心配してくれているのか、それとも、悪意から出た質問なのか、ガブリエルにはわからなかった。正直に答えることにした。「キアラはキング・サウル通りの近くに住む必要があると思っているが、わたしはできればエルサレムのほうがいい」

「通勤時間が長くなるわよ」

「自分で車を運転するわけではない」

ベッラが返事をするまでにしばらくかかった。「わたしはエルサレムがどうしても好きになれなかった。神に近すぎるような気がして好みに合わないの。世俗的なこの郊外で暮らすほうが好きだわ」

二人のあいだに沈黙が広がった。ガブリエルがテルアビブよりエルサレムを好む理由は、おたがいに承知している。

「二人で話をしなくては、ベッラ」

「あら、いままで話をしてたじゃない」

「真剣な話を」

「BBCでやっているミステリードラマの登場人物みたいにふるまったほうが、おたがいにいいかもしれないわね。でないと、わたし、あとで後悔することを言ってしまいそう」

「ミステリードラマの舞台がけっしてイスラエルにならないのには理由がある。われわれはああいう話し方をしない」

「すべきかもしれないわ」

ベッラは皿をとり、ガブリエルのために料理をとりはじめた。

「腹は減ってないんだ、ベッラ」

ベッラは皿をテーブルに置いた。「わたしね、あなたに腹を立ててるの」

「そんな気がしてた」

「どうしてウージの仕事を奪おうとするの？」

「してないよ」

「じゃ、何をしてるの？」

「わたしに選択肢はなかった」

「いやだと言えばすむことでしょ」

「言ったさ。耳を貸してもらえなかった」

「もっと強く言えばよかったのに」

「わたしが悪いんじゃない、ベッラ」

「ええ、そうね。あなたはちっとも悪くない」

ベッラは庭を流れる水に目を向けた。ほんの一瞬、水が心を静めてくれたようだ。

「あなたと初めて会ったときのことは、いつまでも忘れないでしょうね」ようやくベッラは言った。「あなたはキング・サウル通りのビルの廊下を一人で歩いていた。チュニスの事件のしばらくあとだったわ。いまとまったく同じ姿だった。緑色の目、白髪がちらほら交じったこめかみ。天使のようだった。イスラエルの復讐の天使。誰もがあなたを愛していた。ウージはあなたを崇拝していた」

「感情的になるのはやめよう、ベッラ」

ベッラは彼の言葉が聞こえなかったかのように続けた。「そのあと、ウィーンであんなことに……。激震だった。途方もない悲劇だった」

「誰もが愛する人を失ってきたんだ、ベッラ。誰もが悲しみを抱えている」

「たしかにね、ガブリエル。でも、ウィーンの事件は別よ。あのあと、あなたは人が変わってしまった。ほかの人たちもそうだった……とくに、シャムロンが」

ガブリエルはベッラの視線を追ってまばゆい庭に目を向けたが、その瞬間、エルサレムのベツァルエル美術デザイン学院の太陽が照りつける中庭を大股で歩いていたときに戻っていた。それは一九七二年九月、ミュンヘン・オリンピックで選手とコーチ十一名が殺害された数日後のことだった。不格好な黒い眼鏡をかけ、鋼鉄の罠《わな》みたいな歯をした、小柄で強靭《きょうじん》な体格の男性がどこからともなく現れた。名前は名乗らなかったが、その必要はなかった。人々が声をひそめて噂をする人物だった。六日間戦争でイスラエルに圧倒的勝利をもたらすこととなる秘密を盗みだした男。ホロコーストの最高責任者だったアドルフ・アイヒマンをアルゼンチンの街角から拉致した男。

シャムロン……。

「ウィーンであなたが悲劇に見舞われたことで、シャムロンは自分を責めてたわ。あれ以来、あなたを息子みたいに扱って、なんでも好きにさせていた。でも、あなたがいつか戻ってきて愛する〈オフィス〉の長官になってくれるという希望をけっして捨てなかった」

「わたしが何回その話を断ったか知ってるかい？」

「何回も断られて、シャムロンはとうとうウージを長官にした。残念賞ってとこね」

「じつを言うと、ウージを次期長官にと提案したのはわたしだったんだ」

「まあ、まるであなたに人事権があるみたいね」ベッラは苦い笑みを浮かべた。「辞退するようわたしがアドバイスしたってことを、ウージから聞いてる？」

「いや。そんなこと、ウージは一度も言わなかった」

「いずれこうなることはわかってたわ。舞台を優雅にしりぞいて、ヨーロッパでそのまま落ち着いてくれればよかったのに。ウージは優秀な長官だった。すばらしく優秀な長官だった。ただ、一つだけ難点があったの。ウージはあなたではなかった。あなたになることはけっしてできない。そのせいで、道端に放りだされようとしてるの」

「わたしがとりなせば、なんとかなる」

「よけいなことはもうしないで」

家のなかから電話の鳴る音が聞こえてきた。ベッラは出ようともしなかった。

「なぜうちに来たの？」

「ウージの将来についてきみと話がしたかった」

「あなたのおかげで将来はなくなったわ」

「ベッラ……」

ベッラには機嫌を直す気はなさそうだった。いまのところは。「ウージの将来について何か話があるのなら、本人に直接言ってよ」

「ウージを抜きにしたほうが実りのある話ができると思ったんだ」

「わたしにお世辞を使うのはやめて、ガブリエル」

「夢にも思ってないよ」

ベッラは人差し指の爪でテーブルの表面をこつこつ叩いた。マニキュアを新しくしたばかりのようだ。

「ウージが話してくれたわ。誘拐された女の子を捜してたあなたと、ロンドンでどんな会話をしたかを。言うまでもないけど、わたしはあなたの提案には賛成できなかった」

「なぜ？」

「前例がないもの。任期が終われば、長官は静かに夜の世界へ送りだされ、それきり連絡が絶えてしまうものなのよ」

「シャムロンに言ってくれ」

「シャムロンは例外だわ」

「わたしもだ」

「具体的にどういう提案をしようというの？」

「共同で〈オフィス〉を統治していきたい。わたしが長官、ウージは副長官だ」

「うまくいきっこないわ」

「どうして？」

「あなたが長官の器ではないような印象になってしまう」

「そんなことを思うやつは誰もいない」

「見た目が大事なの。で、もしウージが承知したら？」

「わたしの執務室のとなりがウージの部屋になる。重要な決定や大々的な作戦のすべてに関わってもらう」

「給料は？」

「現在の額をそのまま払っていく。車やセキュリティの経費については言うまでもない」

「どうして？」ベッラが訊《き》いた。「どうしてそこまでするの？」

「ウージが必要だからだ」いったん言葉を切り、さらに続けた。「きみのことも」

「わたし？」

「〈オフィス〉に戻ってきてほしい」

「いつ？」

「明日の朝十時に。ウージとわたしはシリアを相手に作戦を遂行する。きみの協力が必要だ」

「どんな作戦なの？」

ガブリエルが詳細を伝えると、ベッラは悲しげに微笑した。「ウージが思いつかなかったのが残念だわ。ずっと長官でいられたかもしれないのに」

二人はそれから一時間、ベッラの家のテラスで、彼女がキング・サウル通りに復帰するにあたっての条件交渉をおこなった。交渉が終わると、ベッラはガブリエルを外まで送り、公用車のバックシートに乗りこむ彼を見守った。

「よくお似合いね」開いたドアから、ベッラは言った。

「なんのことだ、ベッラ？」

ベッラは笑みを浮かべて言った。「じゃ、明日の朝ね、ガブリエル」それから、向きを変えて立ち去った。ボディガードが車のドアを閉めた。もう一人のボディガードが助手席に乗りこんだ。ガブリエルは不意に、自分が銃を持っていないことに気づいた。シートに腰を下ろしたまま、次にどこへ行くべきかを自問した。それからバックミラーをのぞきこみ、運転席の男に西エルサレムの住所を告げた。帰宅する前に、あと一つだけ気の進まない用事がある。ふたたび父親になることを亡霊に告げなくてはならない。

29

エルサレム

マウント・ヘルツル精神科病院のこぢんまりした車寄せは、ガブリエル一行の車三台の重みに震えていた。ガブリエルはリムジンの後部ドアから降りると、警護チームの責任者に短く声をかけてから、一人で病院に入っていった。ロビーで待っていたのは、顎鬚を生やしたラビのような風貌の五十代後半の医師だった。ガブリエルの来院の連絡が入ったのが、例によって直前のことだったにもかかわらず、医師はにこやかな笑顔だった。手を差しだし、ふだんは静かな病院のエントランスがざわめいているのを見やった。ここは長期にわたって心を病んでいる人々のための、イスラエルでもっとも厳重にプライバシーが守られた病院なのだ。

「あなたの人生がまたしても変化を迎えるようですね」医師が言った。

「さまざまな点で」ガブリエルは答えた。

「いいほうへの変化であるよう願っています」

　ガブリエルはうなずき、妊娠のことを医師に話した。医師は微笑したが、ほんの一瞬のことだった。再婚について長いあいだ悩んでいたガブリエルの姿を、医師は見ている。子供ができるのは幸せなことだが、新たな悩みも生まれるだろう。

「しかも双子ですか。なるほど」医師はつけくわえ、ふたたび無理に笑みを浮かべた。

「だが——」

「彼女にきちんと話しておかなくては」医師の言葉をさえぎって、ガブリエルは言った。

「ぐずぐずと遅らせてしまいました」

「完全に理解してもらうのは、おそらく無理でしょう」

「覚悟しています」

　医師もそれ以上議論を続けるような無駄なことはしなかった。「わたしも同席したほうがいいかもしれません。お二人のために」

「お気持ちはありがたいが」ガブリエルは答えた。「わたしが一人でやるべきことです」

　医師は何も言わずに向きを変え、ガブリエルの先に立ってエルサレムストーンと呼ばれる石灰岩でできた廊下を進み、談話室まで行った。何人かの患者がテレビをぼんやり見つめていた。塀に囲まれた庭に面して大きな窓が二つある。松の木陰に女性が一人すわっていた。微動だにせず、まるで墓石のようだ。

「具合はどうでしょう?」ガブリエルは訊いた。

「あなたに会いたがっています。前回会いに来られてから、ずいぶんになる」

二人は窓辺にしばらくたたずんだ。何も言わず、身動きもせずに。

「知っておいてほしいことがあります」ようやく医師が言った。「あの人はずっとあなたを愛している。離婚したあとでさえ」

「それを聞いてわたしの気持ちが楽になるとでも？」

「いいえ。だが、あなたには真実を知る権利がある」

「彼女にも」

ふたたび沈黙。

「双子でしたっけ？」

「そうです」

「ときたま、その子たちに会わせてあげるといいかもしれない」

「まず重要なことから先に」

「そうですね」庭に一人で出ていくガブリエルに、医師は言った。「まず重要なことから」

リーアはねじれた手を膝に置いて車椅子にすわっていた。かつてはキアラのように長くて鳶《とび》色だった髪も、いまでは短くカットされ、白いものが交じりはじめている。ガブリエルは彼女の頬のひんやりした傷痕に唇をつけてから、横のベンチに腰を下ろした。リーアはガブリエルの存在に気づかず、見るともなく庭を見ていた。

「ほら、雪よ、ガブリエル」不意に彼女が言った。「きれいねえ」

ガブリエルは雲一つない空で燃えている太陽を見た。「そうだね、リーア」おざなりに答えた。「きれいだ」

「雪はウィーンの罪を許してくれる」しばらくしてから、リーアは言った。「ミサイルがテルアビブに降りそそぐあいだ、雪がウィーンに降りつもる」

ウィーンで爆弾を仕掛けられた夜、リーアがガブリエルに言った最後の言葉の一部がこれだった。いまの彼女は鬱病と心的外傷後ストレス障害が組みあわさった重い症状に苦しんでいる。たまに頭がはっきりする瞬間もあるが、たいてい、過去に囚《とら》われの身となっている。ウィーンの出来事が心のなかで果てしなく再現されつづけている。家族でとった最後の食事、最後のキス、一人息子を殺しリーアの体を焼いた炎。彼女の人生は五分間に収縮されてしまった。そして、二十年以上ものあいだ、何度もそれを追体験している。

「わたしのことなんて忘れたのかと思ってた、ガブリエル」

リーアがゆっくり顔の向きを変えた。その目に光が宿っていた。

「この前来てくれたのはいつだったかしら」

「きみの誕生日に会いに来た」

「覚えてないわ」

「パーティをやっただろ。ほかの患者さんもみな来てくれた。すてきなパーティだった」

「わたし、ここにいると孤独なの、ガブリエル」

「うん、わかるよ、リーア」

「わたしには誰もいない。あなたしかいない」

ガブリエルは肺に空気をとりこむ力を失ってしまったような気がした。リーアが手を伸ばして、彼の手のなかにすべりこませた。

「指に絵具がついていないのね」

「この二、三日、仕事をしていなかったから」

「どうして?」

「話せば長くなる」

「時間はあるわ。わたしには何もないけど、時間だけはある」

リーアは彼から視線をはずし、庭を見つめた。目の光が消えつつあった。

「こっちを向いてくれ、リーア。話しておきたいことがある」

リーアは視線を戻した。「いまも絵を修復してるの?」

「ヴェロネーゼを」

「どのヴェロネーゼ?」

ガブリエルは答えた。

「じゃ、またヴェネツィアで暮らしてるの？」

「あと二、三カ月ほど」

リーアは微笑した。「二人でヴェネツィアに住んでたころのことを覚えてる？　すてきな日々だった。そうでしょ、ガブリエル。芸術とワインの日々。あのままヴェネツィアに落ち着けばよかったんだわ。あなたが〈オフィス〉に戻ったりしなければ、違う結果になっていたでしょうに」

ガブリエルは何も答えなかった。言葉が出てこなかった。

「あなたの奥さん、たしか、ヴェネツィアの人よね？」

「うん」

「きれいな人？」

「うん、とてもきれいだ」

「いつか会ってみたい」

「もう会ってるよ、リーア。何度もきみに会いに来ている」

「覚えてないわ。たぶん、そのほうがいいのよね」リーアは顔を背けた。「ダニのシートベルトがちゃんと締めてあるかどうか確かめてちょうだい。道路がスリップしやすいから」

「大丈夫だよ、リーア」

リーアがふたたび彼のほうを向いた。しばらくしてから尋ねた。「子供はいるの?」

彼女が現在にいるのか、過去にいるのか、ガブリエルにはわからなかった。「なんのことかな」

「キアラとのあいだに」

「いや」ガブリエルは答えた。「子供はいない」

「ねえ、約束して、ガブリエル」

「なんでも約束するとも」

「子供ができても、ダニのことは忘れないで」

「毎日あの子のことを考えている」

「わたしはあの子のことしか考えられない」

ガブリエルは、神から心臓にのせられた石の重みで肋骨《ろっこつ》が折れかけているのを感じた。

「ねえ、ヴェネツィアにはいつまでいるの?」しばらくして、リーアが訊いた。「そのあとどうするの?」

「この国に帰ってくる」

「何をするの?　イスラエルには絵なんてないわよ」

「〈オフィス〉の長官になる」

「どこに住むの?」

「このエルサレムに。そしたら、きみの近くにいられる」

「子供ができたあとも、わたしに会いに来てくれる？」

「せっせと来るとも」

リーアは雲一つない空を見あげた。「雪を見て、ガブリエル」

「うん」ガブリエルは涙ぐんだ。「きれいだね」


談話室で医師が彼を待っていた。ロビーに戻るまで、ひとこともしゃべらなかった。

「いかがでした？」医師が尋ねた。

「とてもうまくいきました」

「あの人にとって？　それとも、あなたにとって？」

ガブリエルは無言だった。

「いいんですよ」しばらくして、医師は言った。

「何が？」

「幸せになっても」

「どうすれば幸せになれるのか、わたしにはわかりません」

「努力なさい。話し相手がほしければ、いつでもわたしがいますから」

「リーアのことをよろしくお願いします」

ガブリエルはそう言うと、警護チームに促されるままにリムジンのバックシートに乗りこんだ。不思議なことに、涙はすでにひっこんでいた。それが長官になるということなのだろう。

30

ナルキス通り、エルサレム

キアラがエルサレムに着いたのはガブリエルのわずか一時間前だったのに、ナルキス通りのアパートメントはすでに、彼女がいつも読んでいる洒落《しゃれ》たインテリア雑誌のグラビアのようになっていた。花瓶にはみずみずしい花、サイドテーブルにはスナックの皿、彼女がガブリエルに渡したグラスのワインは完璧な冷え具合だった。キスをしたときの彼女の唇には、エルサレムの太陽の温《ぬく》もりがこもっていた。

「もっと早く戻ってくると思ってた」キアラは言った。

「けっこう用事があってね」

「どこへ行ってたの？」

「地獄」ガブリエルは本気で答えた。

キアラは眉をひそめた。「あとで聞かせてもらうわ」

「なんであとなんだい？」

「お客さまが来るからよ、ダーリン」

「別の夜にできないか?」

「キャンセルしたくても手遅れよ。向こうはすでに、ギラーと二人でティベリアスを出たあとだもの」

「たぶん、最新の位置情報をきみに送ってきてるんだろうな」

「電話が二回あったわ。あなたに会えるのをすごく楽しみにしてる」

ガブリエルはふたたび彼女にキスをして、ワインのグラスを手にしたまま、寝室へ行った。壁に絵がいくつもかかっていた。ガブリエルの描いた絵、才能豊かだった彼の母が描いた絵、そして、祖父が描いた数点の絵。祖父はヴィクトル・フランケルという有名なドイツの表現主義の画家で、一九四二年の厳冬にアウシュヴィッツで殺された。また、やつれた青年の肖像画もあった。死の影につきまとわれているかに見える。〈ブラック・セプテンバー〉のテロリスト六名の血で手を汚したガブリエルがイスラエルに帰国した数日後に、リーアが描いたものだ。ガブリエルが彼女の絵のモデルになったのは、これが最初で最後だった。

〝あのままヴェネツィアに落ち着けばよかったんだわ。違う結果になっていたでしょうに……〟

肖像画の無慈悲な視線のもとで服を脱ぎ、リーアの手の感触が肌から完全に消え去るまでシャワーを浴びた。清潔な服に着替えてリビングに戻ると、ちょうどアリ・シャムロンと妻のギラーが玄関から入ってきたところだった。ギラーはモロッコのスパイスを使った有名な茄子《なす》料理の皿を手にしていた。彼女の有名な夫が手にしているのはオリーブの木で作った杖《つえ》だけだった。いつものように、プレスされたカーキ色のズボン、白いオックスフォードシャツ、左肩の鉤裂《かぎざ》きがそのまま残っている革のジャケットという装いだ。見るからに体調が悪そうだが、顔には満足の笑みが浮かんでいた。イスラエルに戻ってきてキング・サウル通りの執務室の主となるよう、何年も前からガブリエルの説得に努めてきたのだ。いまようやく、その役目が完了した。後継者ができた。血筋が続いていく。

シャムロンは玄関ホールの壁に杖を立てかけると、ガブリエルをうしろに従えて小さなテラスに出た。ユーカリの枝が垂れているところに、錬鉄《れんてつ》の椅子が二つ置いてあった。その片方にふらつきながら腰を下ろし、もう一つの椅子にすわるようガブリエルに合図をした。それから、トルコ煙草の箱を出し、極度に神経を集中して一本抜きだした。ガブリエルはシャムロンの両手を見た。ブエノスアイレス北部の街角でアドルフ・アイヒマンを絞め殺そうとした手。その手にはいま、しみが浮き、治りきっていないすり傷に覆われている。その手がジッポの古いライターをつけようとすると、ガブリエルは顔を背けた。

「禁煙したほうがいいですよ、アリ」

「いまさらなんの違いがある?」

ライターが炎を上げ、トルコ煙草のつんとくる煙がユーカリの強い芳香と混じりあった。

「今度はどこが悪いんです?」ガブリエルは穏やかな口調でシャムロンに訊いた。

「体調の悪いところをリストにすると、イスラエルが直面している難題のリストに劣らず長いものになる」シャムロンは急いでつけくわえた。「だが、わたしはまだまだ消えんからな。孫の誕生を見届けるまでこの世に居すわるつもりだ」

自分たちは実の父子ではないのだとシャムロンに言いたいのを、ガブリエルはぐっとこらえた。「それまで元気でいてください、アリ」

シャムロンは微笑した。「子供が生まれたらどこに住むか、もう決めたかね?」

「不思議だな。ベッラにも同じことを訊かれました」

「興味深い会話だったそうだな」

「わたしがベッラに会いに行ったことを、どうしてご存じなんです?」

「ウージから聞いた」

「ウージはあなたの電話には出ないと思っていましたが」

「大いなる雪解けが始まったらしい。健康を損ねることの数少ない利点の一つだな。最期が近くなるにつれて、些細《ささい》な不満も、約束を反故《ほご》にしたことも、忘れてもらえるようだ」

夜風を受けてユーカリの枝が揺れた。大気が一分ごとに冷えていく。エルサレムでは夏でも夜が来ると涼しくなるのが、ガブリエルは昔から気に入っていた。この瞬間をしばらく凍結させておける力が自分にあればいいのにと思った。シャムロンを見ると、灰皿の縁に煙草を軽く叩きつけて何やら考えこんでいた。

「ベッラに会いに行くにはずいぶんと勇気が必要だっただろうな。それから、狡猾《こうかつ》さも。わたしの目に狂いはなかったことを示すいい証拠だ」

「なんのことです、アリ?」

「きみには偉大な長官になる素質がある」

「ときどき、初の間違いを犯すことになりはしないかと危惧しています」

「ウージをなんらかの形で〈オフィス〉に残そうとすることかね?」

ガブリエルはゆっくりうなずいた。

「危険はある」シャムロンも同意した。「だが、うまくやってのけられる人間がいるとしたら、それはきみだ」

「助言してもらえないんですか」

「きみに助言することはもうない、わが息子よ。いまのわたしは時代遅れの年寄り、最低の人間だ。そばで見物するだけ。足手まといだ」シャムロンはガブリエルを見て渋い顔をした。「反論したかったら、いつでもしていいぞ」

ガブリエルは微笑しただけで、何も言わなかった。

「ウージから聞いたが、ベッラと激論になったそうだな」シャムロンは言った。「今回の件では、ウージよりベッラのショックのほうが大きいようだ。ベッラは権力という美酒に酔ってしまったのだろう」

「なぜそんな印象を?」

「ベッラが権力にしがみつく様子だ。もちろん、何かにつけてわたしを非難している。すべてわたしのお膳立てだと思っている」

「事実そうでしょう?」

シャムロンは渋面と微笑の中間みたいな顔になった。

「否定しないんですか」ガブリエルは訊いた。

「いっさいしない。わたしもそれなりに勝利を手にしてきたが、結局のところ、この先、すべての勝利の基準となっていくのはきみのキャリアだ。わたしがえこひいきをしたのは事実だ。ウィーン以降はとくに。だが、きみはウージのような者の才能をはるかに凌《しの》ぐ作戦の数々でわたしの信頼に応えてくれた。ベッラにもそれはわかっているはずだ」

ガブリエルは何も答えなかった。静かな通りを自転車で走っていく十歳か十一歳ぐらいの男の子を見つめていた。

「そして、いま」シャムロンが言っていた。「きみはダマスカスの虐殺者の財源に切りこむ方法を見つけたようだ。運に恵まれれば、ガブリエル・アロンの時代を告げる最初の大勝利となるだろう」

「運など信じない人だと思っていました」

「信じてはいない」シャムロンは新しい煙草に火をつけた。それから、手首をひねってライターをぱちっと閉じた。「虐殺者は父親の残忍性を受けついでいるが、頭の良さは受けつがなかった。ゆえに、きわめて危険な人物だ。いまでは、すべてが金を中心に動いている。一族を結びつけているのは金だ。大統領の忠臣どもが忠誠を誓いつづけるのは金の力ゆえだ。何千人もの子供が死んでいるのも金のせいだ。だが、きみの手で金を押さえることができれば……」

シャムロンは微笑した。「無限の可能性が開けるだろう」

「本当にわたしへのアドバイスはないんですか」

「虐殺者に多少なりともましな面があるあいだは、権力の座にすわらせておけ。でないと、今後数年間、ワシントンとロンドンにいるきみの友人たちにとって、由々《ゆゆ》しき事態を招くことになる」

「すると、〈アラブの春〉はそのような終焉《しゅうえん》を迎えるわけですか。シリアをアルカイダの手から救える唯一の人物という理由で、あの大量殺人鬼を権力の座に据えておくのですか」

「いまさら蒸しかえすつもりはないが、〈アラブの春〉は悲惨な結果に終わるだろうと、わたしは予言し、事実そのとおりになった。アラブには真の民主主義はまだまだ根付かない。イスラムの過激派が優位に立つ時代だからね。われわれとしては、シリアやエジプトのような国にほどほどの独裁政権が存在することを望むしかない」シャムロンはいったん言葉を切り、それからつけくわえた。「先のことはわからんぞ、ガブリエル。もしかしたら、きみが何か方法を見つけて独裁者を説得し、国民に然《しか》るべき教育を受けさせ、人権を大切にする方向へ持っていけるかもしれん。子供たちを毒ガスで殺すのを強引にやめさせられるかもしれん」

「独裁者からひきだしたいものが、もう一つあります」

「カラヴァッジョか」

ガブリエルはうなずいた。

「まず、金を見つけろ」煙草を揉《も》み消しながら、シャムロンは言った。「絵を見つけるのはそのあとだ」

ガブリエルはそれ以上何も言わなかった。自転車に乗った少年を見守っていた。通りの向こうの長い影のあいだを、少年はすべるように走っていく。その姿が見えなくなると、ガブリエルはエルサレムの空を仰いだ。雪を見て。きれいでしょ?

31

エルサレム

教会の鐘の音で、ガブリエルは深い眠りからさめた。自分がどこにいるのかよくわからず、しばらくはじっと横たわったままでいた。やがて、リーアの描いた暗い雰囲気の肖像画が壁からこちらを見おろしているのに気づき、ナルキス通りのアパートメントにいることを思いだした。キアラを起こさないようにそっとシーツの下から抜けだし、キッチンへ行った。昨夜のディナーパーティの名残りと言えるのは、花瓶のなかで萎《しお》れかけている花の甘ったるい香りだけだった。しみ一つないカウンターには、フレンチプレスコーヒーメーカーと、イタリアンコーヒーのラヴァッツァの缶がのっていた。ガブリエルはやかんを火にかけ、湯が沸くのを待った。

外のテラスに出てコーヒーを飲みながら、ブラックベリーで朝刊の記事に目を通した。それから、髭剃《そ》りとシャワーのために忍び足でバスルームに入った。出てきたときも、キアラはまだぐっすり眠っていた。

クロゼットをあけてしばしたたずみ、何を着ようかと考えた。スーツはまずい。すでにガブリエルが〈オフィス〉の責任者だとスタッフに思われることになりかねない。結局、いつもの服装に落ち着いた。色おちしたジーンズ、コットンセーター、そして、革のジャケット。シャムロンにはシャムロンの制服があった。彼もそうしようと思った。

八時を数分過ぎたころ、ナルキス通りの静寂を破る複数の車の音が聞こえた。キアラにそっとキスをしてから、下で待っているリムジンへ向かった。彼を乗せたリムジンはエルサレムの街を東へ向かい、旧市街のユダヤ人地区へのメインゲートである糞門《ふんもん》まで行った。金属探知機の検査は免除され、ボディガードに守られて広場を横切り、嘆きの壁へ向かった。かつて巨大なエルサレム神殿を囲んでいた壁の現存部分で、大いなる紛争の種となっている。壁の上のほうでは、イスラム教の第三の聖地である岩のドームが早朝の太陽を浴びて金色に輝いている。イスラエルとアラブの闘争についてはさまざまな解釈がされているが、ガブリエルは、結局は同じ聖地をめぐって二つの宗教が死闘をくりひろげているのだと結論している。爆弾にも流血にも無縁の静かな時期が何カ月も、さらには何年も続くかもしれないが、真の平和は永遠に訪れないような気がしてならない。

広場から見える嘆きの壁は、幅五十七メートル、高さ十九メートル。しかしながら、神殿の丘の西側外壁はもっとスケールが大きくて、広場の地下に埋まった部分は深さ十三メートル、全長は四百メートルに及び、ムスリム地区まで延びて住宅用の建物の奥に隠れている。政治的にも宗教的にも緊張をはらんだ発掘が何年も続いたのちに、現在では、西壁トンネルのおかげで壁の端から端まで徒歩で行けるようになっている。

トンネルの入口は広場の左側にある。ガブリエルは現代的なガラスのドアからなかに入ると、ボディガードを従えてアルミ製の階段を下り、地下まで行った。壁の基部に沿って、舗装されたばかりの通路が延びている。その通路を進んでヘロデ王の巨大な石組みを通りすぎ、不透明なビニールカーテンがかかっている場所までやってきた。カーテンの奥に長方形の発掘の穴があり、中年を過ぎた小柄な男性が柔らかな白い光を受けて土を掘っていた。ガブリエルの存在に気づいていないかに見えるが、じつはちゃんと承知している。エリ・ラヴォンを驚かせることに比べれば、りすを驚かせるほうがまだ簡単だろう。

しばらくしてから、ラヴォンが顔を上げてにっこりした。櫛《くし》も入れていない乏しい髪、天才的な肖像画家でさえカンバスに描きだすのに苦労しそうな、ほとんど表情のない顔。エリ・ラヴォンは亡霊。人目につかず、すぐ忘れられてしまうカメレオンのような男だ。

ガブリエルが初めてラヴォンと組んだのは〈神の怒り作戦〉のときだった。これはミュンヘン・オリンピック襲撃事件の実行犯たちを捜しだして暗殺するという、イスラエル諜報機関の秘密作戦であった。暗殺チームが使っていたヘブライ語で言うなら、ラヴォンは〝アイン〟、つまり、追跡と監視の担当だった。三年にわたって〈ブラック・セプテンバー〉のテロリストたちを追ってヨーロッパと中東を駆けめぐり、ときには、標的に危険なほど接近することもあった。この任務のせいで、ラヴォンは無数のストレス障害に悩まされるようになった。

一九七五年に暗殺チームが解散したあと、ラヴォンはウィーンに落ち着き、〈戦争犯罪調査事務所〉という小さな調査機関をオープンした。乏しい資金でやりくりしながら、ホロコーストのときに略奪された何百万ドルもの価値を持つ資産の行方を突き止め、スイスの銀行から和解金を何十億ドルもひきだすことに成功した。これがウィーンで敵を作る結果となり、二〇〇三年、事務所に爆弾を仕掛けられて、若い女性スタッフ二人が殺害された。ラヴォンは失意のなかでイスラエルに戻り、初恋の相手を、つまり考古学を追うことにした。現在はヘブライ大学の非常勤講師となり、国内のさまざまな発掘作業に定期的に参加している。この二年間はほとんど、西壁トンネルの土をふるいにかけて過ごしてきた。

「何者だ？　あの小さなお友達連中は」発掘現場の端に立つ護衛の連中にちらっと目をやって、ラヴォンは尋ねた。

「広場で迷子になってたから拾ってきた」

「騒ぎを起こしたりしないだろうな」

「心配ご無用」

ラヴォンはうつむいて作業を再開した。

「何が出てきたんだい？」ガブリエルは訊いた。

「小銭が少々」

「誰の落とし物だろう？」

「エルサレムがペルシャに征服されそうだと知って狼狽《ろうばい》した人間だな。あわてて逃げたようだ」

ラヴォンは手を伸ばすと、作業用ライトの角度を調節した。埋もれた黄金が溝の底できらめいた。

「そいつはなんなんだ？」ガブリエルは訊いた。

「ビザンティン帝国時代の金貨が三十六枚と、大燭台《メノラー》が浮彫りになった大きなメダル。これによって、六三八年のイスラム教徒によるエルサレム征服以前に、この地にユダヤ人が住みついていたことが証明される。聖書考古学者の大部分にとって、これは世紀の発見だ。おれにはどうでもいいことだけどね」

ガブリエルは背後の壁の石積みにちらっと目をやった。一年前、神殿の丘の地下五十メートルのところにある秘密の部屋で、ガブリエルとラヴォンはソロモンの神殿に使われていた二十二本の柱を発見した。旧約聖書の〈列王記〉と〈歴代誌〉に出てくる古代ユダヤの安息所が実在したことが、これによって疑問の余地なく証明されたわけだ。二人はまた、大型爆弾も発見した。爆発すれば、聖なる丘全体が破壊されていただろう。柱は現在、イスラエル博物館の警備の行き届いた展示室に置かれている。そのうち一本は、ラヴォンの血が飛んでいたため、展示する前に特別なクリーニングが必要だった。

「ゆうべ、ウージから電話があった」しばらくして、ラヴォンが言った。「あんたがここに顔を出すかもしれないと言っていた」

「理由は言ってたかい？」

「消えたカラヴァッジョと〈LXR投資〉とかいう会社のことで何か言ってたな。その絵と会社の資金をあんたが見つける気でいるとも言っていた」

「できるだろうか」

「外側からできることには限界がある。最後はやはり、王国の鍵を渡してくれる人間の助けが必要だ」

「だったら、われわれの手でその人間を見つけよう」

「われわれ？」ガブリエルの返事がなかったので、ラヴォンは古代の金貨の周囲から土をどけはじめた。「おれに何をしろというんだ？」

「きみがいまやっているのと同じことを」ガブリエルは答えた。「ただし、こてとブラシのかわりにパソコンとバランスシートを使ってもらいたい」

「最近は、こてとブラシのほうが好きなんだが」

「わかってるよ、エリ。だが、きみの協力がないとだめなんだ」

「暴力沙汰にはならないだろうな？」

「ああ、そんな心配は無用だ」

ガブリエルは手を伸ばしてライトのコードを抜いた。ラヴォンは暗いなかでしばらく作業を続けた。それから立ちあがり、ズボンの土を払って、穴から出てきた。

ずっと独身を通してきたラヴォンは、エルサレムのタルピオット地区にある小さなアパートメントに住んでいる。二人はまずそこに寄り、ラヴォンの着替えがすんでからキング・サウル通りへ向かった。建物に〝ブラックで〟入ったあと、地下三階に下り、窓のない廊下を歩いて四五六Cと書かれたドアまで行った。ドアの向こうの部屋は、以前は時代遅れになったパソコンやくたびれた家具の捨て場になっていて、ときには、夜勤スタッフが逢引《あいび》きに使うこともあったが、いまでは単に〝ガブリエルの巣〟と呼ばれている。

ドアのロックはキーレスタイプで、ガブリエルの生年月日が暗証番号になっていた。ラヴォンに背後からのぞかれつつ、ガブリエルはその数字を打ちこんでドアを押しひらいた。ラヴォンが待っていたのはダイナ・サリド。人間データベースとも言うべき女性で、イスラエルと西欧が標的とされたあらゆるテロ行為の日時、場所、実行犯、死傷者数をそらで言うことができる。前に一度ガブリエルに言ったように、テロリストのことなら当の本人より詳しく知っているそうだ。ガブリエルはその言葉を信じた。

「あとの連中は？」ガブリエルは訊いた。

「人事部に足止めされてます」

「どういうことだ？」

「もうしばらくお待ちください」

「きみの仕事のほうはどうだい？」

「隣国のシリアで活動を始めたアルカイダの工作員のリストを作りました。この世から永遠に追放する必要のあるジハーディストたちの。でも、わたしが作戦を提案するたびに、何が起きると思います？」

「何も起きない」

ダイナはゆっくりうなずいた。「わたしたち、この場に凍結されてるんです。むなしく時間をつぶしてるだけ。そんな余裕はないのに」

「これからは違うぞ、ダイナ」

ちょうどそのとき、ドアが勢いよく開いてリモーナ・スターンが入ってきた。そのあとにミハイル・アブラモフが軽やかな足どりで続き、二、三分してから、一カ月も寝ていないような顔をしたヤコブ・ロスマンがやってきた。それからほどなく、モルデカイ、オデッドという万能の工作員二名が現れ、最後に、長身で頭髪が薄くなりつつあるヨッシ・ガヴィシュがコーデュロイとツイード姿で入ってきた。ヨッシはリサーチ部門のトップで、現在は分析を担当している。ロンドンのゴールダーズ・グリーン生まれ、オックスフォード大卒で、彼の話すヘブライ語はいまも英語の訛《なま》りが強い。

地下室に集まった八名の男女には〝バラク〟というコードネームがついている。稲妻という意味のヘブライ語で、迅速に集まって攻撃する超人的能力に由来するもの。これまでの活動において、ときには外部の人間を迎え入れる必要に迫られたこともあった。英国のジャーナリスト、ロシアの大富豪、彼らが殺害した男の娘など。しかし、〈オフィス〉のほかの工作員をこのチームに参加させたことは一度もない。だからこそ、十時きっかりにベッラ・ナヴォトが姿を見せたときには、全員が仰天した。ベッラは取締役会に出るようなグレイのスーツ姿で、大量のファイルを抱えていた。どうぞと言われるのを待つかのように、しばらく入口に立っていたが、やがて無言でヨッシのとなりにすわった。

ベッラの登場にチームの面々が動揺したとしても、誰も顔には出さず、そんななかでガブリエルは立ちあがり、キング・サウル通りに残された最後の黒板に歩みよった。そこには〝血はけっして眠らない〟と書かれていた。ガブリエルはそれをいっきに消すと、かわりに三つの文字を書いた。〝LXR〟。次に、チームの再結成を早めるもととなった一連の驚愕《きょうがく》の出来事を詳しく語った。英国のスパイから絵画の密輸人に身を落としたジャック・ブラッドショーという男の殺害事件に始まって、ジュネーブ・フリーポートの貸し倉庫にブラッドショーが残していったガブリエル宛ての手紙の件に至るまで。ブラッドショーは亡くなる前に、それまでの罪を償おうとして、盗難絵画を大量に取得していた男の正体をガブリエルに明かしていった。それはシリアの残忍な支配者だった。また、支配者が絵の購入のために使っていたダミー会社の名前も教えてくれた。〈LXR投資〉。もちろん、全世界の富という銀河においては、〈LXR〉はちっぽけな星にすぎない。しかし、富のネットワークを機能させるには、テロリストのネットワークと同じく、それを動かすことのできる熟練の黒幕が必要だ。支配者は一族の財産管理をケメル・アル＝ファルークに委ねた。支配者の父親の護衛を務め、君主の命令を受けて拷問と殺戮をおこなってきた臣下に。しかし、ケメル自身が金の管理に当たることはできない。アメリカの国家安全保障局やそのほかの機関に行動を逐一監視されているからだ。ケメルの信頼を得ている男がどこかにいるはずだ。弁護士とか、銀行家とか、親戚とか。思いどおりに資産を動かせる男が。ガブリエルのチームはその男をあぶりだすために〈LXR投資〉を使うことにした。そして、ベッラ・ナヴォットが道案内を務めることになった。

32

キング・サウル通り、テルアビブ

ガブリエルたちの調査はまず、現在の大統領ではなく、その父親に関することから始まった。一九七〇年から二〇〇〇年に心臓発作で死去するまでシリアを支配した男。一九三〇年十月、シリア北西部のアンサーリーヤ山地にあるカルダーハという村で誕生。近隣のほかの村々と同じく、カルダーハ村もイスラム教アラウィー派に属している。シーア派系統の小さな一派で、最大勢力のスンニ派からは異端とみなされ、迫害を受けている。この村にはモスクや教会はなく、カフェや商店もないが、降雨日が年に三十日ぐらいあって、村人から〝アユン・ザルカ〟と呼ばれる洞窟に鉱泉が湧いていた。彼は十一人兄弟の九番目の子として生まれ、二部屋しかない石造りの家で育った。

一九四四年、カルダーハを離れ、港湾都市ラタキアの学校に入った。そこで政治活動に熱中して、アラブ社会主義バース党に入党。この党がめざしていたのは、汎アラブ社会主義を通じて中東から西欧の影響を追放することであった。一九五一年にアレッポの士官学校に入学する。これは山間の村の貧しさから逃れようとするアラウィー派の人間がとる伝統的なルートで、一九六四年には、シリア空軍の指揮官となった。一九六六年のバース党によるクーデターののち、シリア国防相となり、一九六七年の第三次中東戦争でイスラエルに敗北を喫してゴラン高原を失うまでその地位にとどまった。軍が壊滅的な打撃を受けたにもかかわらず、わずか三年後にはシリア大統領の座につくこととなる。

彼が権力を掌握したことにより、長年にわたるシリアの政治的不安定は解消されたが、それはシリア国民と中東のほかの国々の大きな犠牲の上に成り立つものであった。シリアの国そのものが大きな牢獄《ろうごく》となり、ファクス機が違法とされ、支配者に批判的な言葉を口にしようものなら、西ダマスカスにある悪名高き山頂の監獄、メッゼへ送られてしまう。十五もある国家保安機関がシリア国民を、そして、おたがいを監視していた。支配者とその一族の神格化がおこなわれるようになった。額が禿《は》げあがり、病的な土気色をした支配者の顔が、あらゆる広場を見おろし、国中のあらゆる公共建築物の壁にかけられた。農婦だった彼の母親は聖女のごとく崇《あが》められた。

ところが、彼が大統領の座について十年もしないうちに、国内のスンニ派の大多数が、カルダーハ出身のアラウィー派の農民に支配されることに反発するようになった。ダマスカスで爆弾テロが頻発し、一九七九年六月には、ムスリム同胞団がアレッポの士官学校のダイニングホールで少なくとも五十人のアラウィー派の生徒を殺害した。一年後、ダマスカスの外交行事の場で、イスラムの戦闘員たちが大統領に手榴弾《しゅりゅうだん》を投げつけた。これに激怒した大統領の弟がムスリム同胞団とスンニ派の支持者に対して全面戦争を開始した。手始めに治安部隊の一団を砂漠のパルミラ刑務所へ派遣し、およそ八百名の政治犯を監房で虐殺した。

しかし、政権が延命を図るために残忍さをむきだしにしたのは、オロンテス川のほとりにあるムスリム同胞団の活動拠点、ハマーという都市だった。内戦の瀬戸際で国中が揺れるなか、一九八二年二月二日の早朝に、治安部隊が恐怖の秘密警察ムハバラートの隊員数百名をひきつれてこの街に入った。そのあとで起きたのは、現代中東史でもっとも残忍と言われる虐殺で、狂乱状態の殺戮、拷問、破壊が一カ月も続いて少なくとも二万人が殺害され、街は瓦礫《がれき》の山と化した。大統領は虐殺をけっして否定せず、死者の数について言い逃れをしようともしなかった。それどころか、権力者に刃向かう者はどうなるかという見せしめのために、何カ月ものあいだ、街を瓦礫のなかに放置しておいた。中東では〝ハマーのルール〟という新たな流行語が生まれた。

大統領が大きな脅威にさらされることは、以後二度となかった。一九九一年の国民投票では、なんと九九・九パーセントの票が大統領に集まった。シリアのあるコメンテーターなどは、アラーの神でさえこれほどすばらしい結果は得られなかっただろうと述べたほどだ。大統領は有名な建築家に命じて豪華な宮殿を建てさせたが、健康の衰えとともに後継者選びを考えるようになった。彼が心臓病で入院しているあいだに、激しやすい弟がクーデターを起こそうとし、その後追放された。軍人にして馬術競技の名手だったお気に入りの長男は、交通事故で不慮の死を遂げた。そのため、ロンドンに留学して眼科医になっていた穏やかな口調の次男が父親の跡を継ぐことになった。

彼が権力の座についた最初の数年間は希望と夢にあふれていた。国民はインターネット接続を許され、政府の許可がなくても国外へ旅行できるようになった。大統領はファッションに敏感な妻とレストランで食事をし、数百人の政治犯を釈放した。高級ホテルやショッピングモールの建設によって、地味だったダマスカスやアレッポの印象が一変した。彼の父親が禁止していた西欧の煙草《たばこ》がシリアの商店の棚に並ぶようになった。

やがて、〈アラブの春〉が訪れた。周囲で古い秩序が崩れていくのを、シリア国民は傍観者として見守っていた。この先に何が待っているかを予感しているかのように。二〇一一年の春、ダーラで十五人の少年がスプレーを使って学校の壁に反体制の落書きをした。ダーラというのは、ダマスカスの南百キロのところにある農業が中心の小さな町だ。秘密警察がすぐさま少年たちを逮捕し、それぞれの父親に、〝家に帰って新しい子供を作るがいい。息子には二度と会えないから〟と告げた。ダーラに抗議の嵐が湧きおこって、たちまち、ホムス、ハマーに波及し、ついにはダマスカスにまで広がった。一年もしないうちに、シリアは本格的な内戦状態に突入することになる。そして、大統領は先代の父親と同じく、〝ハマーのルール〟を振りかざすようになる。

　しかし、金はどこにあるのか？　シリアの国庫から二世代にわたって奪われた金。シリアの国有企業から吸いあげられ、支配者とアラウィー派の一族のふところに送りこまれた金。その一部は〈ＬＸＲ投資〉という会社の内部に隠されていて、ガブリエルとチームの面々はそこから調査を始めることにした。ネットでざっと検索したところ、〈ＬＸＲ〉は公式サイトを持っておらず、ビジネス関係にしろ、ほかの分野にしろ、ニュース記事や広報リリースにはいっさい名前が出ていないことが判明した。ルクセンブルクの商業登記簿に短い記載があったが、〈ＬＸＲ〉の出資者と経営者の名前はなく、住所が出ているだけだった。調べてみると、そこは社の顧問弁護士の事務所の住所だった。自分の金をひそかに投資したい人物が用いる古典的手段であることは、チームでもっとも経験豊かなエリ・ラヴォンの目から見れば明らかだった。〈ＬＸＲ〉は幽霊会社だ。

　ガブリエルたちは西欧諸国の商業登記簿にまで調査の手を広げた。レーダースクリーンで弱い輝点をとらえる程度の成果しかなかったので、次は、各国の納税記録と登記書類を閲覧可能な範囲で調べてみた。どれを見ても〈ＬＸＲ〉の名前は出てこなかったが、英国で一つだけ収穫があった。チェルシーのキングズ・ロードにある商業ビルを〈ＬＸＲ投資〉会社が借りていることがわかったのだ。そのビルには現在、有名な女性向けアパレル会社が店舗を出している。英国で〈LXR〉の代理人となっている弁護士は、ロンドンのサザークにある小さな法律事務所に勤務する人物だった。名前はハミド・カダム。一九六四年十一月生まれ、シリアのカルダーハ出身。

カダムの住まいはロンドンのタワー・ハムレッツ区にあって、家族はバグダッド生まれの妻アイシャと十代の娘三人。娘たちが西欧文化になじんでいるのがカダムにはおもしろくない。毎朝地下鉄で通勤しているが、雨の日や遅刻しそうな日は、ささやかな贅沢《ぜいたく》をしてタクシーに乗る。法律事務所はグレート・サフォーク通りの小さな煉瓦《れんが》造りのビルにあり、ナイツブリッジやメイフェアといった高級地区からはかなり離れている。弁護士の数は全部で八名。シリア人四名、イラク人二名、エジプト人一名、そして、王家との血縁関係を自慢する派手好きな若いヨルダン人一名。ハミド・カダムは唯一のアラウィー派だ。自分のオフィスにテレビを置き、つねにアルジャジーラにチャンネルを合わせている。しかしながら、ニュースはほとんど、中東から発信されるアラビア語のブログから仕入れている。内容は現政権におもねるものばかりだ。

カダムは公私ともに慎重な日々を送っていたが、諜報機関のターゲットにされたことを悟るほどの慎重さは持ちあわせない男だった。ガブリエルのチームがカダムの名前を突き止めた翌朝、モルデカイとオデッドがカナダのパスポートをポケットに入れ、巧みに正体を隠したスパイ道具をスーツケースにぎっしり詰めてロンドンに到着し、その瞬間から諜報活動が開始された。二人はまず、二日間にわたってカダムの監視を続けた。三日目の朝、カダムがセントラル線の地下鉄でマイル・エンドからリヴァプール・ストリートまで行くあいだに、手先の器用なモルデカイが短時間だけカダムの携帯をくすねることに成功した。携帯のOSにモルデカイが入れたソフトのおかげで、カダムのメール、ショートメッセージ、通話、写真、留守電メッセージにリアルタイムでアクセスできるようになった。また、携帯そのものが発信機となったので、ハミド・カダムがどこへ行こうと、チームがあとを追えるようになった。さらにうれしいことに、法律事務所のパソコンネットワークと、ハミド・カダムの自宅のデスクトップ・パソコンに入りこむことも可能になった。まるで宝の山に入ったようだと、エリ・ラヴォンが言った。

カダムの携帯から得たデータは〈オフィス〉のロンドン支局のパソコンに送られ、ロンドン支局からキング・サウル通りの地下にある〝ガブリエルの巣〟まで安全に転送された。そこで待機しているチームの面々が、電話番号やメールアドレスや氏名を一つ一つチェックした。パリ在住のシリア人弁護士宛てのメールと、ブリュッセルの会計士宛てのメールに、〈LXR投資〉という言葉が出てきた。チームは両方の線を追ったが、ダマスカスまで行きつくずっと前に、頼みの綱は消えてしまった。カダムがシリア政権の一部や支配者一族の関係者と接触したことを示すものは、集めたデータのなかには一つもなかった。あの男はただの下っ端だとラヴォンは断定した。高い地位にいる権力者の命令を受けて、金融面の用件を処理するために走りまわっているだけだろう。もしかしたら、自分が誰のために働いているのか、気づいていないのかもしれない。

そこで、チームの面々はさらに探りを入れ、データをふるいにかけ、仲間内で議論を重ね、そのあいだ中、キング・サウル通りのスタッフはそれを見守り、期待のなかで待ちつづけた。ガブリエルが復帰したという噂が広まるのに長くはかからなかった。また、ガブリエルに敗北を喫したライバルの妻、ベッラ・ナヴォトがガブリエルの傍らで忠実に仕事をしていることも、秘密ではなくなっていた。ウージ・ナヴォトは任期が終わる前にガブリエルに長官の座を譲るつもりらしい、との噂が飛んだ。ガブリエルと首相がナヴォトの退陣を早めるべく画策しているという噂もあった。さらには、夫が権力を奪われたらベッラはただちに離婚する気だ、との噂まで流れていた。だが、ある日の午後、ガブリエルとナヴォト夫妻がエグゼクティブ用のダイニングルームでなごやかにランチをとる姿を見せたことで、噂はすべて消え去った。ナヴォトが食べていたのはポーチド・フィッシュと蒸し野菜。またしてもベッラのきびしい食事制限に忠実に従っている証拠だ。自分から離れていこうとしている女の命令にナヴォトが従うわけはない。〈オフィス〉のスタッフはそう噂しあった。

しかし、ガブリエルの復帰以来〈オフィス〉に活気がみなぎってきた事実は否定しようがなかった。まるで、長いまどろみののちにビル全体の蜘蛛《くも》の巣が払いのけられたかのようだった。近々何かが襲ってきそうな予感があった。どこでそれが起きるのか、どんな形で起きるのかは、チームの面々ですら予測はつかなかった。ベッラまでが変化の渦に巻きこまれたように見えた。外見をすっかり変えた。いかにもキャリアウーマンという感じのスーツをジーンズとスウェットに変え、髪も女子大生みたいなポニーテールにしはじめた。ガブリエルの心には今後もずっと、ベッラのこの姿が刻みつけられることだろう。ほかの面々が帰宅したあともデスクで残業を続ける、しわだらけのシャツにサンダル姿の若きアナリストの姿が。ベッラがシリア問題に関する国内の第一人者とみなされているのには理由がある。誰よりも仕事熱心だし、食事や睡眠といったものを必要としないからだ。また、アカデミックな分野であれ、キング・サウル通りの建物のなかであれ、成功に対して貪欲なまでの熱意を燃やすタイプだから。ガブリエルはいつも、長年のあいだにバース党の精神がベッラに乗り移ったのではないかと思っている。ベッラは生まれついての殺人者だ。

もちろん、チームの面々にとっては、ベッラ本人に会うよりも評判を耳にするほうが早かったため、最初のうち、みんながよそよそしく距離を置いていたのも無理からぬことだった。しかし、障壁は徐々に崩れ、数日もしないうちに、誰もが最初からの仲間みたいな感覚でベッラに接しはじめていた。チーム内で有名な口論が始まると、ベッラが味方についた側がかならず勝利を収めた。また、みんなが夜に集まって恒例のディナーパーティを開くときには、ベッラは夫を家に残してパーティに参加した。食事のときは仕事の話をしないというのがチームの習慣なので、かわりに、変貌するアラブ世界におけるイスラエルの立場について議論が交わされた。イスラエルも西欧の列強と同じく、いつの時代においてもアラブの民主主義よりアラブの独裁者のほうを好んできた。アラブの民主政府と和平を結んだことは一度もない。和平の相手は独裁者と君主だけだ。何十年ものあいだ、独裁者たちはこの地域にわずかな安定をもたらしてきたが、その裏には、彼らの支配下に置かれた人民の悲惨な犠牲があった。数字は嘘をつかない。残虐きわまりないこの地域の政権に関する権威であるベッラは、その数字をすらすらと挙げていった。豊かなオイルマネーがあるにもかかわらず、アラブ世界の五分の一が一日二ドル以下で暮らしている。アラブ人のうち六千五百万人は、しかもその大半が女性だが、読み書きができない。学校へ行ったこともない者が何百万人もいる。かつてアラブの民は数学と地理のパイオニアだったのに、いまでは、科学技術の研究分野で情けないほど先進国に遅れをとっている。アラブ世界でこの千年のあいだに翻訳された本の数は、スペインで一年間に翻訳された本よりも少ない。アラブ世界の多くの場所において、大切にされている本はコーランだけだ。

でも、どうしてこうなってしまったの？　ベッラが問いかけた。もちろん、イスラム過激派の責任もあるが、金のせいでもある。独裁者たちが人民のためではなく自分たちのために使う金。アラブ世界から流れだし、ジュネーブ、チューリッヒ、リヒテンシュタインのプライベート・バンクに入る金。ガブリエルとそのチームが必死に見つけようとしている金。日がのろのろと過ぎていくなかで、彼らは煉瓦壁や、袋小路や、石油の出ない油井、開かないドアにぶつかった。そして、ハミド・カダムというロンドンのしがない弁護士のメールを読み、日々の行動を一心に盗聴した。地下鉄通勤、大小さまざまな問題に関する依頼人との打ち合わせ、アラブ各国のパートナーたちとの些細な意見の相違。そして、カダムが毎晩、妻と娘三人とともに暮らすタワー・ハムレッツのコテージへ帰る様子にも耳を傾けた。ある晩、長女がパーティに着ていこうとしたスカートの長さをめぐって、カダムと激しい口論になった。彼の携帯が鳴りだしたので、長女と同じく、チームの面々もほっとした。通話時間は二分十八秒だった。電話が切れたとき、ガブリエルとそのチームは、捜し求めていた人物がついに見つかったことを知った。

33

リンツ、オーストリア

ウィーンの西百六十キロの地点で、北西に向かって流れていたドナウ川がいきなり南東へ向きを変える。古代ローマ人がこの場所に要塞を築き、ローマ人がいなくなると、のちにオーストリア人と呼ばれることになる人々が街を造り、リンツと名づけた。街は鉄鉱石と塩のおかげで繁栄し、一時期は、オーストリア＝ハンガリー帝国でもっとも重要な、ウィーンよりさらに重要な都市となった。モーツァルトはリンツ滞在中に交響曲第三十六番を作曲した。アントン・ブルックナーは旧大聖堂でオルガン奏者をしていた。そして、レーオンディングという小さな郊外のミヒャエルスベルクシュトラーセ十六番地には、アドルフ・ヒトラーが子供時代を送った黄色い家が残っている。ヒトラーは美術アカデミーに入ることを夢見て一九〇五年にウィーンへ移ったが、愛するリンツのことはけっして忘れなかった。リンツを千年帝国の文化の中心地にしようと決め、略奪した美術品を展示するために、巨大な総統美術館を建設するつもりでいた。現に、略奪作戦には、ゾンダーアウフトラーク・リンツ、つまり、リンツ特別作戦というコードネームがつけられていた。現代のリンツはヒトラーとのつながりを隠そうと必死になっているが、至るところに過去の名残りが見られる。街を代表する企業で鉄鋼業界の巨人と言われるフェストアルピーネ社は、もともとの社名がヘルマン＝ゲーリング＝ヴェルケだった。また、街の二十キロ東にはマオトハオゼンの跡が残っている。これはナチの強制収容所で、囚人たちが〝労働による絶滅〟に追いやられた場所である。生き延びて収容所の解放を目にした囚人のなかに、のちに世界でもっとも有名なナチ・ハンターとなったジーモン・ヴィーゼンタールがいる。

六月最初の火曜日にリンツにやってきた男は、この街の暗黒の過去について多くを知っていた。それどころか、人生の一時期、男はそれにとりつかれていた。ハウプトバーンホフで列車から軽やかに降りたときの彼は、富裕層であることを示すダークスーツに身を包み、金の腕時計をはめていた。この腕時計からは、まっとうに働いて財産を得たのではなさそうな雰囲気が感じられる。男はウィーンからリンツにやってきたのだが、その前は、ミュンヘン、ブダペスト、プラハにいた。旅をするあいだに身元を二回変えた。現在の彼はフェリクス・アドラー、中欧のどこかの国の出身で、女好き、故郷よりもクシュタートやサントロペといった高級リゾート地にいるほうが楽しいというタイプ。だが、男の本当の名前はエリ・ラヴォン。

駅を出たラヴォンは、クリーム色のアパートメントが建ちならぶ通りを歩いて、新大聖堂までやってきた。オーストリアで最大の教会だ。尾行がついていないかどうか確かめるため、なかに入った。天井の高い身廊を歩きながら、このように敬虔《けいけん》なローマカトリック教の地でありながら、なぜ六百万人の殺戮《さつりく》に対してあれほど重大な役割を果たすことができたのだろうと首をひねった。殺戮の精神が骨の髄までしみこんでいるのかもしれない。母乳と一緒に飲んできたのかもしれない。

しかし、これはラヴォンの見解であって、フェリクス・アドラーのものではない。広場にひきかえすころには、彼の頭にあるのは金のことだけになっていた。リンツでもっとも有名な広場のハオプトプラッツまで歩き、そこで尾行の有無の最終チェックをおこなった。それからドナウ川を渡り、路面電車の折り返し点まで行った。そこの片側にゲルストナーシュトラーセという通りがあり、通りの端のほうに立派なドアが見える。ドアには真鍮のプレートがついていて、〝ウェーバー銀行・ご用の方はご予約を〟と書いてあった。

ラヴォンは呼鈴のボタンに手を伸ばしたが、そこでなぜかためらった。古い恐怖のせいだ。多くのドアをノックし、おのれの存在を察知されたら殺されることを覚悟しつつ、男たちを尾行して多くの暗い通りを歩いたことから生まれた恐怖。やがて、街の二十キロ東に残っている強制収容所のことと、地図から消されかけたシリアの都市のことを考えた。そして、二つが悪の円弧でつながっているように思った。不意に怒りが湧きあがったが、ネクタイのゆがみを直し、わずかに残った髪をなでつけることで、その怒りを抑えこんだ。

それから、呼鈴のボタンを親指で強く押して、作り声でフェリクス・アドラーと名乗り、用があるので通してもらいたいと告げた。数秒が過ぎたが、ラヴォンにはそれが永遠のように思われた。ようやく、ドアが開錠され、ブザーが競技の開始を告げるピストルのように鳴り響いて彼をびくっとさせた。深く息を吸い、掛け金に手をかけてなかに入った。

ドアの向こうは玄関ホールになっていて、ホールの奥に待合室があり、受付に若い女性がすわっていた。肌が抜けるように白く、目鼻立ちが整っていて、生身の女とは思えないほどだった。ヘル・アドラーのような男たちから迷惑な視線を向けられるのは慣れっこのようで、愛想はいいがそっけない挨拶をよこした。彼女が待合室の椅子を勧めてくれたので、ラヴォンはそこにすわり、コーヒーは丁重に辞退した。膝をそろえ、両手を膝の上に重ねてすわった姿は、田舎の駅のホームで列車を待っているみたいだった。頭上の壁にかかったテレビでは、アメリカの経済ニュース専門局の番組が音もなく流れていた。脇のテーブルには世界の主要な経済雑誌が何冊か置かれ、そのそばに、オーストリア山地で暮らすすばらしさを称《たた》えた雑誌もあれこれ置いてあった。

ようやく、若い女性のデスクの電話が鳴った。「ヘル・ウェーバーがお目にかかるそうです」と女性が言った。ウェーバー銀行の創設者にして頭取のヘル・マルクス・ウェーバー。次のドアの向こうで彼が待っていた。がりがりに痩せていて、長身で禿げ頭、眼鏡をかけ、葬儀屋のようなダークスーツを着て、偉そうな笑みを浮かべていた。遠縁の伯母の死に悔やみを言うかのように、厳粛《げんしゅく》な表情でラヴォンと握手をし、山中の湖や花が咲き乱れる草原を描いた油絵が何点か飾ってある廊下を先に立って歩いていった。廊下の突きあたりにデスクが置かれ、さっきの受付嬢より年上で、髪も肌ももう少し濃いめの色をした女性がその前にすわって、パソコン画面を見つめていた。ヘル・ウェーバーのオフィスはその右側。左側は共同経営者ワリード・アル＝シディキのオフィス。そちらのドアはぴったり閉ざされていた。ドアの外にボディガードが二人、鉢植えの椰子《やし》みたいに微動だにせず立っている。上等な仕立てのスーツも、銃を身につけているという事実を隠しきれていない。

ラヴォンは二人のほうへ会釈をしたが、まばたきすら返ってこなかったので、次に女性を見た。女性の髪は烏《からす》の羽のように真っ黒で、ダークな色調のスーツの肩にかかるぐらいの長さ。茶色の大きな目をしている。鼻はつんと高い。外見から受ける印象としては、生真面目で、どこか悲しげなものも感じられる。彼女の左手に目をやったラヴォンは、薬指に結婚指輪も婚約指輪もないことに気づいた。たぶん四十歳ぐらいだろう。未婚で一生を送ることになりかねない危険な年代だ。魅力がなくはないが、絶世の美女とも言いがたい。人間の顔を構成する骨と肉の微妙な配置によって、平凡な印象になっている。

「彼女はジハン・ナワズ」ヘル・ウェーバーが紹介してくれた。「ミス・ナワズは当行の経理部門の責任者です」

　彼女の挨拶も、オーストリア人の受付嬢とほとんど変わらぬそっけないものだった。ラヴォンは彼女の冷たい手をすぐに放し、ヘル・ウェーバーのあとから彼のオフィスに入った。家具は現代風だが趣味がよく、床はどんな音も吸収してしまいそうな豪華な絨毯に覆われていた。ヘル・ウェーバーはラヴォンに椅子を勧めてから、デスクの向こうにすわった。「どのようなご用件でしょう？」いきなりビジネスモードになった。

「おたくにまとまった金を預けたいと思っています」ラヴォンは答えた。

「当行のことをどこでお聞きになったのか、お尋ねしてもよろしいでしょうか」

「ビジネス仲間がここの顧客なので」

「お名前を伺ってもかまいませんか」

「いや、それはちょっと……」

　ヘル・ウェーバーは〝わかりました〟と言いたげに片手を上げた。

「一つ質問があります」ラヴォンは言った。「数年前に経営の苦しい時期があったというのは本当ですか」

「たしかにそうです。ヨーロッパにある多数の金融機関と同じく、当行もアメリカの不動産市場の崩壊とそれに続く金融危機によって大きな打撃を受けました」

「そこで、共同経営者を受け入れざるを得なくなった？」

「じつを言うと、むしろ歓迎すべきことでした」

「ミスター・アル＝シディキ」

ウェーバーは用心深くうなずいた。

「たしか、レバノンの方でしたね」

「いや、シリアです」

「お気の毒に」

「なんのことです？」

「戦争」ラヴォンは答えた。

ウェーバーの空虚な表情からすると、共同経営者の故国の現状について議論することには興味がなさそうだった。「あなたのドイツ語を聞いていると、ウィーンのお生まれかと思うほどです」しばらくしてから、ウェーバーは言った。

「一時期、ウィーンに住んでいたので」

「現在は？」

「カナダのパスポートを持っていますが、自分としては、コスモポリタンのつもりです」

「いまの時代、金には国境がありませんからね」

「だからリンツに来たのです」

「これまでにいらしたことは？」

「何度もあります」ラヴォンは本当のことを言った。

ウェーバーの電話が鳴った。

「ちょっと失礼してよろしいですか」

「どうぞご遠慮なく」

ウェーバーは受話器をとると、ラヴォンをまっすぐ見つめたまま、電話の向こうの声に耳を傾けた。分厚い絨毯がひそやかな彼の返答をのみこんだ。やがてウェーバーは電話を切り、「どこまで話しましたかな?」と尋ねた。

「おたくの銀行の経営は安定していて、こちらに預けた金は安全に保管されることを、わたしに断言しようとしておられました」

「どちらも本当のことです、ヘル・アドラー」

「わたしはまた、口の堅さにも関心を持っています」

「もちろんご存じと思いますが、オーストリア政府の方針により、最近、わが国の銀行制度にいくつか変更が加えられました。それでも、わが国の秘密保護法が世界でもっとも厳格な部類に入ることには変わりありません」

「新規の顧客には最低一千万ユーロの預金が求められると聞いていますが」

「それが当行の方針です」ウェーバーはいったん言葉を切り、それから尋ねた。「何か問題がおありでしょうか、ヘル・アドラー」

「いっさいありません」

「そうお答えになると思っていました。あなたはじつに真面目なお方のようだ」

ヘル・アドラーはうなずいてこのお世辞を受け入れた。「わたしがここに口座を作ることを、銀行内でほかに誰がご存じでしょう？」

「わたしとミス・ナワズだけです」

「ミスター・アル＝シディキは？」

「ミスター・アル＝シディキには彼の顧客があり、わたしにはわたしの顧客があります。さて、ヘル・アドラー、お取引はどのように？」

「一千万ユーロをお預けしようと思います。五百万ユーロは現金で置いておいていただきたい。残りは投資にまわしてもらいたい。複雑すぎるものはやめてください。わたしの目的は富の保存であって、富の創造ではない」

「失望させるようなことはいたしません。ただ、こちらで手数料をいただくことをお含みおきください」

「なるほど」ラヴォンは微笑した。「秘密には金がかかりますからね」

銀行家は金の万年筆を手にして、ラヴォンの述べることをメモしていった。すべて嘘っぱちだった。ラヴォンはパスワードに〝quarry〟を選んだ。採石場という意味で、マオトハオゼン収容所の奴隷労働を追悼するためだった。

「このパスワードはわたしの仕事からとったものです」偽りの微笑を浮かべて、ラヴォンは言った。

「鉱山関係のお仕事ですか、ヘル・アドラー」

「まあ、そんなところですかな」

そこで銀行家は立ちあがり、あとは経理担当のミス・ナワズにまかせることにした。記入すべき書類、サインすべき申告書、秘密保護と税法遵守に関して双方で作成すべき誓約書があれこれとあった。ウェーバー銀行で預かる金が一千万ユーロ増えても、ミス・ナワズの冷淡な態度を和らげる役にはほとんど立たなかった。ラヴォンの見たところ、もともと冷たい性格ではなさそうだから、原因は別にあるのだろう。ウェーバー銀行の救世主となったシリア生まれの人物、ワリード・アル＝シディキのドアの外に立つ二名のボディガードに、ラヴォンは目を向けた。それからジハン・ナワズに視線を戻した。

「大切な顧客でも来てるのかな」

ミス・ナワズは無表情にラヴォンを見た。「ご入金はどのようにされますか」

「電信送金がいちばん便利だろう」

ミス・ナワズは銀行のコード番号が書かれた紙をラヴォンに渡した。

「いますぐ？」ラヴォンは訊いた。

「お客さまのご都合におまかせします」

ラヴォンは携帯をとりだし、ブリュッセルの名門銀行に電話をした。〈オフィス〉の作戦資金の多くを預かっているという事実に、この銀行は気づいていない。オーストリアのリンツにあるウェーバー銀行宛てに一千万ユーロを大至急送金してくれるよう、担当の職員に告げた。それから電話を切り、ジハン・ナワズにふたたび笑顔を向けた。

「遅くとも明日の昼までに入金されるだろう」

「入金確認がすんだら、そちらへご連絡しましょうか」

「頼む」

ヘル・アドラーは彼女に名刺を渡した。お返しに彼女も自分の名刺を差しだした。

「ほかにもご用がおありのときは、ヘル・アドラー、遠慮なくわたくしの直通電話におかけください。できるかぎりお力にならせていただきます」

ラヴォンは名刺を携帯と一緒にジャケットの胸ポケットにすべりこませた。立ちあがり、ジハン・ナワズと別れの握手をしてから、受付へ向かった。そこではオーストリア出身の若い女性が立ちあがって彼を待っていた。絨毯敷きの廊下を歩くあいだ、ボディガード二名の視線が背中に突き刺さるのを感じたが、振りかえる勇気はなかった。ぞっとする連中だ。ジハン・ナワズも怖がっていたようだ。

34

キング・サウル通り、テルアビブ

想像しにくいことかもしれないが、かつては、人間たちが目ざめている時間のすべてを何百万人もの、いや、何十億万人もの赤の他人と共有する必要に迫られずにすんでいた時代があった。ショッピングモールへ服を買いに出かけたとしても、その詳細をソーシャル・ネットワークのサイトへ分刻みで投稿することはなかった。パーティで恥をかいたとしても、永遠に残るであろうデジタルのスクラップ・ブックにそのときの哀れな一部始終を写真つきで残すようなこともなかった。ところが、心理的抑制が消滅してしまったいまの時代は、平凡すぎて、あるいは恥ずかしすぎて人には言えない、などというものが存在しなくなっている。ネットの時代には、威厳ある生き方より、大声でわめく生き方のほうが重んじられる。デカルトがいまの時代に生きていたら、〝我ツイッターをする。故に我あり〟と書いたかもしれない。

人を雇う場合、ネットに残されたその人物の言動を見てみれば性格がよくわかるということに、企業側はずっと以前から気づいていた。世界中の諜報機関もまた、同じ発見をしていた。過去においては、スパイが標的や採用候補者の深い秘密を知ろうと思ったら、郵便物を開封したり、引出しを探ったりするしかなかった。ところが、いまではキーをいくつか叩くだけでいい。そうすれば秘密がこぼれおちてくる。友達と敵対者の名前、破れた恋と古傷、秘密の情熱と欲望。熟練工作員がそれを手にすれば、人間の心に入りこむための信頼できるロードマップになる。これさえあれば、どんな感情でも自在にひきだすことができる。例えば、標的を怖がらせるのは簡単だ。工作員が標的を幸せな気分にさせておこうと思った場合も同じだ。

シリア生まれでドイツに帰化した、ウェーバー銀行の経理部門の責任者ジハン・ナワズも例外ではなかった。テクノロジーに精通した彼女はフェイスブックを早くから利用し、ツイッターに熱中し、最近ではインスタグラムの楽しさを発見した。ガブリエルのチームは彼女のアカウントをじっくり調べることで、リンツの中心部を少しはずれたところにある小さなアパートメントで暮らしていることや、クレオパトラという名の気むずかしい猫を飼っていることや、愛車の古いボルボが故障ばかりしていることを探りだした。お気に入りのバーとナイトクラブ、お気に入りのレストラン、毎朝出勤の途中で立ち寄ってコーヒーとパンの朝食をとるカフェの名前を知った。それから、一度も結婚しておらず、真剣に交際していた男に冷たく捨てられた過去があることもわかった。いちばんの収穫は、オーストリア人に対する恐怖症をどうしても克服できず、孤独な日々を送っているのがわかったことだった。その気持ちはチームの面々にもよくわかった。ジハン・ナワズはかつてのユダヤ人と同じく、よそものなのだ。

妙なことに、ジハン・ナワズの人生に関してネットにはぜったい出ていないことが二つあった。勤務場所と生まれた国。イスラエルの電子監視局〈ユニット八二〇〇〉のハッカーチームが彼女の複数のアカウントから見つけだした私的なメールの山のなかにも、銀行やシリアに触れた箇所はまったくなかった。銀行内のぴりぴりした雰囲気をじかに体験したエリ・ラヴォンは、ジハンはワリード・アル＝シディキの出した命令に従っているだけではないかと考えた。しかし、ベッラはジハンの沈黙の原因がどこかよそにあるように思った。そこで、チームの面々がデジタル世界のごみをふるいにかけているあいだに、ベッラは一人でリサーチ部のファイル室へ出向き、発掘作業にとりかかった。

最初の二十四時間はなんの成果もなかった。そのあとで、ふと勘が働いて、シリアで一九八二年二月に起きた事件に関してベッラ自身が作成した古いファイルをひっぱりだした。そのなかに若い娘の目撃証言が含まれているが、ベッラはその娘を守るために氏名を出すのを差し控えていた。しかしながら、ベッラの個人的調査ファイルのほうには娘の供述記録が入っていて、記録の最後に娘の名前が記されていた。二分後、ベッラはリサーチ部から四五六C号室まで全力疾走したせいで息を切らしながら、勝ち誇った表情でそのファイルをガブリエルの前に置いた。「ハマーよ。あの哀れな女性はハマーにいたの」

「ワリード・アル＝シディキに関して、正確にはどこまでわかっている？」

「われわれが捜している相手であることは確かだ、ウージ」

「もっとましなことを言ってくれ、ガブリエル」

ナヴォトは眼鏡をはずすと鼻梁《びりょう》をマッサージした。話をどう進めればいいか迷っているときにいつも見せるしぐさだ。ガラス製の大きなデスクの前にすわり、片足をデスクにのせていた。背後では、オレンジ色の太陽が地中海に向かってゆっくり沈んでいこうとしている。ガブリエルはしばしそれに見とれた。太陽を目にしたのは久しぶりだ。

「アル＝シディキはアラウィー派だ」ようやく、ガブリエルは言った。「アレッポの生まれ。ダマスカスで働いていたころは、支配者一族の身内だと言っていた。だが、予想がつくと思うが、ウェーバー銀行の記録には血縁関係のことはいっさい出ていない」

「どういう血縁なんだ？」

「支配者の母親の遠縁に当たるらしい。重要なことだ。抗議デモの連中を叩きつぶすよう支配者に命じたのは母親なんだから」

「つまり、ワリード・アル＝シディキは〈悪の帝国〉の創立メンバーというわけだな」

「そういうこと」

「どうやって財産を築いたんだ?」

「最初はシリアの国営製薬会社に入社した。これも重要なことだ」

「シリアの製薬業界は化学・生物兵器開発プログラムとつながっている」

ガブリエルはゆっくりうなずいた。「アル=シディキは製薬会社の利益のかなりの部分が一族の金庫に直接流れこむように画策した。また、シリアとの取引を望む西欧の企業に、その見返りとして賄賂《わいろ》や手数料を払わせた。それによって莫大な富を得た。銀行が買えるぐらいの富を」

ナヴォトは顔をしかめた。「アル=シディキがシリアを離れたのはいつのことだ?」

「四年前」

「〈アラブの春〉が最高潮に達したころだな」

「偶然ではない。アル=シディキは一族の富を守るための安全な場所を探していた。世界金融危機でリンツの小さな銀行が経営危機に陥ったとき、うってつけの場所だと考えた」

「ウェーバー銀行の口座にその富が保管されているというのか」

「一部がな」ガブリエルは答えた。「残りは、ウェーバー銀行の共同経営者という肩書きを名刺がわりに、よその銀行に分散して預けている」

「ヘル・ウェーバーも加担しているのか」

「まだはっきりしない」

「女のほうは？」

「いや。何も知らない」

「どうして断言できる？」

「シリアの支配者の遠縁に当たる男が、ハマー出身の女を信用して経理をまかせるはずはないからな」

ナヴォトは足を床に下ろし、太い腕をデスクに置いた。強靭《きょうじん》な体の重みを受けて、ガラスが砕け散ってしまいそうだ。

「さて、きみの計画は？」

「女は友達を求めている」ガブリエルは答えた。「一人用意してやろうと思う」

「男？　女？」

「女だ。決まってるだろ」

「誰を使うつもりだ？」

ガブリエルはその問いに答えた。

「あれはアナリストだぞ」

「ドイツ語とアラビア語に堪能だ」

「どんなアプローチを考えている？」

「強引なのを」

「国籍は？」

「イスラエルでないことだけは保証できる」

ナヴォトは微笑した。「ベッラのことはどうする？」

「本人は現場に出たがってる。ウージが決めることだと答えておいた」

「長官の妻が現場に出ることはない」

「ベッラががっかりするぞ」

「わたしは慣れっこだ」

ナヴォトは壁のビデオを見あげた。敵に包囲されたホムスの街で家族が夕食用に雑草を茹《ゆ》でている。この街で食べられそうなものは、もう雑草しかないのだ。

「考慮すべきことがもう一つある」ナヴォトは言った。「きみがごく小さなミスを犯しても、ワリード・アル＝シディキは女を切り刻んでドナウ川に投げこむだろう」

「いや」ガブリエルは答えた。「その前に、男たちにお楽しみの時間を与えてやるだろう。殺すのはそれからだ」

ナヴォトはビデオ画面から視線をはずし、真剣な表情でガブリエルを見た。「本当にやりとげる気か」

「もちろん」

「その返事を期待していた」

「ベッラのことはどうする？」

「一緒に連れていけ。いや、もっといいのは、ダマスカスに送りこむことだな」ナヴォトはビデオに視線を戻し、ゆっくりと首を振った。「そうすれば、この悲惨な戦争も一週間で終わるだろう」


その夜、ロンドンの『ガーディアン』に、シリア政権が大々的な拷問と殺戮をおこなっていることを非難する記事が出た。撮影のためにシリア入りした男性がこっそり持ち帰った大量の写真をもとにして、その記事は書かれていた。写真には何千人もの死体が写っていた。大部分が若者で、政府に拘束されているあいだに殺されたのだった。射殺された者もいた。絞殺や感電死の形跡が認められる者もいた。目玉をくりぬかれた者もいた。ほぼ全員が骸骨のように痩せ衰えていた。

この記事を胸に刻んで、チームは最後の準備に入った。ハウスキーピング課に頼んで隠れ家を二軒用意してもらった。リンツ中心部の小さなアパートメントと、四十キロ南のアッターゼー湖のほとりに建つ黄褐色の大きな別荘。輸送課には車とバイクを、身分証明課にはパスポートを頼んだ。ガブリエルは数種類の候補のなかから、ジョナサン・オルブライトを選んだ。アメリカ人で、勤務先はコネティカット州グリニッジのマーカム・キャピタル・アドバイザーズ。

準備が完了すると、チームの面々はキング・サウル通りをあとにして、各自に割りあてられた〝ジャンプ地〟へ向かった。これはテルアビブ一帯にいくつも用意されている隠れ家のことで、〈オフィス〉の工作員は任務を帯びてイスラエルを出る前に、そこで新たな身分を取得する。いつものように、彼らは別々の日時に別々のルートで目的地へ向かった。こうしておけば、入国管理官の疑いを招かずにすむ。モルデカイとオデッドが最初にオーストリアに到着した。ダイナ・サリドが最後。彼女のパスポートはミュンヘン生まれのイングリッド・ロス名義。アッターゼー湖の別荘に一泊した。そして、翌日正午にリンツのアパートメントに移った。その晩、狭苦しいリビングの窓辺に立っていると、通りを隔てて向かいあった建物の外で古いボルボが止まるのが見えた。運転席から降りてきたのはジハン・ナワズだった。

ダイナはナワズのスナップ写真を撮ってキング・サウル通りの四五六C号室へ送った。そこでは、ガブリエルがハマーの虐殺に関するベッラのファイルだけをお供に、遅くまで残業していた。十時数分過ぎにキング・サウル通りをあとにすると、〈オフィス〉で定められたプロセスは無視して、イスラエルでの最後の夜を妻と過ごすためにナルキス通りのアパートメントに帰った。妻はすでに寝ていた。ガブリエルはそっとベッドにもぐりこんで、妻のおなかに片手を置いた。妻は身じろぎをし、眠そうに彼にキスをすると、ふたたび眠りこんだ。彼女が翌朝目をさましたときには、ガブリエルはいなくなっていた。

35

ミュンヘン、ドイツ

変装したガブリエルの顔はいずれもオーストリアの保安機関によく知られているため、〈オフィス〉の旅行課では、ミュンヘン経由で送りこむのが最良の策と判断した。ガブリエルは愛想のいい金持ちのアメリカ人としてパスポート検査所を難なく通過し、空港バスに乗って長期契約の駐車場まで行った。輸送課のほうで、アウディA7を預けてくれていた。キーは左後輪のそばにマグネットで留めてある箱のなかだ。ガブリエルは箱をさっととりはずすと、身をかがめ、爆弾の有無を確認するために車の下を調べた。異常は見つからなかったので、運転席に乗りこんでエンジンをかけた。ラジオのスイッチが入ったままになっていた。女性が低い物憂げな声でニュース原稿を読んでいた。多数のイスラエル人と違って、ドイツ語を聞いてもガブリエルがすくみあがることはない。母親のおなかにいるときから耳にしていた言語で、いまでも、夢のなかに出てくるのはドイツ語だ。

駐車券は輸送課が言っていたとおりの場所に、つまり、ミュンヘンの高級ナイトクラブを紹介するパンフレットにはさんで、センターコンソールに置いてあった。そこで、ガブリエルは外国人っぽく慎重に駐車場の出口まで車を進めた。係員が駐車券を調べるのにひどく時間をかけたため、ガブリエルの背筋に今回の作戦で初めての電流が走った。やがて、駐車場のバーが上がったので、アウトバーンの入口へ向かった。バイエルンの日差しを浴びて車を走らせるあいだに、さまざまな記憶がよみがえってきた。右手を見ると、ミュンヘンのスカイラインの上に、宇宙時代の建築物のようなオリンピック・タワーがそびえていた。あの下で〈ブラック・セプテンバー〉がテロ攻撃をおこない、それをきっかけに、ガブリエルのキャリアが始まったのだった。一時間後、国境を越えてオーストリアに入り、最初に通った町はブラウナウ・アム・イン。ヒトラーの生まれ故郷だ。ウィーンのことを頭から閉めだそうとしたが、どうしてもできなかった。車のエンジンがうまくかからない音を耳にし、優美な通りに火柱が立つのを目にした。そして、リーアの病室のベッド脇にふたたび腰を下ろして、子供が死んだことを告げた。〝あのままヴェネツィアに落ち着けばよかったんだわ。違う結果になっていたでしょうに……〟そうだね。違っていただろう。二十五歳になる息子がいただろう。キアラ・ゾッリというゲットー出身の若い美女と恋に落ちることはなかっただろう。

　ヒトラーの生家はザルツブルガー・フォーアシュタット十五番地にある。ガブリエルは通りの向かいに車を止め、しばらくエンジンをアイドリングさせたまま、そこに入る勇気があるだろうかと迷いつづけた。やがて、不意に車のドアをあけ、戻るという選択肢をつぶそうとするかのように早足で通りを渡った。二十五年前、ブラウナウの町長が家の外に石碑を建てようと決めた。マオトハオゼンの採石場から石が運ばれ、碑文が刻まれたが、ユダヤ人とホロコーストのことに触れた部分はなかった。ガブリエルは一人で石碑の前に立ったが、彼の頭にあったのは六百万人の虐殺のことではなく、三千キロ南東のシリアで起きている戦争のことだった。普遍的な人権をテーマに多くの本が書かれ、ドキュメンタリー作品が作られ、記念碑が建てられ、声明が出されているにもかかわらず、独裁者がまたしても毒ガスで国民を殺し、収容所や監獄で彼らを骸骨に変えている。ホロコーストの教訓など忘れてしまったかのようだ。いや、たぶん、もともと学習していないのだろう。

ドイツ人の若いカップルが、言葉の強い訛《なま》りからするとバイエルンの人間のようだが、石碑の前に立つガブリエルの仲間入りをし、ヒトラーのことを遠い帝国からやってきた小物の暴君みたいに言った。ガブリエルはうんざりして車に戻り、オーバーエスターライヒ州を横断するために走りはじめた。高山の峰には雪が残っているが、谷間の村々では、牧草地に野の花が咲き乱れていた。二時少し過ぎにリンツに入り、新大聖堂の近くに車を止めた。それから一時間ほどかけて、シリア内戦においてもっとも牧歌的な戦場となる予定の場所を偵察してまわった。リンツは目下、フェスティバルのシーズンだった。フィルム・フェスティバルが終わり、じきにジャズ・フェスティバルが始まろうとしている。色白のオーストリア人たちがドナウ川沿いの緑の芝生で日光浴をしている。頭上では、綿に似た雲が一つ、係留索から離れた気球のように紺碧《こんぺき》の空を流れていく。

偵察中のガブリエルが最後に足を止めたのは、ウェーバー銀行のそばにある路面電車の折り返し点だった。銀行の地味な入口のところに、黒のメルセデス・マイバッハがエンジンをかけたまま止まっていた。車体が沈んでいることからすると、武装は完璧のようだ。ガブリエルはベンチに腰を下ろして、電車が二台通りすぎるのを見送った。三台目が停留所に近づいたとき、エレガントな装いの男が銀行から出てきてすばやく車の後部に乗りこむのが見えた。高い頬骨とやけに小さく薄い唇が印象的な顔だった。数秒後、車はガブリエルの前を猛スピードで通りすぎた。男は携帯をしっかり耳に当てていた。金はけっして眠らない。ガブリエルは思った。人の血を流して得た金であろうとも。

四台目の電車が折り返し点に入ってきたので、ガブリエルはそれに乗り、ドナウ川の対岸まで行った。もう一度車の下をチェックして、離れていたあいだに誰かにいじられた形跡はないか確認した。それから、アッターゼー湖へ向かった。隠れ家が用意されているのは湖の西側、リッツルベルクの町に近いところだった。木製のゲートがあり、ゲートの向こうには、松林と花をつけた蔓《つる》植物に縁どられた車道が延びていた。前庭に車が数台止まっていて、そのなかにコルシカのナンバーの古いルノーがあった。車の主がゆったりしたカーキパンツに黄色い綿のセーターという装いで、開いた玄関ドアのところに立っていた。

「ピーター・ラトリッジだ」そう言って、笑顔でガブリエルのほうへ腕を伸ばした。「シャングリラにようこそ」

休暇で来ているように見せかけるため、ラウンジチェアにはページを開いたペーパーバックの小説が置かれ、芝生の上にはバドミントンのシャトルが散らばり、長い船着場の先には、一週間二万五千ユーロという高い値段でレンタルした艶《あで》やかに光る木製モーターボートが揺れていた。しかし、別荘に一歩入れば、そこにあるのは仕事のみだった。ダイニングルームの壁には地図と偵察写真が貼られ、晩餐《ばんさん》用のテーブルにはノートパソコンが何台か置かれていた。そのうち一台の画面に、リンツを見おろす丘陵地帯に建つガラスと鋼鉄製のモダンな邸宅の静止画像が出ていた。別のパソコンの画面にはウェーバー銀行の入口。五時十分過ぎ、ヘル・ウェーバー本人が出てきて、実用本位のBMWに乗りこんだ。その二分後、生身の人間とは思えないほど色白できれいな若い女が姿を見せた。そして、若い女のあとからジハン・ナワズが出てきた。小さな広場を小走りで横切り、待っていた路面電車に飛び乗った。彼女は気づいていなかったが、向かいの座席にすわっているあばた面の男は、ヤコブ・ロスマンというイスラエル諜報機関の工作員だった。二人はそれぞれ自分だけの空間を見つめたまま、電車でモーツァルトシュトラーセまで行き、そこで別方向に分かれた。ヤコブは西へ。ジハンは東へ。フラットの建物まで来たとき、通りの向かいでぴかぴかの青いスクーターから降りるダイナ・サリドの姿が目に入った。両方が軽く笑みを浮かべた。それからジハンは建物に入り、階段をのぼって自分のフラットに帰った。二分後、彼女のツイッターにメッセージが現れた。今夜遅く〈バー・ヴァニーリ〉へ飲みに出かけるつもり、という内容だった。誰からも返事はなかった。

それから三日間、二人の女性はリンツの静かな通りをあちこちへ出かけていたが、おたがいのルートが交差することはなかった。現代美術館の外の散歩道で出会いそうになったことと、アルターー・マルクトの露店でちらっと目が合った程度だった。それを別にすれば、運命が二人をひきはなそうと画策しているかのようだった。

しかし、ジハン・ナワズは知らなかったが、二人がいずれ出会うことはあらかじめ決められていた。四十キロ南西の湖のほとりに建つ美しい別荘で男女の一団が作戦を練り、着々と計画していたのだ。問題は二人の女が出会うかどうかではなく、いつ出会うかだった。チームに必要なのは、あと一つの証拠だけだった。

それは四日目の明け方に手に入った。ロンドンで〈LXR投資〉の顧問弁護士をしているハミド・カダムがケイマン諸島の怪しげな銀行に口座を二つ開くことが、盗聴によってわかったのだ。カダムは次に、ワリード・アル＝シディキのリンツの住まいに電話をかけ、口座に入金できるようになったことを報告した。その二十四時間後に送金がおこなわれ、それを〈ユニット八二〇〇〉のハッカーたちが監視していた。ウェーバー銀行経由で、第一の口座に二千万ドルが、第二の口座に二千五百万ドルが送金された。

あとは、二人の女性が出会う日時、場所、状況を設定するだけだった。日時は翌日の午後五時半、場所はプファルプラッツと決まった。ダイナが〈カフェ・マイアー〉の外の席で古びた『日の名残り』を読んでいると、ショッピングバッグをぶら下げたジハンがテーブルのそばを通りかかった。急に足を止め、振り向いて、テーブルまでやってきた。

「すごい偶然」ドイツ語で言った。

「何が?」同じくドイツ語でダイナは訊きかえした。

「それ、わたしの大好きな本なの」

「いくら好きでも、結末を教えたりしないでね」ダイナは小説をテーブルに置き、片手を差しだした。「イングリッドよ。お向かいどうしじゃないかしら」

「ええ、そうね。わたしはジハン」笑顔になった。「ジハン・ナワズ」

36

リンツ、オーストリア

二人はフラットからそう遠くない距離にある、ワインが飲める小さな店まで歩いた。ダイナはオーストリアのリースリングを注文した。ジハンの好きなワインだと知っていたからだ。ウェイターがグラスにワインを注いで立ち去った。ジハンがグラスを上げ、新しい友情のために乾杯した。それから、ぎこちない笑みを浮かべた。

「リンツに来てそれほど日はたってないんでしょ」

「まだ十日よ」ダイナは答えた。

「これまではどこに？」

「ベルリンに住んでたの」

「どうして越してきたの？」ジハンはふたたび、ぎこちない笑みを浮かべた。「ごめんなさい。詮索なんかしちゃいけないわね。わたしのいちばん悪い癖なの」

「人のことを探るのが？」

「とにかく詮索好きなの。〝大きなお世話だ〟って、いつでも言ってくれていいのよ」

「そんなこと夢にも思ってないわ」ダイナはグラスを見つめた。「最近離婚したばかりなの。気分を一新する必要があると思って、こっちに来たのよ」

「どうしてリンツなの？」

「昔、家族とオーストリア北部の湖で夏を過ごしていたから。この街が大好きだったわ」

「どこの湖？」

「アッターゼー湖」

教会の鐘楼の長い影が通りを越えて二人のテーブルまで伸びていた。ヨッシ・ガヴィシュとリモーナ・スターンが二人でひそかに冗談を言いあっているかのように、笑いながら影のなかを通り抜けた。離婚したばかりのイングリッド・ロスは、仲むつまじいカップルを見て悲しげな表情を浮かべた。ジハンは心配そうな顔になった。

「でも、生まれ育ったのはドイツじゃないんでしょ？」

「どうして？」

「生粋のドイツ人のしゃべり方じゃないから」

「父がニューヨーク勤務だったの」ダイナは説明した。「わたしはマンハッタンで育ったのよ。子供のころは、家でドイツ語を話すのを拒否してた。クールじゃないと思って」

「リンツで仕事をしてるの？」ジハンが訊いた。

「あなたの言う〝仕事〟がどういうものかによるわね」

「毎朝会社に出かけるってことかしら」

「だったら、わたし、働いてるとは言えないわ」

「じゃ、どうしてこの街にいるの？」

〝あなたのせいよ〟ダイナは思った。それから、小説を書くために来たのだと説明した。

「作家なの？」

「まだそこまで行ってないけど」

「どんな本なの？」

「報われない愛の話」

「舞台はこのリンツ？」

「ううん、ウィーンよ」ダイナは答えた。「戦時中のウィーン」

「第二次大戦？」

ダイナはうなずいた。

「登場人物はユダヤ人？」

「一人はね」

「男性？　女性？」

「男性」

「あなたは?」

「なんのこと?」

「あなたはユダヤ人なの、イングリッド?」

「ううん、ジハン。ユダヤ人じゃないわ」

ジハンの顔は無表情なままだった。

「じゃ、あなたはどうなの?」ダイナは話題を変えた。

「わたしもユダヤ人じゃないわ」笑顔でジハンは答えた。

「オーストリア生まれでもなさそうね」

「ハンブルクで育ったの」

「その前は?」

「生まれたのは中東よ」ジハンは言葉を切り、それから続けた。「シリア」

「悲惨な戦争をしている国ね」

「できれば戦争の話はしたくない。気分が滅入るから」

「じゃ、戦争のことは忘れましょ」

「少なくとも、いまだけは」ジハンはバッグから煙草《たばこ》の箱を出した。一本抜いて火をつけたとき、ダイナは彼女の手がかすかに震えているのに気づいた。煙を吸いこんで、ようやく落ち着いたようだ。

「わたしがリンツで何をしてるか尋ねないの?」

「リンツで何をしてるの、ジハン」

「わたしの国の男性がこの街にある小さなプライベート・バンクの共同経営者になったの。で、アラビア語ができるスタッフが必要になったわけ」

「なんていう銀行?」

ジハンは正直に答えた。

「ウェーバーっていうのは、あなたの国の男性の名前じゃなさそうね」

「ええ」ジハンは躊躇《ちゅうちょ》したのちに言った。「ワリード・アル＝シディキっていうの」

「あなたはどんな仕事をしてるの?」

話題が変わって、ジハンはほっとした様子だった。「経理担当よ」

「重要なお仕事なのね」

「そんなことないわ。顧客のために口座の開設や解約をするのが主な仕事。よその銀行や金融機関との取引の手続きをすることもあるわ」

「世間で言ってるように秘密主義なのかしら?」

「オーストリアの銀行業務が?」

ダイナはうなずいた。

ジハンは生真面目な表情になった。「ウェーバー銀行はお客さまのプライバシーをとても尊重してるわ」

「パンフレットの謳《うた》い文句みたい」

ジハンは微笑した。「そうね」

「ミスター・アル＝シディキはどう？　やっぱり、顧客のプライバシーを尊重する人？」

ジハンの微笑が消えた。煙草を吸い、がらんとした通りを神経質そうに見まわした。

「お願いがあるんだけど、イングリッド」

「なんでもどうぞ」

「ミスター・アル＝シディキに関する質問はやめてもらえないかしら。できれば、二度と名前を出してほしくないの」


三十分後、アッターゼー湖の隠れ家では、ガブリエルとエリ・ラヴォンがノートパソコンの前にすわり、向かいあった建物の前で二人の女性が別れを告げるのに耳を傾けていた。ダイナが無事にフラットに戻ると、ガブリエルはオーディオ・プレイヤーのトグルバーをスライドさせて、会話全体にもう一度耳を傾けた。さらにもう一度。エリ・ラヴォンが手を伸ばして停止のアイコンをクリックしなければ、四度目の再生をしていただろう。

ガブリエルは顔をしかめた。トグルバーを五時四十七分までスライドさせ、再生をクリックした。

〝登場人物はユダヤ人？〟

〝一人はね〟

〝男性？　女性？〟

〝男性〟

〝あなたは？〟

〝なんのこと？〟

〝あなたはユダヤ人なの、イングリッド？〟

〝ううん、ジハン。ユダヤ人じゃないわ〟

ガブリエルは停止をクリックし、ラヴォンを見た。

「そのへんにしておけ、ガブリエル。それより、こっちのほうが重要だ」

ラヴォンはトグルバーを先へスライドさせて、ふたたび再生をクリックした。

〝顧客のために口座の開設や解約をするのが主な仕事。よその銀行や金融機関との取引の手続きをすることもあるわ〟

停止。

「おれの言いたいことがわかるか」ラヴォンが訊いた。

「まだ何も聞いてないが」

「女の機嫌をとるんだ。喜ばせろ。そして、こっちの味方につけるんだ。だが、何をするにしても、ぐずぐずするな。ジハンにユダヤ人かどうかはっきりしない女友達ができたことを、ミスター・アル＝シディキに知られてはまずい」

「では、どう進めていく？」

ラヴォンはトグルバーを先へ進めて再生をクリックした。

〝楽しかったわ、イングリッド。もっと早く出会わなかったことだけが残念ね〟

〝十日以内にまた会いましょうよ〟

〝明日のランチタイムは空いてる？〟

〝ランチのときもたいてい仕事なの〟

ラヴォンは停止をクリックした。

「イングリッドは仕事をしすぎだと思うが、どうだい？」

「執筆のリズムを崩すのはよくないような気がする」

「ときには気分転換も必要だ。そうだろう？　別の小説を書くきっかけになるかもしれん」

「ストーリーは？」

「上司が世界で最悪の男のために金を隠していることを知って、その上司を裏切る決心をする女の話だ」

「最後はどうなる？」

「善玉が勝つ」

「女が危害を加えられる危険性は？」

「メッセージを送信しろ、ガブリエル」

ガブリエルは暗号化したメールを手早くダイナに送り、明日の午後、ジハン・ナワズとランチをするよう指示した。それからトグルバーをリセットして、最後にもう一度だけ、再生をクリックした。

〝ミスター・アル＝シディキはどう？　やっぱり、顧客のプライバシーを尊重する人？〟

〝お願いがあるんだけど、イングリッド〟

〝なんでもどうぞ〟

〝ミスター・アル＝シディキに関する質問はやめてもらえないかしら。できれば、二度と名前を出してほしくないの〟

停止。

「女は知っている」ラヴォンは言った。「問題はどこまで知ってるかだ」

「口を封じられかねないぐらい」

二人の女性は翌日〈イカーン〉でランチをとり、夜は〈バー・ヴァニーリ〉へ飲みに行った。その後二日間は、ガブリエルの指示により接触なしとなった。イスラエルからアッターゼー湖に資産を移す必要があったからだ。その資産とはウージ・ナヴォト。そして、その週の木曜日に、ジハンとダイナはアルター・マルクトでばったり顔を合わせた。じつは偶然でもなんでもないのだが。ジハンがダイナをコーヒーに誘ったが、ダイナは謝り、執筆に戻らなくてはと言った。

「でも、土曜日は何か予定が入ってる？」ダイナは訊いた。

「まだ決まってないけど。どうして？」

「友達がパーティを開くの」

「どんなパーティ？」

「お料理、お酒、湖でモーターボート。ま、夏の週末の午後に人々がやるようなこと」

「ご迷惑になるといけないわ」

「そんなことないって。それどころか、みんな大歓迎よ」

ジハンは微笑した。「新しいワンピースを買わなきゃ」

「水着も」ダイナは言った。

「いまから買物につきあってくれる？」

「もちろん」

「小説はどうするの？」

「あとで時間を作るわ」

37

アッターゼー湖、オーストリア

交通手段に関しては選択肢が二つあった。ダイナの小型スクーターか、ジハンの古いボルボ。二人は古いボルボを選んだ。正午を数分まわったころ、車はがたがたと街の中心部をあとにし、十二時半にはアウトバーンA1でザルツカンマーグートを通り抜けていた。雲一つない空に太陽が輝き、開いた窓から流れこむ風はひんやりと柔らかい。ジハンはダイナに選んでもらった白いノースリーブのサンドレスに、若手の映画女優みたいな大きなサングラスをかけていた。平凡な顔立ちをこのサングラスが隠してくれる。爪はマニキュアをしたばかり。香水がセクシーな魅惑の香りを放っている。ダイナは罪悪感でいっぱいだった。友達のいない孤独な女性に偽りの幸せを差しだしてしまった。究極の女の裏切り。

ダイナのバッグにはドライブマップが入っていて、A1を出てアッターゼーシュトラーセに入ったところで、ダイナはそれをとりだした。持っていくようガブリエルに命じられたからで、いま、良心の疼《うず》きを感じながらそれを握りしめて、目的地までの道順をジハンに指示した。車は小さなリゾートタウンを通りすぎ、次に、パッチワークのような耕作地を通りすぎた。左のほうに、藍《あい》色の水をたたえ、緑の山々に縁どられた湖が見えてきた。ツアーガイド役のダイナは小さな島を指さした。桟橋で渡れるようになっている。あの島で、グスタフ・クリムトが有名なアッターゼー湖の風景画を描いたのだ。

島を通りすぎると、係留された白いヨットがきらめくマリーナがあり、マリーナの向こうに湖畔の別荘が並んでいた。ダイナは一瞬、どの別荘が友人のものだろうと困惑してみせた。それから、開いたゲートのほうをいきなり指さして、道に迷わず到着できたことに驚いているふりをした。ジハンは巧みな運転で左折すると、車道をゆっくり進んだ。松林と花をつけた蔓植物の濃厚な香りに包まれて、ダイナはほっとした。ジハンの香水に裏切りを非難されているような気がしてならなかったのだ。前庭の日陰に、数台の車が勝手な方向を向いて止まっていた。ジハンは空いたスペースを見つけ、車のエンジンを切った。バックシートに手を伸ばして、お土産に持参した花とワインをとった。二人が車を降りると、開いた窓から音楽が流れてきた。エタ・ジェイムズの《トラスト・イン・ミー》。

別荘の玄関ドアもあいていた。ダイナとジハンが玄関のほうへ行くと、髪の薄い中年過ぎの男性が姿を見せた。紫がかったブルーの高価なシャツに、淡い色をした麻のズボン、大きな金の腕時計をしている。にこやかな笑顔だが、茶色の目は油断なく光っている。そちらへ数歩近づいて、ジハンが凍りついた。ダイナのほうへ顔を向けたが、彼女はジハンの不安に気づいてもいない様子だった。「家族ぐるみの古いお友達を紹介するわね」と言っていた。「この人、フェリクス・アドラーっていうの」

フェリクス・アドラーなる人物がゆっくりステップを下りてくるあいだ、ジハンは前に出るべきか、あとずさりすべきか決心がつかず、その場に立ちつくしていた。彼は笑みを浮かべたまま、ジハンの手から花とワインをとった。次にダイナを見た。

「ミス・ナワズとはすでに会ったことがある」彼の視線がダイナからジハンに移った。「だが、ミス・ナワズの口からそれを言うわけにはいかない。オーストリアのプライベート・バンクの慣習に背くことなので。そうですよね、ミス・ナワズ」

ジハンは沈黙したままだった。ヘル・アドラーに渡した花を凝視していた。

「先々週、わたしがウェーバー銀行に口座を開いたのは偶然ではないのです」しばらくして、彼は言った。「あなたが今日ここに来られたのも偶然ではない。じつはね、ミス・ナワズ、イングリッドとわたしは古い友達というだけではない。仕事の同僚でもある」

ジハンは暗い怒りの視線をダイナに向けた。それから、ヘル・アドラーとして知っている男をふたたび見つめた。ようやく口を開いたときには、恐怖で声がうわずっていた。

「わたしにどうしろと言うの？」

「われわれは深刻な問題を抱えています。解決のためにあなたの協力が必要なのです」

「どんな問題？」

「なかに入って、ジハン。誰も危害を加えたりしないから」ヘル・アドラーは微笑し、彼女の肘にそっと手をかけた。「ワインを飲んで。パーティに参加して。残りの友人たちに会ってほしい」

別荘の広い部屋に入ると、テーブルに料理と飲みものが用意されていた。あけはなったフレンチドアからそよ風が流れこみ、ときたま、モーターボートの轟音が聞こえてくる。部屋の向こう端に火の気のない暖炉があり、その前にガブリエルがすわって、開いたファイルに目を通していた。黒っぽいビジネススーツを着ていて、ネクタイなし、白髪交じりのウィッグとコンタクトレンズと眼鏡のせいで別人のようだ。同じような服装のウージ・ナヴォトがとなりにすわり、ナヴォトの横にはヨッシ・ガヴィシュがいた。ガヴィシュはチノパンとしわの寄ったブレザー姿、空港のターミナルで退屈している旅行者のごとく天井を見つめている。

ジハン・ナワズの姿を見て行動に移ったのはガブリエルだけだった。ファイルを閉じると、目の前のコーヒーテーブルに置いて、ゆっくり立ちあがった。「ジハン」にこやかに微笑した。「ようこそ」慎重に彼女のほうへ歩を進めた。迷子の子供に近づく大人のように。「風変わりな招待をしたことを許してもらいたい。だが、すべてはきみを守るためにしたことだ」

「あなた、誰なの？」しばらくして、ジハンは尋ねた。

「この会話を始めるにあたって、きみに嘘はつきたくない」微笑したまま、ガブリエルは言った。「だから、名乗るのはやめておく。わたしは税金と金融に関する問題を扱う政府機関の人間だ」ナヴォトとヨッシを指さした。「この二人も同じように、それぞれの政府に雇われている。つまらなそうな顔をした大男はオーストリアの人間、そして、となりにすわっているしわだらけのブレザーの男は英国の人間だ」

「あの人たちは？」ジハンがラヴォンとダイナのほうを頭で示した。

「イングリッドとヘル・アドラーはわたしの下で働いている」

「優秀な人たちね」ジハンは怒りの目でダイナをにらみつけた。「とくに、彼女が」

「きみをだましたことはお詫《わ》びする、ジハン。だが、ほかに方法がなかったんだ。すべてはきみの身の安全を守るためだった」

「わたしの身の安全？」

ガブリエルはジハンに一歩近づいた。「きみと会うにあたり、疑惑を持たれないようにしたかった。きみの雇い主、つまり、ミスター・アル＝シディキに」

その名前を聞いて、ジハンがすくみあがったように見えた。ガブリエルは気づかないふりをした。

「たぶん、携帯を持ってきていると思うが」たったいま思いついたかのように言った。

「もちろん」

「イングリッドに渡してくれないか。この会話を続ける前に、われわれの携帯をすべてオフにしておく必要がある。誰が聞き耳を立てているかわからない」

ジハンがバッグから携帯をとりだしてダイナに渡すと、ダイナは電源を切ってから、無言でとなりの部屋へ去った。ガブリエルはコーヒーテーブルのところに戻って、ふたたびファイルを手にした。公表したくない事柄が書かれているかのように、いかめしい顔でそれを開いた。

「きみの勤務する銀行はしばらく前から調査の対象になっている。オーストリアと英国からも人が来ているのを見ればわかるように、調査は国際的なものだ。調査の結果、ウェーバー銀行はマネー・ロンダリング、詐欺、課税対象資産・収益の違法隠匿に関わっている悪徳企業にすぎないことを示す強力な証拠が見つかった。つまり、ジハン、きみもまずい立場に立たされている」

「わたしは経理の担当にすぎません」

「そのとおり」ガブリエルはファイルから紙を一枚抜きだし、ジハンに見えるようにかざした。「ウェーバー銀行で口座が開設されると、それに付随する書類すべてにきみがサインをする。きみはまた、電信送金の大部分を扱っている」ガブリエルはファイルから別の紙を抜きだした。ただし、今度は彼一人で目を通した。「例えば、最近、ケイマン諸島のトレード・ウィンズ銀行へ多額の送金をおこなった」

「どうしてそんなことを知ってるの？」

「送金は、正確には二回。二千五百万ドルと二千万ドル。送金先の口座の名義は〈ＬＸＲ投資〉。ハミド・カダムという弁護士がミスター・アル＝シディキの指示を受けて口座を開設した。その弁護士はシリア生まれだ」ガブリエルは顔を上げた。「きみと同じように」

ジハンが怯《おび》えているのは明白だった。ようやく顎をつんと上げて、それから返事をした。

「ミスター・カダムには会ったこともないわ」

「だが、名前はよく知っているね？」

ジハンはのろのろとうなずいた。

「きみが金をその口座に送ったことも否定しないね？」

「命じられたから」

「ミスター・アル＝シディキに？」

ジハンは無言だった。ガブリエルは二枚の紙をファイルに戻し、ファイルをコーヒーテーブルに置いた。ヨッシはふたたび天井を見つめていた。ナヴォトはフレンチドア越しに、通りすぎるモーターボートをじっと見ていた。あれに乗りたいと思っているかのように。

「耳を傾けてくれる者がいなくなったようだ」ガブリエルはじっと動かない二人のほうを示した。「二人とも、わたしに早く要点を言わせたがっているに違いない。そうすれば、もっと重要な事柄に移れるから」

「どういうことなの？」ガブリエルの予想よりも冷静に、ジハンが訊いた。

「ウィーンとロンドンから来たわが友人たちは、下っ端の銀行員を罪に問うことには興味がない。正直なところ、このわたしもだ。われわれはウェーバー銀行を陰で操っている人物をとらえたい。武装したボディガード二名に守られて、閉めきったドアの奥で仕事をしている人物だ」ひと呼吸置いてからつけくわえた。「ミスター・アル＝シディキ」

「わたしじゃ、なんの力にもなれないわ」

「いや、なれる」

「わたしに選択の余地があるの？」

「人はみな、人生のなかで選択をおこなう。不運にも、きみはオーストリアでもっとも悪辣な銀行で働くことにした」

「そんな銀行だなんて知らなかったの」

「証明してくれ」

「どうやって？」

「ミスター・アル＝シディキに関して知っていることを、われわれにすべて話すんだ。それから、ウェーバー銀行の顧客全員と、預金額と、投資先の各金融機関の所在地の完璧なリストをこちらに渡してほしい」

「無理よ」

「なぜ？」

「オーストリアの銀行法に違反することになるもの」

ガブリエルはナヴォトの肩に手を置いた。「この男はオーストリア政府の仕事をしている。こいつがオーストリアの法律に違反していないと言えば、違反にはならない」

ジハンはためらった。「ほかにも協力できない理由があるわ」ようやく言った。「口座を持っている顧客全員の名前にアクセスする権限が、わたしにはないのよ」

「経理担当なのに？」

「ええ」

「経理担当者の仕事には、口座の管理も含まれてるんじゃないのかい？」

「そりゃそうだけど」ジハンは顔をしかめて答えた。

「じゃ、何が問題なんだ？」

「ミスター・アル＝シディキ」

「では、そこから始めるとしよう、ジハン」ガブリエルは彼女の肩に優しく手を置いた。

「ミスター・アル＝シディキのことから」

38

アッターゼー湖、オーストリア

一同はジハンにリビングのいちばんいい席を勧めて、偽りの友人ダイナをその左にすわらせ、ベルリンからやってきた匿名の税吏に扮したガブリエルが右にすわった。ウージ・ナヴォトが勧めた料理をジハンは断ったが、紅茶は受けとった。アラブ風に小さなグラスに注ぎ、ほどほどの甘味《あまみ》にしてあった。ジハンは表面をそっと吹いて、軽くひと口飲んでから、目の前のテーブルに慎重にグラスを置いた。それから、二〇一〇年秋のある午後のことを語りはじめた。ジハンはその日、リンツの銀行の募集広告が業界紙に出ているのに気づいたのだった。当時はドイツの大手銀行のハンブルク支店で激務の日々を送っていて、ひそかに転職を考えていた。翌週、リンツまで出かけてヘル・ウェーバーの面接を受けた。それから、廊下を歩いてボディガードのそばを通りすぎ、ミスター・アル＝シディキとも別個に面接した。彼とのやりとりはすべてアラビア語だった。

「ミスター・アル＝シディキはシリアの出身だという事実をきみに話したかい？」ガブリ

エルは訊いた。

「言われなくてもわかるわ」

「シリア人は訛《なま》りが強いから？」

ジハンはうなずいた。「アンサーリーヤ山地の出身者はとくに」

「アンサーリーヤはシリアの西部にあるんだったね？　地中海の近くだ」

「ええ、そう」

「そこの住民は大半がアラウィー派だったね。たしか」

ジハンは口ごもったが、やがてゆっくりうなずいた。

「すまない、ジハン。わたしは中東情勢に関して初心者なんだ」

「ドイツ人はたいていそうよ」

ガブリエルは彼女の非難を申しわけなさそうな笑顔で受け止め、ふたたび質問に戻った。

「ミスター・アル＝シディキもアラウィー派のような印象だったかい？」

「ひと目でわかったわ」

「きみもアラウィー派なのかな、ジハン」

「いいえ、違うわ」

自分の経歴についてジハンはそれ以上語らなかったし、ガブリエルも尋ねなかった。

「アラウィー派があなたの国の支配者層なんだよね？」

「わたしはオーストリアに住むドイツ国民よ」

「質問の表現を変えてもいいかな」

「どうぞ」

「シリアを支配する一族はアラウィー派である。それで正解かな、ジハン？」

「ええ」

「そして、アラウィー派は軍隊とシリアの警備部隊で最大の権力を握っている」

ジハンはちらっと笑みを浮かべた。「どうやら初心者ではなさそうだけど」

「学習するのが速いんだ」

「そのようね」

「ミスター・アル＝シディキが大統領の親戚であることを、本人から聞いている？」

「遠まわしに言われたことはあるわ」

「気にならなかった？」

「〈アラブの春〉よりも前だったから。戦争になる前のこと」

「では、ドアの外に立つボディガード二名については？　彼はどう説明した？」

「数年前にベイルートで誘拐され、身代金のために拘束されたことがあるんですって」

「それを信じたんだね？」

「ベイルートは危険な都市だから」

「行ったことは？」

「一度もないわ」

ガブリエルはふたたびファイルに目を向けた。「ミスター・アル＝シディキはきみが大いに気に入ったに違いない」しばらくしてから言った。「その場で採用を決め、ハンブルクの銀行の二倍の給料を払うことにしたのだから」

「なぜそんなことまで知ってるの？」

「きみのフェイスブックに出ていた。新たなスタートが楽しみだと、きみはみんなに言っていた。ハンブルクの同僚たちが川沿いの洒落たレストランで送別会をしてくれた。よかったら、写真を見せてあげよう」

「必要ないわ。あの夜のことならよく覚えてるから」

「そして、きみがリンツに着くと」ガブリエルは話を続けた。「ミスター・アル＝シディキがアパートメントを用意してくれていた。すべてそろっていた。寝具、皿、鍋とフライパン、さらには電子機器まで」

「採用の条件にそれも含まれてたの」

「で、その見返りにミスター・アル＝シディキから何を求められた？」

「忠誠を」

「それだけ？」

「いいえ。ウェーバー銀行の話をするのは、相手が誰であろうと厳禁だと言われたわ」

「ウェーバー銀行が通常のプライベート・バンクとは違うことに気づくのに、どれだけかかったんだい、ジハン」

「最初からどこか変だと思っていたけど、春になって、それが確信に変わったわ」

「その春、何があったんだ?」

「シリアのダーラで十五人の少年が学校の壁に落書きをしたの。そして、ミスター・アル＝シディキはひどく神経を尖《とが》らせるようになった」


それから半年間、ミスター・アル＝シディキはつねに各地を飛びまわっていた。ロンドン、ブリュッセル、ジュネーブ、ドバイ、香港、アルゼンチン。一週間のうちにそのすべてをまわることもあった。やつれが目立ってきた。体重が減り、目の下にくまができた。セキュリティへのこだわりが異様にひどくなった。たまにオフィスにいるときは、テレビのチャンネルはつねにアルジャジーラに合わせてあった。

「戦争の様子を追っていたのかな」ガブリエルが訊いた。

「病的なほどに」

「どちらの側に立っていたんだ?」

「どう思います?」

　ガブリエルは何も答えなかった。ジハンは紅茶を少し飲んでから、詳しい話を始めた。

「アメリカがシリア大統領に対して退陣を要求したことに、ミスター・アル＝シディキは激怒してたわ。エジプトの二の舞になると言っていた。大統領を退陣させた日のことを、みんながのちのち後悔するだろう、とも」

「アルカイダがその後のシリアを支配することになるから？」

「ええ」

「では、きみは、ジハン？　戦争でどちらの側を支持したんだい？」

　ジハンは黙りこんだ。

「ミスター・アル＝シディキもきっと、きみの意見に関心を持っていたことだろう」

　さらなる沈黙。ジハンは不安そうに部屋を見まわした。壁を。天井を。シリア病だとガブリエルは思った。恐怖が人々にとりついて離れない。

「ここなら安全だ、ジハン」ガブリエルは静かに言った。「みんな、きみの味方だ」

　ジハンは周囲に集まった顔を見まわした。銀行の顧客ではない顧客。隣人ではない隣人。税吏ではない税吏。

「ミスター・アル＝シディキのような人物の前では、率直な意見なんて言えないわ」しばらくしてから、ジハンは言った。「身内がいまもシリアに住んでいればとくに」

「ミスター・アル＝シディキを恐れていた？」

「当然でしょ」

「すると、戦争については同じ意見だと答えたのかな？」

ジハンは躊躇《ちゅうちょ》し、それから、のろのろとうなずいた。

「本当はどうなんだい？」

「彼と同じ意見かってこと？」

「そう」

ふたたび躊躇。ふたたび室内に向けられる不安そうな視線。ようやく答えた。「いいえ、戦争については、ミスター・アル＝シディキと違う意見よ」

「反乱軍を支持するのかい？」

「わたしが支持するのは自由よ」

「きみはジハーディスト？」

ジハンはむきだしの腕を上げて尋ねた。「ジハーディストに見える？」

「いや」彼女のしぐさに笑みを浮かべて、ガブリエルは言った。「西欧になじんだ現代女性そのものだ。きっと、シリア政権のやり方を憎んでいることだろう」

「ええ、そう」

「ではなぜ、自国民を殺害している政権を支持する男のもとで働きつづけるんだい？」

「わたしもときどき同じ疑問を持つわ」

「ミスター・アル＝シディキの圧力のせいでやめられない？」

「いいえ」

「ならば、たぶん、金のためだろう。なにしろ、給料が以前の倍になったのだから」ガブリエルは言葉を切り、考えこむ様子で小首をかしげた。「いや、ほかに理由があったのかもしれない。きみが仕事を続けてきたのは、閉じたドアとボディガードの盾の奥で何が起きているのか、好奇心に駆られたせいかもしれない。ミスター・アル＝シディキが頻繁に旅行をし、ひどく痩せてしまったのはなぜなのかと、興味を持ったからかもしれない」

　ジハンはためらい、それから言った。「ええ、たぶん」

「ミスター・アル＝シディキがどんなことをしてるか、きみ、知ってる？」

「特別な顧客のお金を管理してるの」

「顧客の名前を知っている？」

「ええ」

「なぜ知ってるんだい？」

「ふとした偶然で」

「どんな偶然？」

「ある晩、銀行に財布を忘れたの。とりに戻ったとき、聞いてはいけないことを聞いてしまった」

39

アッターゼー湖、オーストリア

のちにジハンがその日のことを考えるときには、〝黒い金曜日〟として思いだすことだろう。ギリシャ経済危機への懸念によってヨーロッパとアメリカで株価が急落し、スイスではシリアの支配者一族と関係者の資産二億ドルを凍結すると経済相から発表があった。ミスター・アル＝シディキはそのニュースに衝撃を受けた様子だった。午後からオフィスに閉じこもり、二回だけ姿を見せたときは、些細なことでジハンにどなりちらした。

ジハンは勤務時間の最後の一時間を時計とにらめっこで過ごし、五時になったとたん、〝楽しい週末を〟といういつもの挨拶を省略して、玄関へ飛んでいった。帰宅してディナーのための着替えをしていたとき、銀行に財布を忘れてきたことに気づいた。

「どうやって銀行のなかに戻ったんだい？」ガブリエルは訊いた。

「自分の鍵を使ったのよ、もちろん」

「個人的に鍵を持っていたとは知らなかった」

　ジハンはバッグから鍵をとりだすと、ガブリエルに見えるようにかざしてみせた。「ご存じのように、ウェーバー銀行は一般の銀行とは違う。プライベート・バンク、つまり、富裕層の個人のための資産管理が主な業務なの」

「顧客に貸金庫を提供することは？」

「もちろんあるわ」

「それはどこに？」

「地下よ」

「きみはそこに入れるのかい？」

「わたしは経理担当よ」

「その意味は？」

「銀行内のどこへでも出入りできるわ。ただし、ヘル・ウェーバーとミスター・アル＝シディキのオフィスを除いて」

「その二つは立入禁止？」

「向こうから呼ばれないかぎりは」

　ガブリエルは黙りこみ、その情報を分析している様子だったが、やがて〝黒い金曜日〟の話に戻るようジハンを促した。ジハンは次のように語った。車で銀行にひきかえし、自分の鍵を使って正面玄関からなかに入った。いったんドアが開いたら、八桁の暗証番号を打ちこむ時間は三十秒しかない。それを過ぎたら、アラームが鳴りだし、わずか二、三分でリンツの警察の半数が駆けつけてくる。ところが、パネルの前まで行ったとき、アラームシステムがオンになっていないことに気づいた。

「つまり、銀行に誰かがいたという意味だね？」

「そうなの」

「ミスター・アル＝シディキが？」

「自分のオフィスにいたわ」ゆっくりうなずきながら、ジハンは言った。「電話中だった」

「相手は？」

「スイス政府によって資産を凍結されたばかりで不機嫌になっている人物だった」

「具体的に誰だかわかる？」

「いいえ。でも、かなりの権力者じゃないかしら」

「なぜそこまで言えるんだい？」

「ミスター・アル＝シディキが怯えた声だったから」

ガブリエルはジハンに、そのあとどうしたのかと尋ねた。財布をとって大急ぎで銀行を出たという。週末が終わって、月曜の朝にジハンが出勤すると、デスクにメモが置いてあった。ミスター・アル＝シディキからのメモで、個人的に話があるとのことだった。

「どういう用件だったんだい？」

「謝りたかったんですって」不意にジハンが笑顔になった。「初めてだわ、そんなこと」

「何を謝る気だったのかな？」

「前の週の金曜日にわたしをどなりつけたこと。もちろん、嘘よ」ジハンは急いでつけくわえた。「あの晩、銀行に戻ったわたしに何か聞かれてないか、確かめたかったんだわ」

「きみが銀行に入ったことを、向こうは知ってたわけか？」

ジハンはうなずいた。

「どうして？」

「防犯カメラの映像を定期的にチェックしてるから。ミスター・アル＝シディキのデスクのパソコンに、じかに映像が送られるようになってるの」

「きみはどう答えたんだい？」

「ミスター・アル＝シディキの疑惑を消すための説明をしたわ」

「向こうは信じただろうか」

「ええ」しばらく考えこんでから、ジハンは答えた。「たぶん」

「それでおしまい？」

「いいえ、シリアに住んでるわたしの身内が元気かどうか尋ねられたわ。何か力になれることはないかって」

「誠意のこもった言葉だった？」

「支配者一族の親戚が力になろうと言ってくれるときは、たいてい逆の意味ね」

「脅迫ということ？」

ジハンは無言だった。

「だが、きみは銀行勤めを続けた」

「ええ、そうよ」

「身内の人々は？」ガブリエルはファイルに目をやって尋ねた。「無事なのかな？」

「死んだ者や怪我《けが》をした者が何人かいるわ」

「気の毒に」

ジハンは一度うなずいただけで、何も言わなかった。

「どこで亡くなられたんだい？」

「ダマスカスで」

「そこがきみの出身地？」

「子供のころ、しばらく住んでたの」

「生まれたのはそこじゃないんだね？」

「ええ、ダマスカスより北よ」

「どこ？」

「ハマー。わたしはハマーで生まれたの」

40

アッターゼー湖、オーストリア

部屋に沈黙が広がった。混雑した市場で自爆テロが起きたあとの沈黙のごとく、重苦しくて不吉だった。ベッラが名前も名乗らずにそっと入ってきて、ジハンの真ん前の椅子にすわった。恐ろしい秘密を知っているのは自分たちだけとでもいうように、二人の女が視線を交わし、ガブリエルはそのあいだ、うわの空でファイルに目を通していた。ようやく彼がふたたび口を開いたときは、定期健診の結果を告げる医者のように、感情のこもらない冷静な口調になっていた。

「年齢は三十八だね、ジハン」

「三十九よ」ジハンは訂正した。「でも、女性に年齢を尋ねるのはひどく不作法なことだって、誰かに言われなかった？」

その言葉で、部屋のなかにおざなりな笑みが広がったが、ガブリエルが次の質問に移った瞬間、みんなの笑みは消えた。

「すると、きみが生まれたのは、ええと……」ガブリエルの声が途中で消えた。暗算しようとしているようだ。ジハンのほうから自発的に答えを言った。

「一九七六年よ」

「ハマーで？」

「ええ」ジハンは答えた。「ハマーで」

ベッラが夫に目を向けると、夫はどこかよそを見ていた。ガブリエルはふたたび、印刷物に熱心に目を通す税吏のふりをしてファイルをめくった。

「で、ダマスカスに越したのは？」

「一九八二年の秋だったわ」

ガブリエルは不意に顔を上げ、眉をひそめた。「なぜ？　なぜ一九八二年の秋にハマーを離れたんだ？」

ジハンは無言で視線を返した。次に、入ってきたばかりのベッラのほうを、職業も目的もはっきりしない女性のほうを見て、それから返事をした。「なぜハマーを離れたかというと、一九八二年の秋にはハマーはもう存在していなかったから。地球上から消滅してしまったの」

「政府軍とムスリム同胞団のあいだで戦闘があったんだったね？」

「あれは戦闘じゃないわ。虐殺だった」

「そこで、きみは家族と一緒にダマスカスへ越したわけか」

「いいえ。わたし一人で行ったのよ」

「なぜ？」ファイルを閉じながら、ガブリエルは訊《き》いた。「なぜ一人でダマスカスへ？」

「家族がもういなかったから。家族はいない。街もない」ジハンはふたたびベッラを見た。

「わたしは一人ぼっちだった」


ジハンはふたたび話しはじめた。ハマーで起きたことを理解するには、それ以前のことを知る必要がある。ここはかつてシリアでもっとも美しいと言われた街で、オロンテス川のほとりに並ぶ優美な水車が有名だった。また、イスラム教スンニ派の篤《あつ》い信仰でも知られていた。ジハンの家族はバルディという古い地区にある狭苦しいアパートメントに住んでいた。ジハンは五人きょうだいの末っ子、ただ一人の女の子だった。父親は正規の教育を受けたことがなく、川の向こう側の市場で半端仕事をやっていた。コーランを学び、シリアの独裁者を罵ってばかりいた。あれは異端者だ、あんな農民にスンニ派を支配する権利はない、というのが父親の意見だった。ムスリム同胞団の正式メンバーではなかったが、シリアを真のイスラム教国家にしようという同胞団の理想を支持していた。秘密警察ムハバラートに二回逮捕されて拷問を受けた。

虐殺が勃発するまでの騒動に関するジハン自身の記憶は、曖昧模糊《あいまいもこ》としている。同胞団による大規模なテロ攻撃の数々。強く記憶に残っているのは、罪なき者が六十四人も殺されたダマスカスへの攻撃だ。また、銃弾で蜂の巣にされた死体がバルディの路地にいくつもころがっていたことも覚えている。これはムハバラートがおこなった裁判抜きの処刑であった。しかし、彼女もハマーの人々の大多数と同じく、オロンテス川のほとりの美しい都市に降りかかろうとしている悲劇に気づいてもいなかった。

やがて、二月初めの寒い雨の夜、政府の治安部隊がひそかに市内に入ったとの噂《うわさ》が広まった。部隊はまずバルディを襲撃しようとしたが、ムスリム同胞団が待ち伏せしていた。何名かが銃弾の嵐に倒れた。その後、同胞団と支持者たちがバース党とムハバラートを相手に、市内全域で残忍な攻撃をくりひろげた。寺院の光塔から同じ言葉がくりかえし流された。「立ちあがれ。信仰心なき者どもをハマーから追い払え！」街を守るための戦いが始まっていた。

結果的には、同胞団の初期の勝利が支配者の怒りをこれまで以上に掻《か》き立てることとなった。それから三週間にわたり、戦車、攻撃ヘリ、大砲を用いて、シリア軍がハマーを瓦礫の山に変えた。そして、軍による作戦が完了すると、残存していた建物を解体専門業者がダイナマイトで爆破し、その瓦礫をスチームローラーで押しつぶした。虐殺のなかで生き延びた者たちは一カ所に集められ、拘置所へ送られた。ムスリム同胞団とのつながりを疑われた者はみな残忍な拷問を受けて殺された。死体は共同墓地に埋められ、上からアスファルト舗装がなされた。ジハンは言った。「現在のハマーの通りを歩くのは、死者の骨の上を歩くことなの」

「だが、きみは生き延びた」ガブリエルは静かに言った。

「ええ」ジハンは答えた。「生き延びたわ」

彼女の頬に涙がこぼれ、顎まで続く跡を残した。初めての涙だった。見知らぬ者たちの前で感情をあらわにするのを恐れるかのように、あわてて涙を拭い、サンドレスの裾を整えた。

「家族のみなさんは？」ガブリエルは彼女の沈黙に割りこんだ。「どうなったんだね？」

「父と兄たちは戦闘中に殺されたわ」

「お母さんは？」

「その数日後に殺された。体制への反逆者を四人も産んだということで」

ふたたび涙がこぼれた。今度は拭こうともしなかった。

「では、きみは？　どんな運命をたどったんだい？」

「ハマーの子供たちと一緒に収容所へ送られたの。砂漠のどこかにあったわ。正確な場所はわからない。二、三カ月後、ムハバラートのほうから、ダマスカスの遠縁の家へ行く許可がおりた。でも、その遠縁の人はわたしのことが気に入らなくて、ドイツに住むお兄さんのところへ追い払うことにしたの」

「ハンブルク?」

ジハンはのろのろとうなずいた。「家はマリエンシュトラーセにあったわ。五十七番地。通りの向かいの五十四番地に男の子が何人か住んでいた。イスラム教徒。アラブ人。その一人がすごくハンサムだった。物静かで生真面目な子。通りですれちがっても、こちらの目を見ようとしなかった。わたしがベールを着けてなかったから」そこでみんなの顔を見まわした。「その子がのちにどうなったかわかる? 同時多発テロの首謀者となったムハンマド・アターだったの」ジハンはゆっくり首を振った。「バルディに住んでたころと結局は何も変わらなかった。周囲はムスリム同胞団のような人たちばかり」

「しかし、きみは中東の政治には関心がなかったんだろう?」

「ええ」ジハンはきっぱりと言った。「よきドイツ人少女になろうと必死に努力したわ。ドイツの人たちには好かれてなくても。学校へ行き、大学に入り、ドイツの銀行に就職した」

「それから、リンツにやってきた」ガブリエルは言った。「そして、きみの家族を殺した連中と親戚関係にある男のもとで働くことになった」

ジハンは無言だった。

「なぜ?」ガブリエルは尋ねた。「なぜワリード・アル=シディキのような男のために働くことにしたんだ?」

「わからない」ジハンは周囲に集まった人々の顔を見た。顧客でない顧客。隣人でない隣人。税吏でない三人の税吏。「でも、それでよかったと思ってるわ」

ガブリエルは微笑した。「わたしもそう思う」

41

アッターゼー湖、オーストリア

午後も遅い時刻になっていた。すでに風がやみ、湖面は淡い色をしたガラスのようだ。ジハンの顔に不意に疲れがにじんだ。難民のように虚《うつ》ろな目をして、開いたフレンチドアから外を見ていた。ガブリエルはファイルをそっと片づけると、役人っぽいスーツの上着を脱いだ。それから一人でジハンを連れて庭を横切り、長い桟橋の端に係留されている木製のモーターボートのところまで行った。まず自分が乗りこみ、それからジハンの手をとって船尾の座席にすわらせた。ジハンは映画女優みたいなサングラスをかけて、写真撮影を始めるかのように気どったポーズをとった。ガブリエルはエンジンをかけると、もやい綱をほどいてボートを出した。波を立てないようゆっくりと桟橋を離れ、南へ向かった。空はいまも真っ青だが、湖の向こうの山々には雲が軽くかかりはじめている。オーストリア人はあの山を〝ヘレンゲビルゲ〟、つまり、地獄の山と呼んでいる。

「モーターボートの操縦がずいぶん上手なのね」ガブリエルの背中に向かってジハンが言

った。

「若いころ、けっこう乗ってたから」

「どこで？」

「バルト海。子供のころ、夏はそこで過ごしたものだった」

二人だけで湖の中心部まで来ていた。ガブリエルはエンジンを切り、椅子を回転させてジハンと向かいあった。

「あなたはいま、わたしのことをすべて知っている」ジハンは言った。「なのに、わたしはあなたのことを何も知らない。名前さえわからない」

「きみを守るためだ」

「あら、あなた自身を守るためかもしれないわ」ジハンはサングラスを持ちあげて、彼に自分の目を見せた。遅い午後の太陽を受けて目がきらめいた。「あなたにあれこれ話したことをミスター・アル＝シディキに知られたら、わたしの身がどうなるかわかる？」

「殺されるだろう」ガブリエルはきっぱりと言った。「だから、知られないよう、われわれは厳重に警戒している」

「すでに知られているかもしれない」ジハンは一瞬、真剣な目で彼を見つめた。「あなたはミスター・アル＝シディキに送りこまれてきた人かもしれない。そしたら、わたしはもう死んだも同然ね」

「わたしがミスター・アル＝シディキに送りこまれた人間のように見えるかい？」

「いいえ。でも、ドイツの税吏のようにも見えない」

「外見は人を欺《あざむ》くことがある」

「ドイツの税吏もね」

かすかな風がボートを通りすぎ、湖面に小波を立てた。

「香りがわかる？」ジハンが訊いた。「風のなかに花の香りがする」

「土地の者は〝薔薇の風《ローゼンヴィント》〟と呼んでいる」

「ほんと？」

ガブリエルはうなずいた。ジハンは目を閉じ、香りを吸いこんだ。

「うちの母はうなじとヒジャブの裾にいつもローズオイルを軽くつけていたわ。シリア政府がハマーを爆撃するたびに、母はわたしに怖い思いをさせないよう、きつく抱きしめてくれたものだった。わたしはいつも母の首筋に顔を押しつけていた。硝煙の臭いのかわりに薔薇《ばら》の香りに包まれたくて」

ジハンは目をあけてガブリエルを見た。「あなたは誰なの？」

「きみが始めたことを完成させようとしている男だ」

「どういう意味？」

「きみがウェーバー銀行にとどまっているのには理由があるはずだ。きみはミスター・アル＝シディキが何をしているかを探ろうとした。そして、今日、彼が現政権のために金を隠匿していることを知った。シリア国民の教育と福祉のために使うべきだった数十億ドルの金を。その金はいま、世界中の銀行口座に入っている」

「それをどうするつもり？」

「シリアの支配者一族をアンサーリーヤ山地出身の農民に戻してやる。そこで、きみにも手伝ってもらいたい」

「無理よ」

「なぜ？」

「あなたが求めている情報は、わたしでは手に入れられないから」

「どこにあるんだ？」

「一部はミスター・アル＝シディキのオフィスのパソコンに入ってるわ。セキュリティが厳重なの」

「パソコンのセキュリティは神話なんだよ、ジハン」

「だから、ミスター・アル＝シディキも最重要の情報はパソコンに入れてないの。電子機器を信用するような迂闊《うかつ》な人ではないから」

「すべて頭に叩きこんであるのかい？」

「いいえ。ここよ」

ジハンは心臓の上に手を当てた。

「持ち歩いてるってこと？」

「小さな革の手帳をね」ジハンはうなずいた。「上着の胸ポケットかブリーフケースに入れてるの。目の届かないところへはけっしてやらない」

「手帳には何が書いてある？」

「銀行名、口座番号、残高。とても単純よ。簡単明瞭」

「見たことがあるのかい？」

ジハンはうなずいた。「ミスター・アル＝シディキのオフィスに呼ばれたとき、デスクに置いてあったから。本人の字だったわ。解約した口座は線で消してあった」

「それのコピーはある？」

ジハンは首を横に振った。

「間違いない？」

「ええ。その手帳だけよ。誰かが見ようとすれば、すぐわかるでしょ」

風がそよいで、二人のあいだに薔薇の花束が置いてあるような錯覚をもたらした。ジハンはサングラスをかけ、水面に指先を走らせた。

「もう一つ問題があるわ」しばらくしてから言った。「数十億ドルもの資産が消えたら、ミスター・アル＝シディキとダマスカスの友人たちが必死になって捜すに決まってる」いったん黙りこみ、さらに続けた。「つまり、あなたの手でわたしの姿も消さなくてはならないのよ」水面から手を離してガブリエルを見た。「あなたにできる？」

「一瞬でできる」

「安全に守ってくれる？」

「もちろんだ、ジハン。守ってみせる」

「どこに住めばいいの？」

「どこでも好きなところに。もちろん、無理は言わないでほしいが」

「ここが好き」ジハンは周囲の山々に目をやった。「でも、リンツに近すぎるわね」

「では、似たようなところをよそで見つけよう」

「家が必要だわ。それから、お金も。少しでいいから」ジハンは急いでつけくわえた。

「暮らしていけるだけのお金」

「金のことは、たぶん心配ないと思うよ」

「支配者のお金はいやよ」ジハンはふたたび湖に指先をつけた。「血で汚れてるもの」

水面に何か書いているように見えた。ガブリエルは何を書いているのかと尋ねたくなったが、そっとしておいた。〈地獄の山〉から雲がひとひら離れた。二人の頭上を漂っていったが、ひどく近くに見えたため、ガブリエルは思わず手を伸ばして雲をつかみたくなる衝動を抑えなくてはならなかった。

「どうやってわたしを見つけたのか、ひとことも説明してくれないのね」

「話したところで、信じてもらえるはずがない」

「よくできた話なの？」

「そう願っている」

「イングリッドが執筆中の小説のかわりに、それを書いてくれるかもしれないわね。戦時中のウィーンの話なんてどうしても好きになれない。ハマーとそっくりですもの」

ジハンは湖面から視線を上げて、ガブリエルをじっと見た。「あなたが誰なのか、教えてくれる気はないの？」

「すべてが終わったら」

「本当のことを言ってくれる？」

「ああ、ジハン。本当のことを言おう」

「名前を教えて」ジハンは食い下がった。「いますぐ。湖に書くから。そして、それが消えたら忘れることにする」

「そんなふうにはいかないと思うが」

「じゃ、せめて、別荘に戻るときにモーターボートを操縦させてくれない？」

「できるのかい？」

「ううん」

「ここにおいで」ガブリエルは言った。「教えてあげよう」

暗くなってからも、ジハンはアッターゼー湖の別荘でゆっくりしていた。やがて、ダイナを助手席に乗せてぽんこつボルボでリンツへの帰途についた。帰る道々、シリアの支配者一族が不正に手に入れた富を奪おうとしている男性の名前と所属先を聞きだそうと躍起になったが、ダイナは相手にしなかった。もっぱら、二人が抜けたあとのパーティの様子を語った。リンツの郊外にさしかかるころには、さすがのジハンも、午後の出来事を一時的に記憶から消し去ったかに見えた。

街の中心部に近い静かな通りに二人が帰り着いたのは、真夜中を数分過ぎてからだった。頬にキスをして別れを告げ、それぞれのフラットの階段をのぼっていった。ダイナが自分の住まいに入ると、頑丈な体格の男が窓辺にこわばった姿勢ですわっているのが見えた。男はブラインドの隙間から外をのぞいていた。足もとの床にヘッケラー&コッホ九ミリが置いてあった。

「何かあった？」ダイナは訊いた。

「いや」クリストファー・ケラーが答えた。「彼女の身は安全だ」

「コーヒーでも淹《い》れましょうか」

「ありがたい」

「誰か交替してくれるの?」

「当分のあいだ単独飛行だな」

「でも、たまには眠らなきゃ」

「おれは戦闘部隊だ」闇に目を凝らして、ケラーは言った。「睡眠は必要ない」

第四部

対価《スコア》

42

ロンドン

　しかし、手帳を手に入れて中身を盗みだすにはどうすればいいのか。しかも、手帳の紛失をワリード・アル＝シディキに気づかれてはならない。ジハンがアッターゼー湖の別荘を出たあと、チームの面々は何時間もかけてこの問題と格闘した。いちばん手っとり早いのは〈オフィス〉の代名詞でもある〝スマッシュ＆グラブ〟、つまり、力まかせの強奪だが、それはガブリエルが即座に却下した。作戦遂行にあたっては流血を避けるべきだし、財産に異変が生じていることをシリアの支配者一族に悟られてはならないと主張した。また、ヤコブが出したハニートラップ案にも、ガブリエルは飛びつこうとしなかった。ミスター・アル＝シディキは大量殺人者が国民から搾りとった富を管理しているだけで、それ以外の悪徳とは無縁の人物だ。

〈オフィス〉には昔から言い伝えられてきた金言がある。シャムロンが思いつき、石に刻んだ言葉で、〝単純な問題にはときとして単純な解決法がある〟というもの。そして、ガブリエルの意見によれば、今回の問題の解決法に必要なのはわずか二つの要素だという。ワリード・アル＝シディキを飛行機に乗せる。そして、友好地帯の外へおびきだす。いや、まだあった。この二つを実行するさいには、関係者に対して事前の根まわしが必要だ。

　そういうわけで、眠れぬ一夜を過ごしたガブリエルは、翌朝早く、体をひきずるようにしてレンタカーのアウディに乗りこみ、来たときのルートを逆にたどってオーストリアを出たのだった。ドイツの景色をこれほど美しく感じたのは初めてだった。バイエルン地方の緑の農地は彼にとってエデンの園であり、ミュンヘンに入ると、夏霞《なつがすみ》の上にオリンピック・タワーがモスクの光塔のごとくそびえ立っていて、まさに彼のエルサレムだった。ミュンヘン空港の長期契約の駐車場に車を置いて、ブリティッシュ・エアウェイズの十時半発のロンドン行きに急いで搭乗した。となりの席はバーミンガムの男で、朝から酒を飲んでいた。ガブリエルはふたたび、マーカム・キャピタル・アドバイザーズのジョナサン・オルブライトになった。ドイツのテクノロジー企業買収の可能性を探るためにミュンヘンに来たのだと説明した。大きな儲《もう》けになりそうだと、柔和な口調でつけくわえた。

　ロンドンは雨だった。風も強く、ヒースロー空港は永遠の黄昏《たそがれ》のなかに投げこまれてしまったかに見える。パスポート検査所を通り、黄色いサインに従って到着ロビーまで行くと、濡れたレインコート姿のナイジェル・ウィットカムが立っていた。大英帝国のどこか遠くの植民地を治める総督といった雰囲気。「ミスター・ベイカー」ウィットカムはガブリエルとおざなりな握手をした。「お久しぶりです。イングランドにようこそ」

ウィットカムの車はヴォクスホール・アストラで、それを下手な運転で飛ばした。高速道路Ｍ４経由でロンドンに入った。アールズ・コートとウェスト・ケンジントンを通るとき、ガブリエルに言われて、尾行の有無を確認するために二、三度同じコースをまわり、それからようやく、昔の厩《うまや》を改装したメイダ・ヴェイルのコテージへ向かった。図書室でグレアム・シーモアが待っていた。ページを開いたトロロープが膝の上に置いてある。ガブリエルが一人で入っていくと、ＭＩ６の長官はゆっくり本を閉じて立ちあがり、書棚のもとの場所に戻した。

「今日はなんの用だ？」

「金」ガブリエルは答えた。

「誰の金だね？」

「シリア国民。だが、目下、〈悪の企業〉の手中にある」

シーモアは立派な眉を上げた。「どうやって探りだした？」

「ジャック・ブラッドショーが正しい方向を示してくれた。それから、ジハンという女が宝の地図を手に入れる方法を教えてくれた」

「で、それを掘りだそうというのか」

ガブリエルは無言だった。

「女王陛下の諜報機関に何をお望みだ？」

「英国の領土で作戦を遂行するための許可を」

「死体は出るのか」

「それはないと思う」

「作戦の遂行場所は？」

「テート・モダン。いまでも利用できるのなら」

「ほかには？」

「ヒースロー空港」

シーモアは顔をしかめた。「最初から話してもらおうか、ガブリエル。今回はすべて包み隠さず話したほうがいいと思う」

ガブリエルはジャック・ブラッドショーのことから説明を始めた。英国のスパイから密輸業者に身を落とした男。だが必要に応じてかなりの部分を省略した。例えば、長年行方知れずだったカラヴァッジョが最近になって売却されたことを教えてくれた絵画泥棒の名前は、出さないことにした。また、パリのアトリエで死体となって発見された贋作《がんさく》の天才の身元や、アムステルダムのゴッホ美術館から《ひまわり》を盗みだした窃盗団の正体や、ジュネーブ・フリーポートでブラッドショーが借りていた窃盗絵画の倉庫に入るさいに便宜を図ってくれた、スイスの諜報機関に所属する人物の名前も伏せておいた。

「いったい誰がゴッホの贋作をパリの市場に出したんだ？」シーモアが尋ねた。

「〈オフィス〉の人間さ」

「本当か」シーモアは疑わしげな声になった。「英国の人間だともっぱらの噂だが」

「誰が噂を流したと思う？」

「すべてきみのほうで計算ずみというわけか」シーモアはいまも書棚の前に立っていた。

「では、本物のゴッホは？　ちゃんと返却するんだろうな？」

「ワリード・アル＝シディキの手帳が手に入ったらすぐに」

「なるほど、手帳か」シーモアはグレアム・グリーンの本をとりだし、人差し指でページを開いた。「口座のリストをきみが首尾よく入手したとしよう。そのあとは？」

「想像力を働かせてくれ、グレアム」

「盗みだす？　それがきみの計画か」

「盗むとはあんまりな言葉だな」

「きみのところの機関にそのような権限があるのか」

ガブリエルは苦い笑みを浮かべた。「さんざん一緒に活動してきたというのに、そんな質問をよこすとは驚きだな」

シーモアはグレアム・グリーンをもとの場所に戻した。「ときたま銀行の元帳をのぞくことには反対しない」しばらくしてから言った。「だが、盗みとなると話は違う。なんといっても、こっちは英国人だ。フェアプレイを重んじる国民だ」

「われわれの国には、そんな贅沢は許されない」

「被害者面はよせ、ガブリエル。きみには似合わない」

「何を悩んでるんだ、シーモア」

「金だ」

「金がどうした?」

「その一部が英国の金融機関に預けられている可能性が大いにある。数億ポンドがいきなり消えたりしたら……」シーモアは最後まで言わずに、途中で黙りこんだ。

「そもそも、金を預かったことが間違いだ」

「口座の開設にあたっては、隠れ蓑となる人物が使われたに違いない」シーモアは反論した。「つまり、その金が本当は誰のものか、銀行側は知らなかったんだ」

「まもなく知ることになる」

「わたしの協力がほしいなら、そうはさせん」

二人のあいだに沈黙が流れた。ついにそれを破ったのはシーモアのほうだった。

「英国の銀行の金を盗もうとするきみにわたしが手を貸したことが露見したら、どうなると思う？　紙コップを手にしたわたしがレスター・スクエアに立つことになりそうだ」

「だったら、こっそりやろう、シーモア。いつものように」

「残念ながら、ガブリエル、英国の銀行はどこもオフリミットだ」

「海外にある支店は？」

「そこもやはり英国の銀行だ」

「では、海外の英国領にある支店は？」

「オフリミット」シーモアはくりかえした。

ガブリエルは考えこむふりをした。「ならば、英国の協力抜きでやるしかないな」立ちあがった。「執務室からひっぱりだしてすまなかった。ヒースローへは一人で戻れると、ナイジェルに伝えてくれ」ドアへ向かった。

「一つ忘れてるぞ」シーモアが言った。

ガブリエルは振り向いた。

「きみを止めるには、わたしからアル＝シディキに手帳を燃やすように言うだけでいい」

「わかっている。だが、きみが言うはずのないこともわかっている。良心がそれを許さないだろう。しかも、心の奥では、きみもその金を喉から手が出るほどほしがっている」

「英国の銀行に預けられた金に手を出すつもりはない」

ガブリエルは天井を見つめ、心のなかで五まで数えた。「金がケイマン諸島、バミューダ、そのほかの英国領にあるなら、いただくことにする。このロンドンにあるなら、そのまま置いておこう」

「取引成立」シーモアが言った。

「条件がある」ガブリエルは即座につけくわえた。「英国政府がロンドンにある資産を凍結すること」

「そうした決断は首相がおこなうことだ」

「自信を持って断言できるが、首相もこちらと同じ考えのはずだ」

憤慨の面持ちで天井を見つめたのは、今度はシーモアのほうだった。「どうやって手帳を手に入れるのか、まだ聞かせてもらってないぞ」

「じつは」ガブリエルは答えた。「きみにやってもらいたい」

「はっきり答えてもらえてうれしいかぎりだ。だが、アル＝シディキをどうやってロンドンにおびきだすつもりだ？」

「パーティに招待しようと思う。うまくいけば、アル＝シディキにとって最後のパーティになるだろう」

「主催者は？」

「ロシアにいる友人だ。金を盗む独裁者どもを嫌ってるやつでね」

「ならば」シーモアはここで初めて微笑した。「忘れがたい一夜になりそうだ」

43

チェルシー、ロンドン

道を踏みはずした英国のスパイ、イタリアの片目の警察官、名人級の絵画泥棒、コルシカ島からやってきたプロの殺し屋。事件を動かしてきたのは、これまでのところ、こうした面々だった。となれば、ガブリエルの次の立ち寄り先がヴィクトル・オルロフの住むチェイニー・ウォーク四十三番地だったのも、当然と言うべきだろう。オルロフがいなかったら、ガブリエルはモスクワの東にあるスターリン時代の殺戮《さつりく》現場で死体となっていただろう。そして、キアラも彼の傍らに倒れていたことだろう。

噂によると、ヴィクトル・オルロフは人間を二つのグループに分けているそうだ。喜んで利用される人間と、愚かすぎて利用されていることに気づかない人間。それ以外に、第三のグループを作れそうな者もいる。オルロフにやすやすと金を盗まれてしまう人間。オルロフは自分が捕食者であり、大泥棒であることを隠そうともしない。一万ドルもするイタリア製のスーツや、香港で特別に誂《あつら》えさせているトレードマークのストライプのシャツとともに、こうしたことも自慢している。ソビエト共産主義体制の劇的な崩壊によって、短期間で莫大な金儲けをするチャンスが生まれ、オルロフはそれをつかんだ。「イギリスで生まれていれば、手を汚すことなく金持ちになっていただろう」ロンドンで暮らしはじめてほどなく、インタビューを受けた彼はそう語った。「だが、わたしはロシアで生まれた。だから、ロシアの流儀で金儲けをしたんだ」

冷戦まっただなかの時代にモスクワで成長したオルロフは、生まれつき理数系の才能に恵まれていた。高校卒業後、レニングラード精密機械光学大学で物理学を専攻し、そのちロシアの核兵器開発に従事して、ソビエト連邦が息をひきとる日まで研究を続けた。同僚の大部分がソ連崩壊後も無休で働きつづけたのに対して、オルロフは早々に共産党を離れ、金持ちになることを誓った。数年もしないうちに、パソコンや、電化製品や、そのほかの西欧の品々を黎明《れいめい》期のロシア市場に輸入して莫大な富を築きあげた。やがて、その富を使って、ロシア最大の国営企業だった鉄鋼会社と、シベリア油田の巨人と言われたルゾイル社を格安で買いとった。ほどなく、かつては政府に雇われていた物理学者で、ほかの二家族とアパートメントを共有せざるをえなかったヴィクトル・オルロフが、巨万の富を手に入れ、ロシアでもっとも裕福な男になったのだった。

しかし、ソ連崩壊後のロシアは無法地帯で、犯罪と腐敗がはびこっていたため、オルロフはその財産ゆえに命を狙われはじめた。暗殺未遂事件が少なくとも三回あり、噂によると、オルロフは報復のために数人の殺害を命じたという。しかし、彼にとって最大の脅威は、ボリス・エリツィンの次にロシア大統領となった男だった。この男はヴィクトル・オルロフやそのほかの新興成金《オリガルヒ》がロシアのもっとも貴重な財産を盗んだと信じていて、それを奪いかえすつもりでいた。クレムリン入りしたあとでオルロフを呼びつけ、二つのものを要求した。鉄鋼会社とルゾイルを。「それと、政治には首を突っこむな」と、険悪な口調でつけくわえた。「逆らったら、首を切り落としてやる」

オルロフは鉄鋼の権益を放棄することに同意したが、ルゾイルについては首を縦に振らなかった。大統領は機嫌を損ねた。詐欺と贈賄の容疑で捜査を開始するよう、ただちに検察に命じ、一週間もしないうちに、検察からオルロフの逮捕状が出された。厳寒の強制収容所に長期間放りこまれかねない事態に直面して、オルロフは賢明にもロンドンへ逃亡し、ロシア大統領を声高に非難する一人となった。だが、最後には、史上最高額の身代金として会社を手放すことを承知した。ロシアに拘束されていた〈オフィス〉の工作員三名の解放とひきかえに、百二十億ドル支払うことにしたのだ。この気前のいい行為に対して、オルロフは英国のパスポートを与えられ、女王に個人的に拝謁できることになった。彼がのちに語ったところによると、生涯で最高に誇らしい日だったそうだ。

クレムリンと金融上の合意に達してから五年以上もたつのに、オルロフはいまなお、ロシアの暗殺リストのトップにいる。その結果、ロンドン市内の移動には装甲仕様のリムジンを使い、チェイニー・ウォークの自宅は戦争中の国の大使館みたいな外観になっている。窓には防弾ガラス、歩道の縁にはボディガードでぎっしりの黒のレンジローバー。ボディガードは全員、クリストファー・ケラーがかつて所属していた英空軍特殊部隊の出身だ。

約束の時刻の四時半にガブリエルが到着し、錬鉄のゲートを通ってオルロフ邸の堂々たる玄関ドアの前に立っても、ボディガードたちはほとんど注意を向けなかった。ガブリエルがベルを押すと、糊《のり》のきいた黒と白のお仕着せ姿のメイドが出てきて、ガブリエルの先に立って広い優美な階段をのぼり、オルロフの仕事部屋へ案内してくれた。バッキンガム宮殿にある女王の書斎をそっくりまねた部屋だが、一つだけ違うのは、デスクの背後の壁が巨大なプラズマ・スクリーンになっていることだった。いつもは世界中からの金融関係のデータが映しだされているが、この午後オルロフの注意をとらえていたのはウクライナ危機だった。ロシア軍がクリミア半島に侵攻し、ウクライナ東部へさらに勢力を広げようとしていた。ふたたび冷戦の始まりだ。メディアはそう評した。だが、その説には大きな欠陥が一つあった。ロシア大統領の頭のなかでは、そもそも、冷戦は終結していなかったのだ。

「いずれこうなると警告しておいたのに」しばらくしてから、オルロフは言った。「現代の皇帝が帝国を奪いかえそうとするだろうと警告した。グルジアは前菜にすぎず、旧連邦の穀倉地帯だったウクライナがメインディッシュになるだろう、とはっきり言っておいた。

いまではそれがテレビで生中継だ。ヨーロッパの連中はどうする気なんだ?」

「何もしない」ガブリエルは答えた。

オルロフは画面に視線を据えたまま、ゆっくりうなずいた。「ロシア軍がよその独立国家を蹂躙《じゅうりん》しているのに、ヨーロッパの連中が知らん顔なのはなぜだと思う?」

「金だ」ガブリエルは答えた。

オルロフはふたたびうなずいた。「わたしはその点も警告しておいたんだ。ロシア貿易への依存度を高めてはならないと言っておいた。ロシアの安価な天然ガスには頼るなと懇願した。もちろん、誰も耳を貸そうとしなかった。そして、いま、ヨーロッパ諸国は皇帝に効果的な制裁を加えることができずにいる。自国の経済にとって大きな打撃となるからだ」オルロフはゆっくり首を振った。「吐き気がしてくる」

ちょうどそのとき、ロシア大統領が画面に登場した。片手を脇に堅苦しく垂らし、反対の手を大鎌のように振りまわしている。最近また整形したようだ。目が吊りあがっているため、旧ソ連の中央アジア地域出身の男みたいに見える。両手を血で汚していなければ、ひょうきんな人物のような印象になるかもしれない。

「最新の調査によると」年来の仇敵《きゅうてき》に視線を据えたまま、オルロフが言っていた。「やつの資産は千三百億ドル。世界最高の大金持ちってことだ。それだけの金をどうやって手に入れたと思う?　政府からもらう給料だけでやってきたはずなのに」

「たぶん、盗んだんだろうな」

オルロフは壁のスクリーンから目を離し、初めてガブリエルと向かいあった。小柄で機敏な六十歳の男で、白髪交じりの髪をジェルで固めて若作りのスパイクヘアにしている。縁なし眼鏡の奥で左目がひきつっている。ロシア大統領の話を始めると、いつもこうなる。

「きみをロシアから救いだすために、わたしがルゾイルをクレムリンに進呈したあとで、やつがかなりの部分をわがものにしたのは間違いのない事実だ。当時の資産価値にして約百二十億ドルだった。やつの莫大な財産に比べれば微々たるものだが。やっとその取り巻き連中はロシア国民を犠牲にして、どんどん金持ちになっている。だから、権力の座にすわりつづけるためには手段を選ばない。シリアにいるやつのお友達と同じように」

「だったら、それをどうにかするために協力してくれてもいいじゃないか」

「皇帝の金を盗むのかい？　それ以上に痛快なことはないな。なにしろ、その一部はわたしのものだ。だが、実行は不可能だ」

「わたしもそう思う」

「だったら、何をしようというんだ？」

「かわりに、シリアのお友達の金を盗みだす」

「見つけたのか」

「いや」ガブリエルは答えた。「だが、金を管理している人物を見つけだした」

「ケメル・アル＝ファルークだな。だが、投資ポートフォリオの管理にあたっているのはワリード・アル＝シディキだぞ」

ガブリエルは唖然《あぜん》として返事もできなかった。オルロフが笑みを浮かべた。

「もっと前に訪ねてきてくれればよかったんだ。きみの手間を大幅に省いてやれたのに」

「どうしてアル＝シディキのことを？」

「金を捜しているのがきみ一人ではないからさ」オルロフは振り向いて壁のスクリーンを見た。ロシア大統領が将軍たちから報告を受けているところだった。「皇帝も金をほしがっている。だが、驚くほどのことではない。なんでもほしがる男だからな」

時計が五時を打つと、メイドがシャトー・ペトリュスを持って現れた。ボムロールの伝説的ワインをオルロフはミネラルウォーターみたいにがぶ飲みしている。

「一杯どうだね、ガブリエル」

「遠慮しとくよ、ヴィクトル。車で来たから」

オルロフは〝なら、やめとけ〟という感じで片手を振り、真紅のワインを大きなグラスに十センチほど注いだ。

「話はどこまで進んだかな？」

「どうやってワリード・アル＝シディキのことを知ったのかを説明してくれるところだっ

た」

「モスクワに情報源があるんでね。きわめて優秀な連中だ」オルロフは笑顔でつけくわえた。「きみもとっくに知ってると思っていた」

「あなたの情報源は最高だ、ヴィクトル」

「MI6より役に立つ。たまにはわたしの電話に出るよう、きみの仲良しのグレアム・シーモアに伝えてくれ。大きな力になれると思う」

「今度会ったら、そう言っておくよ」

オルロフはブロケード張りの長いカウチの端にすわり、反対の端をガブリエルに勧めた。防弾ガラスの窓の向こうでは、夕方の車の流れがチェルシー・エンバンクメントを進み、アルバート・ブリッジを渡ってバターシーのほうへ去っていく。だが、ヴィクトル・オルロフの世界には、壁のスクリーンを大股で横切るやや滑稽な感じの人物がいるだけだった。

「文明世界の国家がみな、シリア大統領に対して武力行使をする気でいるときに、やつはなぜ大統領の擁護に立ちあがったのだろう？　アラブ世界に君臨するロシアの唯一の友を守りたかったからか？　どちらの質問も答えはイエスだ。しかし、ほかにも理由がある」

オルロフはガブリエルを見て言った。「金だ」

「額は？」

「五億ドル。皇帝の口座に直接送られた」

「誰からそんなことを聞いた？」

「言わないほうがいいだろう」

「その五億ドルはどこから？」

「どこだと思う？」

「シリアの国庫は空っぽだから、たぶん、支配者のふところからじかに出たものだな」

オルロフはうなずき、ふたたびスクリーンを見た。「金が口座に入ったことを確認したあと、皇帝は何をしたと思う？」

「欲張りなやつだから、対外情報庁《SVR》に所属していたころの仲間に、残りの金を見つけるよう命じたんじゃないかな」

オルロフは微笑して、ワインを飲んだ。「わが情報源の報告によると、ダマスカス在住のSVRの人間が担当したそうだ。すぐにケメル・アル＝ファルークのことを探りだした。そこからアル＝シディキの名前にたどりつくには五分もかからなかった」

「全資産をアル＝シディキが管理しているのだろうか」

「いや、違う。支配者の金の半分は、おそらく本人の管理下にあると思う」

「ならば、皇帝は何を待ってるんだ？」

「支配者が生き延びるかどうか、もしくは、カダフィのような最期を迎えるかどうか、見定めようとしているのだ。生き延びれば、金は支配者のものだ。だが、カダフィのような最期を迎えたら、アル＝シディキが持ち歩いている口座リストをＳＶＲのほうで奪いとるつもりなんだ」

「こっちが先に頂戴するとしよう」ガブリエルは言った。「協力してほしい」

「具体的に何をすればいい？」

ガブリエルは説明した。オルロフは眼鏡のつるをまわした。金のことを考えるときにかならず見せるしぐさだ。

「安い金ではできんぞ」しばらくしてから、オルロフは言った。

「いくらあればいい？」

「最低三千万。あれこれ入れると、四千万ぐらいかかるだろう」

「今回は割り勘にしないか」

「いくら出せる？」

「一千万ならなんとかなる。だが、用意できるのは現金だけだ」

「本物か」

「もちろん」

オルロフは微笑した。「だったら、現金でオーケイだ」

44

ロンドン——リンツ、オーストリア

会議の名称をどうするかで、盛んに議論が闘わされた。オルロフは自分の名前を入れるべきだと主張した。その気持ちはわからないでもない。なにしろ、費用の大半を彼が持つのだから。「オルロフという名は質の高さの象徴だ。成功の象徴だ」

「たしかにそうだが」ガブリエルは言った。「腐敗と詐欺と暴力の象徴でもある」

オルロフもしいて反論はしなかった。結局、〈ヨーロッパ・ビジネス・イニシアティブ〉という名称に決まった。ストイックで、堅実で、議論を呼ぶような点はいっさいない。オルロフは負けてぶつぶつ言っていた。「いっそのこと、〝死ぬほど退屈な十二時間〟というキャッチコピーでもつけたらどうだ？　恐れをなして誰も参加しなくなるぞ」

翌週の月曜日、『フィナンシャル・ジャーナル』でこの企画が発表された。評判の高いロンドンの経済専門紙で、数年前に倒産寸前まで行ったとき、オルロフがただ同然の値段で買いとったのだ。記事のなかで、オルロフは次のようにコメントした。〝当会議の趣旨は、政府、産業界、金融界の優秀な頭脳が一堂に会して、不況後の停滞からヨーロッパ経済を救いだすための方策を考えることにあります〟

最初は冷淡な反応ばかりだった。ある評論家は〝オルロフの愚行〟と呼んだ。別の評論家は〝オルロフのタイタニック号〟と名づけた。〝一つだけ決定的な違いがある。こちらの船は出港もしないうちに沈んでしまうだろう〟

こんな会議はオルロフお得意の売名行為の一つにすぎないと冷淡に言いきる者たちもいたが、オルロフはこの非難に対して、ビジネスニュース専門のチャンネルのインタビューでくりかえし反論した。そして、評論家たちの誤りを立証しようとするかのように、この企画への支持を集めるために、ヨーロッパ各国の首都をまわる旅にひそかに出発した。最初の目的地はパリで、長時間にわたる交渉の末、フランス経済相が代表団を送ることを承知した。オルロフは次にベルリンへ飛び、ドイツ人から参加の約束をとりつけた。残りの国々もほどなくあとに続いた。ベネルクス三国はそろって承諾した。スカンジナビアも承諾。スペインにいたっては参加したくてうずうずしている状態だったので、オルロフはマドリード訪問を省略した。ローマへも行く必要はなかった。なんと、イタリアの首相がじきじきに出席すると言ってきた。もちろん、その時点で首相の座にすわっていればという条件つきで。

ヨーロッパ各国の政府から参加の約束をとりつけたオルロフは、次に、ビジネス・金融界のスターを狙うことにした。ドイツの自動車産業の大物や、スウェーデンとノルウェーの製造業の巨人を釣りあげた。海運や鉄鋼やエネルギー業界の大手も参加を希望した。スイスの銀行は最初のうち渋っていたが、過去の罪は問わないとオルロフが約束したおかげで、参加を承知した。

というわけで、わずか数日のうちに、一度は愚行とそしられた会議がビジネス界で最高にホットなイベントになっていた。オルロフのところに招待を求める声が殺到した。そもそもなぜ自分たちが招待されていないのかと首をかしげるアメリカ人たちがいた。富と権力を持つ人々と親しく交わりたいというファッションモデル、ロックスター、俳優がいた。個人的スキャンダルで信用をなくし、名誉挽回《めいよばんかい》のチャンスを求めている英国の元首相もいた。さらには、クレムリンにいるオルロフの敵どもと密接な絆《きずな》を保っているロシアの新興成金《オリガルヒ》もいた。オルロフは全員に同じ返事を出した。招待状は七月一日に速達で届くようにする。出欠の返事は四十八時間以内にお願いしたい。取材はオルロフの開会の辞のみに限定し、それ以外はガラ・ディナーも含めてオフリミットということでご了承いただきたい。

ドナウ川が大きく蛇行する場所に位置するオーストリアの魅惑的な街には、こうした騒ぎの影響はほとんど及んでいなかった。リンツに本社を置く鉄鋼大手フェストアルピーネの社長のもとには、オルロフからロンドンの会議への出欠を問う連絡が入っていたが、それを別にすれば、街ではいつもどおりの日々が続いていた。サマー・フェスティバルが二つ開催され、そのたびにカフェが混みあい、そして、路面電車の折り返し点の近くにある小さなプライベート・バンクでは、ハマー出身の女が変わったことなど何も起きていないかのように、日々の仕事に精を出していた。ガブリエルとチームの面々は、いまやフルタイムの発信機として機能するようになったジハンの携帯のおかげで、彼女のあらゆる行動に耳を傾けることができるようになった。彼女が口座を開き、金の移動をおこなう様子に耳を傾けた。ヘル・ウェーバーやミスター・アル＝シディキと会う様子に耳を傾けた。そして、深夜には、彼女がハマーの夢を見る様子に耳を傾けた。

ガブリエルたちはまた、離婚して一人でリンツに越してきた作家志望のイングリッド・ロスという女性との友情が深まる様子にも耳を傾けた。二人は一緒にランチをとり、ショッピングをし、美術館へ出かけた。そして、アッターゼー湖の西側にある黄色い瀟洒な別荘を二回再訪し、ジハンはそこで、彼女がドイツ人と信じこんでいる男性から指示を受け、訓練を受けた。一回目のセッションの終わりに、ミスター・アル＝シディキのオフィスの様子を詳細に述べるよう求められた。そして、二回目のセッションでふたたび別荘を訪ねたときには、部屋の一つにオフィスが再現されていた。細部に至るまで完璧な出来栄えだった。同じデスク、同じパソコン、同じ電話。頭上の防犯カメラとドアの暗証キーパッドまで同じだった。

「なぜこんなものを？」ジハンは呆然《ぼうぜん》として尋ねた。

「訓練のためだ」ガブリエルは微笑した。

そして、三時間休憩なしで訓練がおこなわれ、ジハンは恐怖や緊張をいっさい顔に出すことなく自分の役割をこなせるようになった。次に、部屋を真っ暗にしてから、アラームが鳴り響き、アル＝シディキの手下どもがやってくるぞとガブリエルがわめきちらすなかで、それをくりかえした。この訓練がイスラエルの秘密諜報機関の考案によるものであることを、ガブリエルはジハンに伏せておいた。また、彼自身が同じような訓練に耐えてきたことも言わずにおいた。ジハンの前では、彼はガブリエル・アロンではなかった。仕事はできるが退屈な、名前を名乗らないドイツの税吏という役割に徹していた。

作戦の日が近づくにつれて、ジハンを欺いていることがガブリエルの良心に重くのしかかってきた。ガブリエルが不機嫌になる一方だったので、エリ・ラヴォンは彼の一存でスループ型の小さなヨットを購入し、毎日午後になると二、三時間ほどガブリエルを別荘から連れだすようになった。帆に風を受けて〈地獄の山〉のほうへ向かい、それから巧みにヨットを操って帰途につき、つねに前日よりタイムを縮めようとした。薔薇《ローゼンヴィント》の風の香りに、ガブリエルは怯えて母親にしがみつく子供のことを思い浮かべた。そして、ときには、コルシカ島で予知能力を持つ老婆から耳もとでささやかれた警告を思いだすこともあった。

〝その女に危害が及ばないようにおし。でないと、あんたはすべてを失うことになる〟

しかし、六月最後の数日間、ガブリエルの頭を占めていたのはワリード・アル＝シディキのことだった。どこへ行くにも黒革の手帳をポケットに忍ばせている男。アル＝シディキはこの時期に頻繁に出かけていて、飛行機の予約はいつも数時間前になってからだった。日帰りでブリュッセル、一泊でベイルート、そして、大急ぎでドバイ訪問。ドバイではトランス・アラビアン銀行の本店で長時間を過ごした。ウィーンに戻ったのは七月一日の午後一時で、三時にはいつものように二人組のボディガードを従えて、ウェーバー銀行のドアを大股で通り抜けた。ジハンはアラビア語で丁寧に彼を迎え、留守中に届いた郵便物の束を渡した。そのなかにＤＨＬの封筒が交じっていて、〈ヨーロッパ・ビジネス・イニシアティブ〉と書かれた立派な招待状が出てきた。アル＝シディキは未開封のままそれを持って自分のオフィスに入り、音もなくドアを閉めた。

これが水曜のこと。つまり、出欠の返事を電子メールで出すには、金曜の午後五時まで余裕があるということだ。ガブリエルは長く待たされることを覚悟した。あいにく、その覚悟どおりになった。水曜の残りはなんの反応もなく過ぎていき、木曜の午前と午後も同じくだった。エリ・ラヴォンは返事の遅れをいい兆候と見た。招待されたことに気分をよくして、参加すべきかどうかじっくり考えているのだろうと言った。だが、ガブリエルは不安のほうが大きかった。シリア人銀行家を英国におびきよせようとして、時間と資金を大量に注ぎこんだ。なのに、その努力の成果が、ヨーロッパの実業家たちのきらびやかなおしゃべり会だけになろうとしている。ラヴォンにも言っているように、活気のないヨーロッパ経済に活を入れるのは立派なことだが、ガブリエルにとって、それはけっして最優先事項ではない。

金曜の午前中には、不安でおかしくなりそうだった。ロンドンのヴィクトル・オルロフに一時間おきに電話をした。別荘のリビングのなかをいらいらと歩きまわった。刻々と移り変わる気分に合った言語で、天井に向かってつぶやきつづけた。午後の二時になると、ついにアル＝シディキのオフィスを模した部屋のドアを乱暴に開き、早く決断しろとアラビア語でわめきちらした。そこでエリ・ラヴォンが乗りだした。ガブリエルの肘をそっとつかみ、長い桟橋の先端まで連れていった。「行ってこい」湖の向こう岸を指さして、ラヴォンは言った。「五時一分前まで帰ってくるな」

ガブリエルはしぶしぶヨットに乗りこむと、帆を張り、濃厚な薔薇の香りに包まれて〈地獄の山〉のほうへ向かった。湖の南端まで行くのに一時間しかかからなかった。穏やかな入江に入って帆を下ろし、携帯に手を伸ばしたい衝動を抑えながら日光浴をした。三時半、メーンスルとジブを上げて北へ向かった。五時十分前にゼーベルクの町に着き、右舷方向へ最後にもう一度タッキングしてから、対岸の別荘へ一直線に戻ることにした。岸が近くなったとき、栈橋の端に立つエリ・ラヴォンの小柄な姿が見えた。片腕を上げて無言の敬礼をしている。

「どうだった?」ガブリエルは訊いた。

「ミスター・アル=シディキが〈ヨーロッパ・ビジネス・イニシアティブ〉に喜んで参加するそうだ」

「それだけ?」

「いや」ラヴォンは顔をしかめた。「あいつ、ミス・ナワズと二人だけで話をしようとしている」

「どんな話を?」

「まあ、家に入ろう」ラヴォンは答えた。「じきにわかるさ」

45

リンツ、オーストリア

ジハンは五分だけ待ってほしいと頼んだ。経理のファイルを鍵のかかる引出しにしまうための五分。すでに片づいているデスクを片づけるための五分。早鐘のように打っている心臓を落ち着かせるための五分。与えられた時間が過ぎた。いつもよりやや性急な動作で立ちあがり、スカートのしわを伸ばした。それとも、てのひらの湿り気を拭ったのだろうか。スカートの生地に汗がついていないかどうか確かめてから、アル＝シディキのドアの外に立つボディガードにちらっと目を向けた。向こうはジハンをじっと見ていた。たぶん、アル＝シディキもこちらを見ているのだろう。ジハンは笑みを浮かべて廊下を歩いた。不安を隠して勢いよくノックした。三回強く叩いたため、指の関節がひりひりした。

「入ってくれ」アル＝シディキが言ったのはそれだけだった。

右側に立つボディガード（背の高いほうで、名前はユスーフ）が壁のキーパッドに暗証番号を打ちこむあいだ、ジハンはまっすぐ前方を見ていた。デッドボルトがかちっとはずれ、ジハンが手を伸ばすとドアが音もなく開いた。部屋は薄暗く、室内を照らしているのはデスクの上のハロゲンライトだけだった。ライトの位置がわずかに変わっているようだが、それを除けば、デスクの上はいつもどおりだった。左側にパソコン、中央に革製の台帳、右側に電話。目下、受話器がアル＝シディキの耳に押しつけられていた。チャコールグレイのスーツに白いシャツ、そして、磨きあげた花崗岩《かこう》のような光沢を放つダークな色のネクタイ。小さな黒い目がジハンの頭上のどこかを見つめている。人差し指を鷲鼻《わしばな》の横に当て、何やら考えこんでいる様子だ。アル＝シディキはその指を一瞬だけ離して拳銃の形にし、空いた椅子を指し示した。ジハンは腰を下ろして、気どった様子で姿勢を整えた。笑みはいまも消えていない。視線を落として自分の携帯でメールをチェックし、アル＝シディキの電話の相手が誰なのかは考えないようにした。

ようやく、アル＝シディキがアラビア語で二言三言つぶやき、受話器を戻した。「悪いね、ジハン」同じくアラビア語で言った。「だが、急を要する用件だったので」

「何か問題でも？」

「通常の範囲内のことだ」アル＝シディキは顎の下に両手を当ててじっと考えこみ、一瞬、ジハンに真剣な視線を向けた。「きみと話したいことがある」ようやく言った。「個人的なことだが、仕事上のことでもある。遠慮なく話をさせてもらいたい」

「何かまずいことでもあるのでしょうか」

「きみの口から聞かせてもらいたい」

ジハンのうなじがかっと熱く燃えた。「おっしゃる意味がわかりません」冷静に言った。

「質問してもいいかね？」

「どうぞ」

「このリンツで暮らしていて幸せかね？」

ジハンは眉をひそめた。「なぜそんな質問を？」

「あまり幸せそうに見えないことがあるからだ」アル＝シディキの小さい冷酷な口に微笑らしきものが浮かんだ。「きみはとても生真面目な人のようだね」

「ええ、そうです」

「そして、正直な人？　自分のことを正直者だと思っているかね？」

「とても」

「顧客のプライバシーを侵害するようなことはないかな？」

「もちろん、ありません」

「それから、当行の業務について外で誰かと話しあうこともないね？」

「けっして」

「家族とも？」

「はい」

「友達とも?」

ジハンは首を横に振った。

アル＝シディキはテレビに目を向けた。いつものように、アルジャジーラにチャンネルを合わせてあった。音声は消してある。

「では、忠誠心についてはどうかな？　自分のことを誠実な銀行員だと思っているかね？」

「ええ、とても」

「きみの忠誠心はどこに向いているのかな?」

「さあ、真剣に考えたこともありませんが」

「いま考えてくれ」アル＝シディキはパソコンの画面に目を向けた。ジハンに一人で考える時間を与えようとするかのように。

「自分に対して誠実なのかもしれません」

「おもしろい答えだ」アル＝シディキの黒い目がパソコン画面を離れてジハンの顔に向いた。「自分に対してどんなふうに誠実なんだ?」

「自分なりの掟《おきて》に従って生きようとしています」

「例えば?」

「故意に人を傷つけることはけっしてしません」

「相手に傷つけられても？」

「はい。相手に傷つけられても」

「では、誰かが何か非道なことをしたのを嗅ぎつけた場合は？　その人物を懲らしめてやろうとするかね？」

ジハンは不安を隠して微笑した。「そのお尋ねは個人的な面に関してですか。それとも、仕事の面でしょうか」

この質問に、アル＝シディキはうろたえたようだ。視線がさまよい、音声のないテレビのほうを向いた。「では、祖国はどうだね？　きみは祖国に忠誠心を持っているかね？」

「ドイツのことは大好きです」ジハンは答えた。

「きみはドイツのパスポートを持ち、あの国で生まれたかのようにドイツ語を話すが、ドイツ人ではない。シリア人だ」いったん言葉を切り、さらに続けた。「わたしと同じように」

「だから雇ってくださったんですか」

「きみを雇ったのは、ここオーストリアで仕事をしていくために、言葉のできる人間が必要だったからだ。きみにどれだけ助けられたことか。だから、きみのために新しいポストを用意しようと思っている」

「どんなポストでしょう？」

「わたしの直属の部下になってもらいたい」

「どのような仕事をすればいいのですか」

「わたしの命じる仕事をしてもらいたい」

「わたしは秘書ではありません、ミスター・アル＝シディキ」

「秘書扱いするつもりはない。顧客の投資ポートフォリオの管理を手伝ってほしいのだ」

アル＝シディキはジハンの心を読もうとするかのように、彼女をじっと見た。「興味があるかね？」

ジハンは視線を落とし、自分の両手に向かって返事をした。「わたしのためにそのようなポストを考えてくださって、とてもありがたく思います、ミスター・アル＝シディキ」

「あまりうれしそうな顔ではないね。それどころか、むしろ迷惑そうだ」

「とんでもない。なぜわたしのような者にそんな重要な仕事をまかせてくださるのかと、不思議に思っているだけです」

「なぜきみではいけないんだ？」アル＝シディキは反論した。

「資産管理の経験がまったくありません」

「きみには経験よりはるかに貴重なものがある」

「なんのことでしょう？」

「忠誠心と正直さ。わたしが人を雇うときにもっとも重視する二つの資質だ。わたしには信頼できる人間が必要なのだ」アル＝シディキはほっそりした長い指を尖塔《せんとう》のように合わせて、鼻の先につけた。「きみなら信頼できる気がする。そうだろう？」

「もちろんです、ミスター・アル＝シディキ」

「では、興味を持ってくれるね？」

「とても。ただ、一日か二日考えさせてもらえませんか」

「返事をもらうのに、そんなに長く待つことはできない」

「どれぐらい待っていただけますか」

「うーん、十秒ぐらいかな」アル＝シディキはふたたび微笑した。鏡の前で練習してこの表情をマスターしたかに見える。

「イエスとお返事した場合は？」

「先へ進む前にまず、身元調査をする必要がある」アル＝シディキは一瞬黙りこんだ。

「別に問題はないね？」

「身元調査なら、わたしを雇う前になさったはずですが」

「そのとおり」

「では、なぜ再調査を？」

「調査する点が違うからだ」

脅すような口調だった。そう、脅しなのかもしれない。

アッターゼー湖の別荘のリビングでは、ガブリエルが期せずしてワリード・アル＝シディキと同じポーズをとっていた。指先で鼻を押さえて、まっすぐ前方に目を向けている。ただし、視線の先にいるのはジハン・ナワズではなく、彼女の声が流れてくるパソコンだった。ガブリエルのとなりにエリ・ラヴォンがすわり、頬の内側を舌で探っている。そして、ラヴォンのとなりには、チームでもっともアラビア語に堪能なヤコブ・ロスマン。

「偶然かもしれない」ラヴォンが言ったが、確信はなさそうだった。

「かもしれない」ガブリエルはくりかえした。「もしくは、ジハンの交友関係がミスター・アル＝シディキの好みに合わない可能性もある」

「友達を持つのはルール違反じゃないぞ」

「ただし、その友達がイスラエル諜報機関の人間だとすると、そうはいかん。ミスター・アル＝シディキが問題視するだろう」

「ダイナがイスラエル人だなんて、どうしてやつにわかる？」

「あの男はシリアの人間だぞ、エリ。つねに最悪の事態を想定するはずだ」

ジハンがアル＝シディキのオフィスを出て自分のデスクに戻る音が、パソコンから聞こえてきた。ガブリエルはトグルバーを五時九分に戻し、再生をクリックした。

〝自分のことを正直者だと思っているかね？〟

〝とても〟
〝顧客のプライバシーを侵害するようなことはないかな?〟
〝もちろん、ありません〟
〝それから、当行の業務について外で誰かと話しあうこともないね?〟
〝けっして〟
〝家族とも?〟
〝はい〟
〝友達とも?〟
ガブリエルは停止をクリックしてラヴォンを見た。
「あまり役に立ちそうもないな」ラヴォンは言った。
「これはどうだ?」
ガブリエルは再生をクリックした。
〝自分に対してどんなふうに誠実なんだ?〟
〝自分なりの掟に従って生きようとしています〟
〝例えば?〟
〝故意に人を傷つけることはけっしてしません〟
〝相手に傷つけられても?〟

〝はい。相手に傷つけられても〟

〝では、誰かが何か非道なことをしたのを嗅ぎつけた場合は？　その人物を懲らしめてやろうとするかね？〟

停止。

「やつがジハンの裏切りを疑っているなら」ラヴォンが言った。「なぜ昇進話を持ちかけるんだ？　なぜ追いだそうとしない？」

「友は近くに置き、敵はさらに近くに置け」

「何が言いたい？」

「アル＝シディキはジハンを解雇できない。知られすぎている恐れがあるからだ。だから、昇進を口実にひきとめておき、身辺を徹底的に再調査する気なんだ」

「口実など必要ない。ムハバラートの友達連中に二、三回電話すればすむことだ」

「どれぐらいかかるかな？」

「なんとも言えん。なにしろ、いまのところ、連中はけっこう忙しい」

「どれぐらいだ？」ガブリエルはさらに迫った。

「数日。いや、一週間ぐらいかな」

ガブリエルはジハンの携帯からリアルタイムで流れてくる音量を大きくした。ジハンはバッグをとってヘル・ウェーバーに〝お先に失礼します〟と言っているところだった。

「彼女を呼んで計画は中止だと告げてもいいんだぞ」ラヴォンは静かに言った。

「金が手に入らなくなる」

ラヴォンは頬の内側をふたたび探った。「どうする気だ?」ようやく尋ねた。

「彼女の身に何も起きないよう厳戒態勢をとる」

「ムハバラートに所属するミスター・アル＝シディキの友達連中が忙しすぎて、電話に出る暇もないことを、期待するとしよう」

「ああ。そう期待しよう」


ジハン・ナワズがウェーバー銀行をあとにしたのは五時十分過ぎだった。路面電車が折り返し点で待っていた。それに乗ってドナウ川を渡り、モーツァルトシュトラーセで降りると、街の中心部の静かな通りを歩きながら、恐怖を隠すために低くハミングしていた。それは夏のあいだずっとラジオから流れていた歌だった。子供のころは、歌など聞いたこともなかった。ハマーの街に音楽はなかった。あるのはコーランだけだった。

住まいのある通りに曲がったとき、血の気のない肌とグレイの目をしたひょろ長い男が向かいの歩道を歩いているのが見えた。この数日、何度も見かけた男だ。けさも出勤するときに、電車で背中合わせの席にすわっていた。きのうは、タイヤレバーを素手で曲げられそうな、小柄ながらも屈強な男がついてきた。しかし、ジハンのお気に入りは、前にフエリクス・アドラーと名乗って銀行にやってきた男だ。ほかの人々とは違う感じがする。真の芸術家に見える。

ほんの一瞬、恐怖を忘れて郵便受けから中身を出した。玄関ロビーの床にちらしが散乱していた。それをまたいで階段をのぼり、自分のフラットに入った。リビングは出かけたときのままだった。キッチンと寝室もそう。パソコンの前にすわって、フェイスブックとツイッターをチェックし、何分間かは、アル＝シディキとの会話は職場でのごくふつうのやりとりだと思いこむことができた。だが、やがて恐怖がよみがえり、両手が震えはじめた。

携帯に手を伸ばして、イングリッド・ロスという名で知っている女性にかけた。

「今夜は一人でいたくないの。そっちへ行ってもいい？」

「ごめん、いまはちょっと……」

「都合が悪いの？」

「がんばって書いてるところなの」

電話が切れた。ジハンは携帯をパソコンの横に置き、窓辺まで行った。一瞬、通りの向かいからこちらを見ている男の顔をとらえた。ミスター・アル＝シディキの手下かもしれないわね。男の顔が消えるあいだに、ジハンは思った。もしかしたら、わたしの命はもう消えているのかもしれない。

46

ヒースロー空港、ロンドン

ドイツ政府の代表団が最初に到着した。いかにもドイツらしいことだ、とヴィクトル・オルロフは思った。なにしろ、いつの時代も経済発展を最優先させてきた国だ。一行が英国側の公式スタッフの案内でパスポート検査所をすみやかに通過して到着ロビーに出ると、〈ヨーロッパ・ビジネス・イニシアティブ〉と書かれた仮設カウンターで若く美しいロシア女性が待っていた。女性は一人一人の氏名にチェックマークを入れてから、待機している高級リムジンバスまで全員を案内し、そのバスが今回の公式ホテルとなっているドーチェスター・ホテルへ一行を運んだ。代表団のなかで一人だけ、貿易関係担当の次官クラスの誰かが宿泊場所のことで文句を言ったが、それを除けば、上々のスタートだった。

次に到着したのはオランダ、そのあとに、フランス、イタリア、スペインと続き、それから、葬儀に出るためにロンドンに来たかのような顔つきのノルウェーの一行も到着した。その次は、ドイツの鉄鋼業界、ドイツの自動車業界、ドイツの家電業界と続いた。イタリアのファッション業界の代表団がいちばん派手に登場した。いちばん地味だったのはスイスの銀行業界で、誰にも気づかれることなくひっそりと街に入った。ギリシャは副大臣を一人だけよこした。彼の任務は金をねだることだった。オルロフは彼に〝おねだり大臣〟とあだ名をつけた。

次に到着したのは、デンマークの海運・エネルギーのコングロマリット、マースク社の代表団だった。そして、午後の半ばごろ、ウィーン発のブリティッシュ・エアウェイズの便でワリード・アル＝シディキという男がやってきた。ダマスカス出身のプライベート・バンカーで、現在はリンツ在住。奇妙なことに、ボディガードを連れていて、そんな招待客はイタリア首相以外にはこの男だけだった。仮設カウンターの女性がリストに男の名前を見つけようとして手間どった。定冠詞の〝アル〟が抜けていたからだ。意図的に仕組まれた小さなミスで、いかに周到に準備されたイベントでもこういうミスはありがちだと、〈オフィス〉のほうで考えたのだった。

アル＝シディキとボディガードが少々むっとした様子で外に出ると、歩道のそばでメルセデスのリムジンが待っていた。運転手も含めてＭＩ６のものだ。その五十メートルうしろを、赤のヴォクスホール・アストラが走っていた。運転しているのはナイジェル・ウィットカム。助手席には小型のイヤホンをつけたガブリエルがすわっていた。このイヤホンも、リムジンにひそかにとりつけた送信機も、結果的には無用の長物だった。なにしろ、ロンドン市内に入るまで、ワリード・アル＝シディキはひとこともしゃべらなかったのだから。それを別にすれば、上々のスタートだった。

二人はリムジンを追ってドーチェスター・ホテルまで行き、それから、ベイズウォーター・ロードにあるあまり安全《セーフ》とは言えない〈オフィス〉の隠れ家《セーフハウス》で、ウィットカムがガブリエルを降ろした。ランカスター・ゲートとハイドパークに面したこの家のリビングを、ガブリエルは小規模な司令部にした。安全な電話とノートパソコン二台が置かれ、パソコンの片方はＭＩ６のネットワークに、もう一方はリンツのチームに接続してあった。ＭＩ６に接続されたパソコンには、アル＝シディキのホテルの部屋に仕掛けた送信機からのデータが届き、もう一台のほうにはジハンの携帯からのデータが映しだされる。目下、ジハンは低くハミングしながらモーツァルトシュトラーセを歩いているところだった。一緒に送られてくる監視リポートによると、ミハイル・アブラモフが彼女のうしろを歩き、ヤコブ・ロスマンが通りの反対側を歩いている。敵の気配なし。トラブルの気配もなし。

ガブリエルはほかの者たちの気配に耳をすませ、次々と届く簡潔な監視リポートに目を通し、過去の作戦に思いを馳《は》せながら、長い夜を過ごした。リビングを行きつ戻りつし、いくつもの小さな事柄に頭を悩ませ、妻と誕生前の子供のことを思った。そして、午前二時、ジハンが恐怖の悲鳴をあげて目をさましたときには、彼女を作戦からはずそうかとちらっと考えた。だが、いまはまだ無理だ。必要なのはワリード・アル＝シディキの手帳だけではない。彼個人のパソコンに入っているデータも必要だ。そして、そのためにはジハンが必要なのだ。

東の空がようやく白みはじめたころ、ガブリエルはカウチで横になり、しばらく眠った。三時間後、シリアでの新たな残虐行為を報道するアルジャジーラの音声で目をさまし、そのあとに、アル＝シディキの贅沢《ぜいたく》なジャクージ風呂の湯の音が続いた。アル＝シディキはボディガードを従えて八時半に部屋を出ると、ドーチェスター・ホテルの豪華なビュッフェの朝食をとった。彼が朝刊を読んでいるあいだに、手帳が部屋に残されてはいないかと、MI6のチームが室内を点検した。手帳はなかった。

九時二十分、アル＝シディキがボディガードなしでホテルの玄関から出てきた。身分を証明するものがブルーと金色のリボンで首から下がっていた。ガブリエルがこれを知ったのは、その二分後、彼のパソコン画面にMI6の監視映像が映しだされたからだった。次の映像には、空港での出迎えのときと同じロシア女性にアル＝シディキが名前を告げている姿が映っていた。それから、高級リムジンバスに乗りこんでロンドン市内を東へ向かい、サマセット・ハウスの玄関に到着する姿。バスを降りて少人数の取材陣の横を無言で通りすぎる彼の姿は、別のMI6工作員が撮影した。アル＝シディキの目には傲慢《ごうまん》な光が浮かんでいた。ヨーロッパのビジネス界の頂点にのぼりつめた気分なのだろう。そこに長くとどまることはできないぞ。ガブリエルは思った。誰よりも無惨に転落させてやる。

ガブリエルが次にアル＝シディキの姿を見たのは、噴水がある中庭の石畳を彼が横切っているときだった。その二分後、アル＝シディキはテムズ川を見渡す天井の高いきらびやかな会場で自分の席につこうとしていた。彼の左側には、さまざまな色合いのグレイを身につけたスイスの大富豪、マーティン・ランデスマンがすわっていた。ＭＩ６がひそかに仕掛けた送信機のおかげで、ガブリエルの耳にも二人の挨拶が届いたが、それは控えめながらも礼儀正しいものだった。そのあとすぐに、ランデスマンがマースクの役員の一人と話を始めたので、アル＝シディキは席に置かれた印刷物の束にしばらく目を通した。それにも飽きて、どこかへ短い電話をした。誰にかけたのか、ガブリエルにはわからなかった。やがて、棺《ひつぎ》に釘を打ちこむような鋭い音がした。ただし、棺ではなかった。ヴィクトル・オルロフが小槌《こづち》を振りおろして〈ヨーロッパ・ビジネス・イニシアティブ〉の開会を宣言したのだった。

ガブリエルがビジネスに無縁の芸術家の家系に生まれたことをありがたく思うのは、こんなときだった。なにしろ、それから四時間にわたって、ヨーロッパ消費者コンフィデンスだの税引前利益率だの対所得負債比率だのユーロ株発行だのといった、死ぬほど退屈な議論に耳を傾けなくてはならなかったからだ。昼の休憩に入ったときはほっとした。

会議の午後の部は二時開始で、すぐさまマーティン・ランデスマンの独壇場となり、地球温暖化や化石燃料に関する熱のこもったスピーチが始まった。午後四時、今後の方針に対する提言を急いでまとめた声明書が発声投票により満場一致で採択され、来年ロンドンでふたたび開催をという第二の動議も同じく採択となった。会議終了後、ヴィクトル・オルロフが噴水の中庭で報道陣の前に姿を見せて、会議は大成功だったと発表した。

その後、参加者たちは休憩をとるため、ドーチェスター・ホテルに戻った。アル＝シディキは自分の部屋で電話を二回かけた。一回は妻に、もう一回はジハンに。それから、テート・モダンのタービン・ホールで開かれる晩餐《ばんさん》会に出るため、バスに乗りこんだ。彼の席は両隣がスイスの銀行家で、二人とも食事のあいだじゅう、彼らのビジネスモデルをおびやかしかねない新たなヨーロッパ銀行規制に対して、不満を並べたてていた。

食事がすむと、スイスの銀行家たちは早めに失礼すると言って、デザートが運ばれてくる前に席を立った。アル＝シディキはロシア人と取引をするリスクについてロイズの男性と何分か言葉を交わし、それから、彼自身も早めに抜けることにした。その晩はガブリエルと同様にぐっすり眠り、翌朝、シリア政府軍がホムスの街で反乱軍に大勝利を収めたというニュースが流れるなかで、二人とも同時刻に目をさました。アル＝シディキは風呂に入り、贅沢な朝食をとった。ガブリエルは大急ぎでシャワーを浴びて、濃いめのネスカフェを一杯飲んだ。それから、ベイズウォーター・ロードに出て、そこで待っていたヴォクスホール・アストラの助手席に乗りこんだ。ハンドルを握るのは、空港の保安検査官が着るブルーの制服に身を包んだナイジェル・ウィットカム。朝の車の流れにゆっくり割りこんで、二人はヒースローへ向かった。

午前八時三十二分、左右にボディガードを従えたワリード・アル＝シディキがドーチェスター・ホテルの堂々たる玄関を出ると、外は小雨模様だった。MI6差しまわしのリムジンが車寄せで待っていた。運転手もMI6の人間で、蓋をあけたトランクのそばに立っていた。「ミスター・シディキ」定冠詞をわざと省いて呼びかけた。「お手伝いしましょう」そう言うと、荷物をトランクに入れ、荷物の主たちを車に乗せた。ボディガードの一人は助手席に、もう一人はバックシートの運転席側に、そして〝ミスター・シディキ〟は助手席側に。八時三十四分、リムジンはパーク・レーンに曲がった。

四十分でヒースロー空港に到着した。アル＝シディキが乗るのはブリティッシュ・エアウェイズ七〇〇便ウィーン行き。第三ターミナルから出発する。運転手がトランクから荷物をとりだし、アル＝シディキに「お気をつけて」と挨拶すると、無表情な視線が返ってきた。ファーストクラスを予約してあるので、チェックインはわずか十分ですんだ。カウンターの女性が搭乗券に印刷されたゲートナンバーを丸で囲み、保安検査場のほうを指し示した。「あちらです。運のいい方ですね、ミスター・アル＝シディキ。けさの列はそれほど長くありませんもの」

アル＝シディキが自分を運のいい男だと思っているかどうかは不明だった。なにしろ、照明と出発便案内ボードが並んだまばゆいロビーを横切るあいだ、彼の顔に浮かんでいた表情はもっと深刻な問題と格闘している男のものだったからだ。ボディガードをあとに従え、パスポートと搭乗券を差しだして最終チェックを受けてから、三つの列のなかでいちばん短いところに並んだ。旅慣れているので、上着と靴をゆっくり脱ぎ、ブリーフケースとガーメントバッグから電子機器と液体物をとりだした。靴下とシャツという格好で、彼の持ち物がコンベアベルトに乗ってX線検査装置の胎内にのみこまれていくのを見守った。次に、指示に従ってミリ波スキャナーの機器内に入り、長期の包囲戦ののちに降伏するかのように、うんざりした顔で両手を上げた。

機内持込み禁止物も危険物も身につけていないことが確認されたところで、コンベアベルトの先端まで誘導された。若くて裕福そうなアメリカ人カップルが彼の前で待っていた。トレイがベルトに乗ってがたがたと運ばれてくると、カップルはあわてて荷物を掻《か》き集め、急ぎ足でコンコースへ出ていった。アル＝シディキは偉そうに眉をひそめて前に出た。無意識のうちに、シャツのポケットを軽く叩き、それから、静止したコンベアベルトを見おろして待った。

　三十秒ものあいだ、検査官三名がX線装置の画面をにらんでいた。最後に、検査官の一人がプラスティックのトレイを手にして持ち場を離れ、アル＝シディキが立っているところにやってきた。検査官の胸ポケットの名札には〝チャールズ・デイヴィス〟と書かれていた。本名はナイジェル・ウィットカム。

「あなたのお荷物ですか」ウィットカムは尋ねた。

「そうだが」アル＝シディキはぶっきらぼうに答えた。

「あと少しだけ透視検査が必要です。一分もかかりませんので」ウィットカムは愛想よくつけくわえた。「それがすめば、ご出発いただけます」

「スーツの上着を返してもらってもいいかな？」

「申しわけありません」ウィットカムは首を横に振った。「何か不都合なことでも？」

「いや」アル＝シディキは心とは裏腹に微笑してみせた。「不都合なことは何もない」

　ウィットカムは銀行家とボディガードを待合室へ案内した。それから、プラスティックのトレイを持って検査場の奥に入り、検査台にアル＝シディキのブリーフケース、ガーメントバッグと並べて置いた。革の手帳はジハン・ナワズが言ったとおりの場所に、すなわち、上着の左胸ポケットに入っていた。ウィットカムはすぐさま、クラリッサというＭＩ６の若き職員に手帳を渡し、それを彼女が少し先のドアまで運んだ。ドアの向こうには真っ白な壁の小部屋があって、男性が二人待機していた。一人はクラリッサの組織の長官。もう一人は、鮮やかな緑色の目をした、こめかみのあたりに白髪が交じっている男性。この男の偉業については、クラリッサも新聞で読んだことがある。どういうわけか、長官ではなく、緑色の目をした男のほうへ手帳を渡した。男は無言でそれを受けとると、最初のページを開き、高解像度のドキュメントカメラのレンズの下に置いた。それからファインダーをのぞいて一枚目の写真を撮った。

「ページをめくって」男は声をひそめて指示し、ＭＩ６の長官がページをめくると、二枚目を撮影した。

「もう一度めくって、グレアム」

カシャ……。

「次」

カシャ……。

「スピードを上げろ、グレアム」

カシャ……。

「もう一度」

カシャ……。

47

リンツ、オーストリア

ジハンの携帯にあらためてメッセージが届いたのは、オーストリア時間で十時半だった。〝今日のランチ、空いてるんだけど。〈フランツェスコ〉はどう？〟他愛ないメールだ。だが、レストランの選択はそうではなかった。二、三秒のあいだ、息が止まりそうだった。ハマーで味わった恐怖にいまも心臓をわしづかみにされている。何回か失敗したあとでようやく、簡単な返事を打ちこむことができた。〝いいの？〟ライフルの弾丸のような速さで返事があった。〝もちろん！　待ちきれない〟

ジハンは震える手で携帯をデスクに置くと、オフィスの電話の受話器を上げた。短縮ダイヤルにいくつか番号が入っていて、その一つに〝ミスター・アル＝シディキの携帯〟とラベルがついている。台本のせりふを最後にもう一度だけ練習した。それからボタンを押した。応答がなく、一瞬ほっとした。メッセージは残さずに電話を切った。それから、息を大きく吸いこんでリダイヤルした。

ジハンがアル＝シディキにかけた一回目の電話に応答がなかったのは、彼の携帯がヒースロー空港の保安検査官チャールズ・デイヴィス、またの名をナイジェル・ウィットカムのもとにあったからだった。二回目の電話のときには、携帯はアル＝シディキのところに戻っていたが、忙しくて電話に出るどころではなかった。スーツの上着の左胸ポケットに手帳が入っているかどうか、確かめている最中だった。手帳は無事だった。三回目の電話があったのは空港ターミナルの免税店にいたときで、アル＝シディキはひどく不機嫌だった。ぶっきらぼうに、「もしもし」と言っただけだった。

「ミスター・アル＝シディキ」ジハンが叫んだ。彼の声が聞けてよかったと言いたげな口調だった。「搭乗なさる前に連絡がついてほっとしました。ケイマン諸島で小さな問題が起きたものですから。少しお時間をいただいてよろしいでしょうか」

問題というのは、〈LXR投資〉という会社の登記済証に関することだった。

「それがどうしたんだ？」

「紛失しました」

「何を言っている？」

「いましがた電話があったんです。グランド・ケイマン島のジョージタウンにあるトレード・ウィンズ銀行のデニス・カーヒルという方から」

「名前は知っている」

「〈LXR投資〉の登記簿が見つからないそうです」

「たしか、わたしの代理人が直接手渡したはずだが」

「その点はカーヒル氏も否定しておりません」

「では、何が問題なんだ」

「どうも誤ってシュレッダーにかけてしまったらしくて。あらためて送ってほしいとのことです」

「いつまでに？」

「いますぐ」

「なぜそう急ぐ？」

「アメリカの取引先と何か関係があるようです。詳しいことは聞いていませんが」

アル＝シディキはひそかな声で、シリアに古くから伝わる罵りの言葉を吐いた。

「わたしのオフィスのパソコンにその書類が入っているはずだ」しばらくしてから、アル＝シディキは言った。

「どういたしましょう、ミスター・アル＝シディキ？」

「トレード・ウィンズ銀行のそのばか者宛てに書類を送信してもらいたい」

「この電話をいったん切ってから、かけなおしてもいいですか。そのほうが簡単だと思うので」

「急いでくれ、ジハン。搭乗が始まっている」

ええ。電話を切りながら、ジハンは思った。急いですませましょう。

ジハンは自分のデスクのいちばん上の引出しをあけて、二つの品をとりだした。黒革の書類ケースとUSBメモリ。頭上の防犯カメラに映りこまないよう、USBメモリは書類ケースにはさんである。それをブラウスの胸に押しつけると、席を立ち、アル＝シディキのオフィスのドアまでの短い廊下に出た。歩きながら彼の携帯番号を押した。即座に応答があった。

「準備できました」ジハンは言った。

「ドアの暗証番号は、八、七、九、四、一、二。覚えたかね？」

「はい、ミスター・アル＝シディキ。お待ちください」

電話を持った手で六つの数字を正確に打ちこみ、〝エンター〟を押した。電話の向こうに聞こえるぐらい大きな音をたてて、デッドボルトがかちっとはずれた。

「部屋に入ってくれ」アル＝シディキが言った。

ジハンはドアを押しあけた。真夜中のような闇が彼女を迎えた。そのままにしておいた。

「入りました」ジハンは言った。

「パソコンを立ちあげてくれ」

ジハンは立派な革椅子に腰を下ろした。椅子は生温かく、まるでアル＝シディキがさっきまですわっていたかのようだった。真っ暗な画面のパソコンが左に置かれ、その十センチほど手前にキーボード。CPUはデスクの下。ジハンはそちらへ手を伸ばすと、アッターゼー湖の別荘で何回も練習したのと同じことを流れるような動作でおこなった。暗闇のなかで、〝アル＝シディキが殺しに来るぞ〟と、名前も知らないドイツ人にどなられながら練習したことを。しかし、アル＝シディキが殺しに来ることはない。電話の向こうにいて、何をすべきかをジハンに冷静に指示しているのだから。

「準備できたかね？」

「まだです、ミスター・アル＝シディキ」

しばし沈黙が続いた。「まだか、ジハン」

「準備オーケイです、ミスター・アル＝シディキ」

「ログイン・ボックスの場所はわかるか」

ジハンはわかると答えた。

「いまから六桁の数字を言う。いいかね？」

アル＝シディキは六桁の数字を告げた。それを打ちこむと、アル＝シディキの隠された世界のメインメニューが現れた。ふたたび口を開いたジハンは、冷静な、退屈そうにさえ聞こえる声を出すことができた。

「できました」

「メイン・ドキュメント・ファイルがわかるかね？」

「はい、たぶん」

「そこをクリックしてくれ」

クリックした。パソコンがさらにパスワードを要求してきた。

「さっきのと同じだ」アル＝シディキが言った。

「すみません、忘れてしまいました」

アル＝シディキは数字をくりかえした。それを打ちこむとファイル・フォルダーが開いた。何十もの社名が並んでいた。投資会社、持株会社、不動産開発会社、貿易会社。見覚えのある名前がいくつかあった。だが、大部分は初めて見るものだった。

「検索ボックスに〈ＬＸＲ投資〉と打ちこんでくれ」

打ちこんだ。フォルダーが十個現れた。

「〝登記〟というのを開いてくれ」

やってみた。「ふたたびパスワードが要求されています」

「同じのを打ちこむんだ」

「もう一度言ってくださいます？」

アル＝シディキが言った。ところが、ジハンがそれを打ちこんでも、フォルダーは開かず、〝パスワードが違います〟という警告メッセージが出ただけだった。

「ちょっと待ってくれ、ジハン」

ジハンは携帯を耳に強く押しつけた。ウィーン行きの便の最終搭乗案内と、ページをめくる音が聞こえた。

「別の数字を言おう」ようやく、アル＝シディキが言った。

「どうぞ」

アル＝シディキは六桁の数字を告げた。ジハンはそれを打ちこんで、「開けました」と言った。

「法人設立書類のＰＤＦファイルがあるだろう？」

「はい」

「それをメールに添付して、トレード・ウィンズのばか男に送ってくれ。そうそう、頼みを聞いてくれないかな」アル＝シディキは急いでつけくわえた。

「どうぞ、ミスター・アル＝シディキ」

「きみのアカウントから送ってもらいたい」

「承知しました」

ジハンはPDFファイルを空白のメールに添付し、自分のアドレスを打ちこんで、〝送信〟をクリックした。

「完了です」

「もう切らなくては」

「道中お気をつけて」

電話が切れた。ジハンは自分の携帯をキーボードの横に置き、アル゠シディキのオフィスを出た。ドアが背後で自動的にロックされた。冷静に自分のデスクに戻った。六桁の数字を頭のなかでくりかえしながら。八、七、九、四、一、二……。

ロンドンのヒースロー空港では、第三ターミナルの奥にある人目につかないドアの内側で、ガブリエルがノートパソコンの画面を凝視していた。彼の横にはグレアム・シーモア。その手にはアル゠シディキの手帳の内容を収めたUSBメモリが握りしめられ、パソコン画面には、リンツのプライベート・バンクの様子が生で映しだされている。銀行の外に止めたオペルのなかから、ヨッシ・ガヴィシュが送ってくれているのだ。その映像を見るかぎりでは、妨害の気配も、トラブルの気配もない。映像の横にはカウントダウンクロックの数字。8：27、8：26、8：25、8：24……。アル゠シディキのパソコンのデータをダウンロードするための残り時間を示している。

「次は？」シーモアが訊《き》いた。

「数字がゼロになるのを待つ」

「それから？」

「ジハンがアル＝シディキのデスクに自分の携帯を忘れてきたことを思いだす」

「ドアの暗証番号を遠隔操作で変更する方法を、アル＝シディキが使っていなければいいのだが」

ガブリエルは画面の数字を見つめた。8：06、8：05、8：04……。


七分後、ジハン・ナワズが自分の携帯を捜しはじめた。それは芝居、偽り、アル＝シディキの防犯カメラを意識してのことだった。そして、たぶん、彼女自身の神経を静めるためでもあっただろう。デスクの上、引出し、周囲の床、屑《くず》かごのなかを捜した。洗面所と休憩室にまで捜しに行った。最後に、デスクの電話で携帯の番号をダイヤルし、アル＝シディキのドアの奥で呼出音が低く鳴るのを聞いた。軽く舌打ちして（これもアル＝シディキの防犯カメラを意識した芝居）、オフィスに入る許可を得るため彼の携帯にかけた。応答なし。もう一度かけてみたが、結果は同じだった。

受話器を戻した。携帯をとりに戻ったところで、ミスター・アル＝シディキが気になさるはずはないわ。ふたたび自分の神経を静めるためにそう考えた。時刻を確かめると、十分が経過していた。黒革の書類ケースをとって立ちあがった。急ぎ足にならないよう気をつけつつ、彼のオフィスのドアまで行った。麻痺《まひ》したような手でキーパッドに数字を六つ打ちこむ。八、七、九、四、一、二……かちっと鋭い音をたてて、デッドボルトがはずれた。ドアを押しひらき、恐怖を隠すために低くハミングしながら部屋に入った。

室内は漆黒の闇だった。ジハンはデスクまで行くと、自分の携帯に右手をのせた。次に左手に書類ケースを持ち、十分前に置いていった同型の書類ケースの上に重ねた。このケースを使って、USBメモリをアル＝シディキの防犯カメラから隠しておいたのだ。熟練した機敏な手の動きでUSBポートからメモリを抜きとり、同じ型の書類ケース二つと一緒にブラウスの胸に抱えた。それから部屋を出て背後のドアを閉めた。デッドボルトが銃声のような音をたてて施錠された。自分のデスクに戻るあいだに、ふたたび頭のなかに数字があふれた。それが自分の人生に残された日数、いや、時間数かもしれない。

午後一時、ジハンはランチに出かけてくるとヘル・ウェーバーに言った。バッグをとり、サングラスをかけた。それから、受付のサブリナにおざなりな会釈をして通りに出た。路面電車の折り返し点で電車が一台待っていた。急いで乗りこむと、数秒後、血の気のない肌とグレイの目をした長身の男が乗ってきた。ジハンを安心させようとするかのように、いつもより近くにすわった。モーツァルトシュトラーセで電車を降りたときには、あばた面の男が待っていて〈フランツェスコ〉まで送ってくれた。彼女がイングリッド・ロスという名で知っている女性が、陽光を浴びたテーブルでD・H・ロレンスを読んでいた。ジハンが向かいにすわると、本を下に置いて微笑した。

「午前中はどうだった？」

「忙しかったわ」

「そのバッグのなか？」

ジハンはうなずいた。

「注文しましょうか」

「食べられそうもない」

「何か食べなきゃ、ジハン。そして、笑顔になりなさい。笑顔は大事よ」

エル・アル航空三一六便は、毎日午後二時二十分にヒースローの第一ターミナルから出発する。ガブリエルは離陸の数分前に搭乗し、手荷物を頭上の収納棚に入れてから、ファーストクラスのシートに腰を下ろした。となりは空席だった。しばらくして、キアラがそこにすわった。

「はじめまして」キアラが言った。

「よく乗れたね」

「高い地位に友人がいるから」キアラは微笑した。「どうだった？」

ガブリエルは無言でＵＳＢメモリをかざしてみせた。

「ジハンは？」

ガブリエルはうなずいた。

「お金を見つけるための時間はどれぐらい？」

「そんなに長くはとれない」

48

キング・サウル通り、テルアビブ

キング・サウル通りの四一四C号室で奮闘中のハッカーチームには、正式名称がついていなかった。なぜなら、正式には存在しないはずのチームだから。仕事内容の説明を受けたチームの面々は自分たちを〈ミニヤン〉と呼んでいる。これはユダヤ教の礼拝に必要な最低出席者数を指す言葉。男性十人が必要とされる。このチームも十人編成で全員が男性だ。本物のスパイ活動や特殊戦闘作戦にはほとんど縁のない連中だが、彼らの専門用語にはこの二つの分野からとったものが多い。トロイの木馬、時限爆弾、ブラックハットといった手法が駆使される。キーをいくつか打つだけで、都市を真っ暗にし、航空交通管制システムを麻痺させ、イランのウラン濃縮工場の遠心分離器を制御不能にすることができる。彼らは要するに、機械が主人に牙をむくように仕向ける能力を備えているわけだ。ウージ・ナヴォトは〈ミニヤン〉のことを心中ひそかに、〝まともな神経の持ち主ならパソコンや携帯を使うべきではないことを証明する十通りの立派な根拠〟と呼んでいる。

ガブリエルがワリード・アル＝シディキの手帳とパソコンのデータを持ってキング・サウル通りに戻ると、ジーンズとスウェット姿の雑多な連中がそれぞれの端末の前で待機していた。彼らはまずケイマン諸島のトレード・ウィンズ銀行を探り、そこで最初の重大な発見をした。〈LXR投資〉名義で先日開設された二つの口座の番号が、アル＝シディキの手帳に書かれた数字とは違っていたのだ。手帳のほうは、口座番号を逆から書くという単純な暗号にしてある。それさえわかれば、あとは楽なものだ。アル＝シディキはトレード・ウィンズ銀行がお気に入りらしく、さまざまな隠れ蓑やダミー会社名義でほかに十個の口座が見つかった。合計すると、ケイマン諸島の小さな銀行に〈悪の帝国〉の資産が三億ドル以上も眠っていることになる。それに加えて、手帳とパソコンのファイルを調べた結果、〈LXR投資〉やほかのダミー会社名義の口座のある銀行が、ケイマン諸島全体でさらに五つ存在することがわかった。総額十二億ドル。しかも、これは始まりに過ぎなかった。

チームの面々は地理的に順を追ってチェックしていった。ケイマン諸島から北のバミューダ諸島へ移ると、三つの銀行に六億ドルを超す金が預けられていた。次にバハマ諸島を大急ぎで調べて、そのあとパナマへ。アル＝シディキの手帳にあった十四の口座に、五億ドルが隠されているのを見つけた。西半球の探索は悪党と戦争犯罪人の住む街ブエノスアイレスが最後だった。十二の口座にさらに四億ドルが眠っていた。こうして旅を続けるあいだ、チームの面々はただの一セントもよそへ移しはしなかった。トラップドアや秘密のルート指定回路を設けるにとどめておき、決められた瞬間が来たら、史上最高額の銀行強盗が実行されることになっていた。

しかし、ガブリエルが気にかけていたのは金のことだけではなかった。チームの探索が香港のオフショア・センターまで拡大したところで、ガブリエルはリンツからの監視報告の最新分をチェックするため、廊下を歩いて、誰もいない彼の巣に戻った。上オーストリア州では午前の遅い時間帯だ。ジハンは自分のデスクにつき、ワリード・アル＝シディキはデスクトップ・パソコンのキーを猛スピードで打っていた。なぜそんなことがわかるかというと、ガブリエルがヒースロー空港でおこなったのがアル＝シディキの手帳の写真撮影だけではなかったからだ。彼の携帯にも細工をしておいた。ジハンの携帯と同じく、いまではそれもオーディオ送信機としてフルタイムで機能している。さらに、ハッカーチームの面々には、アル＝シディキのメールを読み、彼の携帯のカメラで静止画でも動画でも思いのままに撮影する能力があった。シリアの支配者一族の資産管理をおこなっているワリード・アル＝シディキは、いまでは〈オフィス〉の人間になったも同然だった。

ハッカーチームの作業部屋に戻ったとき、ガブリエルは古い黒板を持っていた。サイバースパイたちはそれを見て、奇妙な品だと思った。じつを言うと、ほとんどの者にとって、こんな装置を見るのは初めてだった。ガブリエルはそこに数字を書いた。三十億ドル。これまでに特定できた口座の総合計額だ。ハッカーチームが香港での作業を終えると、ガブリエルは数字を書き換えて三十六億ドルにした。ドバイが終わると、数字はさらに上がって四十七億ドルになった。アンマンとベイルートで五十四億ドルに。リヒテンシュタインとフランスで八億ドル追加。スイスの複数の銀行ではさらに二十億ドルが見つかり、総額八十二億ドルとなった。ロンドンの複数の銀行からは六億ポンドが見つかった。ガブリエルの指示により、ハッカーチームはグレアム・シーモアが資金凍結の約束に背いた場合に備えて、ここにもトラップドアと秘密のルート指定回路を仕掛けておいた。

すでに三十時間がたっていて、そのあいだ、ガブリエルとハッカーたちは一睡もせず、コーヒーのほかは何も口にしていなかった。上オーストリア州では夕方になっていた。ジハンは帰り支度にとりかかり、アル＝シディキはふたたびデスクトップ・パソコンのキーを叩いていた。ガブリエルは目をしょぼしょぼさせながら、儀式用のボタンを作成するよう、ハッカー集団に指示した。これを押せば、八十億ドルを超える金が一瞬にして消えることになる。それから、ガブリエルは上階の長官室へ向かった。ドアの上で光るライトは緑色だった。ウージ・ナヴォトがデスクでファイルを読んでいた。

「いくらあった？」顔を上げてナヴォトが訊いた。

ガブリエルは金額を答えた。

「八十億未満だったら」ナヴォトは皮肉っぽく言った。「わたしの一存で指令を出したいところだが、そういう状況ならば、誰かがそのボタンを押す前に、わたしから首相のほうへ内密に話を通しておかないとな」

「それがいい」

「だったら、首相への報告はきみがやってくれ。そろそろ、首相と近づきになっておいたほうがいい」

「そんな時間はあとでいくらでも作れる」

ナヴォトはファイルを閉じ、ブラインドの隙間から海のほうを見つめた。「で、どう進める予定だ？」しばらくしてから訊いた。「金をいただき、次に女をいただく？」

「じつは」ガブリエルは答えた。「両方を同時に消そうと思っている」

「女は覚悟ができているのか」

「かなり前から」

「謎の失踪？　そういう演出でいくのか」

ガブリエルはうなずいた。「荷物なし、飛行機の予約なし、旅行の計画を示すものは何もなし。車に乗せてドイツまで行き、ミュンヘン経由でイスラエルに連れてくる」

「イスラエルのために働いていたことを女に告げるという面倒な役目は誰が？」

「わたしが自分でやるつもりだった」

「だが？」

「ジハンの仲良しのイングリッド・ロスにかわってもらうしかない」

「今夜のうちに金を？」

ガブリエルはうなずいた。

「だったら、わたしから首相に報告したほうがいいな」

「ぜひとも」

ナヴォトはゆっくりと首を振った。「八十億ドルか……莫大な金だ」

「そして、どこかにまだまだ隠してあるに違いない」

「八十億でもすごいのにな。それだけあれば、カラヴァッジョだって買いもどせる」

ガブリエルは返事をしなかった。

「ところで、誰がボタンを押すんだ？」ナヴォトが訊いた。

「長官の仕事だよ、ウージ」

「それはだめだ」

「なぜ？」

「最初から最後まできみが指揮した作戦なんだぞ」

「じゃ、妥協案はどうだい？」

「誰を考えている？」

「シリアとバース党の動きに関するわが国きっての専門家」

「喜ぶだろう」ナヴォトはふたたび窓の外をながめていた。「イスラエルのために働いていたことを、きみの口からジハンに告げられればよかったのにな」

「わたしもそう思う。だが、時間がない」

「もしジハンが飛行機に乗らなかったら？」

「乗るさ」

「なぜそこまで断言できる？」

「彼女にはほかに選択肢がないから」

「ワリード・アル＝シディキも飛行機に乗せてやりたいよ」ナヴォトは言った。「できることなら、木の箱に入れて」

「八十億ドルが消えたとわかったら、われわれのかわりに〈悪の帝国〉がワリードの面倒を見てくれるだろう」

「やつの寿命はあとどれぐらいだと思う？」

ガブリエルは腕時計を見た。

　巨大地震級の騒動が起きようとしているとの噂がイスラエルの保安と国防にたずさわる者たちのあいだに広まるのに、そう長くはかからなかった。新米連中は推測するしかなかった。ベテラン連中は驚いて首を振るしかなかった。そろそろ、気の毒なウージ・ナヴォトを苦しみから救いだし、誰もが予期している変化をキング・サウル通りにもたらすときが来たのだ。

こうした噂にナヴォトが気づいていたとしても、首相と会っているあいだ、そんな様子はいっさい見せなかった。八十億ドルを跡形もなく消してしまうことが何を意味するかを、首相の前で歯切れよく冷静に説明した。

ここまで大胆な行動に出れば、陰で誰が糸をひいていたかが露見した場合、報復を受けることになるのは避けられない。イスラエル国防軍北部司令部の警戒レベルをひきあげ、全世界において、とくにヒズボラとシリア情報局の勢力の強い都市においてイスラエル大使館の警備を厳重にするよう進言した。首相も了承した。首相はまた、イスラエル国内のコンピュータ・ネットワークのセキュリティ増強もあわせて命じた。それから、軽くうなずいて最終許可を出した。

「ご自分でボタンを押されますか」ナヴォトが訊いた。

「心をそそられるが」笑みを浮かべて首相は答えた。「賢明な行為とは言えんだろう」

ナヴォトがキング・サウル通りに戻ったときにはすでに、ガブリエルからチームに対して最終指示が出ていた。彼の計画では、リンツ時間で午後九時、テルアビブ時間で午後十時に資産を奪うことになっている。金が最終目的地に到達すると同時に（それに要する時間は五分ちょうどの予定）、ダイナとクリストファー・ケラーにフラッシュ・メッセージを送り、ジハンを連れだすよう指示する。

テルアビブ時間の午後九時、あとは待つだけとなった。ガブリエルは最後の一時間のあいだ、四一四C号室にこもり、八十二億ドルが世界各地の何十もの口座からイスラエル・ディスカウント銀行のただ一つの口座にデジタルの煙ひと筋も残すことなくどうやって流れこむかというチームの説明に、二十回も耳を傾けた。二十回目には彼らの話が理解できたふりをしたものの、じつのところ、なぜそんなことが可能なのかと首をひねりつづけていた。ハッカー連中の使う言語が理解できず、また、とくに理解したいとも思わなかった。彼らが味方であることに感謝するのみだった。

四一四C号室の作業は極秘で進められたため、〈オフィス〉の長官でさえドアをあけるための暗証番号を知らされていなかった。その結果、ウージ・ナヴォトは部屋に入るのにドアを叩かなくてはならなかった。ベッラとキアラを従えてテルアビブ時間で九時五十分に入室し、さきほどのガブリエルと同じ説明を受けた。ただ、自分を十六世紀の男だと思いこんでいるガブリエルと違って、ナヴォトはパソコンとインターネットの働きをちゃんと知っていた。鋭い質問をいくつか出し、資産没収の命令を正式に下した。

ベッラが指定されたパソコンの前にすわり、ボタンを押す命令がガブリエルから出るのを待った。時刻はテルアビブで午後九時五十五分、リンツでは午後八時五十五分。ジハン・ナワズは一人でアパートメントにいて、恐怖を隠すために低くハミングしている。二分後、現地時間の八時五十七分にアル＝シディキから電話が入った。そのあとの通話は十分間に及んだ。そして、電話が切れる前に、ガブリエルは作戦の一時停止を命じた。ボタンを押すのは中止だと告げた。今夜のところは。

49

アッターゼー湖、オーストリア

その夜遅く、中東をめぐって新たな内戦が勃発した。ほかの戦闘に比べると小規模で、幸いなことに爆撃や流血沙汰はなかった。なぜなら、これは言葉による戦闘で、同じ信仰を持つ者たち、同じ神の子供たちのあいだで勃発したものだったからだ。とはいえ、敵味方を分ける線はくっきりしていた。一方の側は獲得した分を早く現金化することを望んだ。相手側はさいころをもう一度振り、〈悪の帝国〉をもう一度のぞくことを望んだ。いずれにせよ、このチームのリーダーは、イスラエル諜報機関の未来の長官とされているガブリエル・アロンだ。そこで、夜を徹して続いた議論ののちに、ガブリエルはエル・アル航空三五三便ミュンヘン行きに乗り、昼過ぎにはふたたび、ベルリンからやってきた匿名の税吏に扮してアッターゼー湖の別荘のリビングに腰を下ろしていた。コーヒーテーブルにノートパソコンが置かれ、アラビア語でしゃべるアル＝シディキの鮮明な声がスピーカーから流れてくる。ジハンとダイナが入ってくると、ガブリエルは音量をわずかに下げた。

「ジハン」こんなに早く来てくれるとは思わなかったと言いたげに、ガブリエルは声をかけた。「よく来てくれたね。元気そうで安心した。きみはこちらの予想をはるかにうわまわる成功を収めてくれた。本当だ。いくら感謝してもしきれない」

ガブリエルはベルリン訛りのドイツ語を使い、ホテルマンのように空虚な笑顔でジハンに言った。ジハンはダイナにちらっと目をやって、次にノートパソコンを見た。「そのためにまた呼びだしたの？　感謝の気持ちを伝えたくて？」

「違う」ガブリエルの返事はそれだけだった。

「だったら、どうして呼んだの？」

ガブリエルはゆっくりと彼女に近づいた。「ゆうべの八時五十七分に、きみに電話が入ったからだ」問いかけるように小首をかしげた。「ゆうべ電話があったことは覚えてるね？」

「忘れられるわけがないわ」

「われわれも同じ思いだ」ガブリエルは小首をかしげたままだった。ただ、いまは右手を顎に当て、じっと考えこんでいる様子だ。「控えめに言っても、とんでもないタイミングだった。数分あとだったら、きみが電話に出ることはけっしてなかっただろう」

「なぜ？」

「すでに姿を消していただろうから。ついでに、莫大な金も消えていただろう」ガブリエルは急いでつけくわえた。「正確に言うと、八十二億ドルが。すべて、きみの勇気ある働きのおかげだ」

「どうしてお金を手に入れなかったの？」

「大いに誘惑された。だが、そうすれば、ミスター・アル＝シディキの差しだしたチャンスがつかめなくなってしまう」

「チャンス？」

「ゆうべ彼が言ったことに耳を傾けていただろう？」

「耳に入らないようにしてたわ」

ジハンの返事に、ガブリエルはひどくまごついた様子だった。「どうして？」

「あの声の響きがもう耐えられないの。わたし、銀行のドアをくぐることは二度とできない。お願いだから、お金を消して。そして、わたしも一緒に消してちょうだい」

「会話が録音してあるから、一緒に聴こう。いいね？　それでもきみの気持ちが変わらなければ、今日の午後、オーストリアを出ることにしよう。みんなで一緒に。戻ってくることは二度とない」

「まだ荷造りしてないのよ」

「必要ない。すべてこちらで用意する」

「どこへ連れてってくれるの？」

「どこか安全な場所へ。誰にも見つかる心配のない場所へ」

「どこ?」ふたたびジハンは訊いたが、ガブリエルは返事をせず、パソコンの前にすわっただけだった。マウスをクリックしてアル＝シディキの声を消した。それからもう一度クリックして、〝インターセプト238〟とラベルのついたオーディオ・ファイルを開いた。ゆうべの午後八時五十七分。ジハンが一人でアパートメントにいて、恐怖を隠すために低くハミングしている。そのとき、彼女の携帯が鳴りだす。

四回鳴ったところで、ジハンが電話に出る。やや息を切らして。

〝もしもし〟

〝ジハンだね？〟

〝ミスター・アル＝シディキ？〟

〝夜遅くに申しわけない。都合の悪いときに電話してしまったかな？〟

〝いえ、大丈夫です〟

〝何かまずいことでも？〟

〝いいえ。どうして？〟

〝声が震えている〟

〝あわてて電話まで走ってきたから。それだけのことです〟

〝ほんとに？　ほんとに大丈夫かね？〟

ガブリエルは停止のアイコンをクリックした。

「いつもこういう気配りの男なのかい？」

「最近はずっとこんな感じね」

「電話が鳴るのをなぜ放っておいたんだ？」

「誰からの電話かわかったから、出る気になれなかったの」

「怖くて？」

「どこへ連れてってくれるの？」

ガブリエルは再生をクリックした。

〝大丈夫です、ミスター・アル＝シディキ。ご用件はなんでしょう？〟

〝折り入って重要な相談がある〟

〝承知しました、ミスター・アル＝シディキ〟

〝そちらのアパートメントに寄らせてもらってもいいかな？〟

〝もう遅いですから〟

〝わかっている〟

〝申しわけありませんが、今夜は困ります。月曜まで待っていただけません？〟

ガブリエルは停止をクリックした。

「きみのトレードクラフトに賞賛を贈りたい。みごとにアル＝シディキを退けたね」

「トレードクラフト？」

「諜報の世界の専門用語だ」

「これが諜報活動だなんて思いもしなかったわ。それに、別にトレードクラフトじゃないのよ。ハマー生まれのスンニ派の女なら、既婚男性を自分の部屋に通すようなことはぜったいしません。たとえ、その既婚男性が雇い主であっても」

ガブリエルは笑顔になり、再生をクリックした。

〝あいにく、月曜までは待てない。月曜に出張を頼みたいんだ〟

〝どこへ？〟

〝ジュネーブ〟

停止。

「過去に出張を命じられたことは？」

「一度もないわ」

「月曜にジュネーブで何があるか知ってるかい？」

「世界中が知ってるわ。アメリカとロシアとヨーロッパ各国がシリア政府軍と反体制派のあいだに立って、和平交渉を進めようとしている」

再生。

〝どうしてジュネーブへ？〟

〝書類を受けとってもらいたい。ジュネーブにいるのは一時間か二時間ぐらいだ。わたしが行ければいいんだが、あいにく、その日はパリで用事があってね〟

停止。

「念のために言っておくと、ミスター・アル＝シディキは月曜のパリ行きの航空券をまだ予約していない」

「予約はいつもぎりぎりになってからよ」

「それに、なぜわざわざ書類をとりに行かなきゃならない？」ジハンの言葉を無視して、ガブリエルは言った。「国際宅配便を利用すればすむことだぞ。メールに添付という手もある」

「金融関係の極秘書類を手渡しするのは珍しいことではないわ」

「アル＝シディキのような男に渡す場合はとくにな」

再生。

〝具体的に何をすればいいのでしょう？〟

〝しごく簡単なことだ。ホテル・メトロポールで顧客に会ってくれればいい。書類の入った袋を受けとって、リンツまで持ち帰ってもらいたい〟

〝顧客の名前は？〟

〝ケメル・アル＝ファルーク〟

停止。

「誰なの？」ジハンが訊いた。

ガブリエルは微笑した。「王国の鍵を持つ男だ。ケメル・アル＝ファルークに会うために、ぜひともジュネーブへ行ってもらいたい」

50

アッターゼー湖、オーストリア

二人はテラスに出て、パラソルの下の日陰にすわった。モーターボートが湖面を切り裂いて通りすぎた。やがてモーターボートは見えなくなり、ふたたび二人だけになった。リビングのノートパソコンから流れてくるアル＝シディキの声がなければ、この世界に残された最後の二人のように思えたかもしれない。

「船を新しくしたのね」ヨットのほうを見て、ジハンは言った。

「いや、同僚がわたしのために借りてきたんだ」

「どうして？」

「わたしがみんなをいらいらさせたから」

「原因は？」

「きみだ、ジハン。きみの安全を守るためにあらゆる手段を講じたと言えるのかどうか、わたしは心配でならなかった」

ジハンはしばらく無言だった。

「なぜなの？」やがて言った。「ケメル・アル＝ファルークの書類を手に入れることが、なぜそんなに重要なの？」

「支配者一族とつながりがあるからだ。ケメル・アル＝ファルークはシリアの外務副大臣。月曜の午後に和平交渉がおこなわれるさいには、彼が交渉のテーブルにつくだろう。ただし、やつには副大臣という肩書きよりはるかに大きな力がある。支配者が何か行動を起こすときは、政治的なものであれ、財政的なものであれ、まずケメルに相談する。隠し資産はまだまだ存在すると思われる。大量に。ケメルの書類にその手がかりがあるはずだ」

「はず？」

「この仕事にぜったい確実なものはないんだ、ジハン」

「どういう仕事なの？」

ガブリエルはふたたび黙りこんだ。

「でも、ミスター・アル＝シディキはなぜわたしに書類をとりに行かせようとするの？なぜ自分で行かないの？」

「シリアの代表団がジュネーブ入りすれば、スイスの諜報機関の監視下に置かれるからだ。もちろん、アメリカとヨーロッパの同盟国も監視の目を光らせる。アル＝シディキが代表団に近づくのは不可能だ」

「わたしも近づきたくないわ。わたしの故郷を破壊し、家族を殺した連中よ。わたしがあなたとこうしてドイツ語でしゃべってるのも、ああいう連中のせいなのよ」

「だったら、反体制派の側に立てばいいじゃないか。その書類をわれわれに届けることで、家族が殺された恨みを晴らしたらどうだい？」

リビングのパソコンからアル＝シディキの笑い声が聞こえてきた。

「八十億ドルあれば充分じゃない？」しばらくしてから、ジハンは言った。

「莫大な額だが、わたしはもっと手に入れたい」

「どうして？」

「やつの行動にさらに大きな影響を及ぼせるようになるからだ」

「支配者の？」

ガブリエルはうなずいた。

「失礼だけど」ジハンは笑顔で言った。「ドイツの税吏が言う言葉とは思えないわ」

ガブリエルは曖昧な笑みを浮かべただけで、何も答えなかった。

「どんなふうに進めればいいの？」ジハンは訊いた。

「アル＝シディキに言われたことにすべて従えばいい。月曜の朝早くジュネーブへ飛ぶ。運転手つきの車で空港からホテル・メトロポールまで行き、書類を受けとる。それから空港にひきかえし、リンツに戻る。その途中、携帯で書類を撮影してわたしのところに送る」

「それから？」

「その書類がわれわれの推測どおり、さらなる口座のリストだったら、きみが空を飛んでいるあいだに、こちらでその口座を攻撃する。きみの飛行機がウィーンに着陸するころには、すべて終わっているだろう。それから、われわれの手できみを消す」

「どこへ？」ジハンは訊いた。「どこへ連れてってくれるの？」

「安全なところ。きみに害を及ぼす者が誰もいないところ」

「悪いけど、それだけじゃ納得できない。今回の件が片づいたあとで、わたしをどこへ連れてってくれるかを知りたいの。それから、あなたの本当の正体を教えてちょうだい。今度こそ本当のことを言って。わたしはハマーで育ったのよ。嘘をつかれるのはいや」

二人は喧嘩《けんか》中のカップルみたいにぎくしゃくした態度でモーターボートに乗りこみ、湖の南へ向かった。ジハンは腕組みをして船尾にぎこちなくすわり、ガブリエルのうなじを凝視していた。さきほど、怒りのあまり押し黙ったまま、彼の告白に聴き入った。不倫を白状する夫の言葉に耳を傾ける妻といったところか。今度はジハンが発言する番だった。

「ひどい男」ようやく言った。

「すこしは気分が軽くなったかい？」

　ガブリエルは前を向いたままで言った。ジハンは返事の必要もないと思ったようだ。

「わたしが最初から正直に話していたら、どうなっていたと思う？　きみはどうしただろう？」

「地獄に落ちろと、あなたに言ったでしょうね」

「なぜ？」

「あなたもあの連中と同じだから」

　ガブリエルは答える前にしばらく時間をおいた。「きみが怒るのももっともだ、ジハン。だが、ダマスカスの虐殺者と比較するのはやめてほしい」

「あなたのほうがもっとひどいわ！」

「シリアの騒乱が教えてくれたものがあるとすれば、われわれがあの連中とはまったく違うということだ。十五万人が殺され、何百万もの人々が難民になった。すべて、同胞のアラブ人たちのせいで」

「同じことをしてきたくせに！」ジハンが言いかえした。

「違う」ガブリエルはまだジハンのほうを向こうとしない。「信じられないかもしれないが、わたしはパレスチナの人々にも彼ら自身の国家を築いてほしいと願っている。その実現をめざして全力を尽くすつもりでいる。だが、いまはまだまだ無理だ。和平を実現させるには双方の合意が必要だ」

「あなたたちがパレスチナの土地を占拠してるんでしょ！」

ガブリエルは返事を控えた。この種の口論を続けると、自分のしっぽを追いかける猫のような状態になってしまうことを、ずっと以前に学んだからだ。かわりにモーターボートのエンジンを切り、シートを回転させてジハンと向かいあった。

「変装はもうやめて。あなたの顔を見せてちょうだい」

ガブリエルは変装用の眼鏡をはずした。

「次はかつら」

ガブリエルは言われたとおりにした。ジハンが身を乗りだし、彼の顔を見つめた。

「そのコンタクトもとって。あなたの目が見たい」

ガブリエルはコンタクトを片方ずつはずして湖に投げこんだ。

「これで満足かい、ジハン？」

「どうしてドイツ語がそんなに上手なの？」

「先祖がベルリン出身なんだ。母だけがホロコーストを生き延びた。イスラエルに着いたときの母はヘブライ語が話せなかった。わたしが初めて耳にした言語はドイツ語だった」

「あなたの本名は？」

「聞いてどうする？　きみはわたしが何者かを知って憎んでいる。わたしという存在そのものを憎んでいる」

「憎んでるのは、あなたが嘘をついたからよ」

「そうするしかなかった」

風がそよぎ、薔薇の香りを運んできた。

「われわれがイスラエルの人間ではないかと疑ったことはなかったのかい？」

「あったわ」

「なぜ尋ねなかった？」

ジハンは答えなかった。

「答えを知りたくなかったからかもしれないな。さて、きみも心ゆくまでわたしを罵倒できたようだから、そろそろ仕事に戻るとしよう。わたしはダマスカスの虐殺者を一文無しにしてやりたい。自国民に対して毒ガスを使用することも、都市を瓦礫《がれき》に変えることも、二度とできないようにしてやりたい。だが、わたし一人ではできない。きみの協力が必要なんだ」いったん言葉を切り、それから頼んだ。「力を貸してくれないか、ジハン」

ジハンは子供のように水面に手をすべらせていた。「終わったら、わたしはどこへ？」

「どこだと思う？」

「そこで暮らすのは無理だわ」

「きみが信じこまされてきたようなひどい国ではない。むしろ、けっこう住みやすい。だが、心配しなくていい。長く住むわけではないから。よそへ移っても安全だと確認できたらすぐ、どこでも好きなところで暮らせるようにする」

「今度は本当のことを言ってるの？　それとも、これもあなたの嘘なの？」

ガブリエルは無言だった。ジハンは湖の水をすくって指のあいだからこぼした。「協力するわ」ようやく言った。「でも、かわりにお願いがあるの」

「なんなりと」

ジハンはしばらく無言でガブリエルを見た。それから言った。「あなたの名前が知りたい」

「名前なんて重要ではない」

「わたしには重要だわ。名前を教えて。いやなら、ジュネーブへ書類をとりに行く人間をほかで見つけてちょうだい」

「われわれの世界では、そういうやり方はしない」

「名前を教えて」ジハンはもう一度言った。「水に書いて、それから忘れることにする」

ガブリエルは彼女に笑みを向け、自分の名前を告げた。

「大天使と同じ名前なの？」

「そう。大天使と同じだ」

ジハンは船べりから身を乗りだすと、暗い湖面に彼の名前を書いた。〈地獄の山〉から一陣の風が吹いてきて、名前は消え去った。

51

アッターゼー湖――ジュネーブ

それから二十四時間のことをガブリエルがあとで振りかえったとしても、おそらくほとんど思いだせなかっただろう。なにしろ、次々と計画を立て、仲間内で激論を闘わせ、安全な通信回路を使って緊迫したやりとりを続けるという、めまぐるしい一日だったのだ。ガブリエルが追加のセーフハウスと安全な車を緊急に要請すると、キング・サウル通りでは一時的に反発が起きたが、ウージ・ナヴォトがきびしい視線と辛辣な言葉でそれを抑えこんだ。融資課だけは、ガブリエルの活動資金追加の要請にもいやな顔をしなかった。彼の作戦のおかげで、早くも莫大な利益が出ているからだ。

〈オフィス〉に吹き荒れる内紛については、ジハン・ナワズにはいっさい知らせず、〈オフィス〉が彼女に託す最後の任務に必要な事柄を伝えるだけにすることとなった。ジハンは日曜の午後にふたたびアッターゼー湖の別荘へ出向いて、準備のために最後の説明を受け、ガブリエル独自の考案による緊迫したシミュレーションのなかで、書類を写真に撮る練習をおこなった。それが終わると、湖を見渡す芝生の庭でみんなとランチをとった。彼女を作戦にひきずりこんで以来チームの面々がかぶっていた偽りの仮面は、すでにはずされ、永遠にしまいこまれていた。いまの彼らはイスラエル人であり、アラブの民の大部分が憎悪と畏れという矛盾した思いで見ている諜報機関の工作員であった。英国歳入関税庁の役人に化けていた学者っぽい雰囲気のヨッシ。最初にフェリクス・アドラーと名乗って彼女に近づいた小男。リンツの通りで身辺警護をしてくれたミハイルとヤコブとオデッド。それから、隣人であり、親しい友であったイングリッド・ロス。

そして、テーブルの向こう端には、緑色の目の男が無言で警戒の目を光らせてすわっていた。ジハンが湖面にその名前を書いた男。アラブの新聞が書きたてたような怪物ではない。このなかに怪物は一人もいない。魅力ある人々。ウィットに富んだ人々。知的な人々。祖国と同胞を愛している。ハマーで悲惨な目にあったジハンと家族に深く同情してくれている。イスラエルが建国以来ひどい過ちを犯してきたことを認めている。彼らが願うのは、平和に暮らし、隣国の人々に受け入れてもらうことだけだ。

ジハンは夕方みんなに別れを告げ、友達のイングリッドと一緒にフラットに帰った。その夜はケラー一人がジハンの警護にあたった。ほかの面々が大急ぎで戦場を西へ移そうとしていたからだ。ガブリエルとエリ・ラヴォンは車で出発した。ガブリエルが運転し、ラヴォンは助手席で不安にいらだちながら。これまでも数えきれないほどやってきたことだが、今回はちょっと違う。標的はイスラエルの血で手を汚したテロリストではない。もともとはシリア国民のものであった何十億ドルもの金だ。資産追跡のプロであるラヴォンは興奮を抑えきれない様子だった。

まだ暗いうちにジュネーブに到着し、サン＝ジョルジュ大通りに〈オフィス〉が昔から所有しているフラットへ直行した。モルデカイがすでに来ていて、リビングをパソコンと安全な無線装置つきの戦闘司令所に変えていた。ガブリエルはキング・サウル通りのオペレーション・センターへ〝準備完了〟という短いメッセージを送信した。やがて、朝の七時少し前に、ワリード・アル＝シディキがウィーン国際空港でオーストリア航空四一一便に搭乗する様子に耳を傾けた。彼の乗った飛行機がリンツの上空を通過するころ、ジハンが住むフラットの外に黒のセダンがゆっくり止まった。五分後、ジハンが通りに姿を現した。

それから三時間のあいだ、ガブリエルの世界は光り輝く十五インチのパソコン画面だけとなった。シリアの戦闘も、イスラエルも、パレスチナも存在しなかった。妻のおなかにいる双子のことは忘れ去った。それどころか、妻のことも忘れていた。ジハン・ナワズとワリード・アル＝シディキの位置を示す赤い点滅ライトと、ガブリエルのチームの位置を示すブルーの点滅ライトが存在するだけだった。すべてが整然としていて、清潔で、危険のない世界だった。手違いが起きることなど考えられなかった。

八時十五分、ジハンの赤いライトがウィーン国際空港に到達し、九時に消えた。電子機器のスイッチをすべて切るようにという客室乗務員の指示に忠実に従ったのだ。ガブリエルはそのあと、アル＝シディキのほうに注意を集中した。彼はいまちょうど、シリアの資産数億ドルがひそかに眠っているフランスの大手銀行のパリ支店に入るところだった。銀行があるのはパリ一区の優美なサントノーレ通り。アル＝シディキの黒のメルセデスは銀行の外に止まったままだ。〈オフィス〉パリ支局の監視チームの情報によると、運転席の男はフランスで活動しているシリア情報局の人間らしい。警備が主な仕事だが、ときに手荒なこともするという。ガブリエルが写真を要求すると、五分後に、いかめしい顔で高級車のハンドルに手をかけている猪首《いくび》の男のスナップが送られてきた。

パリ時間で九時十分に、アル＝シディキは副頭取の一人であるジェラール・ベランジェのオフィスに入った。九時十七分に携帯に電話が入ったため、プライバシーを求めてすぐまた廊下に出た。発信者番号はダマスカスのものだった。聞こえてくるバリトンの声は男性、権力者のようだ。わずか二十秒の通話が終わると、アル＝シディキが携帯の電源を切ったため、パソコン画面から彼の赤いライトが消えた。

ガブリエルは通話を録音したものを五回聴きなおしたが、会話の内容を正確につかむことはできなかった。キング・サウル通りへ翻訳を依頼すると、〝バリトンの声の主がアル＝シディキに別の電話でかけなおすよう指示している〃との回答が来た。音声分析がおこなわれたが、相手の身元は特定できなかった。〈ユニット八二〇〇〉の盗聴の専門家たちがダマスカスの発信元を正確に突き止めようとしていた。

「携帯の電源を切ることぐらい、誰だってしょっちゅうあるぞ」エリ・ラヴォンが言った。

「ワリード・アル＝シディキみたいな連中はとくにそうだ」

「まあな」ガブリエルは答えた。「だが、切るのはたいてい、盗聴を警戒するときだ」

「現に盗聴してるしな」

ガブリエルは無言だった。意志の力でアル＝シディキのライトをよみがえらせようとするかのように、パソコン画面をにらんでいた。

「あの電話はたぶん、ホテル・メトロポールにいる男と何か関係があるんだろう」しばらくしてから、ラヴォンが言った。

「そこが気になる」

「金をいただくなら、まだ間に合うぞ。八十億ドルを消滅させられる。そして、女も一緒に消してしまえる」

「さらに八十億ドルあったらどうする、エリ？　八百億ドルあったら？」

ラヴォンはしばらく無言だった。やがて、ようやく尋ねた。「どうする気だ？」

「アル＝シディキが携帯の電源を切った理由を考えてみる。そのうえで、どうするか決めるとしよう」

「のんびりしてる時間はないぞ」

ガブリエルはパソコンに視線を戻した。ジハンがジュネーブに着いたところだった。

ジュネーブ空港の到着ロビーはいつも以上に混雑していた。外交官、報道陣、増強された警官と警備員、秘密警察に喉を切り裂かれた男の作ったプロテストソングを歌うシリア難民のグループ。混雑のせいで、ジハンが迎えの運転手を見つけるのにしばらくかかった。運転手は三十代半ばで、黒髪にオリーブ色の肌、ただの運転手にしては少々知的すぎる感じだ。そちらへ近づいたジハンに男が視線を向け、あらかじめ彼女の写真を見せられていたのだろう、きれいにそろった白い歯を見せて笑みを浮かべた。シリア訛《なま》りのアラビア語でジハンに話しかけた。

「快適なフライトでしたか、ミス・ナワズ」

「申し分なかったわ」ジハンは冷静に答えた。

「車は外に置いてあります。こちらへどうぞ」

運転手はマニキュアをした手を上げてドアのほうを指さした。二人はプロテストソングを歌いつづけている連中の横を通りすぎ、鋼鉄の棒を素手で曲げることもできそうながっしりした小柄な男のそばを通った。ジハンはそちらへは目もくれずに外へ出た。濃い色の窓ガラスと外交官ナンバーのついた黒のメルセデスSクラスが、歩道のすぐ外でアイドリングしていた。運転手がうしろの助手席側のドアをあけた瞬間、ジハンはためらいを見せたが、そのまま乗りこんだ。ドアが閉まるのを待って、となりにすわっている男のほうを向いた。運転手より何歳か年上で、薄くなりかけた黒髪に豊かな口髭《くちひげ》、そして、煉瓦《れんが》職人のようにごつい手をした男だった。

「どなた？」ジハンは訊《き》いた。

「警護の者です」

「なぜ警護が必要なの？」

「あなたがいまからシリア外務省の高官に会うからです。そして、目下、ジュネーブにはシリア政府の敵が集まっている。あそこにいる屑どもも含めて」男は空港ビルのほうへ頭を傾けた。「あなたを目的地まで無事に送り届けることが最優先です」

運転手が乗りこんでドアを閉めた。「出してくれ《ヤラー》」うしろにすわった男が命じ、車が走りだした。

空港を離れたあとでようやく、男が自己紹介をした。名前はオマリ。西欧諸国に駐在する外交官の身辺警護にあたる責任者だという。オマリは重苦しい表情でうなずきながら、政治的に緊迫している時代なので苦労の多い任務だと言った。言葉の訛りからすると、アラウィー派であることは明らかだ。また、名前を名乗ろうとしない運転手がジュネーブ中心部への直行ルートをとっていないことも明らかだった。たえずバックミラーに目をやり、低層の建物が並ぶ工業団地のなかを数分走ったあとで、ようやくルート・ド・メランへ向かった。緑豊かな住宅地を通り抜けて、最後に湖畔に出た。車がスピードを上げてモンブラン橋を渡っているとき、ジハンは手の関節が白くなるほどきつくバッグを握りしめている自分に気がついた。必死に手をゆるめ、窓の外の日差しあふれる美しい街をながめて笑みを浮かべようとした。橋の両側にスイスの警官が並んでいるのを見て、一瞬だがほっとした。湖の対岸に渡ったとき、あばた面のイスラエル人がジェネラル・ギザン通りで〈アルマーニ〉のウィンドーをのぞいているのが見えた。車はそのそばを通りすぎて、灰緑色の外観を見せるホテル・メトロポールの外で止まった。ひと呼吸おいてから、オマリが言った。

「上階であなたを待っている人物の名前は、ミスター・アル＝シディキから聞いておられるでしょうな」

「ミスター・アル＝ファルーク」

オマリは重々しくうなずいた。「三一二号室です。直接、部屋へ行ってください。コンシェルジュとも、ホテルの誰とも口を利かないで。いいですね、ミス・ナワズ」

ジハンはうなずいた。

「書類を受けとったら、部屋を出て、この車にまっすぐ戻ってくること。途中でけっして足を止めないように。誰ともしゃべらないように。いいですね」

ジハンはふたたびうなずいた。「それだけ？」

「いや、まだある」オマリは片手を差しだした。「携帯を預からせてもらいます。そのほかの電子機器がバッグに入っていたら、それも一緒に」


十秒後、ジハンの携帯から送られてくる赤いライトがガブリエルのパソコン画面から消えた。ガブリエルはただちに、ジハンを追ってホテルに入ったヤコブに無線連絡を入れ、作戦の中止を命じた。しかし、手遅れだった。ジハンはすでに、バッグを肩にかけ、顎をつんと上げて、混雑したロビーをきびきびした足どりで歩いていくところだった。それから、閉まりかけたエレベーターの扉のあいだにすべりこみ、ヤコブの前から姿を消した。

ヤコブはあわててとなりのエレベーターに乗りこんで三階のボタンを押した。永遠に三階まで行き着けないかと思われた。ようやくエレベーターの扉が開いたとき、シリア人の護衛が両手を組み、足を肩幅に広げて、正面攻撃に備えるかのように部屋の前に立っているのが見えた。二人の男は長いあいだ冷酷な視線を交わした。扉ががたんと閉まって、エレベーターはゆっくりとロビー階へ下りていった。

52

ホテル・メトロポール、ジュネーブ

ジハンはドアを軽くノックした。数秒ほど応答がなかったところを見ると、どうやら軽すぎたようだ。やがて、ドアが何センチか開き、防犯チェーンの上から黒い警戒の目がジハンを見つめた。ドアを一歩入ったところで、護衛の男が彼女のバッグのなかを探り、拳銃も自爆用ベストも入っていないことを確かめた。次に、ついてくるようジハンを手招きして豪奢《ごうしゃ》なスイートのリビングに入っていった。同じような護衛がさらに四人、部屋の周囲に配置されていた。そして、カウチにすわっているのがケメル・アル＝ファルークだった。外務副大臣、ムハバラートの前長官、支配者の友人にして信頼篤《あつ》きアドバイザー。片手にカップとソーサーをのせ、テレビから流れるアルジャジーラのリポーターのコメントを聞きながら首を振っている。カウチとコーヒーテーブルにファイルが散乱していた。ようやく彼がわずかに首をまわし、軽くうなずいて、ジハンに椅子を勧めた。立ちもしなければ、手を差しだしもしなかった。ケメル・アル＝ファルークのような権力者にとっては、礼儀作法など関係ない。

「ジュネーブは初めてかね？」アル＝ファルークが尋ねた。

「いいえ」

「以前にも、ミスター・アル＝シディキの代理で来たことがあるのかな」

「いえ、休暇でした」

「休暇で来たのはいつのことだね、ジハン」アル＝ファルークは不意に微笑した。「ジハンと呼んでもかまわないかな」

「ええ、どうぞ、ミスター・アル＝ファルーク」

彼の微笑が消えた。ジュネーブで彼女が過ごした休暇のことを重ねて尋ねた。

「子供のころのことなので、あまり覚えておりません」

「ミスター・アル＝シディキに聞いたのだが、ハンブルクで育ったそうだね」

ジハンはうなずいた。

「シリア国民が離散してしまったのは、わが国最大の悲劇の一つだ。いったいどれだけの国民が四方八方に散らばったことだろう？　一千万？　一千五百万？　みなが祖国に帰還できればいいのだが。そのとき、シリアは真に偉大な国家になるだろう」

アル＝ファルークのような男たちが国を動かしているかぎり、離散した国民はけっして戻らない――ジハンは彼にそう言いたかった。だが、かわりに、すばらしい洞察力に満ちた言葉を聞いたかのように、思慮深い顔でうなずいた。アル＝ファルークは両足を床につけ、てのひらを膝に当てて、支配者の父親とそっくりの格好ですわっていた。短くカットした髪は赤みを帯び、きれいに刈りこんだ顎髭も同じ色合いだ。上等な仕立てのスーツに渋いネクタイを締めたその姿は、本物の外交官と言ってもよさそうだった。反逆者たちをおもしろ半分に虐待した男とはとても思えない。

「コーヒーはどうかね？」礼儀を忘れていたことに突然気づいたかのように、アル＝ファルークは尋ねた。

「いえ、せっかくですけど」

「では、何か食べるものでも」

「書類をいただいてすぐ失礼するように言われております、ミスター・アル＝ファルーク」

「あ、そうそう、書類だった」アル＝ファルークは横に置かれた茶封筒に手を伸ばした。

「ハンブルクでの子供時代は楽しかったかね、ジハン」

「ええ、そう思います」

「ほかにもシリア人がたくさん住んでいたんだろうね」

ジハンはうなずいた。

「シリア政府の敵どももかな？」

「わたしにはわかりません」

彼の微笑は〝信じないぞ〟とジハンに告げていた。

「たしか、住まいはマリエンシュトラーセだったね？」

「どうしてご存じなんですか」

「いまは大変な時期だ」しばらくしてから、アル＝ファルークは言った。「警護の連中から、きみがダマスカス生まれだという報告があった」

「そのとおりです」

「生まれたのは一九七六年」

ジハンはゆっくりうなずいた。

「あのころも大変な時代だった。われわれの手でシリアを過激派から救いだした。今度もまた、シリアを救うつもりだ」アル＝ファルークはしばらくジハンを見つめた。「今回の戦争でも、政府軍の勝利を願っているだろうね、ジハン」

ジハンは顎を軽く上げ、彼の目をまっすぐに見た。「わたしが願うのは、わが国に平和が訪れることです」

「誰もが平和を望んでいる。だが、怪物と和平を結ぶのは不可能だ」

「おっしゃるとおりです、ミスター・アル＝ファルーク」

アル＝ファルークは微笑して、ジハンの前のテーブルに茶封筒を置いた。

「飛行機の時間までどれぐらいあるんだね？」

ジハンは腕時計にちらっと目をやって答えた。「一時間半です」

「ほんとにコーヒーはいらない？」

「はい、ご遠慮申しあげます」ジハンは気どって答えた。

「食べるものは？」

ジハンは無理に微笑を浮かべた。「飛行機に乗ってから、何か食べることにします」


よく晴れた月曜のその朝、古く格式あるホテル・メトロポールはしばらくのあいだ、文明世界の中心のように思われた。黒塗りの車がホテルの入口に止まっては走り去った。地味な服装の外交官や銀行家が正面ドアを出入りし、ＢＢＣの人気リポーターがホテルを生中継の背景に使っていた。虐殺者たちを安らかに宿泊させていることに抗議するデモの連中が、ホテルに向かってわめいていた。

ホテルの内部では、静寂のなかで緊迫した時間が流れていた。ヤコブは三階をちらっとのぞいたあと、〈ミラー・バー〉で一つだけ空いていたテーブルを確保し、生ぬるいウィンナコーヒーを飲みながらエレベーターを監視していた。十一時四十分、エレベーターの扉が開いて、ジハンが不意に姿を見せた。何分か前にホテルに入ってきたときは、バッグを右肩にかけていた。いまは左肩に変わっている。あらかじめ決めておいた合図だ。左肩は〝書類を受けとった〟という意味。〝わたしは無事〟という意味。ヤコブはすぐさまガブリエルに連絡して指示を仰いだ。ガブリエルはジハンをそのまま行かせるよう命じた。〈オフィス〉のチームの面々がホテルを四方から囲んでいたが、カメラに対する警戒は怠っていた。ホテルの正面玄関を出たジハンがBBCのカメラの前を通りすぎた。世界中に生で流され、今日に至るまでテレビ局のデジタル・アーカイブに保存されているその姿が、彼女をとらえた最後の映像となった。決意に満ちた冷静な表情で、足どりは機敏でしっかりしていた。ホテルの外に駐車中の何台ものメルセデスを見て、どれが自分の乗る車かわからないと言いたげに足を止めた。次に、三十代半ばの男に手招きされて、一台の車のバックシートに姿を消した。三十代半ばの男は運転席に乗りこむ前にホテルの上階へ視線を向けた。車がゆっくりと歩道の縁を離れ、ジハンはその場を去った。

ジハンがホテルをあとにしたとき、BBCのカメラがとらえそこねたもののなかに、彼女を追って走りだした銀色のトヨタがあった。だが、ケメル・アル＝ファルークだけはその車に気づいていた。ホテルの三階にある客室の窓辺に立っていたからだ。かつて秘密警察の長官だっただけに、トヨタのドライバーが急ぎも焦りもせず車の流れに入りこむ様子に賞賛を禁じえなかった。あれはプロだ。ケメル・アル＝ファルークはそう確信した。

ポケットから携帯を出すとダイヤルボタンを押し、電話に出た相手に、尾行されていることを教えた。それから電話を切って、ジュネーブのシンボルとも言うべき大噴水がレマン湖の上空へ高々と水を噴きあげるのをながめた。だが、彼の思いは今後のことに向いていた。まず、オマリが彼女の口を割らせる。それから、オマリが彼女を殺す。楽しい午後になりそうだ。忙しいスケジュールのなかで時間を作って、自ら手を下すことができればいいのに――ケメル・アル＝ファルークはそれだけを強く願った。

サン＝ジョルジュ大通りのフラットでは、ガブリエルがパソコンの前に立っていた。片手を顎に当て、首をかしげたまま、微動だにしない。その背後では、紅茶のマグを手にしたエリ・ラヴォンがぴったりの動詞を探し求める作家のような姿で、のろのろと行きつ戻りつしていた。知るべき情報は無線ですべて入ってくる。それを補強する証拠がパソコンから次々と送られてくる。ジハン・ナワズは無事に車に戻り、車はジュネーブ国際空港へ向かっている。二百メートルうしろにミハイル・アブラモフがぴたりとつき、ルート・ド・メランを走りつづけている。その助手席にはヨッシがすわってナビを担当し、信頼できる第二の目となっている。空港のターミナルビルでオデッドとリモーナ・スターンが待機している。チームの残りの面々もそちらへ向かっている。すべて計画どおりに進んでいる。一つだけ、小さな点をのぞいて。

「なんなんだ？」エリ・ラヴォンが訊いた。

「ジハンの携帯」ガブリエルは答えた。

「携帯がどうした？」

「オマリがなぜ彼女に携帯を返さなかったのか、どうも気になる」

さらに一分が過ぎたが、ジハンの赤い点滅ライトはパソコン画面に現れなかった。ガブリエルは無線機を口もとへ持っていき、距離を詰めるようミハイルに指示した。

のちに、ジュネーブの出来事に関して極秘に検証がおこなわれたとき、ミハイルとヨッシがガブリエルの指示を受けた正確な時刻について疑問が生じることとなる。結局、十二時十七分ということで全員の意見が一致した。その時点における二人の位置については、なんの疑問もなかった。ルート・ド・メラン八十八番地の〈レ・ザステール〉というバー&レストランのそばを車で通りすぎるところだった。店の上にあるアパートメントのバルコニーに濃い色の髪の女が立っていた。路面電車が二人のほうに走ってきた。十四系統の電車。その記憶にはミハイルもヨッシも自信があった。

また、ジハン・ナワズを乗せたメルセデスが百メートル前にいて、かなり飛ばしていたことも確かだった。猛スピードだったので、二台の車を隔てる距離を詰めるのは困難だと、ミハイルは悟るに至った。赤信号を無視してウェント大通りの交差点を走り抜け、歩行者を危うくはねそうになったが、それも結局は無駄だった。メルセデスの運転手はジハンが

ていた。飛行機に乗り遅れては一大事だと言わんばかりに、無謀なスピードで大通りを走りつづけ

ジュネーブの中心部から離れるあたりで、ようやくミハイルはアクセルを踏みこむことができた。ところがそのとき、狭い路地から白いバンの新車が飛びだしてきた。ミハイルは一秒足らずのあいだに衝突を回避する方法を考えなくてはならず、その方法は一つしかないと覚悟した。大通りの中央に電車の停留所があり、向こう側の車線は対向車がひっきりなしに走ってくる。あとはもう、思いきりブレーキを踏むと同時にハンドルを左へ切るしかない。そうやって、車を制御しながら横すべりさせるのだ。

バンのドライバーも急ブレーキを踏み、その結果、大通りの二車線がふさがれてしまった。ミハイルが手を振ってどくように合図をすると、ドライバーがバンから降りてきて、フランス語とアラビア語が混ざりあったような響きの言葉でわめきはじめた。ミハイルも車を降り、一瞬、隠し持った銃を抜こうかと思った。だが、そこまでしなくてすんだ。ドライバーが最後に一度だけ卑猥《ひわい》なしぐさを見せたあと、運転席に戻り、にたっと笑ってその場を離れた。メルセデスはすでに消えていた。そして、ジハン・ナワズもガブリエルたちのレーダースクリーンから消えてしまった。

ホテル・メトロポールを出たあと、オマリの携帯が二回鳴った。一度目はモンブラン橋

を渡っていたとき。次は空港の近くまで来たとき。最初の電話のときは、オマリは終始無言だった。二度目のときは、ごく小さなうなり声をあげ、それから電話を切った。ジハンの携帯はセンター・コンソールに置いたままになっていて、これまでのところ、ジハンに返そうとする様子はなかった。

「書類の内容に興味がおありでしょうな」しばらくしてから、オマリが言った。

「いいえ、ぜんぜん」ジハンは答えた。

「本当に？」オマリは彼女のほうを見た。「信じがたい言葉だ」

「なぜ？」

「権力者の財政的事柄となれば、誰だって興味を持つのが自然だと思うが」

「わたし、権力者の方々のために日常的に仕事をしていますから」

「ミスター・アル＝ファルークはレベルが違う」オマリは意地悪そうな笑みを浮かべた。

「さあ。見るがいい」

ジハンは身じろぎもしなかった。オマリの笑みが消えた。

「書類を見てみろ」ふたたび言った。

「できません」

「ついさっき、ミスター・アル＝ファルークから伝言があった。飛行機に乗る前に封筒をあけるよう、あんたに伝えろと」

「じかに命令をもらわないかぎり、できません」

「見てみろ、ジハン。重要なことだ」

ジハンはバッグから茶封筒を出してオマリに差しだした。オマリは両手を上げて防御の構えをとった。まるで毒蛇を差しだされたかのように。

「わたしは見てはならないことになっている。見るのはあんただけだ」

ジハンは茶封筒の金属製のタブをはずして蓋を開き、書類の束をとりだした。一センチほどの厚みがあり、クリップで留めてあった。一枚目は真っ白だった。

「ほら」ジハンは言った。「拝見しました。これでもう空港へ行けますね?」

「二枚目を見てみろ」オマリがふたたび笑みを浮かべた。

ジハンは言われたとおりにした。それも真っ白だった。三枚目も。四枚目も。オマリのほうへ顔を上げると、その手に銃が見えた。銃口が彼女の胸に向けられていた。

53

ジュネーブ

その日の午後二時、シリア問題をめぐる会談が国連ジュネーブ本部で開催された。きびしい顔をしたアメリカの国務長官が現支配体制から民主主義への秩序ある移行を求めたが、シリアの外務大臣は実現不可能と答えた。当然ながら、この意見はロシアの外務大臣の支持を得て、アラブ世界におけるロシアの唯一の同盟者を権力の座から追い落とそうとする試みがあれば、クレムリンはかならずや拒否権を行使するだろうとの警告がなされた。会談の最後に、国連総長から、今回の交渉は〝期待できる出発点〟になったと弱々しい宣言がなされた。世界中のメディアが反発した。あんな会談は時間と金のはなはだしい浪費だと決めつけた。

魅惑あふれる小都市のそのほかの場所では、ふだんどおりの日常が続いていた。ローヌ通りで銀行マンが業務に励み、旧市街のカフェが混みあい、ががらになり、白いジェット旅客機がジュネーブ国際空港の澄みわたった上空へ舞いあがった。その午後に離陸した旅客機のなかに、オーストリア航空五七七便があった。一つだけ不可解なのは、乗客が一人、搭乗しなかったことだ。女性、三十九歳、シリア生まれ、ハンブルク育ち。ハンブルクは同時多発テロの実行犯が住んでいた都市だ。航空会社のほうでは、女性のこの経歴とこの日ジュネーブで起きたことを考慮に入れて、スイス航空局に報告した。そこからスイスの諜報・保安機関NDBへ情報が送られ、最後に、クリストフ・ビッテルのデスクに到達した。偶然ながら、シリアをめぐる和平交渉で警備の指揮に当たったのが、このビッテルだった。彼がベルリンとウィーンの諜報機関へ情報提供を求めたところ、すぐさま、報告すべきことは何もないとの返事が来た。それでも、ビッテルはジュネーブ警察と、アメリカ及びロシアの外交保安局と、さらにはシリアにまで、女性に関するファイルと写真のコピーを送っておいた。

女性がウィーン行きの飛行機に搭乗しなかったのは、サン＝ジョルジュ大通りのフラットで待機していた男性二人にとって相当に気がかりなことだった。わずか数分のあいだに、二人の気分は静かな自信から静かな絶望へと変化した。自分たちが彼女を計画にひきずりこみ、嘘をつき、そののちにこちらの正体を告げた。きみを守り抜く、きみの家族を殺した怪物どもに見つかる心配のない土地で再出発できるようにする、と約束した。なのに、一瞬のうちに彼女を失ってしまった。だが、怪物どもはそもそもなぜ彼女をジュネーブにおびきよせたのだろう？　そして、シリアの外務副大臣ケメル・アル＝ファルークがいるホテルの部屋に、なぜ彼女を入れたのだろう？

　エリ・ラヴォンが言った。「罠《わな》に決まってるだろ」

「決まってる？」とガブリエル。

　ラヴォンはパソコンの画面に目をやった。「赤いライトが見えるか。おれには見えん」

「罠の証拠にはならない」

「だったら、何を意味している？」

「なぜ和平交渉の最中に彼女を拉致するんだ？　リンツで実行すればすむことなのに」

「われわれが彼女を警護していることを向こうが知ってて、リンツだと手こずるだろうと読んだからだ」

「それで餌をちらつかせてジハンをジュネーブに誘いだした？　われわれが喜んで食いつきそうな餌を？　そう言いたいのか、エリ」

「おなじみの話だろ？」

「どういう意味だ？」

「まさにわれわれが実行しそうな作戦だ」

　ガブリエルは納得しなかった。「リンツにいたとき、やつらの気配を感じたことがあったか？」

「工作員がいなかったという意味にはならん」

「感じたことは？」

「なかった」ラヴォンは首を横に振った。「感じたことはない」

「わたしもだ。あの街に住むシリア人は、ワリード・アル＝シディキとジハン・ナワズの二人だけだからな。飛行機がジュネーブに到着するまで、ジハンの身はクリーンだった」

「そのあとで何があったんだ？」

「これだ」ガブリエルがパソコンの再生のアイコンをクリックすると、数秒後に、ワリード・アル＝シディキのアラビア語の声が低く聞こえてきた。

「ダマスカスからの電話？」ラヴォンが訊いた。

ガブリエルはうなずいた。「おそらく、ムハバラートの者がかけてきたんだろう。ワリードが経理をまかせている女はハマーの生まれだと伝えるために」

「痛恨のミスってわけだ」

「そこでワリードはホテル・メトロポールに滞在中のケメル・アル＝ファァルークに電話をかけ、ジハンに会うのを中止するように言った」

「ところが、アル＝ファルークにはもっといい考えがあった？」

「たぶん、アル＝ファルークが思いついたのだろう。いや、ひょっとするとミスター・オマリかな。要するに、連中がジハンに関してつかんでいるのは、生まれ故郷を偽ったという事実以外に何もない」

「だが、真実を探りだすのにそう長くはかからんだろうな」

「わたしもそう思う」

「どうする気だ？」

「取引するのさ、もちろん」

「どうやって？」

「こんなふうに」ガブリエルはキング・サウル通りに宛てて三つの単語を打ちこみ、送信をクリックした。

「これで〈オフィス〉の注意を惹《ひ》くことができる」ラヴォンは言った。「あとは交渉の材料にできる人間を手に入れるだけだ」

「もう手に入ってるよ、エリ」

「誰のことだ？」

ガブリエルはパソコンの向きを変え、ラヴォンに画面が見えるようにした。パリ一区のサントノーレ通りで赤いライトが点滅していた。ワリード・アル＝シディキがようやく携帯の電源を入れたのだ。

ウージ・ナヴォトの体格は重量挙げ向きで、スピード競技向きではない。だが、作戦本部から四一四Ｃ号室へ猛ダッシュする彼の姿を目にした者はみな、あんな機敏な長官の姿を見たのは初めてだったと、あとになって言うことだろう。ドアを叩きこわしかねない勢いでがんがん叩き、部屋に入ると、強奪用に準備してあるパソコン端末のところへ直行した。「スタンバイさせたままか」誰にともなく尋ねると、部屋のどこかから、いつでもOKだと返事があった。ナヴォトは身をかがめ、必要以上に力をこめてキーを押した。テルアビブ時間で午後四時二十二分、ジュネーブ時間で午後三時二十二分だった。世界各地でトラップドアが開き、金が流れはじめた。

フランスの国境を越えてから約五分後、悲鳴をあげるジハンをオマリが車のトランクに押しこんだ。ずしっと重い音をたてて蓋が閉まり、ジハンの世界が真っ暗になった。政府軍に包囲されたときのハマーが思いだされた。しかし、トランクのなかには爆発音も闇を切り裂く悲鳴もない。舗装道路を走るタイヤのいらだたしい響きがあるだけだ。母の腕に抱かれ、母のヒジャブにすがりついている自分を想像した。薔薇《ばら》香水の香りまで漂ってくるような気がした。やがて、ガソリンの悪臭が襲いかかってきて、母に抱かれていた記憶が消え去り、恐怖だけがあとに残った。どんな運命が待ち受けているのか、ジハンにはわかっていた。包囲のあとに続いた暗黒の日々にすべてを目にした。尋問を受ける。そのあとで殺される。抗《あらが》うすべはない。すべては神の御心《みこころ》のまま。

闇のなかにいるため、腕時計を見ることができず、どれだけ時間がたったのかわからなくなっていた。恐怖を忘れるために低くハミングした。そして、イスラエルのスパイのことをちらっと考えた。アッターゼー湖の水面に指で名前を書いた人。あの人がわたしを見捨てるはずはない。助けに来てくれるまで、なんとしても生き延びなくては。やがて、ハンブルクで学生時代に出会った男のことを思いだした。反体制派のシリア人で、ムハバラートから拷問を受けた過去を持つ人だった。生き延びられたのは、尋問者が聞きたがっていることを語ったおかげだと、その男は言っていた。わたしも同じことをしよう。もちろん、わたしが語るのは真実ではなく、向こうが最後まで聞きたがってうずうずしそうな魅力的な嘘。相手を欺《あざむ》く才能には自信があった。これまでずっと、人々を欺いて生きてきたのだから。

そこで、闇のなかに横たわったまま、車に揺られながら、自分の命を救うための物語をこしらえた。それは権力者と孤独な若い女が手を組むという、およそありえない物語、欲と裏切りの物語だった。冒頭を書きなおし、あちこちに少しずつ編集と修正を加え、車がようやく停止したときには、物語は完成していた。トランクがあいた瞬間、黒いフードをかぶせられる寸前にオマリの顔が見えた。フードは予期していた。例の反体制派のシリア人から、ムハバラートは囚人の五感を奪い去るのが好きだと聞いていたからだ。

トランクからひっぱりだされ、砂利道を歩かされた。次に階段を下りることになったが、ひどく急な階段だったので、途中から男の手で抱えあげられた。しばらくすると、戦死者みたいにコンクリートの床に放りだされた。それからドアの閉まる音が聞こえ、静寂のなかへ消えていく男たちの足音が続いた。何秒かじっと横たわり、そのあとでようやくフードをはずしてみると、周囲はまたしても漆黒の闇だった。震えを抑えようとしたが無理だった。泣くまいとするのに、ほどなく涙が頬を濡らした。そのとき、自分で作った物語のことを思いだした。ミスター・アル＝シディキが悪いのよ。自分に言い聞かせた。ミスター・アル＝シディキが仕事を頼んでこなければ、こんなことにはならなかったのに。

54

テルアビブ――オート＝サヴォワ県、フランス

結論から言うと、〈ミニヤン〉と自称するコンピュータの天才十人は、所要時間の予想を間違えていた。五分ではなく、三分少々で完了した。その結果、テルアビブ時間で午後四時二十五分には、シリアの支配者の資産八十二億ドルが〈オフィス〉のものとなっていた。一分後、ウージ・ナヴォトはジュネーブのガブリエルにフラッシュ・メッセージを送り、資産の移動が完了したことを伝えた。そこでガブリエルは次なる指示を出した。チューリッヒのトランス・アラビアン銀行の口座へ五億ドルを移す。金がそちらの口座に入ったのは現地時間で午後三時二十九分、口座の名義人であるワリード・アル＝シディキがパリで午後の渋滞に巻きこまれているときだった。ガブリエルは彼の携帯番号を押したが応答はなかった。いったん電話を切り、一分待ってからかけなおした。

ジハンが待たされた時間はそう長くなかった。せいぜい五分ぐらいだろう。やがて、ド

アをがんがん叩く音が聞こえ、フードをかぶれという男の声がした。ジュネーブ空港で出迎えてくれた男だ。その声にも、しばらくあとで乱暴に立たされたときに嗅いだ不快なコロンの匂いにも、覚えがあった。男がジハンを連れて急な階段をのぼり、次に大理石の床を横切った。足音がこだまとなって遠くから聞こえてくる感じからすると、自分がいまいるのは大きな会館か何かなのだろう。ジハンはそう思った。やがて、男が乱暴に彼女を立ち止まらせ、硬い木の椅子にすわらせた。ジハンはフードで目隠しされたまま、いまから何が起きるのかという恐怖のなかでしばらく待たされた。あとどれぐらい生きられるのだろう。いや、もしかしたら、すでに死んでいるのかもしれない。

さらに一分がのろのろと過ぎた。やがて誰かの手が乱暴にフードをはずし、それと一緒に髪も少々ひきちぎった。シャツ姿のオマリが目の前に立っていた。手にはゴム製の棍棒《こんぼう》。ジハンは視線をそらし、あたりの様子を窺《うかが》った。大きなシャトーの広い豪華な部屋。シャトーじゃない。王宮だ。模様替えしたばかりのようで、人が住んでいる気配はない。

「ここはどこ?」

「どこだっていいだろう」

ジハンはふたたび部屋を見まわして尋ねた。「誰のものなの?」

「シリア大統領だ。あんたの国の大統領だよ、ジハン」

「わたしはドイツ国民よ。あなたにわたしを拘束する権利はないわ」

男二人は笑みを向けあった。それから、オマリがジハンの椅子の横の華麗なテーブルに彼の携帯を置いた。「ドイツ大使館に電話しろ、ジハン。いや、フランスの警察のほうがいいかな。すぐ駆けつけてきてくれるぞ」

ジハンは身じろぎもしなかった。

「電話するんだ」オマリが命じた。「フランスの緊急電話番号は一一二だ。次に一七を押せば警察につながる」

ジハンはテーブルのほうへ手を伸ばしたが、携帯をつかむ前に、棍棒が手の甲に大ハンマーのごとく襲いかかった。ジハンはたちまち体を二つに折り、翼の折れた小鳥をそっと抱くように、傷ついた手を押さえた。次にうなじを棍棒で打ちすえられて、床に崩れおちた。身をかばうように床の上で丸まったきり、動くこともできず、苦悶《くもん》のうめき以外は声も出せずにいた。ここで死んでいくのだと思った。支配者の王宮で。故郷ではない国で。次の殴打を待ち受けたが、棍棒は飛んでこなかった。かわりに、オマリが彼女の髪をつかんで自分のほうを向かせた。

「これがシリアなら、あんたをしゃべらせるのに、どんな道具でも思いのままに使えるんだが。しかし、いまはこれしかない」オマリはゴム製の棍棒を振ってみせた。「時間がかかるだろうし、終わったときには、あんたは二目と見られない顔になっているだろうが、しゃべってもらうぞ、ジハン。誰もがしゃべってくれる」

ジハンはしばらく返事もできなかった。だが、ようやく口が利けるようになった。

「何を知りたいの？」

「誰のために働いているかを知りたい」

「ワリード・アル＝シディキよ。オーストリアのリンツにあるウェーバー銀行で」

棍棒がジハンの頬に飛んできた。目をつぶされるかと思った。

「けさ、ジュネーブのホテルまであんたを尾行してきたのは何者だ？」

「尾行されてたなんて知らなかった」

今度は棍棒が首の横に叩きつけられた。大理石の床に自分の首がころがるのを見たとしても、ジハンは少しも驚かなかっただろう。

「嘘をつけ、ジハン」

「嘘じゃないわ！　お願い」ジハンは懇願した。「もう殴らないで」

オマリはまだ彼女の髪をつかんだままだった。憤怒《ふんぬ》と奮闘で顔が真っ赤だった。

「いまから簡単な質問をする。わたしには正解があらかじめわかっている。正直に答えれば、ひどい目にはあわせない。だが嘘をついたら、尋問が終わったとき、あんたの体はほとんど残っていないだろう」オマリはジハンの頭を乱暴に揺すった。「わかったな？」

「ええ」

「どこで生まれたか言ってみろ」

「シリア」

「シリアのどこだ？」

「ハマー。わたしはハマーで生まれたの」

「父親の名前は？」

「イブラヒム・ナワズ」

「ムスリム同胞団のメンバーだったな？」

「ええ」

「一九八二年のハマーの反乱で死んだのか」

「いいえ。一九八二年に政府軍に殺されたの。わたしの兄や母親も殺されたわ」

オマリには過去のことでつまらぬ議論をする気はなさそうだった。「だが、あんたは死なずにすんだ」

「そう。わたしだけが生き残った」

「ウェーバー銀行に就職したとき、なぜそういったことをミスター・アル＝シディキに隠していた？」

「どういう意味？」

「わたしを焦《じ》らすのはよせ」

「焦らしてなんかいないわ」

「ハマー生まれであることを、ミスター・アル＝シディキに話したかね？」

「ええ、話したわ」

「家族が騒乱で殺されたことも、ミスター・アル＝シディキに話したかね？」

「ええ」

「父親がムスリム同胞団のメンバーだったことも話したかね？」

「もちろんよ。ミスター・アル＝シディキには何もかも話してあるわ」

四回かけたあとでようやく、ワリード・アル＝シディキが電話に出た。数秒のあいだ沈黙が続き、ガブリエルのパソコン画面では、赤いライトが不安におののく心臓のごとく点滅を続けていた。やがて、アラビア語でアル＝シディキが尋ねた。「きみは誰だ？」

「おたくの口座の一つに問題が起きたため、こうして電話をしている」ガブリエルは冷静に答えた。「いや、複数の口座だ」

「なんの話だ？」

「わたしがあんたなら、ワリード、ケイマン諸島のトレード・ウィンズ銀行のデニス・カーヒルに電話して、〈LXR投資〉名義の口座の最近の取引内容について問いあわせるだろう。そのあいだに、こちらはジェラール・ベランジェに電話をしよう。あんたがソシエテ・ジェネラル銀行で会ったばかりの男だ。次に、あんたのほうからわたしに電話してほしい。あんたに与えられた時間は五分。急げ、ワリード。待たせるんじゃないぞ」

ガブリエルは電話を切って携帯を置いた。

「向こうも必死になることだろう」エリ・ラヴォンが言った。

ガブリエルはパソコン画面を見て微笑した。

早くも必死のようだ。


アル＝シディキはトレード・ウィンズ銀行とソシエテ・ジェネラル銀行に電話をした。それから、UBS、クレディ・スイス銀行、リヒテンシュタイン銀行、ドバイのファースト・ガルフ銀行にも電話をした。そのたびに同じことを言われた。ついに、刻限から十分遅れて、ガブリエルに電話をかけた。

「こんなことをして、ただですむと思うな」アル＝シディキは言った。

「わたしは何もしていない。支配者の金を奪ったのはあんただ」

「何を言っている？」

「あと一回、電話をかけたほうがよさそうだな、ワリード」

「どこへ？」

ガブリエルは問いに答えた。それから電話を切り、パソコンの音量を上げた。十秒後、チューリッヒのトランス・アラビアン銀行で電話が鳴りだした。

55

オート＝サヴォワ県、フランス

男たちがジハンの手を冷やすために、大きな銀製の鉢に氷水を入れて持ってきた。ジハンの手は腫れあがり、血まみれだった。冷たい水の衝撃で痛みは薄れたが、ジハンの胸で燃えさかっている怒りは薄れなかった。オマリのような男がわたしからすべてを奪ったのだ――わたしの家族、わたしの人生、わたしの故郷。いまようやく、オマリに立ち向かう機会がめぐってきた。そして、たぶん、彼を叩きのめす機会が。

「煙草《たばこ》は？」オマリに訊かれて、そうね、殺人者の慈悲を受け入れることにするわ、と答えた。オマリが彼女の開いた唇にマールボロを一本はさみ、火をつけた。ジハンは深々と煙を吸いこみ、それから左手でぎこちなく煙草をはずした。

「少しは楽になったか、ジハン？」

ジハンは氷水に浸けていた右手を上げたが、何も答えなかった。

「本当のことを話してくれれば、そんな目にあわずにすんだのに」

「話す機会もくれなかったくせに」

「では、いまから提供しよう」

ジハンは急ぐ様子の相手を焦らすことにした。ふたたび煙草を吸い、豪華絢爛《けんらん》たる天井に向かって煙を吐きだした。

「わたしの知ってることを話したら？　そのあとはどうなるの？」

「自由に出ていっていい」

「どこへ？」

「あんたが決めることだ」

ジハンは右手をのろのろと氷水のなかに戻した。「悪いけど、ミスター・オマリ、あなたの言葉は信用できないわ」

「ならば、反対の手も痛めつけるしかなさそうだ」ふたたび残忍な笑み。「それから、あばら骨を折り、顔の骨をすべて砕く」

「わたしに何をお望みなの？」しばらくしてから、ジハンは言った。

「ワリード・アル＝シディキについて知っていることを、すべて話してもらいたい」

「生まれはシリア。莫大な財産を築きあげた。リンツにある小さなプライベート・バンクの経営権を買いとった」

「なぜアル＝シディキが銀行を買ったか、知ってるか？」

「お金を投資し、顧客である中東の権力者たちの資産を隠す道具にするためでしょ」

「その人々の名前を知っているのか？」

「一人だけ」ジハンは室内を見まわした。

「どこで顧客のことを知った？」

「ミスター・アル＝シディキから聞いたの」

「なぜやつがそんなことを話す？」

「わたしの前で大物ぶりたかったんじゃないかしら」

「金がどこに預けてあるか、知っているのか」

「チューリッヒ、リヒテンシュタイン、香港、ドバイ」

「口座番号は？　それも知っている？」

「いいえ」ジハンは首を横に振った。「知ってるのはミスター・アル＝シディキだけよ」自分の胸に手を当てた。「いつもこうして持ち歩いているの。黒革の手帳に書きこんで」


同じとき、ジハンのでたらめな話の中心となっている人物は、車のバックシートに一人ですわり、次にどうすべきか考えていた。というか、のちにクリストファー・ケラーが使った表現を借りるなら、できるだけ苦痛の少ない自殺の方法を考えようとしていた。ついには、ガブリエルにふたたび電話をかけて降伏した。

「いったい何者だ？」アル＝シディキは訊いた。

「もうじきわかる」

「何が望みだ？」

「ケメル・アル＝ファルークに電話をして、支配者の資産八十億ドルを紛失したことを報告してもらいたい。次に、資産の一部がアル＝シディキ名義の口座に移されたことも報告するんだ」

「そのあとは？」

「あんたにすばらしい投資のチャンスを提供しよう。ぜったい損のない話だぞ。またたくまに莫大な財産を手に入れる千載一遇のチャンスだ。聞いてるのか、ワリード。興味を持ってくれたかな？」

　オマリがジハンに向かって、ワリード・アル＝シディキとの関係を尋ねようとしたとき、携帯が軽く震動した。オマリは無言でしばらく耳を傾け、不満そうにぼやいて電話を切った。それから、運転手と共犯者を兼ねた若い男にうなずきを送ると、男がジハンの頭にフードをかぶせてふたたび地下の独房へ連れていった。ジハンは疼《うず》く手と恐怖におののく心を抱えて、真っ暗闇のなかに残された。わたしはもう死んでるのかもしれない。いえ、もしかしたら、連中を打ち負かしてやれたかもしれない。

56

アヌシー、フランス

ガブリエルとエリ・ラヴォンは最後にもう一度だけ、車で一緒に出かけることになった。ガブリエルが運転し、助手席のラヴォンはいつものようにいらだちと不安に包まれていた。西へ走ってフランスの国境を越え、そこから南へ向かい、オート＝サヴォワ県の田園地帯を抜けてアヌシーまで行った。到着したときは夕暮れに近くなっていた。ガブリエルはラヴォンを県庁の近くで降ろし、サン＝フランソワ・ド・サル教会のそばに駐車した。チウー運河のほとりに建つ白く愛らしい教会を見て、ヴェネツィアのサン・セバスティアーノ教会を思いだした。ヴェロネーゼの前に一人で立つ絵画修復師の姿があるのではないかと思いつつ、なかをのぞき、それから、近くにある〈サヴォワ・バー〉という名のカフェへ行った。簡単なメニューとワインレッドの日除《ひよ》けの下にわずかなテーブルがあるだけの、ありふれた店だった。テーブルの一つにクリストファー・ケラーがすわっていた。今日もまた金髪のウィッグに青みを帯びたレンズの眼鏡を使って、凄腕《すごうで》の絵画泥棒ピーター・ラトリッジに化けている。ガブリエルは向かいの席にすわり、ブラックベリーをテーブルに置いた。ウェイターがようやくやってきたので、カフェ・クレームを注文した。

しばらくして、ケラーが言った。「こんな展開になるとは思いもしなかったぞ」

「どういう展開を期待してたんだ、クリストファー？」

「きみがカラヴァッジョを手に入れると思っていた。もちろん」

「何もかも手に入れることはできん。それに、カラヴァッジョよりはるかにすばらしいものを見つけた。もっと価値のあるものだ」

「ジハン？」

ガブリエルはうなずいた。

「八十億ドルの女か」ケラーはつぶやいた。

「八十二億だよ。ま、たいした違いはないが」

「考えなおす気はないのか」

「何を？」

「取引を」

「まったくない」

そのとき、エリ・ラヴォンが二人のそばを通りすぎ、となりのカフェでヤコブと合流した。ミハイルとヨッシはグルネット通りという狭い道路に車を止めていた。オデッドはケパブ店のテーブルからその車を見守っていた。

「みんな、いいやつだな」広場を見渡しながら、ケラーが言った。「あいつらの責任ではない。リンツでのきみの作戦はみごとだった、ガブリエル。最後にどこかで狂いが生じたに違いない」

ガブリエルは何も答えず、ブラックベリーを見つめるだけだった。

「やつの現在地は？」

「ここから二キロほど北。猛スピードで近づいてくる」

「楽しくなりそうだ」

「ワリードのほうはたぶん、楽しくないだろうな」

ガブリエルはブラックベリーをテーブルに戻し、ケラーを見て微笑した。「あんたまで巻きこんでしまって申しわけない」

「とんでもない。何とひきかえにしても、逃すわけにはいかない」

ガブリエルはブラックベリーに視線を戻した。点滅する赤いライトはすでにアヌシーの街に入っている。

「こちらに向かってる？」ケラーが訊いた。

ガブリエルはうなずいた。

「交渉はおれにまかせたほうがいいんじゃないかね」

「なんでだ？」

「きみの顔を向こうに見せるのは、いい考えとは言えないかもしれん。いまのところ、〈オフィス〉が関わってることを向こうは知らないんだぞ」

「ジハンを痛めつけて聞きだしたかもしれない」

　ケラーは沈黙した。

「気持ちはうれしいが、これはわたしが自分でやらなきゃならないことだ。それに、虐殺者と手下どもに、背後にわたしがいることをわからせてやりたい」

「まさか徹底的にやるつもりじゃあるまいな？」

「わたしには選択の余地がない」

「人はみな、自分の人生を選ぶものだ。このおれでさえ」

　ガブリエルは二人のあいだに沈黙が流れるにまかせた。「わたしの提案はいまも有効だぞ」ようやく言った。

「〈オフィス〉で働けと言うのか」

「違う。ＭＩ６でグレアム・シーモアのために働くんだ。グレアムが新たな身分と新たな人生を与えてくれるだろう。故郷に戻れるぞ。そして、それ以上に大切なことだが、無事に生きていることをご両親に伝えて――」

「うまくいくだろうか」ケラーがガブリエルの言葉をさえぎった。

「何が？」

「おれがＭＩ６の人間になったとしたら」

「うまくいくに決まってるだろ」

「おれはコルシカの暮らしが好きなんだ」

「だったら、コルシカの家を残しておけばいい」

「収入もぐんと減る」

「まあな」ガブリエルも同意した。「だが、金ならすでにどっさり持ってるだろ」

「人生が一変する」

「ときには変化もいいものだ」

ケラーは考えこむふりをした。「人を殺すのを楽しいと思ったことは一度もない。殺しが得意だったというだけだ」

「その気持ちはよくわかる」ガブリエルはふたたびブラックベリーに目をやった。

「やつはどこにいる？」

「近い。すぐそこまで来ている」

「どこだ？」

ガブリエルはグルネット通りのほうへうなずきを送った。「あそこ」

57

アヌシー、フランス

それはアル＝シディキをソシエテ・ジェネラル銀行へ送っていったのと同じメルセデスで、運転席にいるのも同じ男だった。パリに潜入しているシリア情報局の人間だ。ミハイルがうしろのシートにすべりこみ、運転席の男の背中に銃を突きつけておいて、アル＝シディキの徹底的なボディチェックをおこなった。それがすむとアル＝シディキと二人で歩道に降り立ち、車はそのまま通りを遠ざかっていった。ミハイルは次に、アル＝シディキを連れてがらんとした教会の広場を渡り、ケラーとガブリエルが待っている〈サヴォワ・バー〉のテーブルまで行った。アル＝シディキの顔には生気がなかったが、それも無理からぬことだ。午後からの半日で八十億ドルを失った銀行家なら、生気を失って当然だ。

「ワリード」ガブリエルは愛想よく言った。「ようこそ。こんな遠くまでひっぱりだして申しわけない。だが、こういうことはじかに交渉するのがいちばんだからね」

「金はどこだ？」

「女はどこだ？」

「さあな」

「携帯をよこせ」

アル＝シディキは携帯を差しだした。ガブリエルが最近の発信履歴をチェックすると、シリアの支配者のものだった八十億ドルが不意に消えて以来、アル＝シディキが必死にダイヤルした番号がいくつも並んでいた。

「どれだ？」ガブリエルは訊いた。

「これ」画面に指を触れて、アル＝シディキは答えた。

「誰が出る？」

「オマリという紳士が」

「その紳士は何で生計を立てている？」

「ムハバラート」

「女を傷つけたのか」

「遺憾ながら、それがやつの仕事だ」

ガブリエルはその番号を押した。呼出音が二回。やがて男の声がした。

「ミスター・オマリだね」

「誰だ？」

「ガブリエル・アロンという者だ。名前は聞いていると思うが」

沈黙が流れた。

「イエスの意味にとるとしよう」ガブリエルは言った。「さて、お手数だが、ジハンにちょっと携帯を渡してもらえないだろうか。本当に拉致されたのか、確認する必要がある」

短い沈黙があった。やがて、ガブリエルの耳にジハンの声が届いた。

「わたしよ」彼女が言ったのはそれだけだった。

「いまどこにいる?」

「よくわからない」

「痛い目にあわされたのか」

「それほどでも……」

「よく聞いて、ジハン。すぐに助けだす」

携帯が別の手に渡った。ふたたびオマリの声がした。

「どこへ呼びつける気だ?」オマリが訊いた。

「アヌシーの中心部にあるグルネット通り。教会の近くに〈シェ・リーズ〉という店がある。店の外に車を止めて、こちらからの電話を待て。それから、ジハンには二度と手を出すな。もし手を出したら、あんたを見つけだして殺すことをわたしの生涯の仕事にする」

ガブリエルは電話を切り、携帯をアル=シディキに返した。

「どこかで見たような顔だと思った」アル＝シディキは言った。それから、ケラーをちらっと見て続けた。「あの男もだ。二、三週間前に、盗難にあったゴッホを売りつけようとした男にそっくりだ」

「そして、愚かなあんたはゴッホを買いとった。だが、心配しなくていい」ガブリエルはつけくわえた。「本物ではなかったから」

「では、ロンドンで開かれた〈ヨーロッパ・ビジネス・イニシアティブ〉は？　あれも芝居だったのか」

ガブリエルは無言だった。

「賞賛を贈ろう、アロン。創造性豊かな人物だと、つねづね噂に聞いていた」

「どれだけ手に入れたんだ、ワリード？」

「絵画か？」

ガブリエルはうなずいた。

「小さな美術館を開けるぐらいだ」

「支配者一族に贅沢な暮らしを続けさせるにも充分だな」ガブリエルは冷たく言った。

「絵は現在どこにある？」

「あちこちに。主として、銀行の貸金庫だ」

「カラヴァッジョは？」

「知らん」

ガブリエルは威嚇するようにテーブルに身を乗りだした。「わたしは理性的な人間のつもりだが、友人のこのバーソロミューは癇癪《かんしゃく》持ちで有名だ。しかも、わたし以上に危険だという世界でも稀《まれ》な人間の一人だ。だから、とぼけるのはやめにしよう」

「本当のことだ、アロン。カラヴァッジョがどこにあるのか、わたしは知らない」

「最後に所有していたのは？」

「はっきりしない。だが、しいて推測するなら、ジャック・ブラッドショーだろう」

「それでやつを殺したのか」

「わたしが？」アル＝シディキは首を振った。「わたしはやつの死には無関係だ。なぜ殺さなきゃならん？　美術界の暗部につながる唯一のパイプ役だったんだぞ。急いで現金を調達する必要に迫られたら、ブラッドショーを通じて絵画を売却するつもりだった」

「では、誰が殺した？」

「オマリだ」

「ムハバラートの男がなぜブラッドショーみたいなやつを殺すんだ？」

「命令されたから」

「誰に？」

「大統領だ。決まってるだろ」

ジハンを殺人鬼どものそばに置いておくのは、ガブリエルとしてはあと一分だって我慢できないことだが、いまさらどうしようもなかった。そこで、夕闇の訪れとともにあちこちの教会の鐘が鳴り響くなかで、アル＝シディキの話に耳を傾けた。カラヴァッジョを闇の換金の道具にする予定はまったくなかったという。ひそかにシリアへ運んで修復をおこない、支配者の王宮の一つに飾ることになっていた。絵が行方知れずになったとき、支配者は激怒した。ムハバラートの高官として畏敬され、かつては父親の護衛役として信頼されていたオマリに、絵の行方を突き止めるよう命じた。オマリはブラッドショーが住んでいたコモ湖の別荘で探索を開始した。

「それでブラッドショーを殺したのか」ガブリエルは訊いた。

「ブラッドショーが使っていた贋作者もな」アル＝シディキは答えた。

「サミールは？」

「利用価値がなくなった」

あんたもだ。ガブリエルは思った。「カラヴァッジョはいまどこに？」

「オマリには結局見つけられなかった。カラヴァッジョは消えてしまった」アル＝シディキは肩をすくめた。「そんな絵は最初から存在しなかったのかもしれん」

そのとき、グルネット通りで一台の車が停止した。黒のメルセデス。窓はスモークガラス。ガブリエルはアル＝シディキの携帯をとってボタンを押した。すぐにオマリが出た。

ガブリエルはジハンと電話をかわるよう命じた。

「わたしよ」今度もジハンはそう言った。

「いまどこだ？」

「アヌシーの通りに駐車中」

「レストランのそばか」

「ええ」

「レストランの名前は？」

「〈シェ・リーズ〉」

「あと二分ほど待ってくれ、ジハン。そしたら自由の身だ」

電話が切れた。ガブリエルはアル＝シディキに携帯を返して、取引の条件を告げた。

条件はじつに単純だった。八十二億ドルと女一人を交換。ただし、女が新たな土地に落ち着き、残りの生涯を安全に暮らす費用として、五千万ドルを差しひく。アル＝シディキは交渉もせず、曖昧な言葉で逃げもせずに、提案をのんだ。好条件の申し出に驚いていた。

「どこへ送金すればいい？」ガブリエルは訊いた。

「モスクワのガスプロム銀行」

「口座番号は？」

アル＝シディキは数字を書いた紙をガブリエルに渡した。ガブリエルはそれをキング・サウル通りに知らせて、ウージ・ナヴォトにもう一度キーを押すよう指示した。かかった時間はわずか十秒。金の移動が完了した。

「ガスプロム銀行の担当者に電話しろ」ガブリエルは言った。「預金総額がたったいま大幅に増えたという返事が来るだろう」

モスクワでは真夜中だったが、アル＝シディキの担当者はデスクで電話を待っていた。アル＝シディキの携帯の向こうから、ガブリエルの耳にも興奮が届いた。より信頼できる口座へ金を首尾よく移す前に、ロシア大統領にどれだけ横どりされるのだろう？

「これでいいかね？」ガブリエルは尋ねた。

「みごとなものだ」

「お世辞は必要ない、ワリード。オマリに電話して、さっさとドアをあけるように言うんだ」

三十秒後、車のドアが開いて、ジハンが姿を現した。サングラスで顔の傷を隠し、バッグを肩にかけている。左の肩であることにガブリエルは気づいた。右手に分厚い包帯が巻いてあり、使い物にならないからだ。ジハンは石畳にヒールの音を響かせて教会の広場を歩きはじめたが、待機中の車のほうへミハイルがすぐさま彼女を誘導し、その姿は視界から消えた。続いて、アル＝シディキが車に乗りこみ、彼の姿も見えなくなった。ガブリエルとケラーだけがカフェに残された。

「ＭＩ６でもこんなふうに作戦を遂行すると思うか？」ケラーが訊いた。

「われわれが関わらないと無理だな」

「考えなおす気はないのか」

「何を？」

「八十億ドルと一人の命の交換を」

「ない」ガブリエルは微笑した。「これまでにやったなかで最高の取引だ」

第五部
最後の窓

58

ヴェネツィア

それから九日のあいだ、美術界は失われた富がもうじき大量に戻ってくることを幸いにも知らぬまま、金ぴかの軸を中心になめらかにまわりつづけていた。そして、八月上旬のある蒸し暑い午後、アムステルダムのゴッホ美術館の館長から、《ひまわり》（油彩・画布、九五×七三センチ）が戻ってきたとの発表があった。どこで見つかったかについては、館長は口を閉ざしていたが、のちに、アムステルダムのホテルの一室に置き去りにされていたことが世間に知られることとなる。長いあいだ行方不明だったのに、ダメージはまったくなかった。それどころか、館長の話では、盗まれたときより状態がよくなっていたとのこと。美術品保護委員会の委員長を務めるジュリアン・イシャーウッドがロンドンで美辞麗句を連ねた声明を出し、この出来事を〝人類にとって偉大な日〟と呼んだ。その夜、〈グリーンのレストラン〉のいつもの席にイシャーウッドの姿があった。〈サザビーズ〉のアマンダ・クリフトンが一緒だった。レストランに居合わせた全員があとで噂したところによると、アマンダはうっとりした表情だったらしい。オリヴァー・ディンブルビーは嫉妬の炎を燃やしていたそうだ。

さらなる宝が続々と見つかることを知っていたのは、スパイたちのひそかな協力者であるジュリアン・イシャーウッドだけだった。一週間がたち、《ひまわり》をめぐる熱狂も下火になってきた。やがて、ローマの中心部にあるクリーム色の宮殿で、カラビニエリの美術班のチーフであるチェーザレ・フェラーリ将軍から、長らく行方不明だった名画三点が戻ってきたことが発表された。パルミジャニーノの《聖家族》、ルノワールの《田園の若い女たち》、クリムトの《女の肖像》。だが、将軍の発表はこれで終わりではなかった。モネの《プールヴィルの海岸》と、モディリアーニの《扇を持つ女》、マチス、ドガ、ピカソ、レンブラント、セザンヌ、ドラクロワの作品の数々、そして、ティツィアーノではないかと思われる作品も見つかったという。記者会見が開かれ、フェラーリ将軍お得意の芝居がかった派手なコメントが次々と飛びだしたが、もっとも注目すべきは、たぶん将軍が口にしなかった事柄だろう。つまり、絵画がどこでどのようにして発見されたかということ。将軍は窃盗犯と密輸業者と故売屋からなる大規模かつ高度な犯罪ネットワークの存在をほのめかし、さらに多くの絵画が見つかるだろうと予言した。そして、会見を終了してドアに向かったが、途中で一度だけ足を止めて、こうした会見でかならず出る質問に答えた。美術班がいちばんのターゲットとしている作品、つまり、カラヴァッジョの《聖フランシスと聖ラウレンティウスのキリストの降誕》が見つかる可能性はあるのか、という質問だ。「〝可能性なし〟という言葉は使いたくない」将軍は沈痛な面持ちで答えて退場した。

オーストリアでは、アムステルダムとローマとはまったく対照的な事件が発生し、警察が別の種類の謎を解こうと必死になっていた。ドナウ川沿いの商工業都市リンツで、五十代初めの男性と三十九歳の女性が失踪したのだ。男性はワリード・アル＝シディキ、小さなプライベート・バンクの共同経営者。女性はジハン・ナワズ、その銀行の経理担当者。二人ともシリア出身であることから、失踪に疑惑が持たれた。そして、失踪当日のナワズの行動にも。リンツからジュネーブへ飛び、ホテル・メトロポールを訪ね、シリアの外務副大臣であり、大統領の側近にして助言者でもあるケメル・アル＝ファルークの部屋に入るところを、ホテルの防犯カメラにとらえられている。必然的に、ミス・ナワズはシリア政府のスパイではないかとの憶測が生まれた。じっさい、かつて評判の高かったドイツの雑誌には、彼女をシリアの諜報機関のスパイとして告発する長ったらしい記事が出たほどだ。その二日後、ハンブルクに住む親戚が、彼女がドイツに移住したさいの書類に不備があったことを認めたため、記事は根底から崩れてしまった。ダマスカス生まれとされているが、そうではなく、ハマーで生まれ育ち、一九八二年二月に政府軍の手で家族をすべて殺されたのだった。親戚は言った――ジハンは政府の工作員ではなく、熱心な反体制派なのだと。

たちまち、ジハン・ナワズはシリア政府ではなく、西側の諜報機関のために活動していたのではないかとの推測が生まれた。同じく失踪中の雇い主の経歴についての情報が、つまり、彼がシリアの支配者の資産隠しと管理に関わってきたことを示す情報がマスコミにじわじわと漏れるにつれて、この説が重みを増していった。次に、評判の高いコンピュータ・セキュリティ会社から、いくつかの金融処理に関する報告があった。ふつうでは考えられないほど短い時間内に世界各地の有名銀行から何十億ドルもの金がひきだされ、一カ所に移されたというのだ。正確な金額を推測することも、誰のしわざかを突き止めることも、セキュリティ会社にはできなかった。しかしながら、世界中に残されたコードの痕跡を見つけることだけはできた。コードを分析した者たちは、その精巧さに舌を巻いた。一般的なハッカーではなく、どこかの政府のために働くプロのしわざだと述べた。イランの核施設破壊のために作られたコンピュータ・ウイルス、スタクスネットのようだとコメントした専門家もいた。

ここに至って、テルアビブの平凡なオフィスビルに本部が置かれた諜報機関に、好ましくないスポットライトが浴びせられた。能力も動機もそろっているとして、専門家たちが大いに怪しんだのだ。だが、この不審な金の流れを、盗まれた名画何点かが最近発見された件と、もしくは、中肉中背の男と結びつけた者は一人もいなかった。この男は星々のあいだで燦然《さんぜん》と輝く太陽のような存在で、八月の第三水曜日にヴェネツィアの教会に戻ってきた。足場のてっぺんに作られた木製の作業台は、数カ月前に出ていったときのままにしてあった。化学薬品の小瓶、脱脂綿、木釘《きくぎ》の束、拡大鏡、高性能のハロゲンランプ二台。絵具で汚れたポータブル・ステレオに《ラ・ボエーム》のCDをすべりこませてから、男は作業にとりかかった。

作業を終えるのが待ちきれない日もあれば、いつまでも終わらせたくない日もあった。そんな気まぐれな心の動きがカンバスの前での作業に反映された。あるときはヴェロネーゼのようにゆっくりと、またあるときは、絵のテーマの真髄がしぼんで消えてしまう前につかみとろうとするかのごとく、ゴッホ並みの無謀なスピードで修復作業を進めた。幸い、時計の振り子のような彼の気分の揺れを目にする者は一人もいなかった。彼が長期間留守にしていたあいだに、修復チームのメンバーはそれぞれの作業を完了していた。異なる信仰を持つ異国の人々の教会に、彼はいま一人きりだった。

あの作戦が長いあいだ彼の脳裏を離れなかった。静物画、風景画、人物画となって、次々と彼の心に浮かんできた。堕落したスパイ、絵画泥棒、雇われ暗殺者、湖面に彼の名を書いたハマー生まれの女。八十億ドルの女……彼女の自由とひきかえにその金を差しだそうという決心をガブリエルが悔やんだことは、ただの一度もなかった。金は作られ、失われ、発見され、凍結されるものだ。だが、ジハン・ナワズは、虐殺された家族のなかでただ一人生き残った彼女は、かけがえのない存在だ。本物の名画。傑作だ。

サン・セバスティアーノ教会は十月一日にふたたび一般公開される予定だった。つまり、ガブリエルは休みなしで夜明けから夕暮れまで作業を続けるしかないわけだ。昼近くなると毎日のように、フランチェスコ・ティエポロがクロワッサンと淹《い》れたてのコーヒーを持ってやってきた。ガブリエルの機嫌がよければ、ティエポロも修復を少し手伝わせてもらえるが、ほとんどの日は、ガブリエルの背後をうろついて作業のスピードを上げてくれるよう懇願するだけだった。そして、将来の計画についてガブリエルにそれとなく探りを入れるのだった。

「すごい仕事が入りそうだ」雷雨が街を襲ったある日の午後、ティエポロは言った。「価値のある仕事だぞ」

「どれぐらいの価値だ?」ガブリエルは訊いた。

「口止めされてるから内緒」

「教会?　それとも、スクオーラ?」

「教会だ。そして、祭壇画にはあんたのサインが入る」

ガブリエルは微笑し、無言で絵筆を動かした。

「心が動かないのか」

「そろそろ国に帰らないと、フランチェスコ」

「あんたの国はここだ。このヴェネツィアで子供を育てたまえ。そして、あんたが死んだら、サン・ミケーレ島の糸杉の下に埋葬してやろう」

「わたしはまだそんな年寄りじゃないぞ、フランチェスコ」

「そんなに若くもない」

「おい、もっとましな用はないのかい?」絵筆を右手から左手に持ちかえながら、ガブリエルは訊いた。

「ない」ティエポロは微笑した。「あんたの作業を見守る以上に大事な用がどこにある?」

この季節はまだまだ暑くて湿度も高いが、日が暮れると、ラグーナから吹いてくるそよ風のおかげで、街なかでもしのぎやすくなる。今夜は仕事場までキアラを迎えに行き、夕食に連れていく約束だった。九月中旬には六カ月目に入り、ヴェネツィアの小規模ながらも噂好きなユダヤ人コミュニティに妊娠を隠しておくのは、もはや不可能になっていた。ガブリエルから見て、キアラはこれまで以上に美しかった。肌はつやつやだし、目は金の星屑《ほしくず》のようにきらめき、気分の悪いときでもにこやかな微笑を忘れない。生まれつき計画の才に恵まれた女性で、リスト作りが得意で、夕食の席ではいつも、これから二人ですべきことについて絶え間なく話しつづけた。ヴェネツィアに滞在するのは十月の最終週まで。もしくは、遅くとも十一月の第一週まで。それからエルサレムに戻り、ナルキス通りのアパートメントで双子の誕生を迎える支度をする。

「名前を考えないと」ある夜、夕暮れのザッテーレを散歩しながら、ガブリエルは言った。

「お母さま、きれいな名前だったわね」

「そうだな。だけど、男の子にイレーネは変だぞ」

「じゃ、女の子をイレーネにしましょう」

「いいね」

「男の子は?」

ガブリエルは黙りこんだ。男の子の名前を選ぶのはまだ早すぎる。

「けさ、アリと話をしたの」しばらくして、キアラが言った。「あなたにも想像がつくと思うけど、わたしたちの帰国をじりじりしながら待ってるわよ」

「まずヴェロネーゼを仕上げなきゃならないことは、アリに言ってくれただろ?」

「ええ」

「それで?」

「こんなときに、たかが祭壇画のためになぜ帰国を延ばすのか、理解できないって」

「これが修復を手がける最後の祭壇画になるかもしれないだろ」

「たぶんね」

二人はしばらく無言で歩いた。やがて、ガブリエルが尋ねた。「声の調子はどうだった?」

「アリ?」

　ガブリエルはうなずいた。

「よくないわね。はっきり言って」キアラは真剣な顔で彼を見て訊いた。「あなた、わたしの知らないことを何か知ってるの?」

「シニャドーラが言っていた。アリは長くないだろうと」

「ほかにも何か言ってた?」

「ああ。その日は近いそうだ」

　すでに九月下旬、ガブリエルの修復作業は絶望的に遅れていた。ティエポロが気を遣って期限を少し延ばそうと言ってくれたが、ガブリエルは頑固に辞退した。彼の愛する水と絵画の都で手がける最後の修復が、期限までに完了できなかったという事実だけで記憶に刻まれることになるなど耐えられない。そこで、教会に閉じこもって作業に専念し、ふつうでは考えられないほどのスタミナとスピードで働きつづけた。聖母マリアと幼子イエスをわずか一日で修復し、最終日の午後には、天国の雲から身を乗りだして下界の苦悩を見ている巻き毛の天使の顔を修復した。亡くなった息子のダニにそっくりなので、ガブリエルは作業を進めながらひっそりと涙を流した。修復が完了したところで、絵筆の水分と頬の涙を拭い、片手を顎に当て首をわずかにかしげた姿勢で、高くそびえるカンバスの前にじっと立ちつくした。

「終わったかね？」足場の下で見守っていたフランチェスコ・ティエポロが尋ねた。

「ああ。終わったようだ」

59

ヴェネツィア

ゲットー・ヌオーヴォ広場の北西の隅に、小さい地味な追悼碑がある。一九四三年十二月に狩り集められて強制収容所へ送られ、アウシュヴィッツで殺されたヴェネツィアのユダヤ人たちに捧げたものだ。その日の夕方六時半をまわったころ、ガブリエルが広場に入っていくと、追悼碑の前にチェーザレ・フェラーリ将軍が立っていた。指の欠けた右手をズボンのポケットに突っこんでいる。厳格な視線にはいつにも増して激しい非難がこもっている。

「ヴェネツィアでもこんなことが起きていたとは知らなかった」そばまで行ったガブリエルに、将軍は言った。静けさに満ちた広場を見まわした。「考えられない」

ガブリエルは無言だった。将軍はゆっくり進みでて、七つ並んだ浅浮彫りのプレートの一つに指の欠けた手をすべらせた。「どこから狩り集められたんだ？」

「あそこだ」

ガブリエルは右のほうにある三階建ての建物を指さした。ドアの上に〝カーザ・イズラエリティカ・ディ・リポーゾ〟と書かれている。コミュニティで暮らしてきた高齢者のための介護ホームだ。

「ユダヤ人狩りがついに実施されたときには」しばらくして、ガブリエルは言った。「ヴェネツィアに残っていたユダヤ人の大半がすでに身を隠していた。市内に残されたのは老人と病人だけだった。その人々がドイツ兵とイタリア側の協力者によってベッドからひきずりだされた」

「現在の住人の数は？」将軍が尋ねた。

「十人ぐらいだろう」

「多くはないな」

「もうあまり残ってはいない」

将軍はふたたび追悼碑に目をやった。「きみがなぜこんな場所で暮らせるのか、わたしにはわからない」

「わたしもだ」ガブリエルはそう答え、将軍に尋ねた。なぜふたたびヴェネツィアに来たのかと。

「この街にある美術班支部にちょっと用があってな。それに、サン・セバスティアーノ教会の修復披露に出席したくて。祭壇画がすばらしいという評判だ。修復がどうにか間に合ったようだな」

「刻限の二、三時間前に」

「で、今後は？」将軍は尋ねた。「どういう予定になってる？」

「これから一カ月間は、最高の夫になるべく努力するつもりだ。そのあとで故国に帰る」

「もうじき子供が生まれるんだったね？」

「そう、もうじき」

「五人の子の父親として言っておくと、人生が大きく変わるぞ」

広場の向こう端でコミュニティ・オフィスのドアが開き、薄闇のなかにキアラが出てきた。ガブリエルのほうをちらっと見てから、ゲットー博物館のなかへふたたび姿を消した。将軍は気づかなかったようだ。追悼碑の横に建つ緑色の金属製のボックスを見て、眉をひそめていた。防弾ガラスの奥に制服姿のカラビニエリの隊員がすわっている。

「こんな美しい広場に保安のための設備を置かねばならんとは、嘆かわしいことだ」

「こういう場所にはつきものだ」

「なぜ永遠に憎悪が続く？」ゆっくり首を振りながら、将軍が問いかけた。「なぜいつまでたっても終わらんのだ？」

「教えてくれ」

返ってきたのは沈黙だけだったので、ガブリエルは将軍になぜふたたびヴェネツィアに来たのかと重ねて訊いた。

「ある品を長いあいだ捜してきた。きみの力を借りれば見つかるだろうと期待していた」

「努力はしたが、わたしの指のあいだをすり抜けてしまったようだ」

「あと一歩だったと聞いているぞ」

「どこでそんな噂を？」

「いつものルートさ」将軍は真面目な顔でガブリエルを見て尋ねた。「この国を離れる前に、結果報告をおこなうことを承知してもらえないかね」

「何を報告しろと？」

「きみが《ひまわり》を盗みだしたあとのことをすべて」

「盗んでなどいない。美術班の責任者から提案されて借りただけで。だから、返事はノーだ」ガブリエルは首を振ってつけくわえた。「結果報告などお断りする。現在においても、未来のいかなる時点においても」

「ならば、かわりに、おたがいのメモをひそかに比べるとしよう」

「残念ながら、こちらのメモは機密扱いでね」

「それはよかった」将軍は微笑した。「わたしのもそうだ」

二人は広場を渡ってコミュニティ・センターのとなりにあるカフェに入り、夕闇が広がるなかで、ピノ・グリージョのボトルを分けあった。ガブリエルはまず、将軍に沈黙の誓いを立てさせ、誓いを破った場合は報復すると脅しつけた。それから、前回顔を合わせたあとで起きたことを一つ残らず話した。シュトゥットガルトでサミール・バサラが殺されたことに始まって、シリアの支配者の所有する資産八十億ドルを見つけだし、結局は返還したことに至るまで。

「オーストリアで失踪したシリア人の銀行関係者二人と関係があるのだろうな」ガブリエルの報告が終わったところで、将軍は言った。

「誰のことだ？」

「イエスの意味にとっておこう」将軍はワインを少し飲んだ。「つまり、ジャック・ブラッドショーはかつて愛したただ一人の女をシリアの連中に殺されたため、カラヴァッジョを渡すのを拒絶した。きみはそう言っているのかね？」

ガブリエルはゆっくりうなずき、黒い外套《がいとう》を着た神学校の学生二人が広場を渡るのを見つめた。

「記者会見のさいにブラッドショーの名前を出さないよう、きみがわたしに誓わせた理由がようやくわかった」将軍が言っていた。「ブラッドショーの名前が死後に汚されるのを避けようとしたんだな。やつを安らかに眠らせてやろうとした」

「それに値する男だ」

「なぜ？」

「残忍な拷問を受けても、絵をどこへやったかを白状しなかった」

「きみは贖罪《しょくざい》というものを信じるのかね、アロン」

「わたしは修復師だ」

将軍は微笑した。「ところで、きみがジュネーブ・フリーポートで見つけた絵画のことだが、どうやってスイスからこっそり運びだしたんだ？」

「友人の協力を得て」

「スイスの友人かね？」

ガブリエルはうなずいた。

「そんなことが可能だとは知らなかった」

今度はガブリエルが微笑する番だった。神学校の学生は建物の通路に入って姿を消した。広場には幼い子供二人が残された。男の子と女の子で、見守りをする両親の前でボール遊びをしている。

「問題は」ワイングラスをのぞきこんで、将軍が言った。「ブラッドショーがカラヴァッジョをどうしたかだ」

「誰にも見つかる心配のない場所に隠してあるのだろう」

「たぶんな」将軍は答えた。「だが、世間の噂は違う」

「何を耳にした？」

「誰かに預かってもらったそうだ」

「美術界の闇の部分に通じた者に？」

「なんとも言えん。だが、きみにも予想がつくと思うが」将軍は急いでつけくわえた。「カラヴァッジョを捜す連中がほかにも出てきた。先を越されないうちに、ぜひともわれわれの手で見つけださねばならない」

　ガブリエルは沈黙を通した。

「見つけたいとは思わないのか、アロン」

「わたしがこの件に関わるのは、これでもう正式に終わりだ」

「今度ばかりは本気のようだな」

「ああ」

　両親と子供二人が静かに立ち去り、広場には誰もいなくなった。重苦しい沈黙が将軍の心を乱しているようだった。介護ホームの窓に灯《とも》った明かりを見て、将軍はゆっくりと首を振った。

「きみがなぜゲットーで暮らすことにしたのか、わたしには理解できんよ」

「住みやすいところだ」ガブリエルは答えた。「わたしに言わせれば、ヴェネツィアでいちばん住みやすい」

60

ヴェネツィア

それから数日間、ガブリエルがキアラのそばを離れることはめったになかった。毎朝、彼女のために朝食の支度をした。午後はユダヤ人コミュニティのオフィスで彼女と過ごした。夜はキッチンのカウンターにすわって、料理をする彼女を見守った。キアラは最初のうち、大切にされるのを喜んでいたが、休みなく愛情を注がれるのがだんだん鬱陶しくなってきた。いささかありがた迷惑だったらしい。修復の必要な絵画が、できればさほど傷んでいない小さな作品がないか、フランチェスコ・ティエポロに尋ねてみようかとちらっと考えたが、それよりも旅行に出ようと決めた。それほど贅沢ではなく、飛行機に乗らずにすむ旅行。一泊か、ぜいぜい二泊。ガブリエルはいいことを思いついた。その夜、クリストフ・ビッテルに電話をして、スイスに入国する許可を求めた。ビッテルのほうは、友人兼共犯者になったばかりの男がスイスを再訪したがる理由をよく知っているので、すぐさま了承した。

「きみに会いに行ったほうがよさそうだな」ビッテルは言った。

「そう言ってくれるよう願っていた」

「あのあたりには詳しいかね？」

「いや、ぜんぜん」ガブリエルは嘘をついた。

「町はずれにアルペンブリックというホテルがある。そこで待っている」

というわけで、翌朝早く、ガブリエルとキアラは二人が愛する水と絵画の都をあとにして、内陸の小さな国へ向かった。富と秘密に満ちた国、二人の人生において大きな役割を果たした国だ。ルガノで国境を越え、北へ向かってアルプスに入るころには、午前も半ばになっていた。高い峠では雪がちらついていたが、インターラーケンに着くころには、雲一つない空に太陽が明るく輝いていた。ガブリエルは車にガソリンを入れると、グリンデルワルトをめざして山道を走りはじめた。アルペンブリック・ホテルは村はずれに一軒だけ建っているひなびたホテルだった。ガブリエルはホテルの小さな駐車場に車を入れてから、キアラと一緒にテラスへの階段をのぼった。ビッテルがコーヒーを飲みながら、そびえたつメンヒ山やアイガー北壁をながめていた。立ちあがってガブリエルと握手をした。

それから、キアラを見て笑顔になった。

「きっと美しい名前をお持ちだろうが、尋ねるような野暮なまねはやめておきましょう」

ガブリエルに視線を向けて言った。「ふたたび父親になるなんて、ひとことも言ってくれなかったじゃないか、アロン」

ビッテルは腰を下ろすと、近づいてきたウェイターを手で遠ざけた。それから、緑の草原の向こうにある山のふもとを指さした。

「山荘はあそこにある」ガブリエルに言った。「いいところだ。景色はいいし、掃除が行き届いていて快適だ」

「立派な不動産屋になれそうだな、ビッテル」

「祖国を守る仕事のほうが好みでね」

「どこかに警護のための拠点が置いてあるんだろうな?」

「となりの山荘を借りている」ビッテルは言った。「常駐の警官を二人置き、あとは必要に応じて人数を増やすことにしている。彼女が護衛なしで出かけることはけっしてない」

「不審者を見かけたことは?」

「シリア系の?」

ガブリエルはうなずいた。

「グリンデルワルトには世界中の人間がやってくるから、判断はむずかしい。だが、これまでのところ、彼女に近づこうとした者は一人もいない」

「どんな様子だ?」

「孤独に見える」ビッテルは真面目に言った。「警備の連中がなるべく相手をするようにしているが、しかし……」

「しかし、なんだ、ビッテル？」

ガブリエルは悲しげに微笑した。「友達ができれば喜ぶことだろう」

ビッテルは立ちあがった。「いくら感謝してもしきれない。彼女を受け入れてくれたことに」

「ジュネーブ・フリーポートのごたごたを片づけてもらったお礼に、せめてそれぐらいはしないとな。しかし、ホテル・メトロポールの作戦を決行する前に、われわれの許可を求めてくれてもよかったのに」

「許可してくれたか？」

「もちろん、しない」ビッテルは答えた。「だが、求めていれば、八十億ドルというシリアの資産はいまもきみの口座に入ったままだっただろう」

八十二億ドルなんだが。車のほうへ向かいながら、ガブリエルは思った。


キアラとビッテルをホテルに残して、一人で草原に車を走らせた。山荘は小道の奥にあった。濃い色の木材を使った小さくて瀟洒《しょうしゃ》な家で、屋根は急傾斜、バルコニーに鉢植えの花が並んでいる。草に覆われた車寄せにゆっくり車を入れてエンジンを切ったとき、ジハン・ナワズが姿を見せた。ブルージーンズに分厚いニットのセーター。髪が伸び、明る

め の色になっている。整形手術で鼻と頬骨と顎の形を変えている。美女と言えるタイプではないが、もはや平凡な顔立ちでもない。玄関から飛びだしてきた瞬間、かすかな薔薇の香りが漂った。ジハンが彼の首に腕をまわし、きつく抱きついて、左右の頬にキスをした。

「本名で呼んでもいい?」彼の耳もとでささやいた。

「だめだ」ガブリエルは答えた。「ここではまずい」

「いつまでいられるの?」

「きみが望むだけいつまでも」

「来て」ジハンは彼の手をとった。「お茶菓子を用意しておいたの」

山荘のなかは暖かく居心地がよかったが、ここに住む者の家族や過去を示すものはいっさいなかった。ガブリエルは後悔の疼《うず》きに襲われた。よけいなことにひきずりこむんじゃなかった。あのままにしておけば、ワリード・アル=シディキはいまも世界最悪の男の資産管理をおこない、ジハンはリンツで静かな暮らしを続けていただろう。

「あなたのその表情、前にも見たことがあるわ」ガブリエルをじっと見て、ジハンが言った。「アヌシーで。わたしが車から降りたとき。広場の向かいのカフェにあなたがすわっているのが見えた。表情に……」最後まで言わずに黙りこんだ。

「なんだい?」

「罪悪感が出ていた」一瞬のためらいもなく、ジハンは言った。

「罪悪感に苛《さいな》まれていたからね」

「どうして？」

「きみをあのホテルへ行かせたのが間違いだった」

「手の傷はすっかり治ったわ」それを証明するかのように右手を上げた。「顔の傷も消えた。それに、戦争が始まって以来シリアの人たちが受けた苦しみに比べれば、あれぐらい、どうってことないわよ」

「きみの戦争は終わったんだ、ジハン」

「あなたに言われて、シリアの反乱に加わることにしたのよ」

「だが、われわれの反乱は失敗した」

「わたしをとりもどすために莫大なお金を払ってくれたのね」

「交渉に時間をかける気になれなくて。さっさと持っていかせることにした」

「あなたにお金を奪われたとわかったときの、ミスター・アル＝シディキの顔を見てみたかった」

　そう言うと、ジハンは向きを変え、ガブリエルを庭へ案内した。小さなテーブルにコーヒーとスイス製のチョコレートが用意されていた。ジハンは山荘と向きあい、ガブリエルはそびえたつ灰色の峰々と向きあってすわった。二人で席についたところで、ガブリエルはイスラエル滞在中のことを彼女に尋ねた。

「最初の二週間はテルアビブのアパートメントに閉じこもったままだったわ。怖かったの」

「客人にくつろいでもらえるよう、われわれとしては最善を尽くしているつもりだが」

ジハンは微笑した。「イングリッドが何回か会いに来てくれたわ。でも、あなたは来なかった。居場所を訊いても、誰も教えてくれなかった」

「ほかに用事があったものだから」

ジハンがコーヒーを注いだ。話に戻った。「そのうち、イングリッドと旅行をしてもいいって許可が出たわ。二人でゴラン高原のホテルに泊まった。夜になると、国境の向こう側から砲撃と空爆の音が聞こえてきた。わたしの頭にあったのは、空が光で満たされるたびにどれだけの人が殺されているのかってことだけだった」

これに対して、ガブリエルは何も答えなかった。

「朝刊に出ていたけど、アメリカがまた、シリア政権への軍事攻撃を考えているそうね」

「その記事ならわたしも読んだ」

「今度は実現すると思う？」

「政権への攻撃？」

ジハンはうなずいた。ガブリエルは本当のことを話す勇気がなかったので、もう一度だけ嘘をつくことにした。

「うん。やると思うよ」

「アメリカが攻撃すれば、政権は倒れるかしら」

「たぶん」

「そしたら」しばらくしてからジハンは言った。「わたし、シリアに戻って、故郷の再建を手伝いたい」

「いまはここがきみの故郷だ」

「違う。ここは虐殺者たちから身を隠すための場所。わたしの故郷は永遠にハマーよ」

一陣の風にあおられて、明るく染めた髪がジハンの顔にかかった。ジハンは髪を払いのけ、草原の向こうにそびえる山々のほうを見た。ふもとは濃い影のなかに沈んでいるが、雪をかぶった山頂は沈みゆく夕日を浴びて薔薇色に染まっている。

「わたし、あの山が大好き」不意にジハンは言った。「山を見てると安心できる。悪いことは何も起きないって気になれるの」

「ここで暮らしていて幸せ？」

「新しい名前、新しい顔、新しい国を与えられた。これで四度目よ。シリア人の運命ね」

「ユダヤ人も同じだ」

「でも、ユダヤ人には国がある」ジハンは片手を草原のほうへ向けた。「そして、わたしにはあの景色がある」

「ここで幸せに暮らせそう？」

「ええ」長い沈黙ののちに、ジハンは答えた。「たぶんね。でも、アッターゼー湖で過ごしたときのほうが楽しかった。とくに、ボートで湖に出たときが」

「わたしもだ」

ジハンは微笑し、それから尋ねた。「あなたはどうなの？　幸せ？」

「きみに怪我《けが》をさせたことを後悔している」

「でも、あいつらを出し抜くことができた。そうでしょ？　少なくとも一時的に」

「そうだね、ジハン、出し抜いてやった」

山頂から最後の光がこぼれ、谷間に夜がカーテンのごとく広がった。

「まだ話してもらってないことがあるわ」

「なんだい？」

「わたしの居場所がどうしてわかったの？」

「話しても信じてもらえそうにない」

「いい話なの？」

「ああ、たぶん」

「その話はどんな結末を迎えるの？」

ガブリエルはジハンの頰にキスをすると、彼女一人を過去のなかに残して去っていった。

61

コモ湖、イタリア

ガブリエルとキアラはその後、インターラーケンの湖畔にある小さなリゾート地に二泊し、来たときと同じルートでスイスをあとにした。山間部を走っていたとき、キング・サウル通りから安全な回路で携帯メールが入り、ラジオをつけるようにとの指示があった。ルガノでイタリアの国境を越えながらニュースに耳を傾けると、外務副大臣であり、ムハバラートのかつての長官であり、シリア大統領の友人にして信頼篤《あつ》き助言者であったケマル・アル＝ファルークが、ダマスカスで起きた謎の爆発で死亡したとのことだった。ウージ・ナヴォトの指揮した作戦だが、多くの点から見て、アロン時代の幕開けを告げる最初の殺しであった。これが最後ではないことをガブリエルは覚悟した。

コモ湖に着くころには雨になっていた。高速道路は使わずに、湖畔の曲がりくねった道路を走ってジャック・ブラッドショーが住んでいたヴィラの門扉の前にふたたび到着した。門扉は閉ざされていた。横に〝売却中〟という看板が出ていた。ガブリエルはハンドルに手を置いてしばらくすわったまま、どうすべきか考えた。それから、ローマのフェラーリ将軍に電話をかけてセキュリティ・コードを教えてもらい、キーパッドに打ちこんだ。数秒後、門扉がゆっくり開いた。ガブリエルは車のギアを入れて車寄せを進んだ。

玄関ドアもロックされていた。財布にいつも入れている薄い金属ツールでロックをはずし、キアラを連れて玄関ホールに入った。無人の家の臭いが重く立ちこめていたが、大理石の床に広がっていた血はきれいに拭きとられていた。キアラが照明のスイッチを入れた。ブラッドショーが吊るされていたシャンデリアがふたたび光を放った。ガブリエルは玄関ドアを閉め、広いリビングへ向かった。

壁は絵をすべてはずして塗装しなおしてあった。スペースを広く見せるために、家具の一部も撤去してあった。しかし、ブラッドショーが使っていた優美なアンティークの書き物机はそのまま置いてあった。場所も以前と同じだ。ただ、若いころのブラッドショーが写っている二枚の写真はなくなっていた。電話は残されていて、うっすらと埃《ほこり》をかぶっている。受話器を耳に当ててみた。発信音なし。架台に戻してキアラを見た。

「どうしてここに来たの？」キアラが訊いた。

「ここにあったからだ」

「あなたの憶測でしょ」

「まあね」ガブリエルは譲歩した。

ガブリエルがジュネーブ・フリーポートで盗難絵画を発見したあと、フェラーリ将軍率いる美術班はほかにも盗まれた絵がないかと、ブラッドショーの別荘を数日にわたって徹底捜索した。二六八×一九七センチのカンバスがあれば、美術班が見逃したはずはない。だが、ガブリエルはそれでも、最後にもう一度だけ自分の目で確かめておきたかった。この数カ月、世界でもっとも名高い行方不明の名画を捜しつづけてきた。だが、その見返りに得たものは、盗まれた絵画が何点かと、シリア人の悪党の死体だけだった。

そこで、その秋の午後、日の光が薄れていくなかで妊娠中の妻と一緒に、会ったこともない男の家を捜索した。ひと部屋ずつ見てまわり、クロゼット、戸棚、引出しを一つ残らずのぞき、床下の狭い空間、エアダクト、屋根裏、地下室も調べた。壁の漆喰《しっくい》が新しくなっている箇所はないかと見てみた。錆《さ》びていない釘はないかと床板を調べた。土を掘りかえした場所はないかと庭を調べた。ついに、疲れはて、成果のなさにいらだち、土汚れのついた姿で、ふたたびブラッドショーの書き物机の前に立った。受話器を耳に当てたが、やはり発信音はしなかった。そこで上着のポケットからブラックベリーをとりだし、記憶している番号を押した。数秒後、男性の声でイタリア語が聞こえた。

「こちら、マルコ神父です。ご用件は？」

62

ブリエンノ、イタリア

サン・ジョヴァンニ福音教会は白い小さな教会で、通りに面して建っていた。ガブリエルとキアラが到着すると、マルコ神父が門のところで待っていてくれた。まだ若くて、せいぜい三十五歳ぐらい、豊かな髪をうしろへきれいになでつけ、その顔はすべての罪を赦《ゆる》そうという熱意に燃えていた。「ようこそ」二人と順番に握手をして、神父は言った。「こちらへどうぞ」

二人の先に立って庭の小道を進み、司祭館のキッチンに入った。整頓の行き届いた白い漆喰壁のキッチンで、荒削りな木のテーブルが置かれ、棚には食品の入った缶が並んでいた。唯一の贅沢品は自動式のエスプレッソ・マシンで、マルコ神父はそれを使ってコーヒーを三杯淹《い》れた。「電話をいただいた日のことを覚えています」ガブリエルの前にコーヒーを置きながら、神父は言った。「シニョール・ブラッドショーが殺された二日後のことだったった。そうでしたね？」

「はい」ガブリエルは答えた。「そして、どういうわけか、応答なさる前に二回、受話器をとってすぐに切ってしまわれた」

「惨殺されたばかりの男から電話がかかってきた経験がおありですか、シニョール・アロン」神父はガブリエルの向かいにすわり、スプーンで砂糖をすくって自分のコーヒーに入れた。「控えめに言っても、不気味な経験でした」

「ブラッドショーが亡くなった前後に、何回も連絡をとっておられたようですね」

「ええ。新聞の記事から判断すると、わたしはどうやら、彼がシャンデリアに吊るされていたころ、別荘に電話をしたようです。考えただけで背筋が寒くなります」

「この教会の信者だったのですか」

「ジャック・ブラッドショーはカトリック教徒ではありませんでした。英国国教会の家庭で育ったようですが、彼自身が信者だったかどうかはわかりません」

「親しくしておられたのでしょうか」

「そうだったと思います。しかし、わたしは主として聴罪司祭のような立場でした。本当の意味での聴罪司祭ではありませんが」神父は急いでつけくわえた。「彼に罪の赦しを与えることはできなかったので」

「亡くなったころ、ブラッドショーは悩んでいたのでしょうか」

「ひどく」

「理由はお聞きになっていますか」

「仕事がらみのことだと言っていました。何かのコンサルタントをしていたようです」神父は申しわけなさそうに微笑した。「すみません、シニョール・アロン、ビジネスや金融関係のことにはとんと疎くて」

「わたしもです」

神父はふたたび微笑してコーヒーをかきまぜた。「あなたがすわっておられるその場所に、シニョール・ブラッドショーがいつもすわっていました。バスケットに詰めた食料とワインを持ってきてくれて、二人で話をしたものでした」

「どんな話を？」

「彼の過去について」

「どこまで聞いておられます？」

「故国の政府のために何か秘密の仕事をしていたとか。ずっと以前、中東に駐在していたとき、ある出来事がありました。女性が殺されたのです。たしか、フランス人だった」

「ニコル・デヴローという女性です」

神父ははっと顔を上げた。「シニョール・ブラッドショーからその話を？」

ガブリエルはイエスと答えたい誘惑に駆られたが、聖職者のカラーとカソックをつけた相手に嘘をつく気にはなれなかった。

「いいえ。彼とは面識もありません」

「あなたならきっと気が合ったことでしょう。とても頭がよくて、如才のない、愉快な人でした。しかし、その一方、ニコル・デヴローの身に起きたことで重い罪悪感に苛まれていました」

「不倫関係にあったことも聞いておられますか」

神父はためらい、それからうなずいた。「心から愛していたようです。だから、彼女を死なせてしまった自分を許すことができなかった。一度も結婚せず、子供も持たなかった。ある意味で、聖職者のような生涯でした」マルコ神父は簡素な部屋を見まわしてつけくわえた。「もちろん、はるかに贅沢な暮らしを送っていましたが」

「ヴィラへ行かれたことは？」

「何度もあります。とても美しい住まいだった。だが、シニョール・ブラッドショーが本当はどんな人間だったのか、住まいから窺い知ることはできなかった」

「本当はどんな人間だったのですか」

「呆《あき》れるぐらい気前のいい人でした。この教会を一人で支えてくれました。また、村の学校、病院、困窮者に食料と衣料を提供する運動にも、どんどん寄付をしてくれました」神父は悲しげに微笑した。「そうそう、祭壇画の件もあった」

ガブリエルがキアラにちらっと視線を向けると、キアラは何も聞いていないような顔をして、テーブルの表面のささくれをはがしていた。ガブリエルは若き神父に視線を戻して尋ねた。「祭壇画がどうしたんです？」

「一年ほど前に盗まれましてね。シニョール・ブラッドショーが大変な手間をかけてとりもどそうとしてくれました。警察よりも熱心でした。芸術的にも、金銭的にも、ほとんど価値のないものなのに」

「見つかったんですか」

「いいえ。そこで、シニョール・ブラッドショーは個人的なコレクションのなかから選んだ絵を寄付してくれたのです」

「いつのことでした？」

「悲しいことに、亡くなる二、三日前でした」

「その祭壇画はいまどこに？」

「あそこです」神父は右のほうへ首を傾けた。「教会のなかに」

二人は横の入口から教会に入り、身廊を急いで通って内陣まで行った。聖ヨハネの像が安置された壁龕《へきがん》に、奉納ろうそくが揺らめく赤い光を投げかけていたが、祭壇画は闇のなかに沈んで見えなかった。それでも、サイズがほぼ合っているのは見てとれた。そのとき、照明スイッチのぱちっという音が聞こえ、突然のまばゆい光のなかに、グイド・レーニ風のタッチの磔刑《たっけい》図が姿を現した。巧みな筆遣いだが、どう見ても平凡で、高い値はつきそうにない。ガブリエルの胸が高鳴った。落ち着いた目で神父を見て尋ねた。「梯子《はしご》を貸してもらえますか」

ガブリエルはコモ市の工業地区にある化学薬品会社で、アセトン、アルコール、蒸留水、ゴーグル、ガラスのビーカー、防護マスクを購入した。それから、市の中心部の美術工芸用品店に寄って木釘と脱脂綿を買った。教会に戻ると、すでにマルコ神父が六メートルの梯子を見つけだし、祭壇画の前に立てかけてくれていた。ガブリエルは手早く溶剤をこしらえると、木釘と脱脂綿をつかんで梯子をのぼった。キアラと神父に下から見守られながら、絵の中心部に窓を開くと、ひどく損傷を受けてはいるが、白い絹のリボンを握った天使の手が見えた。次に約三十センチ下へ移動し、その十センチほど右寄りに第二の窓を開いたところ、出産で消耗しきった女性の顔が現れた。第三の窓からはさらに別の顔がのぞいた——生まれたばかりの赤子の顔。男の子で、神々しい光に照らされている。ガブリエルはカンバスにそっと指先をつけ、自分でも驚いたことに、涙があふれて止まらなくなった。きつく目を閉じ、喜びの声をあげると、がらんとした教会にその声が反響した。

天使の手、母親、幼子……。

カラヴァッジョだ。

著者ノート

本書はエンターテインメント小説。あくまでもそのつもりで読んでいただきたい。作中に登場する人物、場所、事件はすべて著者の想像の産物であり、小説の材料として使っているに過ぎない。実在の人物（生死を問わず）、企業、事件、場所とのあいだにいかなる類似点があろうと、それはまったくの偶然である。

ヴェネツィアのドルソドゥーロ区に、一五六二年に奉献され、黒死病の大流行を免れたことを感謝するためのヴェネツィア五大教会の一つに数えられるサン・セバスティアーノ教会があるのは事実だし、作中に登場するヴェロネーゼの祭壇画《聖人に囲まれた栄光の聖母子》の描写も正確である。だが、この街を訪れた人々がフランチェスコ・ティエポロの経営する美術品修復会社を探しても骨折り損に終わるだけだし、古い歴史を持つユダヤ人ゲットーでラビ・ゾッリという人物を見つけることもできないだろう。エルサレムのナルキス通りにはこぢんまりした石灰岩造りのアパートメントがいくつかあるが、そのどこを調べても、わたしの知るかぎりでは、ガブリエル・アロンという名の人物は住んでいない。イスラエル諜報機関の本部は、テルアビブのキング・サウル通りにはもう置かれていない。作中の架空の本部をここに設定したのは、わたしが昔からこの通りの名前に惹かれていたからである。

パリのミロメニル通りには、すばらしいアンティーク・ショップと画廊がいくつもあるが、そこに〈アンティーク理化学機器専門店〉は存在しない。モーリス・デュランはガブリエル・アロンのシリーズにこれで三回登場しているが、実在の人物ではない。マルセイユの闇社会に棲息する共犯者、パスカル・ラモーも実在しない。カラビニエリの美術遺産保護部隊、通称〝美術班〟はたしかに、ローマの聖イグナツィオ広場を見おろす優美なパラッツォに本部を置いている。だが、そこのトップとして君臨しているのは、切れ者のマリアーノ・モッサで、片目のチェーザレ・フェラーリではない。アムステルダムのゴッホ美術館のすばらしいコレクションから《ひまわり》を勝手に拝借したことを、美術館に対して心からお詫びしたい。ただ、盗まれた名画を見つける手段として、別の名画を盗むのがもっとも効果的な場合もあるのだ。

イタリアのブリエンノにサン・ジョヴァンニ福音教会というものは存在しない。故に、一九六九年十月にパレルモのサン・ロレンツォ同心会から盗まれたカラヴァッジョの名画《キリストの降誕》が、グイド・レーニ風のタッチの磔刑図の下に隠されて、この教会の祭壇の上にかかっているのを発見されることはありえない。作中に描かれたカラヴァッジョの波乱に富んだ生涯はすべて事実に基づくものである。ただし、一部の日付と出来事に関してわたしがおこなった選択に異議を唱える読者もおられるかもしれない。なにしろ四世紀も前のことなので、さまざまな解釈が可能である。

現在でも、カラヴァッジョの死をめぐる状況は謎に包まれている。《キリストの降誕》がどこにあるかもわからない。年月の経過と共に、この名画が無傷で発見される可能性は低くなるばかりだ。この損失の衝撃はいくら強調してもしきれない。カラヴァッジョはわずか三十九年で生涯を閉じていて、間違いなく彼のものとされる作品は百点にも満たない。たとえ一点でも失われれば、西欧の名画リストに、けっして埋めることのできない空白が生じることになる。

ルクセンブルクで登記されている企業のなかに〈LXR投資〉は存在せず、オーストリアのリンツにウェーバー銀行というプライベート・バンクは存在しない。オーストリアの銀行はかつて、世界でもっとも秘密主義で、さすがのスイスも敵わないと言われていた。しかし、二〇一三年五月、EUとアメリカから圧力をかけられ、預金者に関する情報をよその国々の税務当局と共有することに同意した。その結果、超富裕層を顧客とするウェーバー銀行のような同族経営の銀行は絶滅危惧種になりつつある。本書を執筆中の現在、スイスのプライベート・バンクはわずか百四十八行に減少していて、合併や縮小によってその数は今後も減るものと予想される。欧米諸国の政府が脱税撲滅のためにさらなる強硬手段をとるなかで、プライベート・バンクの時代は明らかに終わりを迎えようとしている。

一九八二年にシリアの都市ハマーで虐殺がおこなわれたのは事実で、わたしは多数の資料を駆使することによって、その残虐さを正確に伝えようとした。ハマーの破壊と二万人以上の市民の殺害を命じた男は、本書に描かれている名前なき独裁者ではない。それはハーフィズ・アル＝アサド、一九七〇年から二〇〇〇年に死去するまでシリアを支配した男である。彼の死去に伴い、ロンドンで教育を受けた次男のバッシャールが権力の座についた。中東問題の専門家のなかには、バッシャールを改革の旗手と思いこんだ者もいた。しかし、二〇一一年三月、〝アラブの春〟がついにシリアにも飛び火すると、バッシャールは苛酷な弾圧に乗りだし、女子供に対しても毒ガスを使用するまでになった。シリア内戦で十五万人以上が殺害され、一二百万人が家を失い、近隣のレバノン、ヨルダン、トルコへ逃亡した。難民生活を送るシリア国民の数はじきに四百万を超えるものと予想されている。難民数としては世界最大規模である。これがアサド一族の四十五年にわたる支配の遺産なのだ。虐殺と逃亡がこのペースで続いていけば、アサド一族はいつの日か、住む者のいない国を支配することになるだろう。

しかし、国民の大多数が明らかにアサド大統領の退陣を望んでいるのに、一族はなぜ権力の座にしがみつくのか？　まともな国家のとるべき道をなぜ冷酷に無視するのか？　理由は明らか、金のためだ。「ファミリー・ビジネスの典型と言っていいでしょう。ただし、この場合のファミリー・ビジネスとは国家のことです」国際的企業調査＆資産奪還のスペシャリストであるジュールズ・クロールが、二〇一三年九月、アメリカのニュース専門局ＣＮＢＣのインタビューに答えてそう述べている。アサド一族の資産額は世間でさまざまに推測されている。十億ドル以上という説もあるが、専門家たちは一族の資産総額を約二百五十億ドルと見積もっている。エジプトの例がいい参考になるだろう。ホスニー・ムバラク元大統領は三十年以上にわたる不正蓄財によって、七百億ドルの資産を築きあげたと言われている。この国では一般市民が一日わずか八ドルで暮らしているというのに。

シリア大統領の資産はごく一部がアメリカとヨーロッパの同盟国によって凍結されたが、何十億ドルもがいまもどこかに隠されたままである。本書執筆中も、プロの資産追跡者たちが資産捜しに奔走していた。ワシントンDCの弁護士で、シリアによるテロの犠牲者たちの代理人を務めるスティーヴン・パールズも同様であった。資産追跡者の努力を実らせるにはアサド帝国の内部にいる人物の協力が必要だということで、専門家たちの意見は一致している。その人物は、もしかしたら、オーストリアの小さなプライベート・バンクの共同経営者になっているかもしれない。そして、もしかしたら、ハマー生まれの勇敢な若い女性がその人物の行動すべてに目を光らせているかもしれない。

謝辞

ガブリエル・アロン・シリーズの前十三作と同じく、本書も世界屈指の美術修復師であるデイヴィッド・ブルの助力がなければ、とうてい書きあげられなかっただろう。デイヴィッドは毎年、貴重な時間の多くを割いて修復技術に関する専門的なアドバイスを与えてくれ、わたしの原稿をチェックしてくれる。美術史に造詣の深いすばらしい人で、話し相手としてはそれよりさらにすばらしい。デイヴィッドの友情がわたしの一家に豊かさを与えてくれている。

本書の執筆準備をするにあたって、イスラエル及びアメリカの諜報機関の人々と政策立案者たちから話を聞かせてもらった。どの方もおそらく匿名をお望みだと思うので、氏名は出さずに感謝を捧げたい。また、才気あふれるパトリック・マシーセンにはとくに感謝している。彼はメイソンズ・ヤードで巨匠の絵画を専門に扱うすてきな画廊を経営している。つまり、ジュリアン・イシャーウッドのご近所というわけだ。二人にはもう一つ共通点がある。それは礼節をわきまえていること。ロンドンでも、よその土地でも、礼節というものは最近あまり見られなくなっている。

国際的に投資と事業を展開し、中東で幅広い経験を積んできたTにはとてもお世話になった。銀行口座のリストをポケットに入れて持ち歩いているであろう、独裁者のひそかな協力者たちの存在を教えてくれたのがこの人物である。

大切な友人であり、古くからの担当編集者であるルイス・トスカーノは、わたしの原稿に無数の改善を加えてくれた。校閲者のキャシー・クロスビーも同様である。ただし、作中の間違いや誤字はすべてわたしのミスで、この二人にはなんの責任もない。

執筆中、何百という書籍、新聞雑誌の記事、ウェブサイトを参考にしたが、膨大な数にのぼるので、個々の名前を挙げるのは省略したい。ただ、怠慢にならないよう、次の方々のすばらしい博識に助けられたことだけは記しておきたい。アンドリュー・グレアム＝ディクソン、ヘレン・ラングドン、エドワード・ドルニック、ピーター・ワトソン、パトリック・シール、トマス・L・フリードマン、フランシーヌ・プローズ、ジョナサン・ハー、サイモン・ホープト、ファウド・アジャミ。また、戦争と破壊のこの時期に勇敢にシリア入りした記者やフォトジャーナリストたちに、敬意をこめた感謝を捧げたい。世界にいまなお良質のジャーナリズムが必要であることを、この人々が強く思いださせてくれる。

わたしは多くの友人に恵まれていて、作家生活の危機に見舞われると、彼らが愛と笑いでわたしの人生を満たしてくれる。ラック夫妻（ベッツィとアンドリュー）、コリンズ夫妻（アンドレアとティム）、カーター夫妻（エノーラとスティーヴン）、ウィンクラー夫妻（ステイシーとヘンリー）、レヴィナス夫妻（ミレッラとダニ）、ウッドワード夫妻（エルサ・ウォルシュとボブ）、バカラック夫妻（ジェインとバート）、キジルバッシュ夫妻（ナンシー・デュバックとマイクル）、ゾーン夫妻（ジョイとジム）、ザッカー夫妻（キャリンとジェフ）、エリオット・エイブラムズ、フレッド・ジードマン。わたしを支え、聡明な助言をくれたマイクル・ジェンドラーとリンダ・ラパポートに心から感謝する。また、ハーパーコリンズの優秀なプロ集団にも感謝を捧げたい。とくに、ジョナサン・バーナム、ブライアン・マレー、マイクル・モリソン、ジェニファー・バース、ジョシュ・マーウェル、ティナ・アンドレアディス、レスリー・コーエン、リーア・ワジーレフスキー、マーク・ファーガソン、キャシー・シュナイダー、ブレンダ・セーゲル、キャロリン・ボドキン、ダグ・ジョーンズ、カレン・ジェコンスキー、デイヴッド・ワトソン、ショーン・ニコルズ、エイミー・ベイカー、メアリ・サッソ、デイヴィッド・コラル、リーア・カールソン＝スタニシック、アーチー・ファーガソン。

最後に、息子のニコラスと娘のリリーに、そして、妻のジェイミー・ギャンゲルに最大の感謝と愛を捧げたい。妻はプロットを練るわたしに辛抱強く耳を傾け、原稿に巧みに手を入れてくれた。妻の忍耐と細部への気配りがなかったら、本書を締切までに書きあげることはできなかっただろう。妻への感謝は無限である。そして、妻への愛も。

訳者あとがき

鮮やかな緑色の目に、くっきりと通った鼻筋、黒髪はこの男が送ってきた苦難の人生を象徴するかのように、こめかみのあたりだけ白くなっている。

男の名はガブリエル・アロン。イスラエルの諜報機関〈オフィス〉の伝説的スパイで、表向きは腕のいい絵画修復師ということになっている。絵の才能は画家だった母親から受け継いだもの。二十年前、テロリストの手で車に爆弾を仕掛けられ、当時五歳だった一人息子を亡くした。妻はかろうじて生き延びたが、心に深い傷を負い、ガブリエルと離婚し、いまもエルサレムの病院に入っている。

ガブリエルはその後、ヴェネツィアに住むユダヤ人工作員のキアラに出会い、彼女を愛するようになる。自分だけが幸せになってもいいのかという迷いはあっただろうが、現在は彼女と結婚し、双子の誕生を待つばかりとなっている。

春まだ浅いころ、ヴェネツィアの古い教会でヴェロネーゼの祭壇画の修復を進めていたガブリエルのもとに、イタリアの美術遺産保護部隊、通称〝美術班〟から奇妙な依頼が舞いこむ。コモ湖のほとりに建つヴィラで英国の元外交官が殺された、絵画の不正取引に関わっていた形跡がある、彼から大量の絵を買っていた謎の人物の正体を突き止めてほしい、という依頼だった。イタリアへ飛んだガブリエルは重大な発見をする。ヴィラに残された絵画の一部が、盗難にあって行方不明になっている、パルミジャニーノ、ルノワール、クリムトの名画だったのだ。

そこから物語は二転三転して、イタリアバロック絵画の巨匠カラヴァッジョの傑作《キリストの降誕》を捜し求める旅へ、そして、世界の政治情勢がからんだスケールの大きな話へと発展していく。

著者のダニエル・シルヴァは一九六〇年ミシガン州生まれ。UPI通信社にアルバイトで入って民主党全国大会を取材したのが、ジャーナリストとしてのスタートであった。やがて、ワシントンDCの本社勤務を経て中東支局への異動を命じられ、エジプトのカイロへ赴くこととなる。その後、CNNに転職し、エグゼクティブ・プロデューサーとして数々の報道番組を担当した。

長編小説を書きはじめたのは在職中の一九九四年。その二年後、デビュー作の『マルベリー作戦』(早川書房、田中昌太郎訳)が『ニューヨーク・タイムズ』のベストセラーとなり、シルヴァは翌年CNNを退職して作家の道を歩みはじめることとなった。

これまでに十七作の長編が出ていて、そのうち十四作がガブリエル・アロンを主人公とする人気シリーズ。日本で翻訳出版されているのは、シリーズ最初の四作。『報復という名の芸術』『イングリッシュ・アサシン』『告解』『さらば死都ウィーン』（論創社刊、山本光伸訳）。『報復という名の芸術』にガブリエル・アロンの過去がくわしく語られているので、彼に興味を持たれた方にはぜひ読んでいただきたい。四作とも本書と同じく、ガブリエルの魅力がぎっしり詰まった、スケールの大きな骨太の作品だ。

五作目の〝*Prince of Fire*〟から十三作目の〝*The English Girl*〟までは未訳だが、今回、最新作の『亡者のゲーム』（原題〝*The Heist*〟）をこうしてお届けできることになり、訳者として大いに喜んでいる。ガブリエルの魅力を一人でも多くの方に知っていただけたら幸いだ。頭脳明晰《めいせき》な凄腕《すごうで》のスパイとして非情な判断を下す一方で、人情にもろく、周囲への優しい気配りを忘れない、とてもすてきな男なんだもの。

シルヴァは年に一作のペースでガブリエル・アロンのシリーズを書きつづけていて、次回作のタイトルは〝*The English Spy*〟だという。今度はどんなすてきなガブリエルに出会えるのだろう。いまから楽しみだ。

二〇一五年六月

解説

三橋　曉

二十一世紀のエンタテインメント文学にとって最高のパートナーは、地球儀ではないだろうか。古くからある机の上にのせるタイプでもいいし、グーグルアースのようにバーチャルなものでもいい。傍らに地球儀がありさえすれば、読書の愉しみはよりスリリングなものになること間違いなしだろう。

冒険小説や国際謀略もの、スパイ・スリラー、そして最近では情報《インテリジエンス》小説とも言われる作品は、そもそもひとつの国家や特定の地域に留まらない舞台の歴史や民族、さらには宗教や思想など、トータルな世界観の広がりが大きな魅力だった。それをさらにハイブリッドな進化へと押し上げたのがロバート・ラドラムやトム・クランシーである。

彼らが世に送った地球規模のエンタテインメント作品を、マット・デイモン演じるジェイソン・ボーンや、ハリソン・フォード、ベン・アフレックらのジャック・ライアン等、スクリーンのヒーローでご存じの方も多いだろう（前者の原作はラドラムの『暗殺者』他、後者はクランシーの『愛国者のゲーム』他）。残念なことに両作家ともすでにこの世にないが、二十一世紀の現在も、冷戦終結をまたぎ半世紀以上ぶれることなく世界の情勢を見つめる重鎮ジョン・ル・カレの健筆に衰えはないし、『ダ・ヴィンチ・コード』で一躍有名になったダン・ブラウンもこのタイプに属する。
他にも、ツーリスト・シリーズのオレン・スタインハウアーや、クランシーとの共著もあり、ライアン・シリーズのスピンオフも手掛けるマーク・グリーニーらの台頭、さらには現代にジェームズ・ボンドというヒーローを甦らせたジェフリー・ディーヴァー『007 白紙委任状』も忘れてはならないだろう。二十一世紀のエンタテインメント文学は、まさに充実の時を迎えているといっていい。

さて前置きが長くなったが、ここにご紹介するダニエル・シルヴァも、地球規模のエンタテインメント文学を代表する書き手のひとりである。通信社のUPIやニュース専門局のCNNでジャーナリストとして活躍した後、ノルマンディー上陸作戦に材を採ったデビュー作『マルベリー作戦』(一九九六年/邦訳は早川書房刊)がベストセラーとなり、続く『暗殺者の烙印』(九八年)と『顔のないテロリスト』(九九年/ともに文藝春秋)で、CIAの工作員と元KGBの殺し屋がしのぎを削る諜報の世界を描き、作家としてのキャリアを軌道に乗せた。ただし翻訳に関していえば、紹介がいくつもの出版社にまたがるなどの事情が仇《あだ》となったか、いまひとつ日本の読者にすんなり受け入れられてきたとは言い難い。

しかしこの度、シルヴァの出版権を一手に預かる世界最大手の出版社のひとつハーパーコリンズ社の日本支社、ハーパーコリンズ・ジャパンから翻訳紹介が改めてスタートを切ることになった。新レーベル〈ハーパーBOOKS〉からの第一弾となるのが、この『亡者のゲーム』である。

イタリア北西部にある風光明媚な観光地コモ湖の湖畔に佇むヴィラで、オーナーのジェイムズ・ブラッドショーが残虐な手口で殺された。第一発見者であるロンドンの美術商と縁浅からぬガブリエル・アロンは、国家治安警察の美術品部門を率いるフェラーリ将軍からの強引な要請で、教会の祭壇画を修復する仕事を中断し、事件の調査に乗り出していく。

やがて殺されたのはイギリスの元外交官で、MI6に籍があった経歴も明らかになる。第一線を退いた後、赴任地の中東からヨーロッパに戻り、コンサルティングの会社を立ち上げていたが、美術品の違法取引をめぐる黒い噂もある人物だった。ヴィラに所蔵される絵画の不可解な扱いに首を傾げた主人公は、自分をこの件に関らせた将軍の思惑を見抜くや、一計を案じる。その美術修復師の腕を活かした大胆不敵な作戦で、事件の黒幕をおびき寄せようとする。

過去にシルヴァの作品を手にとったことがある読者の中には、本作の主人公を記憶されている方もあるだろう。ガブリエル・アロンは、ダニエル・シルヴァの作品の四作目以降すべてに登場するシリーズ・キャラクターなのである。

祖父のヴィクトル・フランケルは、アウシュビッツで命を落としたドイツ表現主義の有名な画家で、その血をひくガブリエルは豊かな才能を活かし、美術品修復の仕事をしている。そして彼にはもうひとつ、イスラエル秘密諜報機関の暗殺部隊に属し、現在も国際社会の舞台裏で暗躍するエージェントという別の貌《かお》があった。しかし家族をテロで失った悲劇が、彼を諜報の世界から遠ざけていた。

そんなガブリエルが、ある人物の要請で諜報活動の最前線に復帰するところから始まるのが第一作の『報復という名の芸術』（二〇〇〇年）である。以降『イングリッシュ・アサシン』（〇二年）、『告解』（〇三年）、『さらば死都ウィーン』（〇三年／以上論創社）とシリーズは続き、そこまでの四作はすべて翻訳されている。しかしその後も年一作というペースでガブリエル・アロンの活躍は続き、日本の読者には久々となる今回の『亡者のゲーム』（一四年）は、昨年本国アメリカで刊行されたばかりで、十四作目にあたる。

シリーズをいきなり最新作からひもとくことに、戸惑いをおぼえる向きもあるだろうが、心配はご無用。ガブリエルの活躍を陰で支える美術商のジュリアン・イシャーウッドをはじめ、主人公を現役復帰させた張本人のアリ・シャムロン、かつてのライバルで、今は〈オフィス〉の長官ウージ・ナヴォト、昔からの仕事仲間で気心の知れたエリ・ラヴォン、元英特殊部隊の兵士クリストファー・ケラー、さらにはミステリアスな能力を持つコルシカの老婆まで。バイプレイヤーの中には既訳の作品でお馴染みの顔も多いが、時に彼らにまつわる過去のエピソードを巧みに織りまぜ、また時にそれを思わせぶりに伏せたまま、作者は飽くまで現在の物語を語っていく。

水の都ヴェネツィアを起点に、ロンドン、パリ、ジュネーブ、テルアビブ、リンツと、シルヴァは物語の地球儀をくるくると小気味よく廻していく。知的で巧妙に組み立てられたプロットは、先に挙げたジョン・ル・カレを彷彿とさせるし、時代に敏感で、グローバルな視点は、ダン・ブラウンの諸作やジェフリー・ディーヴァーの新007シリーズとも相通じるものがある。作者の政治的な立ち位置は、イスラエルを母国とするマイケル・バー＝ゾウハーを思わせるが、夢中で読み進むうちに、思いもかけなかった場所に運ばれてしまう読後の驚きは、ブラウンやディーヴァーらの作品と共通する陽性のカタルシスをもたらしてくれる。

ところで、巻末の〝著者ノート〟で作者は、本作の内容について「すべて著者の想像の産物であり」、現実との類似点は「まったくの偶然である」と断っている。また作中でも、イスラエル諜報機関を〈オフィス〉、シリアの大統領を〝残忍なる支配者〟、ロシアの現大統領に至っては〝ボリス・エリツィンの次にロシアの大統領となった男〟と置き換え、フイクションであることをことさら強調している。

しかし独裁国家の元首が海外に資産を隠す例は珍しくないし、現にわが国でも外為法に基づきシリアの大統領と関係者に資産凍結等の措置がとられている。また、作中で言及される市民に夥《おびただ》しい犠牲者を出したハマーの虐殺は歴とした史実であり、シリア騒乱のさなかに民主化を求める落書きをした少年たちが政府に捕えられた事件も現実に起こっている。巧みに虚実が入り乱れる『亡者のゲーム』においては、このようにその〝実〟の部分を担う国際社会の情勢を、作者はきわめて鋭敏に捉えている。先にル・カレを引き合いに出したのも、そういう理由からに他ならない。

もうひとつ重要な真実に触れておくと、本作で描かれる絵画という美術品をめぐって泥棒や詐欺師が横行する胡散臭い世界は、現実のものだという。巻頭のエピグラムにも引用されたエドワード・ドルニックの『ムンクを追え！「叫び」奪還に賭けたロンドン警視庁特捜班の100日』やロバート・K・ウィットマンの『FBI美術捜査官奪われた名画を追え』等のノンフィクションが物語るように、まさに事実は小説よりも奇なり、という世界のようだ。

前半のハイライトは、そんな生き馬の目を抜く美術界を舞台に、ゴッホのさる名画をめぐってコンゲームさながらの大作戦が繰り広げられる。さらに終盤、ブーメランのように緩やかな軌跡を描いて戻ってくる絵画という主題が、一枚の歴史的な名画へと鮮やかに収束していく。そこに至って、非業の死を遂げた中世イタリアの巨匠が遺した幻の絵画こそが物語の真の主役だったことに気づかされた読者は、はたと膝をうつに違いない。

最後に次回作を紹介しておくと、レディ・ダイアナを思わせる元皇太子妃がヨットの上で爆殺され、イギリス諜報部はその追っ手としてガブリエルに白羽の矢を立てる。犯人と目されるのは、最高値を入札した依頼人から仕事を請け負う悪名高き爆弾魔《ボマー》だった。タイトルを〝*The English Spy*〟というこの新作には、本作で強い印象を残したクリストファー・ケラーも顔を出すようだ。本国ではこの六月に刊行され、引き続き〈ハーパーBOOKS〉で紹介されることになっている。

実はこの『亡者のゲーム』は、ひとりの男をめぐる失われた名誉の物語でもある。ややもすると国家は人間を消耗品として扱い、用済みになるや、いともあっさりお払い箱にしてしまう。母国から見捨てられた彼が、命に替えても守り通そうとした大切なものとは何だったのか？　男の存在がネガからポジに変わる時、血なまぐさい謀略のゲームに凍えた読者の心も、温かな思いで満たされていくに違いない。

（ミステリ評論家）

二〇一五年六月

訳者紹介　山本やよい

同志社大学文学部英文科卒。主な訳書にシルヴァ『亡者のゲーム』をはじめとするガブリエル・アロン・シリーズや、フィッツジェラルド『ブックショップ』(以上ハーパーコリンズ・ジャパン)、クリスティー『ポケットにライ麦を』、パレツキー『クロス・ボーダー』(共に早川書房) などがある。

ハーパーBOOKS

亡者《もうじゃ》のゲーム

2015年7月25日発行　第1刷
2022年6月20日発行　第2刷

著　者　ダニエル・シルヴァ
訳　者　山本《やまもと》やよい
発行人　鈴木幸辰
発行所　株式会社ハーパーコリンズ・ジャパン
東京都千代田区大手町1-5-1
03-6269-2883 (営業)
0570-008091 (読者サービス係)
印刷・製本　中央精版印刷株式会社

ISBN978-4-596-55001-9